Isabel Abedi
Die längste Nacht

Weitere Romane von Isabel Abedi
im Arena Verlag:

Lucian
Isola
Whisper
Imago

Die längste Nacht ist auch als Hörbuch erhältlich.

Isabel Abedi

Die längste Nacht

Roman

Arena

1. Auflage 2016
© 2016 Arena Verlag GmbH, Würzburg
Alle Rechte vorbehalten
Umschlaggestaltung: FAVOURITBUERO, München
Umschlagabbildung: © briddy/Shutterstock
Gesamtherstellung: Westermann Druck Zwickau GmbH
ISBN 978-3-401-06189-4

Besuche uns unter:
www.arena-verlag.de
www.twitter.com/arenaverlag
www.facebook.com/arenaverlagfans

Für Albrecht Oldenbourg

*Die Dichter sind gegen ihre Erlebnisse schamlos:
Sie beuten sie aus.*
Friedrich Wilhelm Nietzsche

*Wie wenig du gelesen hast, wie wenig du kennst –
aber vom Zufall des Gelesenen hängt es ab, was du bist.*
Elias Canetti

EINS

Früher habe ich nicht an Zufälle geglaubt. Doch seit an jenem heißen Sommertag in Viagello aus buchstäblich heiterem Himmel Lucas Buch vor meinen Füßen landete, hat das Wort für mich eine völlig neue Bedeutung bekommen. Ich hatte damals Angst vor allem, was fiel. Es war keine Höhenangst im herkömmlichen Sinne, sondern vielmehr die Panik, festen Boden unter den Füßen zu spüren, während von oben etwas auf mich zukam. Ich selbst hatte kein Problem damit, auf Leitern oder Gerüste zu klettern, aber einen anderen Menschen vom Zehnmeterbrett springen zu sehen, konnte einen Asthmaanfall bei mir auslösen, und wenn ein reifer Apfel vom Baum plumpste, schnürte sich meine Kehle zu. Es war mir irre peinlich, weil mir diese Angst so irrational vorkam. Aber ich litt darunter, seit ich denken konnte, ich hatte keinen Schimmer, warum, und konnte mich auch nicht erinnern, wann sie angefangen hatte. War ich vor jenem Sommer vielleicht selbst noch nicht bereit für die Wahrheit, die so tief in mir versteckt war?

Es ergibt wenig Sinn, was ich hier von mir gebe, das ist mir klar. Mein Vater kennt einen Autor, der sich Monate mit dem ersten Satz eines Buches quält. Ich bin keine Schriftstellerin, ich habe nicht den Anspruch, ein Buch zu veröffentlichen. Ich will nur meine Geschichte erzählen – aus meiner Perspektive, meinem Blickwinkel. Ich will die Wahrheit erzählen, sie loswerden und gleichzeitig festhalten, auch für meine Schwester.

Ja, vielleicht schreibe ich all das vor allem für Livia und stelle mir vor, dass es einen Ort gibt, an dem sie es lesen kann.

Mein Name ist Vita, und ich war glücklich an jenem heißen Sommertag in Viagello, genau wie in der Nacht drei Monate zuvor, als der erste Zufall die Kette von Ereignissen in Gang setzte.

Ich weiß nicht, was mich damals weckte. Es war eine stille und sternklare Nacht im März, ich war früh zu Bett gegangen und ziemlich schnell eingeschlafen. Kein Geräusch hatte mich aufgeschreckt, kein Albtraum oder Asthmaanfall, und ich war mir auch nicht irgendwelcher Sorgen bewusst, die sich sonst manchmal in meinen Schlaf schlichen.

Ich war siebzehn Jahre und zwei Monate alt und stand – frühzeitig eingeschult – kurz vor der großen Freiheit. Seit Anfang des Schuljahrs sprachen Danilo, Trixie und ich von nichts anderem als von unserer Reise durch Europa. Neun Wochen hatten wir geplant, von Hamburg aus Richtung Süden; Schweiz, Italien, Frankreich, Spanien und Portugal, alles im VW-Bus – unserem zukünftigen Zuhause auf vier Rädern, für das wir seit Jahren sparten. Im Juni gleich nach dem Abiball sollte es losgehen, und der erste Schritt zum Abi war schon geschafft. Die schriftlichen Klausuren hatten sich angefühlt wie ein Spaziergang. Im Gegensatz zu Trixie litt ich nicht unter Prüfungsangst und gehörte zu den Glücklichen, die für gute Noten keine Nächte durchbüffeln mussten. In drei Wochen würde ich die letzte mündliche Prüfung haben, aber auch die war kein Grund, mir den Schlaf zu rauben.

Ich war einfach ohne jeden Grund hellwach. Ich ging nach unten in die Küche, trank Milch aus der Flasche und genoss, wie mir die kühle, cremige Flüssigkeit die Kehle hinunterlief. Ich schob ein Stück von der Quiche hinterher, die meine Mutter am Abend gebacken hatte, und eigentlich wollte ich danach gleich wieder ins Bett. Dass im Arbeitszimmer meines Vaters noch Licht brannte, fiel mir erst beim Rückweg in mein Zimmer auf. Aber auch das war nichts Ungewöhnliches. Mein Vater arbeitete oft nachts, eigentlich arbeitete er immer, und ich sah ihn mit einem Manuskript auf dem Schoß in seinem Sessel sitzen, noch bevor ich die Tür öffnete, unter deren Spalt sich ein schmaler goldener Strahl durch den dunklen Flur zog.

Mein Vater war Verleger und der Hamburger Verlag, den er vor elf Jahren gründete, trug seinen Namen: *Thomas Eichberg Verlag*. Sein Programm aus klassischer und moderner Literatur war klein, aber besonders. Die noch lebenden seiner Autoren kannte mein Vater alle persönlich und pflegte die Beziehung zu jedem einzelnen mit großer Sorgfalt.

Vor meiner Zeit waren meine Eltern wohl auch privat viel in Künstlerkreisen unterwegs gewesen. Damals war mein Vater noch Programmleiter in einem Berliner Verlag, und meine Mutter eine bekannte Architektin. Die Partys, die meine Eltern in Berlin gegeben hatten, waren legendär gewesen, aber wenn ich einen Autor oder den besten Freund meines Vaters davon schwärmen hörte, kam es mir immer unwirklich vor. Dass es einmal eine Zeit gegeben hatte, in der meine Mutter Gäste bewirtete oder fünfgängige Dinner kochte, war mir unvorstellbar.

In dieser Nacht lag sie längst in ihrem Bett und schlief. Meine Mutter war wie ein Schweizer Uhrwerk. Sie lief perfekt, von morgens um sieben bis abends um zehn, sie kaufte ein, kochte, putzte, bügelte, faltete Wäsche und rückte alles an den rechten Platz, aber sie lebte in ihrer eigenen Welt, tickte still und regelmäßig in ihrem einsamen Rhythmus. Ich konnte mich nicht daran erinnern, je auf ihrem Schoß gesessen, je mit ihr im Bett gekuschelt oder mich an ihrer Schulter ausgeweint zu haben, aber was man nicht kennt, das kann einem nicht fehlen, jedenfalls glaubte ich das damals.

Auch mein Vater war kein Schmusedaddy, die meisten körperlichen Aktivitäten lagen ihm fern, und früher war es mir immer unnormal vorgekommen, wenn ich Väter mit ihren Kindern Fußball spielen, toben oder herumalbern sah. Meinen Vater interessierte, was ich dachte, wie ich die Welt sah, und wenn ich als Kind nicht einschlafen konnte oder einen Asthmaanfall gehabt hatte, dann ging er oft mit mir raus.

In manchen Nächten liefen wir stundenlang durch die menschenleeren Straßen und unterhielten uns. Sprachlos erlebte ich ihn nur in den Nächten, in denen ich schreiend aus einem Albtraum erwachte, was in meiner Kindheit ziemlich oft der Fall gewesen war. In einem der schlimmsten, immer wiederkehrenden Albträume stand ich vor einem Brunnen, in dessen Tiefe ein kleines Mädchen gefangen war. Es hatte keinen Mund und blickte mit großen, verzweifelten Augen zu mir hinauf. Ich wollte es aus seinem dunklen Gefängnis befreien, aber es gab keine Möglichkeit, zu ihm hinabzusteigen. Als ich meinem Vater von dem Traum erzählte, fand er keine Worte und nahm mich stattdessen mit in sein Arbeitszimmer, damit ich mich dort einkuscheln und weiterschlafen konnte.

Mit seinen alten Möbeln, den bis unter die Decke reichenden Bücherregalen, den Stapeln von bedrucktem Papier, die sich auf, unter und neben dem Schreibtisch, kleinen Hockern und Beistelltischen türmten, war das Arbeitszimmer meines Vaters das komplette Gegenteil unseres durchgestylten Hauses. Auch mein Zimmer widersetzte sich dem monochromen Einrichtungsstil meiner Mutter, aber bei mir war es eher ein chaotisches Durcheinander, während das Arbeitszimmer meines Vaters Atmosphäre hatte, als wollte es sich der trostlosen Leere des Hauses widersetzen. Es war überfüllt von Geschichten und kuriosen Kleinigkeiten, die mein Vater im Laufe seines Lebens angesammelt oder geschenkt bekommen hatte: Skizzen von Illustratoren, Briefbeschwerer mit schillernden Insektenmotiven oder die alte Corona-Schreibmaschine meines Großvaters, in die mein Vater eine vergilbte Papiertüte eingespannt hatte. Auf die Vorderseite war ein Zitat des portugiesischen Schriftstellers Fernando Pessoa gedruckt: *Die Literatur ist die angenehmste Art, das Leben zu ignorieren.*

Mein persönlicher Stammplatz war der weiche Teppich vor dem Kamin, auf dem ich mich in eine flaschengrüne Wolldecke einkuschelte, Lakritzbonbons lutschte und im flackernden Schein des Feuers meinem Vater dabei zusah, wie er mit stetig wechselnder Mimik die Manuskripte seiner Autoren durchackerte. Nur manchmal eiste mein Vater seinen Blick von den Texten los und schickte mir über den Rand des Manuskriptes sein stilles Lächeln.

Meinem Vater beim Lesen zuzusehen, war in jener Nacht allerdings gar nicht mein Anliegen. Ich war in diesem Frühling vor allem mit mir selbst beschäftigt und weiß beim besten Willen nicht mehr, was mich dazu brachte, die Hand auf die Klinke zu legen, die Tür aufzudrücken und in das Arbeitszimmer zu treten. Ich hatte nichts auf dem Herzen, keine bösen Geister in der Brust, und innere Unruhe beschlich mich erst, als ich meinen Vater sah. Genau wie in meiner Vorstellung saß er in seinem hellbraunen Ledersessel. Sein dunkelgrünes Cordhemd war aufgeknöpft, die abgestreiften Schuhe lagen vor ihm auf dem Parkett. Er hatte die silberne Lesebrille auf der Nase und hielt einen dünnen Stapel Papier auf dem Schoß. Die dunklen Schatten unter seinen Augen kamen von zu wenig Schlaf, das war ebenfalls normal, genau wie das Zucken seines linken Augenlids und die von Zweiflerfalten durchzogene Stirn. Aber dieser Blick, mit dem er mich ansah – oder vielmehr, mit dem er durch mich hindurchstarrte, als wäre ich ein Geist, jagte mir Angst ein. Auch seine Haltung war starr. Nur seine Hände, Klavierspielerhände mit feingliedrigen, schlanken Fingern, zitterten. Sein schmales Gesicht war leichenblass und seine Lippen wirkten wächsern und blutleer.

»Raus.«

Er sagte nur dieses eine Wort, es klang gläsern und fremd, aber so scharf, dass ich ohne eine weitere Nachfrage zurück nach oben und in mein Bett stolperte. Ich versuchte, mich wieder einzukuscheln und weiterzuschlafen, aber es gelang mir nicht. So wie eben hatte ich meinen Vater noch nie gesehen. Was hatte ihn derart aus der Fassung gebracht? Wenn es der Inhalt dieses Manuskriptes gewesen war, dann musste es die reinste Horrorstory gewesen sein. Aber soweit ich wusste, las mein Vater keinen Horror, er regte sich höchstens über den grauenhaften Schreibstil mancher Autoren auf, und selbst das führte nicht dazu, dass er über einem Manuskript zu einem Zombie mutierte. Am liebsten wäre ich noch mal runtergegangen, aber der Gedanke an seinen schroffen Rauswurf hielt mich zurück.

Um mich abzulenken, scrollte ich durch die Nachrichten auf meinem Handy und überlegte, wie ich auf den Gutenachtgruß reagieren sollte, den mein Exfreund Chris mir um kurz nach Mitternacht geschickt hatte, beschloss dann aber, ihn zu ignorieren, und knipste die Lampe auf meinem Nachttisch aus.

Ein blasser, halb voller Mond stand am Himmel über meinem

Fenster. Sein Licht spiegelte sich auf den Pailletten, die auf dem Schreibtisch neben meiner Nähmaschine verstreut waren. Irgendwo in der Nachbarschaft ging die Alarmanlage eines Autos los. Dann war alles wieder still, und als meine Gedanken endlich aufhörten, sich im Kreis zu drehen, schlief ich ein.

Als ich am nächsten Morgen um kurz nach halb acht in die Küche kam, hatte meine Mutter den Frühstückstisch schon gedeckt. Ein Glas frisch gepresster Orangensaft, eine Tasse Milchkaffee, ein aufgebackenes Brötchen, gekühlte Butter und selbst gemachte Marmelade, ein Viereinhalbminutenei und eine halbe Pampelmuse, aus der das Fruchtfleisch bereits so mit dem Messer gelöst worden war, dass ich es herauslöffeln konnte. Ich frühstückte allein wie jeden Morgen, während meine Mutter die Spülmaschine ausräumte, wobei sie jedes Glas noch einmal nachpolierte, bevor sie es in Reih und Glied zu den anderen ins Regal stellte. Ihre Bewegungen waren mechanisch, eine durchgetaktete, einprogrammierte Choreografie – ohne Musik.

»Wie hast du geschlafen?«, fragte ich.

»Danke. Gut. Und du?«

»Gut. Danke.«

»Kommst du nach der Schule zum Essen?«

»Weiß noch nicht.«

»Ich muss es aber wissen. Für die Einkäufe.«

Meine Mutter strich sich das weißblonde Haar hinter die Ohren, es war kurz geschnitten und kräuselte sich leicht im Nacken. Wie so oft sprach sie mit dem Rücken zu mir, und auch an diesem Morgen ertappte ich mich dabei, dass ich mit den Fingerspitzen ihre weichen Löckchen berühren wollte, die das einzig Verspielte an ihr waren. Ihr Gesicht hatte scharfe Konturen, ein spitzes Kinn, hervorstechende Wangenknochen und schmale Augenbrauen mit akkurat gezupften, hohen Bögen. Ihre Haut war hell und sehr straff, und ihre porzellanblauen Augen blickten mich selten direkt an, aber selbst wenn, erkannte ich keine wirkliche Präsenz dahinter. Natürlich hatte sie schon geduscht und war fertig gekleidet, sie trug ein Kostüm, cremefarbener Rock, weiße Bluse, cremefarbenes Jackett, als ginge sie zu einem Geschäftstermin und nicht auf den Markt, um Gemüse und frischen Fisch zu kaufen, der jeden Freitag auf dem Speiseplan stand. Meine Mutter kümmerte sich um den Haushalt, in ihrem Beruf arbeitete sie schon lange nicht mehr.

Ich trank den Orangensaft und schob die Pampelmuse unangerührt zu Seite.

»Rechne nicht mit mir«, sagte ich.

»Gut.«

Gut. Das war das Lieblingswort meiner Mutter. Ob ich kam oder nicht, eins schien so gut wie das andere. Die Hauptsache war, dass ihr Tagesablauf einen klaren Plan hatte, der durch nichts unterbrochen oder verändert wurde. Wenn ich zum Mittagessen nach Hause kam, aß meine Mutter mit mir zusammen, aber zu dritt waren wir so gut wie nie, auch abends nicht, und die wenigen Ausnahmen verliefen knapp und schmerzlos, ein Austausch von Floskeln und Höflichkeiten, bevor wir erleichtert den Tisch verließen und uns in unsere Zimmer verzogen. Meine Eltern schliefen, seit ich denken konnte, in getrennten Schlafzimmern, nie hatte ich sie abends hinter derselben Tür verschwinden sehen, und manchmal fragte ich mich, was sie überhaupt noch unter einem Dach hielt. Die Erinnerung an meine Schwester konnte es nicht gewesen sein, denn in unserem Haus gab es nichts, was mit ihr in Verbindung stand.

»Ist Papa schon im Verlag?«, fragte ich, während ich mein Brötchen mit Aprikosenmarmelade bestrich.

»Ich denke nicht.« Meine Mutter klappte die Spülmaschine zu. »Ich habe ihn heute Morgen noch nicht gesehen.« Sie warf einen Blick auf ihre silberne Armbanduhr. »Beeil dich, Viktoria. Es ist siebzehn vor acht.«

Meine Schule war fünf Minuten mit dem Fahrrad entfernt. Bevor ich losfuhr, ging ich noch einmal in das Arbeitszimmer meines Vaters. Es war leer, aber die Tür zum Garten stand offen. Unser Garten war lang und schmal, und ich entdeckte meinen Vater im hinteren Winkel neben der kleinen Laube. Sie beherbergte Gartengeräte, Klappstühle, einen Tisch und verschiedene Windlichter, die in warmen Sommernächten unseren Garten in ein idyllisches Plätzchen hätten verwandeln können, wenn wir sie benutzt hätten. Nicht mal ich lud Freunde hierher ein, hielt mich aber gern allein im Garten auf, wenn es warm war und ich im Gras dösend Musik hörte oder vor mich hin träumte. Am schönsten fand ich den Garten im Frühling, wenn alles blühte. Der Kirschbaum vor der Laube strahlte unwirklich schön in Rosa und Weiß. Ich liebte diesen Duft, der so süß und verheißungsvoll war. Zu beiden Seiten des Rasens reckten sich Frühlingsblumen dem blauen Himmel entgegen, dicht strahlende Narzissen, winzige Blausternchen und Tulpen in einem fast blutigen Rot. Gartenarbeit war eine weitere Beschäftigungstherapie meiner Mutter, und wer sie nicht kannte, hätte einen fröhlichen Menschen in ihr vermutet.

Mein Vater war aber ganz offensichtlich nicht nach draußen gegangen, um die morgendliche Idylle einzuatmen. Er hatte das Telefon am Ohr und hielt den Kopf gesenkt, während er auf und ab ging. Draußen war es so still, dass seine Stimme bis an die geöffnete Terrassentür getragen wurde. Seine sonst eher ruhige Tonlage hatte sich in eine eisige Höhe geschraubt. Ich hörte nicht alles, was er sagte, aber einzelne Wortfetzen verstand ich deutlich. *Unfassbar … Persönlichkeitsrechte … ich werde alles dafür tun, dass dieser Roman nicht erscheint!*

Die ausgedruckten Seiten, in denen mein Vater in der Nacht zuvor gelesen hatte, lagen auf dem Sessel. Mittlerweile wurde es wirklich Zeit für die Schule, aber meine Neugier war größer. Ich beugte mich über den Stapel Papier. Er umfasste kein vollständiges Manuskript, wie ich gestern Nacht vermutet hatte, sondern zwanzig, höchstens dreißig Seiten, und obenauf lag ein Brief.

Lieber Thomas,
anbei der Auszug aus Shepards neuem Roman, an dessen Ende der Autor meines Wissens nach noch arbeitet. Der Roman soll weltweit erscheinen und wurde jetzt auch uns angeboten. Die Namen sind alle geändert, aber dass es die Geschichte aus Viagello ist, scheint mir unmissverständlich.
Wie sehr ich mir wünsche, dass ich mich irre.
Beste Grüße,
Oliver

Ich warf einen raschen Blick in den Garten, wo mein Vater noch immer in das Telefonat vertieft war. Jetzt schien er zuzuhören und ich vermutete, dass er den Absender des Anschreibens am Ohr hatte. Oliver war Lektor in dem großen Berliner Verlag, in dem mein Vater früher gearbeitet hatte, und sein bester Freund. Er gehörte zu den wenigen Gästen, die noch zu uns nach Hause kamen.

Unter Olivers Anschreiben lag das Titelblatt der Leseprobe.
Der Roman hieß *Die längste Nacht* und war von Sol Shepard.
Zum Leidwesen meines Vaters und trotz meiner häufigen Aufenthalte in seinem Arbeitszimmer war ich nie eine große Leseratte gewesen, aber der Name des Autors war mir natürlich ein Begriff. Shepards Werke, ziemlich blutrünstige Thriller, waren Weltbestseller, und ein paar davon kannte ich sogar. Meine Freundin Trixie hatte sie mir in die Hand gedrückt, sie war ein eingefleischter Fan von Shepard, hatte alles von ihm gelesen und regte sich ständig darüber auf, dass seit Jahren nichts Neues von ihm erschienen war.

Ich beugte mich nach unten und blätterte wahllos durch die Seiten. An einem Absatz blieb ich hängen:

Es war einer dieser Sommertage, an denen der Himmel hoch und wolkenlos war, eine Kuppel aus strahlendem Blau. Ihre Eltern waren in die Stadt gefahren, und die vier hatten die beiden Kleinen zu ihrer geheimen Badestelle am Fluss mitgenommen. Eine Insel aus Wald und Felsen schirmte sie ab, kein Tourist hatte je hierhergefunden. Die Bäume, die sich schützend um das Ufer rankten, flimmerten grün in der Hitze, und das türkisfarbene Wasser glitzerte in der Sonne wie ein Teppich aus Diamanten.

Amadeo lag bäuchlings im Sand. Er sah zu Maya, die im flachen Wasser stand. Sie trug einen weißen Bikini. Ihre Brustwarzen setzten sich ab unter dem dünnen Stoff. Bei ihrem Anblick ging sein Atem flacher. Maya. Alles warf Schatten neben ihr, selbst die Sonne. Sie streckte ihre Hände nach Piccola aus und die Kleine lief auf ihren speckigen Beinen durch das Wasser auf sie zu.

»Engelchen flieg, Engelchen flieg!«

Maya griff Piccola an den Handgelenken, um sie in immer wilde-

ren Kreisen durch die Luft zu wirbeln, und das selige Glucksen der Kleinen mischte sich in das Rauschen des Wasserfalls. Der Wind spielte in Mayas Haaren. Sie reichten ihr bis zu den Hüften und hatten die Farbe von Milch mit Honig. Amadeo konnte seinen Blick nicht lösen von ihr. Mehr denn je erschien ihm Maya wie ein Wesen aus Licht.

In den Zeilen steckte so gar nichts von der schnellen und harten Spannung, die ich aus Shepards Thrillern kannte, aber etwas an ihnen berührte mich tief. Es kam mir vor, als ob ich die Stimmung am Fluss fühlen konnte. Sie zog mir am Herzen, und hätte ich nicht die plötzliche Stille vernommen, wäre ich wahrscheinlich am Text kleben geblieben.

Mein Vater stand jetzt unter dem Kirschbaum, den Oberkörper vorgebeugt, mit dem Rücken zu mir. Seine Hand mit dem Telefon hing schlaff nach unten, mit der anderen stützte er sich an den Baumstamm, als wäre er kurz davor, sich zu übergeben. Er kam mir schmal vor in diesem Augenblick, schmaler noch als sonst. Er trug die Klamotten von letzter Nacht, als wäre er gar nicht ins Bett gegangen, und noch einmal dachte ich an den starren Blick, den er mir zugeworfen hatte.

Nächte haben ihre eigenen Gesetze und eines von ihnen ist, dass sie Dinge größer erscheinen lassen, als sie einem bei Tageslicht besehen vorkommen. Seltsam fand ich die ganze Sache zwar auch jetzt noch, aber sie hatte nicht mehr diese beklemmende Wirkung auf mich, und im Unterschied zu gestern kam mir an diesem Morgen eine rationale Erklärung in den Sinn.

Vielleicht war der Roman eine geklaute Idee von einem Autor, der bereits bei meinem Vater unter Vertrag stand. Vor ein paar Monaten hatte es schon einmal einen dicken Rechtsstreit wegen eines Plagiats gegeben, der meinen Vater ziemliche Nerven gekostet hatte, und damals hatte ich seine erste Reaktion ja auch nicht mitbekommen. Es tat mir leid, dass er offensichtlich wieder Sorgen hatte, aber was immer das Problem war, er würde es schon lösen.

Ich verzog mich aus dem Arbeitszimmer, schnappte mir das Schulbrot, das meine Mutter mir wie jeden Morgen geschmiert hatte, und schwang mich auf mein Fahrrad.

Und als mir Trixie vor der Schule entgegenstürmte, um mir zu erzählen, dass wir heute den VW-Bus anschauen würden, den ein Bekannter von Danilo zu einem Schnäppchenpreis verkaufen wollte, vergaß ich die Leseprobe von Sol Shepards neuem Roman.

* * *

Er stand am Fuß der alten Ruine, allein mit der Nacht und den Schatten der Vergangenheit. Aber er konnte sich diesem Ort nicht entziehen. Wenn du lange genug in einen Abgrund blickst, dann blickt der Abgrund auch in dich hinein. Nietzsche kam ihm in Nächten wie diesen oft in den Sinn.

Er dachte an das Telefonat, das ihn aus dem Haus getrieben hatte. Welche Grenze er überschritten hatte, als er die Geschichte aus der Hand gab, wollte er sich noch nicht in aller Konsequenz eingestehen, doch die Worte hallten jetzt wie ein Echo in seinem Inneren nach.

In der Ferne läutete die Kirchenglocke. Er lauschte ihrem satten, friedvollen Klang und rief sich ins Gedächtnis, was ihn am Anfang angetrieben hatte.

Es waren die leisen Töne gewesen, das Böse, das in jedem von uns schlummert, die Schuld, die – wie er meinte – jeder von uns trägt. Wir alle sind Täter, dachte er, jeder von ist uns zu allem bereit.

Ja, genau das hatte ihn seit jeher fasziniert, und sich selbst hatte er nie davon ausnehmen können, denn wenn er ehrlich war, hatte etwas in ihm schon in den ersten Augenblicken losgeschrieben, in denen er sich dafür entschieden hatte, in die Geschichte einzusteigen und sie zu verändern. Er hatte sie in sich getragen, über Jahre, nur sein Gewissen hatte sie in Schach gehalten, aber sie hatte in ihm pulsiert, alle anderen Ideen in den Schatten gestellt und nichts anderes mehr aus ihm herausgelassen.

Dass etwas Leises so laut sein konnte.

Jede Nacht, seit jener längsten, hatte die Geschichte in sein Ohr geflüstert: Ich bin zu dir gekommen, nur du kannst mich schreiben, ich bin die einzige Geschichte, die in dir steckt, hör auf, dich zu wehren, und erzähl mich ...

Und das hatte er beinahe geschafft – bis auf das Ende, das er noch immer zurückhielt. So hatte er es ihnen jedenfalls gesagt, aber die Wahrheit sah leider anders aus: Es war das Ende selbst, das sich zurückhielt.

Er wusste, dass er etwas übersehen – irgendwo im Laufe der Geschichte einen Gedankenfehler gemacht hatte, an dem jetzt alles hing wie an einem seidenen Faden. Etwas fehlte, das er dringend brauchte, um diese Geschichte zu ihrem einzig möglichen Schluss zu bringen. Aber er wusste nicht, was es war, und das – genau das – brachte ihn langsam, aber sicher um den Verstand.

ZWEI

Unser Abiball fand im Sankt-Pauli-Stadion statt; auf der VIP-Etage, einem riesigen Saal mit Blick auf das Spielfeld. Trixie war im Festkomitee gewesen und hatte wegen der hohen Eintrittskosten im Vorfeld einen wahren Shitstorm über sich ergehen lassen müssen. Auch Danilo hatte die Location elitär und die Kosten übertrieben gefunden, aber inzwischen waren alle hellauf begeistert. Der Saal war festlich geschmückt, mit weißen Decken, Lüstern und Silberbesteck auf den langen Tischen, einem gigantischen Büfett und unzähligen kleinen Lichtern an den Decken. Es herrschte eine glamouröse, glitzernde Stimmung und jetzt, wo die offiziellen Reden hinter uns lagen und das Büfett abgegrast war, schwirrte Trixie mit einem Caipi in der einen und einer Flasche Sekt in der anderen Hand über die Tanzfläche. Sie trug ein kurzes knallrotes Flatterkleid und dazu ihre Krümelmonster-Handtasche aus türkisem Plüsch, die ich ihr vor ein paar Jahren zum Geburtstag genäht hatte. Ihre Schuhe lagen am Rand der Tanzfläche und Trixies braune Locken hatten sich längst aus ihrem Gefängnis aus Klammern und Spangen gelöst. Sie fielen ihr wild über die Schultern und ihr Gesicht glühte wie eine Hundertwattbirne kurz vor dem Durchknallen. Trixie war dauerhigh und brauchte dafür nicht mal Drogen. Manchmal fragte ich mich, wie der gelassene Danilo es mit ihr aushielt, aber wahrscheinlich zog ihn genau diese Gegensätzlichkeit an, und Trixie hatte auch eine andere Seite. Sie war der solidarischste Mensch, den ich kannte, konnte ein echter Kumpel sein, und sie und Danilo waren für mich die vollkommene Mischung.

Auf der Tanzfläche heizten zwei junge DJs die Stimmung auf. Der obligatorische erste Tanz galt den Vätern und Töchtern. Auch mein Vater hatte mich an der Hand zur Tanzfläche geführt. Ich hatte ihn noch nie tanzen sehen und war erstaunt, wie geschmeidig er sich bewegte. Es fühlte sich gut an, in seinen Armen zu sein, er strahlte Wärme aus und eine große Zärtlichkeit, die ich so noch nie an ihm wahrgenommen hatte. Irgendetwas in ihm schien mich fester halten und nicht mehr loslassen zu wollen. Ich schloss die Augen und für einen Moment war ich sein kleines Mädchen; sicher, beschützt und geborgen.

»Schön siehst du aus«, flüsterte er mir ins Ohr. »Und dein Kleid ist einfach unglaublich. Ich habe nicht gewusst, dass meine Tochter eine Künstlerin ist.«

Mein Vater war sparsam mit Komplimenten, er sagte nie etwas, das er nicht meinte, und das machte mich umso stolzer. Nähen war meine große Leidenschaft, schon in der Grundschule hatte ich meine erste Nähmaschine gehabt, als einziges Kind unter Erwachsenen Schneiderhandwerkskurse besucht, und die Bücher in meinem Regal enthielten keine Geschichten, sondern Schnittkonstruktionen, Anleitungen und Techniken der Kostümbildnerei.

Mein Kleid hatte ich selbst entworfen. Es war aus Taft, graublau wie meine Augen, im Rücken geschnürt, ärmellos und mit winzigen Silberpailletten, die ich in stundenlanger Handarbeit auf den unterfütterten Rock genäht hatte. Der Saum ging mir bis zu den Knien, für meine 159 cm Körpergröße die perfekte Länge. Trixie nannte mich scherzhaft den laufenden Meter, und mein Exfreund Chris hatte mich gern damit aufgezogen, dass ich in der Kinderabteilung einkaufen gehen konnte.

Er war es jetzt, der meinen Vater beim Tanzen ablöste. Chris und ich hatten am Anfang des Jahres etwas miteinander gehabt, aber es hatte nicht wirklich funktioniert. Außer, dass es Spaß machte, Sex mit Chris zu haben, teilten wir kaum etwas, und dass ich nicht in ihn verliebt war, merkte ich vor allem daran, dass ich keine Nacht bei ihm verbringen wollte, ganz egal wie sehr Chris mich bat zu bleiben. Genervt von seiner immer größer werdenden Anhänglichkeit hatte ich irgendwann Schluss gemacht. Er war verletzt gewesen, aber locker ließ er trotzdem nicht. Mehrfach versuchte er, wieder bei mir zu landen, mit dem Effekt, dass ich immer gereizter wurde und gleichzeitig ein schlechtes Gewissen bekam – ein Zwiespalt, der sich sofort wieder einstellte, als Chris' Finger jetzt über meinen Rücken nach oben wanderten und zögernd meine Haare berührten.

Vor ein paar Tagen war ich noch einmal beim Friseur gewesen. Meine natürliche Haarfarbe war Blond, aber ich fand, sie passte nicht zu mir, weshalb ich mich in verschiedenen Etappen von einem hellen Braun zu Schokoladenfarben und schließlich zu Hennarot durchgearbeitet hatte – Trixies Warnungen, ich würde mir die Haare ruinieren, zum Trotz.

Chris beugte sich zu mir herunter. »Fahr nicht«, hörte ich seine raue Stimme an meinem Ohr. »Lass uns Zeit miteinander verbringen. Gib uns noch eine Chance, Vita.«

Er legte seinen Finger unter mein Kinn, damit ich den Kopf hob, aber ich entzog mich. Ich wollte nicht, dass Chris mir ansah, wie sehr es mich wegdrängte. Nicht nur von ihm, sondern auch aus Hamburg, aus meinem Leben und meinem Elternhaus, in dem aus allen Winkeln diese stumme Trauer kroch und jegliche Form von Lebendigkeit im Keim erstickte. Mein Vater schien imstande, die Trauer abzuschütteln, wenn er das Haus verließ. Jedes Mal, wenn ich ihn morgens mit seinem schwarzen BMW aus der Garage fahren sah, kam er mir vor, als wäre er auf der Flucht. In der letzten Zeit war es besonders auffällig gewesen, wie stark er unser Zuhause mied. Sein müdes Gesicht wirkte noch ausgezehrter als sonst, doch auf meine Nachfrage, was ihm Sorgen machte, bekam ich eine deutliche Antwort: »Nichts, worüber ich sprechen möchte. Tu mir den Gefallen, und lass es gut sein.«

Dinge gut sein zu lassen, auch wenn sie alles andere als gut waren, darin hatte mich jahrelange Übung zur Meisterin gemacht. In dieser Hinsicht waren mir meine Eltern das beste Vorbild gewesen.

Ich bat Chris, uns einen Gin Tonic zu holen, und lehnte mich an den Pfeiler, erleichtert, für einen Moment allein mit mir und meinen Gedanken zu sein.

Mein Vater unterhielt sich gerade mit Trixies Eltern. Er sah gut aus in seinem dunklen Anzug, und dass er älter als die meisten Väter war, merkte man ihm nicht an. Seine sechzig Jahre standen ihm und er machte aus der Ferne betrachtet einen lässigen, unbeschwerten Eindruck. Empfänge und öffentliche Veranstaltungen war er gewohnt, und er wirkte im Kreis von anderen immer gelöster als zu Hause.

Er nickte und lachte über etwas, das Trixies Mutter ihm ins Ohr sagte, während meine Mutter allein an der Bar saß und sich an ihrem Mineralwasser festhielt. Ich hatte nicht damit gerechnet, dass sie überhaupt mitkommen würde, aber im Grunde war sie auch nicht wirklich hier. Ihre Augen verloren sich in den Lichtern über der Tanzfläche. Sie schien wie immer in eine andere Welt, in eine andere Wirklichkeit zu blicken, und ich wusste, dass in dieser Wirklichkeit meine Schwester lebte.

Ich war noch klein gewesen, als Livia starb, vier Jahre alt. Meine Schwester war siebzehn gewesen. Sie hatte einen Autounfall gehabt, ein Freund hatte am Steuer gesessen, der Wagen war gegen eine Leitplane geprallt, das war so ziemlich alles, was ich wusste. Erinnerungen an die Zeit mit Livia hatte ich keine mehr, dafür jede Menge Fragen.

Wie hatte meine Schwester ausgesehen? Was hatte sie gerne gegessen? Welche Musik hatte sie am liebsten gehört? Was waren ihre Hobbys gewesen? Mochte sie Bücher? Was für einen Charakter hatte sie gehabt? Sah ich ihr ähnlich? Hatte sie mit mir gespielt? Hatte ich sie geliebt? Hatte sie mich geliebt? Und vor allem: Hatten meine Eltern sie geliebt? Denn wenn ja: Warum gab es dann nicht das kleinste Andenken an sie? Warum hatten wir nicht mal ein Foto, warum gab es nicht mal ein Grab?

Wann mir diese Fragen zum ersten Mal in den Kopf gekommen waren, weiß ich nicht mehr. Angefangen, sie zu stellen, hatte ich erst mit zwölf oder dreizehn. Aber sie waren an meinen Eltern abgeprallt wie Dartpfeile an einer Betonmauer. Selbst mein Vater hatte sich bei diesem Thema bis auf wenige Ausnahmen rigoros gesperrt.

»Deine Schwester Livia war ein wunderbarer Mensch. Sie hat dich geliebt, und wir haben sie geliebt. Nach ihrem Tod sind wir umgezogen, damit wir irgendwie ein neues Leben anfangen konnten. Und das muss reichen, Vita.«

Es reichte mir nicht mal im Ansatz, aber mir war klar, dass ich mich damit abfinden musste, und wenn ich meine Großeltern fragte, erhielt ich zur Antwort: »Das ist die Angelegenheit deiner Eltern, da mischen wir uns nicht ein.«

Ich war mir irgendwie immer sicher gewesen, dass es meine Mutter war, um derentwillen mein Vater das Tabu aufrechterhielt, und als ich sie an diesem Abend ansah, war sie mir fremder als je zuvor. Mit ihren sechsundfünfzig Jahren zählte auch sie zu den älteren Müttern. Sie war neununddreißig gewesen, als ich zur Welt kam, und ich konnte mir vorstellen, dass sie einmal sehr schön gewesen war. Auf dem Hochzeitsporträt meiner Eltern, das ich in einer Schublade meines Vaters gefunden hatte, war sie jedenfalls eine strahlende, unfassbar junge Braut. Jetzt war es weniger das Alter als das Unglück, das sie zeichnete. Ihre blasse Haut wirkte transparent, als könne man durch sie hindurchsehen, aber ihre eingefrorenen Gesichtszüge ließen es nicht zu, und an diesem Abend war sie maskenhafter denn je. Kerzengerade saß sie auf dem Barhocker, ihre schmalen Schultern waren gestrafft, unter ihrem rechten Arm klemmte die Handtasche, und selbst der Fuß ihres übereinandergeschlagenen Beines kam mir vor, als würde er von unsichtbaren Fäden gehalten, wie alles an ihr, jeder Muskel, jede Faser ihres Körpers.

Es tat mir weh, sie anzusehen, es tat mir weh zu spüren, wie alles Äußere sie unberührt ließ, mein Leben und das, was darin vorkam, eingeschlossen. Meinen Abidurchschnitt von 1,2 hatte sie mit einem dünnen Lächeln und einem »Sehr gut« zur Kenntnis genommen, und dass mein Abschied von zu Hause stündlich näher rückte, schien sie nicht einmal zu bemerken, während Trixie mir täglich ihr Leid klagte, dass ihre Mutter seit Wochen wie eine Klette an ihr klebte und ständig den Tränen nah war.

Auch Linda, Danilos Mutter, hatte mit dem Abschied zu kämpfen. Im Unterschied zu Trixie, die zwei jüngere Brüder hatte, war Danilo Einzelkind und Linda alleinerziehend. Es berührte mich, die beiden jetzt auf der Tanzfläche zu sehen. Vor ein paar Monaten war Linda die Treppe hinuntergestürzt und hatte sich einen ziemlich komplizierten Bruch zugezogen. Dass ihr linker Fuß noch immer in einer Schiene steckte, nahm ihr nicht die Lust am Tanzen. In ihrem langen Blumenkleid sah sie aus wie ein junges Mädchen und ihre zarten Arme schlossen sich um Danilos Hals, während er sie den schnellen Technobeats zum Trotz behutsam im Kreis drehte. Er trug Espandrilles und seine indische Goahose, seine hellen Locken waren verwuschelt und das einzig Förmliche an ihm war das weiße Leinenhemd. Offizielle Anlässe waren nicht Danilos Ding, aber wie viel ihm dieser Abschiedsabend mit seiner Mutter bedeutete, zeigte sich deutlich. Es lagen so viel Zärtlichkeit und Wertschätzung in der Art, wie die beiden miteinander umgingen, und insgeheim beneidete ich Danilo um die besondere Beziehung zu seiner Mutter.

Sie war von unseren Eltern auch diejenige gewesen, die uns am meisten in unseren Reiseplänen bestärkt hatte. Dass wir dabei zu dritt waren, machte mir keine Sorgen. Im Gegensatz zu der Sache mit Chris oder den kurzen Beziehungen, die ich davor gehabt hatte, gab es an unserer Freundschaft nichts Oberflächliches. Danilo und Trixie waren seit Jahren ein Paar, aber ich fühlte mich nie außen vor, wenn ich mit den beiden zusammen war. Sie waren die Menschen, denen ich am meisten vertraute, und deshalb die einzigen, die von meiner Schwester wussten, während ich Chris kaum etwas Persönliches über mich erzählt hatte. Auch heute fragte ich mich wieder, warum er es so hartnäckig bei mir versuchte, wenn ich ihm doch nichts zurückgab. Als er mit den Gin Tonics von der Bar zurückkam, leuchtete die Hoffnung wieder in seinem Gesicht und in diesem Moment schämte ich mich vor allem vor mir selbst. Es tat weh, ihn ständig abblitzen zu lassen, aber ich war auch nicht in der Lage, ihm verständlich zu machen, wie sehr sein Klammern mich nervte. Aus diesem Dilemma erlöste mich einzig und allein die Flucht, ein bewährtes Mittel, das ich mittlerweile perfekt beherrschte.

Dass meine Mutter sich jetzt von ihrem Barhocker erhob; dass sich mein Vater mit einem plötzlich todmüden Gesichtsausdruck zu ihr umsah, war meine Gelegenheit. Es war noch nicht mal eins, die Party würde noch ein paar Stunden dauern, und ein Großteil meiner Stufe würde später noch auf den Kiez ziehen. Aber die ersten Eltern verließen bereits den Saal. Meine Eltern würden unter ihnen sein, und ich würde mitgehen.

Ohne mich zu verabschieden.

Weder von Chris noch von meinen Mitschülern noch von irgendwelchen Lehrern. Ich wollte abtauchen, einfach so, dieses Stück Leben hinter mir lassen und mich nicht mehr umdrehen. Mein Egoismus war mir in diesem Moment egal, auch das Wissen darum, dass ich Chris verletzen und ein paar sogenannte Freunde aus meiner Stufe vor den Kopf stoßen würde. Ich hatte keine Lust auf Geheule, schwülstige Abschiedsworte oder Erinnerungsfotos. Ich duckte mich vor Chris' suchenden Blicken und schlüpfte durch die tanzende Menge Richtung Ausgang. Nur Linda drückte ich noch mal fest an mich und sagte Danilo, ich wäre am Montag um sechs starklar. Wir hatten verabredet, dass wir uns am Tag nach dem Abiball ausruhen würden, um am übernächsten Morgen fit für die Reise zu sein. Und Trixies Mutter hatten wir schwören müssen, dass wir Rast machen würden, sobald wir müde wurden.

Müde war ich jetzt auch. Es war eine bleierne, erschöpfte Müdigkeit, die jeden Gedanken, jedes Gefühl, ja sogar meine Vorfreude überdeckte.

Dass es am Montagmorgen erst um Viertel nach sieben an meiner Tür klingelte, lag nicht an Danilo, so viel war klar. Er war immer pünktlich, während Trixie wahrscheinlich auch zu ihrer eigenen Beerdigung zu spät kommen würde. Mit ihren Lastminute-Aktionen vor einem Termin oder Treffen trieb sie ihre gesamte Umgebung zum Wahnsinn, ausgenommen Danilo. Er war die Ruhe in Person, auch heute, als er mich mit seinem warmen Lächeln an der Tür begrüßte, während Trixie neben ihm herumzappelte.

»War noch richtig geil vorgestern, nur der arme Chris ist übel abgestürzt«, sagte sie und zog eine Augenbraue hoch. »Du bist echt hart drauf, aber vielleicht kommt er so ja leichter über dich weg. Hast du wenigstens gut geschlafen?«

»Bestens«, sagte ich. Was nicht der Wahrheit entsprach. In der Nacht nach der Party hatte ich wieder von dem kleinen Mädchen im Brunnen geträumt, das aus seinem mundlosen Gesicht mit verzweifelten Augen zu mir nach oben sah. Um Hilfe schrie ich längst nicht mehr in diesen Träumen, aber am Morgen war ich mit einem Asthmaanfall aufgewacht und hatte lange gebraucht, um mich zu beruhigen. Den Tag hatte ich mit Packen, Aufräumen und Musikhören verbracht und war nach dem Abendessen gleich ins Bett gegangen. Die Angst vor dem Traum und das immer größer werdende Reisefieber hatten mich diesmal den größten Teil der Nacht wach gehalten. Als um kurz nach fünf der Wecker geklingelt hatte, war ich trotzdem gleich aus dem Bett gesprungen und hatte um halb sechs zusammen mit meinem Vater im Garten Kaffee getrunken. Auf der Wiese glitzerte der Tau, und obwohl es noch kühl war, lag in der Luft bereits das Versprechen eines heißen Sommertages. Meine Mutter hatte sich nicht blicken lassen. Sie war in ihrem Zimmer geblieben, auch jetzt, als Trixie und Danilo im Flur standen, kam sie nicht raus. Trixie trug ihre verwaschenen Hotpants, Flip-Flops und einen Cowboyhut. Ihr Gesicht sah aus, als hätte sie nicht viel Schlaf bekommen, doch Danilo wirkte fit und ausgeruht.

»Bist du so weit?«, fragte er.

Ich nickte.

»Ich kann's noch immer nicht glauben«, sagte Trixie. Sie klatschte in die Hände. »Welt, wir kommen!«

Mein Vater lächelte verkrampft. »Du solltest hochgehen und dich verabschieden«, wandte er sich an mich. Seine Stimme klang brüchig und sein linkes Augenlid zuckte. »Ich glaube, es fällt ihr schwer, dich gehen zu lassen.«

»Ach ja?« Ich fuhr mir mit einer raschen, zu heftigen Handbewegung durch die Haare und spürte, wie verletzt ich war. Es war ein Schmerz, der mich erstaunte. Kein einziges Mal, seit ich denken konnte, war ich zusammen mit meinen Eltern in Urlaub gefahren. Wir reisten, wie wir lebten, jeder für sich allein. Mein Vater ging auf Geschäftsreisen oder mit Oliver wandern, meine Mutter fuhr einmal im Jahr zur Kur. Ich hatte die Ferien meist bei meinen Großeltern auf Rügen oder in Sommercamps verbracht, und letztes Jahr war ich mit Trixie und ihren Eltern in der Karibik gewesen. Große Abschiedszeremonien gab es bei uns nie. Aber das war es nicht, was mir plötzlich wehtat. Es war der Gedanke daran, dass meine Mutter mir die Reise mit dem VW-Bus ohne jeden Einspruch erlaubt hatte. Neun Wochen durch Europa, ohne Aufsicht, ohne feste Stationen und ohne eigenen Führerschein, den nur Danilo und Trixie hatten. Die beiden waren im Gegensatz zu mir volljährig.

Einwände waren nur von meinem Vater gekommen, aber damit war ich fertig geworden, ich hatte ihn überzeugen können, dass ich wegwollte und seit Jahren für diesen Traum sparte.

Meine Mutter hatte nicht mal im Ansatz protestiert. Keine Bedenken, kein Wenn und Aber, keine Bedingungen oder Bitten, dass ich auf mich aufpassen, ihr von unterwegs Bericht erstatten oder ständig auf Handy abrufbar sein sollte.

»Gut.« Mit diesem einen Wort hatte sie im Frühjahr meine Reisepläne kommentiert, und als ich jetzt einen Blick auf die Treppe warf, die nach oben zu ihrem Zimmer führte, spürte ich tief in meinem Inneren den brennenden Wunsch, dass sie mir verboten hätte zu fahren. Als Zeichen ihrer Sorge. Als Zeichen ihrer Zuneigung. Als Zeichen, dass sie mich, ihre einzige Tochter, liebte.

Es waren Sekunden, in denen ich so dastand, die Hände in die Hüften gestemmt, die Lippen fest aufeinandergepresst, aber Trixie und Danilo schienen zu merken, was mit mir los war. Trixie trat von einem Bein aufs andere und zuppelte an dem Fell ihrer Krümelmonstertasche herum. In Danilos hellgrünen Augen schimmerte es feucht. Er war extrem nah am Wasser gebaut.

»Ach Vita, du kennst doch deine Mutter.« Mein Vater sah mich an. In seinen Augen lagen jetzt Hilflosigkeit und ein tiefer Kummer, der mich wütend machte.

»Nein!«, platzte ich raus und wunderte mich über meinen plötzlichen Gefühlsausbruch. »Ich kenne meine Mutter nicht. Und ich sehe auch nicht ein, dass ich zu ihr hochgehen und mich verabschieden soll. Hätte sie verdammt noch mal nicht wenigstens mit uns frühstücken können, wenn ihr der Abschied angeblich so schwerfällt?«

Trixie kaute auf ihrer Zunge, und Danilo legte mir die Hand auf die Schulter, warm und fest schmiegte sie sich um mein Schultergelenk und gab mir Halt. »Tu es trotzdem«, flüsterte er.

Ich ballte die Fäuste und sah aus den Augenwinkeln, dass sich mein Vater eine Zigarette anzündete. Vor ein paar Monaten hatte ich ihn zum ersten Mal rauchen sehen, als er abends allein im Garten saß, aber ich hatte es nicht kommentiert und auch jetzt keine Lust zu weiteren Fragen. Ich stieß den Atem aus, und Danilo nickte mir aufmunternd zu. Zwei Stufen auf einmal nahm ich, und als ich in das Schlafzimmer ganz hinten im Flur trat, schlug mein Herz hart und schnell wie eine wütende Faust.

Meine Mutter saß angezogen auf ihrem Bett. Ihr Blick war zum Fenster gerichtet, das nach draußen auf die Straße führte. Das Fenster war gekippt, ins Zimmer drangen Vogelgezwitscher und die gedämpften Stimmen von Trixie und Danilo. Natürlich hatte meine Mutter gehört, dass die beiden eingetroffen waren.

»Also dann«, sagte ich. »Ich fahre jetzt.«

Meine Mutter nickte, ohne sich umzudrehen. »Gut.«

»*Was* ist gut?« Die Worte explodierten auf meiner Zunge wie kleine Feuerwerkskracher, mir war heiß vor Empörung, ich zitterte und erkannte mich selbst nicht wieder. »Dass du mich endlich los bist? Freust du dich? Hoffst du vielleicht, dass mir was passiert? Tja. Wenn du Glück hast, wird es so sein.«

Meine Mutter drehte sich nicht um, sie sagte kein Wort, aber ich sah, dass ihre Schulterflügel bebten. Ich hasste und liebte sie in diesem Augenblick, der keiner war, weil sie mich nicht ansah. Sie drehte ihren Kopf, nicht zu mir, sondern zu der Wand neben ihrem Bett. Dort stand ihr Nachttisch. Darauf thronte das tropfenförmige Gefäß aus weißem Alabaster. Auch darüber sprachen wir nicht, aber ich wusste, dass sich in dieser Urne das Einzige befand, was von meiner Schwester Livia geblieben war.

Ich stellte mir vor, wie Trixie und Danilo sich von ihren Müttern verabschiedet hatten, wie Trixies Mutter wahrscheinlich mit den Tränen gekämpft, aber trotzdem gelächelt hatte und wie viel Liebe im Blick von Danilos Mutter gelegen hatte. Ich hasste Selbstmitleid, aber in diesem Moment stieg es in mir empor wie Hochwasser bei Sturmwetter, während der Himmel draußen blau war und kein Blatt sich in der windstillen Sommerluft bewegte.

Anstatt mich anzusehen, starrte meine Mutter auf die Asche meiner toten Schwester, und dieser Anblick war so grauenhaft, dass ich schreien wollte. Aber es kam kein Laut aus meiner Kehle, wie immer, wenn es um meine Schwester ging. Stumm machte ich einen Schritt auf meine Mutter zu, es war nur eine winzige Bewegung, die mich eine ungeheure Kraft kostete. Doch meine Mutter erhob die Hand, fast panisch, als sei ihr ein wildes Tier auf den Fersen, und noch immer, ohne sich zu mir umzudrehen. Ihre Schulterblätter hörten auf zu zittern. Sie versteinerte.

Da trat ich zurück.

»Ich hab dich lieb«, flüsterte ich so leise, dass nicht mal ich selbst es hörte.

Dann stürmte ich die Treppenstufen nach unten.

Mein Vater drückte mich an seine Brust. »Pass auf dich auf, meine Große«, sagte er. »Und lass von dir hören.«

Ich hörte sein Herz klopfen, und für einen Moment wollte ich mich an ihm festhalten wie ein kleines Kind, das Angst vor seinem ersten Schultag hat. Doch noch mehr beunruhigte mich mein Gefühl, dass er der Schwächere von uns beiden war, der um seine Selbstbeherrschung kämpfte. Ich löste mich beklommen und ging zum Auto.

Danilo saß schon am Steuer, und Trixie hielt mir die Beifahrertür auf, obwohl sie letzte Woche noch gescherzt hatte, ich müsste aus Ermangelung eines Kindersitzes mit der Rückbank vorliebnehmen. Ich schüttelte den Kopf und stieg hinten ein. Wir fuhren los, und als ich mich umdrehte, sah ich das blasse Gesicht meiner Mutter am Fenster.

DREI

An den ersten Tagen unserer Reise, dieser Zeit, die so voll von Eindrücken und Erlebnissen war, hatte merkwürdigerweise die größte Bedeutung das Fahren selbst, das Gefühl, unterwegs zu sein. Durch die offenen Fenster flog uns der heiße Wind um die Ohren, und als wir Hamburg verließen, spürte ich, wie sich alle Beklommenheit in meiner Brust auflöste. In mir knisterte jetzt nur noch die Gespanntheit auf das, was vor uns lag. Unser VW-Bus war der Knaller, ein altmodischer orangefarbener Bulli, in dessen Ausstattung wir wochenlange Arbeit investiert hatten. Trixies Onkel war Mechaniker, ihm verdankten wir die technische Kosmetik, die aus einer neuen Startbatterie, einem überholten Motor und der Reparatur der altersschwachen Kupplung bestand. Trixie hatte den Job der Putzfee übernommen, das reichlich verwarzte Innenleben auf Vordermann gebracht und beim Entrümpeln des Stauraums ein paar alte Pornohefte aus den Achtzigern an Land gezogen. Den Boden des Bullis hatte Danilo mit Kunstrasen ausgelegt, während ich kleine Wimpel um die Fenster herumdrapiert und aus gemusterten Stoffresten Vorhänge und Kissenbezüge genäht hatte. Unsere Versorgung sicherten ein Wasserkanister, eine Kochplatte und ein kleiner, aber funktionstüchtiger Kühlschrank, in dem neben den Basics für die ersten Tage unsere unterschiedlichen Auffassungen von unverzichtbarem Reiseproviant um ihren Lebensraum kämpften: Partyfrikadellen, Krabbensalat und Fruchtzwerge von

Trixie, Tofuwürstchen, Hummus und Ingwermarmelade von Danilo, Chilikäse, Salsa Dip und grüne Peperoni von mir.

Nur bei den Schlafplätzen waren wir schnell auf einen gemeinsamen Nenner gekommen. Die breiten Matratzen im hinteren Teil waren Trixies und Danilos Reich. Ich würde zusammen mit meinem uralten Kuschelhasen Hannibal das Turmzimmer beziehen. So nannten wir das aufklappbare Zelt, das wir auf das Dach unseres Bullis montiert hatten. Durch einfache Handgriffe ließ es sich in einen gemütlichen Schlafplatz mit kleinen Seitenfenstern verwandeln.

Danilos Angebot, dass ich im Inneren des Busses schlafen sollte, weil ich mich dort sicherer fühlen würde, lehnte ich dankend ab.

»Ich hab es lieber, ihr treibt es unter mir als über meinem Kopf«, sagte ich, und Trixie, die neben Danilo auf dem Beifahrersitz saß, drehte sich grinsend zu mir um. »Und wenn du Nachtbesuch hast? Wer weiß, wen du dir in den nächsten Monaten so alles in dein kleines Turmzimmer einlädst.«

»Niemanden«, sagte ich und meinte es von ganzem Herzen. Ich wollte meinen luftigen Schlafplatz für mich allein – abgesehen von Hannibal. Ich hatte ihn, solang ich denken konnte, und liebte jeden platt gedrückten Millimeter von ihm. Trixie nannte ihn Bazillus Bunny, weil ich ihn noch nie gewaschen hatte, aber sein tröstlich muffiger Geruch gehörte zu ihm, genauso wie der silberne Halbmond, der mit einem Lederband um seinen Hals gebunden war. Mit seiner romantischen Gravur auf der Innenseite und dem Mondstein in der Mitte war dieser Anhänger eigentlich nicht das geeignete Schmuckstück für einen Schlafhasen, und ich hatte keine Ahnung, wie es an Hannibals Hals gekommen war, aber für mich waren die beiden eine untrennbare Einheit. Wenn ich nachts nicht schlafen konnte, rieb ich oft meinen Finger über den glatten Stein. Soweit ich mich erinnern konnte, hatte ich keine Nacht meines Lebens ohne Hannibal geschlafen und ihn auf jede einzelne Reise mitgeschleppt – die Oberstufenreise inklusive. Also durfte er auf der Fahrt meines Lebens natürlich auch nicht fehlen.

Mit jedem Meter, den wir hinter uns zurückließen, wurde mir leichter ums Herz, und ich fühlte mich so frei wie noch nie in meinem Leben. Es hätte mich nicht gewundert, wenn mir Flügel aus den Schulterblättern gewachsen wären.

Von den anderen Reisenden auf der Autobahn ernteten wir bewundernde Blicke, da wir unsere Handschriften auch auf der Außenfläche des Bullis hinterlassen hatten. Auf der Fahrerseite prangte Danilos Werk; das Dharma-Rad, das Buddhas achtpfadigen Weg zur Befreiung verkörperte. Trixie hatte mit Flower-Power gekontert und die Beifahrerseite in eine psychedelische Prilblumenwiese bei Sonnenuntergang verwandelt. Die Rückseite gehörte Led Zeppelin und mir. Mit silberner Lackfarbe hatte ich einen Satz aus meinem Lieblingssong *Stairway to Heaven* auf die Heckklappe gepinselt:

There's a feeling I get,
when I look to the west
And my spirit is crying for leaving.

Und genau so fühlte ich mich auch, als wir zum Soundtrack von Trixies iPod-Mix, der durch die großen Boxen wummerte, unserem bisherigen Leben den Rücken kehrten.

In unserer Fantasie reisten wir auf den ersten Kilometern schon einmal die gesamte Strecke durch, die wir in den letzten Wochen immer enger festgezurrt hatten. Von Italien aus sollte es zur Côte d'Azur gehen, weiter nach Barcelona, Gibraltar, Lissabon und Santiago de Compostela und von dort aus dann an der westlichen Küste Frankreichs entlang, bis wir irgendwann wieder oben ankommen und über Brüssel und Amsterdam zurück in Hamburg landen wollten. Das war unser Plan. Natürlich war er offen für spontane Änderungen, aber dass meine Reise in Italien enden und ich die anderen Stationen nicht zu sehen bekommen würde, hätte ich zu diesem Zeitpunkt keinem Propheten dieser Erde geglaubt.

Unsere ersten beiden Nächte verbrachten wir in der Nähe von Basel, wo wir uns entgegen aller Warnungen, wild zu campen, ein stilles Plätzchen an einem Seeufer suchten, weshalb das bedeutendste Bauwerk, das wir in Basel sahen, eine Apotheke war, in der wir uns mit Antimückenspray versorgten. Die dritte Nacht verbrachten wir auf einem Campingplatz am Lago Maggiore, wo wir uns abends im strömenden Regen mit drei jungen Dänen, die sich Ben, Sven und Ken nannten, ein Flunkyball-Duell lieferten, nach dessen Ende Trixie kotzend in den Büschen hing und ich den Heiratsantrag von Ken ablehnte, der mich davon überzeugen wollte, dass ich die Frau seines Lebens wäre. Unser nächster Stopp sollte eigentlich Venedig sein, aber nach einer längeren Debatte wegen der restlos ausgebuchten Campingplätze machten wir unsere erste Planänderung. Wir beschlossen, die Insel der Kanäle, Brücken und Gondeln zu streichen und auf direktem Weg über Mailand nach Florenz zu fahren. Es war unsere erste Nachtfahrt und ein Unfall – ein ausscherender Lastwagen hatte das Aufeinanderfahren von vier Pkws nach sich gezogen – nagelte uns über fünf Stunden auf der Autobahn fest. Nach Toten sah es zum Glück nicht aus, aber der Stau sorgte dafür, dass wir erst in den frühen Morgenstunden in Florenz ankamen.

An unsere Ankunft erinnere ich mich noch so deutlich, als wäre es gestern gewesen. Irgendwo zwischen Parma und Bologna war ich eingenickt, und beim Aufwachen rann mir ein feiner Speichelfaden aus dem linken Mundwinkel. Meine Wangen glühten, in meinem Ohr kitzelte das Fell von Hannibal, den ich als Kissenersatz benutzt hatte, und durch meinen Kopf geisterten verworrene Träume, die mir entglitten, sobald ich sie festhalten wollte. Die Stadt war in fahles Mondlicht getaucht, sie schien ebenso zu erwachen wie ich und war noch unberührt von all dem Rummel, der täglich um sie gemacht wurde. Danilo hatte den VW-Bus in der Nähe des Bahnhofs geparkt, und wir ließen uns durch die verlassenen Gassen des Zentrums treiben, die Stunden später von Touristen verstopft sein würden. Aber noch brannten keine Lichter in den Schaufenstern, hinter denen Taschen, Sonnenbrillen, Schuhe und unzählige Souvenirs auf ihre Käufer warteten. Auch die Eisdielen, Restaurants und Lebensmittelgeschäfte mit Käse, Fleisch und Wein waren geschlossen, aber immer wieder wurde mein Blick auf die Menschen gelenkt, die um diese Zeit auf den Beinen waren. Ein bezopfter Italiener im Anzug, der auf einem freien Platz vor einem Brunnen stand und in seine aufgeschlagene Zeitung versunken war. Ein müder Alter, der mit krummem Rücken vor seinem Laden fegte, und zwei Obdachlose, die vor dem fotografischen Museum campierten, einer tief schlafend auf dem Asphalt, der andere rauchend in einem Klappsitz.

Als sich die ersten Sonnenstrahlen ihren Weg durch die weiße Nebeldecke bahnten, umrundeten wir den Dom *Santa Maria del Fiore*, dessen Kuppel als das Wunder von Florenz bezeichnet wird. Majestätisch, fast überdimensional thronte sie über den Dächern der Stadt. Ganz oben auf ihrem Haupt schien der winzige Kirchturm mit der goldenen Kugel und dem Kreuz den Himmel zu berühren. Ein paar Tauben flogen von den Köpfen der Heiligen herab und ließen sich auf dem Pflaster nieder, wo sie mit ruckenden Köpfen umherstolzierten und nach Essensresten pickten.

Die einzigen Menschen, denen wir auf dem Platz begegneten, waren ein Mann und seine kleine Tochter. Er trug sie huckepack. Das Mädchen war vielleicht drei Jahre alt, es hatte einen dicken dunkelbraunen Zopf und hopste auf den Schultern seines Vaters auf und ab, als wollte es ein träges Reitpferd antreiben.

Mich durchzuckte eine Empfindung, als ob ich selbst dort oben säße und *Avanti, Avanti!* riefe. Es war so real, dass ich die starken Hände des Mannes an meinen Fesseln fühlte.

Avanti heißt *schneller,* aber das Mädchen hatte nichts gerufen, und ich war so verstört, dass ich stehen blieb, bis sich Trixie erstaunt zu mir umdrehte.

»Ist was passiert?«

»Alles gut«, sagte ich, aber meine Stimme klang klein und fremd in meinen Ohren. Plötzlich fühlte ich mich verlassen und wusste nicht, von wem. Trixie legte ihren Arm um meine Schultern, sie bohrte nicht weiter nach und ich war ihr dankbar für ihre wortlose Unterstützung.

In einem der Cafés, die jetzt aufmachten, kehrten wir ein, aßen mit Puderzucker bestäubte Croissants und tranken Cappuccino. Der Milchschaum fühlte sich auf meiner Zunge an wie Samt, die kräftige Substanz des Espressos strömte durch meine Adern und weckte mich aus meiner merkwürdigen Stimmung.

»Ich hoffe, dass wir in Florenz ein bisschen Kirchenmusik zu hören kriegen«, sagte Danilo. »Ich muss mir unbedingt ein Konzertprogramm besorgen.«

Danilo war ein begnadeter Cellospieler, und seine dicke Berta, wie Trixie sein Cello getauft hatte, nahm einen großen Teil des Bullis ein. Unsere Schule in Hamburg hatte einen italienischen Zweig, und Danilo und ich hatten beide Italienisch als Leistungskurs gewählt. Ich der Sprache wegen, die mir im Gegensatz zu Englisch quasi in den Schoß gefallen war, und Danilo wegen seines lang gehegten Traumes, irgendwann einmal ein paar Auslandssemester in Italien zu verbringen. Nach unserer Reise würde er erst mal mit Trixie nach Berlin ziehen, wo er Musik und sie Kulturmanagement studieren wollten. Ich interessierte mich für Kostümbildnerei, aber wo und ob ich es studieren wollte, war mir noch nicht ganz klar. Mein Traum war zu reisen, am liebsten durch die ganze Welt. Europa war der Anfang – und Florenz sollte mich in den drei Tagen, die wir dort verbrachten, auf verwirrende Art und Weise in Bann halten. Die Luft, die nach Hitze, Staub und Flusswasser schmeckte, schien mir vertraut, und ich bekam nicht genug davon, sie einzuatmen, selbst wenn es vierzig Grad im Schatten waren und die Stadt überquoll von Touristen.

Wir zogen kreuz und quer durch die Stadt, liefen am Arno entlang und hingen nachts in einer Bar mit winziger Tanzfläche ab, wo ich Floyd kennenlernte, einen Backpacker aus irgendeinem Kaff in Oklahoma. Gemeinsam streiften wir durch das nächtliche Florenz, redeten viel übers Reisen und darüber, wie es sich anfühlte, Leute kennenzulernen, die man anschließend nie wiedersah.

»Es hebelt dich aus der Zeit«, meinte Floyd. »Niemand kennt dich und niemand wird dich wiedererkennen. Du kannst jemand anders sein, du hast keine Vergangenheit, und wenn du eine brauchst, kannst du dir eine ausdenken.«

Der Gedanke gefiel mir, und Florenz bei Nacht gefiel mir auch. Wir sahen noch einmal den Dom, wie er riesig und wunderschön in den Sternenhimmel ragte. Auf der Ponte Vecchio saßen ein paar Jugendliche und tranken Bier, und auf der Brücke vor einem Brunnen fragte mich Floyd, ob ich nicht Lust hätte, ihm die ewige Treue zu schwören.

»Du musst den Schwur ja nicht halten«, sagte er. »Ich bin auch nicht in dich verknallt oder so, es geht nur um die Tradition.«

Floyd zeigte auf die unzähligen Schlösser, die an die eisernen Stäbe des Brunnengeländers festgekettet waren. Sie trugen die Initialen von Liebenden, auf vielen war ein Datum, und einige Jahreszahlen lagen schon eine halbe Ewigkeit zurück.

»Schau es dir an«, seufzte Floyd theatralisch. »So viele Liebende. Möchte wissen, wer von ihnen das Versprechen gehalten hat. Manche sind jetzt vielleicht schon im Jenseits.«

Eines der Schlösser, ein großes goldenes, hatte die Buchstaben L und A eingraviert, und darüber stand in altmodisch verschnörkelter Schrift *per sempre*. Für immer.

Für eine schreckliche Blitzsekunde tauchte wieder das albtraumhafte Bild von dem Brunnenmädchen in mir auf. Es streckte seine Arme nach mir aus und meine Kehle zog sich schmerzhaft zusammen. Krampfhaft starrte ich auf das Schloss mit dem eingravierten L und dachte an meine Schwester, zu deren Namen ich kein Gesicht, keine Gestalt vor Augen hatte.

Ich habe mal gelesen, dass alle Trauernden einsam sind, selbst wenn sie um denselben Menschen weinen, den sie verloren haben. Einsam war in meiner Familie jeder von uns, und wenn meine Eltern weinten, dann taten sie es hinter verschlossenen Türen, jeder für sich. Ich dagegen wusste nicht, wen ich verloren hatte, und was mich am traurigsten machte, war, dass ich nicht traurig sein konnte.

Weinen konnte ich auch nicht – überhaupt nicht, nie. Ich kannte keine verrotzte Nase, keine verquollenen Augen, keine heftigen Schluchzer, die aus der Brust steigen und sich ihren Weg brechen, ich kannte nicht einmal das Gefühl von Tränen auf der Haut, wenn sie leise die Wangen herunterlaufen. Manchmal überlegte ich, ob ich mit meiner Mutter mehr gemeinsam hatte, als mir lieb war, auch wenn mich diese Vorstellung gruselte.

Nachdem Floyd mich zum Campingplatz gebracht und vergeblich um ein Nachtquartier in meinem Turmzimmer gebeten hatte, verabschiedeten wir uns. Ich sah Floyd nie wieder, und von einer Seite betrachtet spielte er für meine Geschichte keine Rolle, genauso wenig wie die anderen Dinge, die wir am Anfang unserer Reise erlebten. Aber wenn ich daran zurückdenke, fühle ich wieder, wie ich drauf war, wie diese Reise eigentlich werden sollte – und später, als ich alles in einem anderen Licht sah, ergaben einige dieser Erlebnisse dann doch einen Sinn.

Es war unser zweiter Tag in Florenz, wir hatten uns pflichtschuldig in der langen Warteschlange vor den Uffizien die Beine in den Bauch gestanden und bestaunten nun die Kunstwerke der Renaissance in den prunkvollen Sälen. An jedem Winkel, selbst von den hohen Decken leuchtete eine Welt an Bildern, die ich nie zuvor gesehen hatte, Engel, Heilige und Dämonen in prachtvollen Farben, sie kamen mir vor wie überirdische Wimmelbilder, von deren Bedeutung ich jedoch keinen blassen Schimmer hatte. Mir lag nichts an einer geführten Tour, ich wollte den Kopf abschalten, einfach fühlen, wo es mich hinzog.

Das Bild, das mich am längsten festhielt, war die Geburt der

Venus. Logisch, es ist eins der berühmtesten Bilder der Welt, tausendfach reproduziert und für Werbezwecke ausgeschlachtet, aber was mich anzog, war nicht seine leibhaftige, lebensgroße Pracht. Es waren die traurigen Augen des Mädchens, das nackt und bloß auf dem äußersten Rand seiner Muschel schwebte. Ja, sie war ein Mädchen für mich, nicht älter, als ich jetzt war, doch ich fühlte mich plötzlich kleiner, kindlicher, ich schien vor dem Gemälde zu schrumpfen und der in sich gekehrte Blick des Mädchens zog mich in einen mächtigen, fast schmerzhaften Bann. Es war voll in den Uffizien, und sicher hatten sich gerade um dieses Bild außer mir noch Dutzende anderer Zuschauer geschart, aber in meiner Erinnerung war ich allein, offensichtlich hatte ich alles um mich herum komplett ausgeblendet. Ich fühlte ein Ziehen in meiner Brust, mein Herz schlug hart und schnell. Ich wollte zu ihr, zu ihr in die Muschel, mich an ihr festhalten – oder mehr noch, sie zu mir auf den Boden ziehen, weg von den Engeln an ihrer Seite und der Göttin mit den flammenden Haaren, die ihren purpurnen Mantel um sie hüllen wollte. Aber ich war zu schwach, zu klein, und ich wusste plötzlich nicht mal, ob ich sprechen könnte, wenn ich den Mund aufmachte.

»Verdammt, ich hab einen solchen Druck auf der Blase, dass ich gleich explodiere.« Trixies Stimme riss mich so abrupt aus meiner seltsamen Trance, dass ich sie anstarrte wie einen Geist, aber sie bemerkte meinen Zustand nicht, zog mich an der Hand Richtung Ausgang, und ich war dankbar, von hier wegzukommen.

Am dritten Tag machten Trixie und ich Kontrastprogramm. Trixie schleifte mich an den von Touristen überfluteten Marktständen vorbei durch unzählige Schuhläden, um irgendwann ein paar knallrote Lackstiefel *Made in Taiwan* zu kaufen, während Danilo die Kirchen ablief und tatsächlich ein paar Konzerte hörte. Allerdings nichts, das ihn wirklich beeindruckte.

»Vielleicht hast du mehr Glück in Rom«, tröstete ihn Trixie, als wir am nächsten Tag aufbrechen wollten. Danilo machte gerade den Bulli startklar, während sich Trixie noch schnell die Fußnägel im türkisfarbenen Krümelmonsterlook lackierte. Ich schnappte mir unseren Reiseführer, um zu sehen, ob ich irgendwelche lohnenswerten Abstecher auf unserer heutigen Route entdecken würde.

»Hier gibt es ein Kloster, das dich vielleicht interessiert«, rief ich zu Danilo hinüber und las ihm aus dem Artikel vor, den ich gerade aufgeschlagen hatte. »In der Provinz von Siena stehen die Überreste des ehemaligen Klosters San Giordano, das als schönste sakrale Ruine der Toskana bezeichnet wird. In den Sommermonaten sind die klassischen Konzerte dort ein echter Geheimtipp für Musikliebhaber, die diesen Ort auch für seine besondere Akustik schätzen werden.«

»Ein Kloster?« Danilo sprang aus dem Bus und sah mir neugierig über die Schulter. »Dort drinnen Cello zu spielen, muss der Wahnsinn sein. Gibt's auch ein Bild?«

Ich blätterte die Seite um und entdeckte das Foto eines alten Klosters, dessen Ruine sich einem blauschwarzen Nachthimmel öffnete.

Als ich die Mauern des Gebäudes sah, zuckte ich zusammen, und als ich den Namen des kleinen Städtchens las, das auf der Landkarte nur wenige Millimeter neben dem Kloster lag, stolperte mein Herzschlag.

Viagello.

Das war der Name, der mir in dem Manuskriptauszug von Sol

Shepard ins Auge gefallen war. Ich hatte ihn komplett vergessen, aber jetzt war der sonderbare Moment im Arbeitszimmer meines Vaters wieder vollkommen präsent.

Auch Trixie war zu uns rübergekommen.

»Habt ihr Lust, einen kleinen Umweg zu machen?«, hörte ich mich die beiden fragen. »Das Kloster sieht wunderschön aus und in der Nähe liegt ein kleiner Ort, den ich mir gerne anschauen möchte.«

»Und was gibt's da Spannendes?« Trixie tunkte ihren Mittelfinger in einen ihrer Fruchtzwerge und schleckte ihn genießerisch ab.

»Das kannst du wahrscheinlich bald in dem neuen Roman deines Lieblingsschriftstellers nachlesen«, sagte ich nach einer kurzen Pause. Ich versuchte, meine Stimme unbeteiligt klingen zu lassen, aber mein Herz schlug jetzt in einem harten, flatterigen Rhythmus, dem ich irritiert entgegenwirkte, indem ich den beiden von Sol Shepards Roman und der seltsamen Reaktion meines Vaters erzählte. Fast im selben Moment bereute ich, mit meinem nächtlichen Fund herausgeplatzt zu sein, denn eine von Trixies hervorstechenden Eigenschaften war ihre Neugier, und die hatte ich mit meinem kurzen Bericht entfacht.

»Auf den Spuren von Sol Shepard«, sagte sie mit funkelnden Augen. »Aber klar machen wir einen Umweg!«

Auch Danilo war Feuer und Flamme, wobei seine Begeisterung eher dem Kloster und dem Wunsch, dort zu spielen, zuzuschreiben war. Ich atmete den unbestimmten Druck in meiner Brust weg, was mir auch erstaunlich leicht gelang, und so stiegen wir am nächsten Morgen in unseren VW-Bus und fuhren nach Viagello.

* * *

Er war oft im Dorf, schlenderte ohne ein konkretes Ziel durch die Gassen und schmalen Durchgänge, manchmal am Tag nach der Siesta, manchmal in der Nacht, und in letzter Zeit, wenn er nicht schlafen konnte, nicht selten in den Morgenstunden.

Am liebsten war ihm der Anblick auf Viagello allerdings schon immer von unten gewesen, vom Fuß des Hügels. Von hier aus erkannte er das wahre Wesen des auf dem Gipfel thronenden Ortes, der nach außen eine perfekte Einheit und nach innen fest verschlossen war. Ein Fremder hätte es nicht für möglich gehalten, hätte vielleicht das Gegenteil vermutet, bei der allgegenwärtigen Lebendigkeit, den lärmenden Menschen in den Gassen, ihren offenherzigen Gesprächen über das Wetter und die Politik. Aber in Wirklichkeit war das alles Kulisse, Teil eines großen Schauspiels, das er vielleicht gerade deshalb so gut durchschaute, weil auch er selbst ein Teil davon war.

Er hatte früh bemerkt, dass man die dunkelsten Geheimnisse, die ein jeder hier in sich trug, um jeden Preis für sich behielt. Und das war gut so, denn hätte man woanders eine Geschichte wie diese im kleinsten Kreis halten können?

Wen es am härtesten getroffen hatte, stand außer Frage, aber das war ihm erst über die Jahre bewusst geworden. Vielleicht wäre alles anders gekommen, wenn Thomas damals nicht das Band durchtrennt hätte.

»Wir werden so tun, als hätte es Viagello nie gegeben.«

Das waren Thomas' letzte Worte gewesen.

Wie würden seine lauten?

VIER

Als wir von der vierspurigen Schnellstraße auf die Strada Provinciale in Richtung Viagello abbogen, war es später Vormittag.
Trixie saß am Steuer, Danilo hinten, angelehnt an seine dicke Berta, und ich ließ meine Haare aus dem offenen Fenster wehen, während wir lauthals ein altes Kinderlied sangen, das ich beim Anblick der toskanischen Landschaft plötzlich auf der Zunge hatte:
»Gelb, gelb, gelb, sind alle meine Kleider, gelb, gelb, gelb, ist alles was ich hab, dar-u-hum lieb ich, alles was so gelb ist, weil mein Schatz ein ...«
Der Beruf des Schätzchens fiel uns nicht mehr ein, aber das Lied passte einfach perfekt. Endlose Getreidefelder mit riesigen, zusammengerollten Heuballen streckten sich zu beiden Seiten der Straße aus, und alle paar Kilometer fuhren wir an Heerscharen aus Sonnenblumen vorbei, die ihre leuchtenden Köpfe allesamt in dieselbe Richtung streckten. Hinter den Feldern sahen wir die ersten Weinberge. Ihre aufgereihten leuchtend grünen Reben schmiegten sich in die Konturen der Hügel, die wellenförmig bis zum Horizont reichten. In einige Hügel kauerten sich Steinhäuser, aber es gab keine Zäune oder Mauern, die ein Eigentum gegen ihre Umgebung abschirmten. Begrenzt wurde das unendliche Mosaik aus Grün-, Gelb-, Ocker- und Brauntönen höchstens von Zypressen, Pappeln oder dem Verlauf eines Baches.

»Diese Landschaft macht einen richtig besoffen«, seufzte Danilo, der immer wieder sein Smartphone zückte, um ein Bild zu machen und es seiner Mutter zu schicken, während Trixie nur mit genervtem Gestöhne auf die gesimsten *Alles gut?*-Fragen aus Deutschland reagierte. Mir war zu meiner großen Erleichterung jegliche Form der Kommunikation mit meinen Eltern erspart geblieben.

Trixie fischte sich den fünften Beef Jerky aus der Packung auf ihrem Schoß und zerrte wie ein Reißwolf an dem getrockneten Fleischlappen, während ihre andere Hand das Lenkrad steuerte. Obwohl sie ihren Führerschein erst vor einem halben Jahr gemacht hatte, war Trixie eine unglaublich gute Fahrerin, neben der ich mich total entspannen konnte. Obwohl – entspannt war ich gar nicht. Ich war aufgekratzt und glücklich und hätte mich am liebsten aus dem Fenster gehängt, um so viel Leben und Landschaft wie möglich einzuatmen.

Das Navi führte uns über mehrere Kreisverkehre durch winzige Dörfer, die zum Teil nur aus einem Kirchplatz und wenigen, oftmals völlig verlassen wirkenden Häusern bestanden. Wir passierten eine enge Brücke, folgten einer noch schmaleren Straße, deren Kurven Trixie sicher meisterte; und nach einem großen schwarzen Obelisken ging es rechts ab, immer bergauf in Richtung Viagello.

Es war mehr ein Dorf als ein Städtchen, und ich sah es schon von Weitem, wie es still und verschwiegen auf einem Hügel thronte. Seine halb im Sonnenlicht, halb im Schatten schimmernde Silhouette erinnerte mich an eine mittelalterliche Festung, deren dicht aneinandergedrängte Mauern nicht mehr die Offenheit der Landschaft, sondern Abwehr ausstrahlten.

Ich hätte mich nicht gewundert, Rittern und Burgfräulein zu

begegnen, aber als wir nach einer scharfen Rechtskurve auf der Hauptstraße das Dorf erreichten, landeten wir mitten im prallen Leben. Ein Wochenmarkt blockierte die Weiterfahrt, und Trixie, die wütende Flüche ausstieß, brauchte eine gute halbe Stunde, um einen Parkplatz am Dorfausgang zu ergattern.

Wir waren nur knapp zwei Stunden unterwegs gewesen, aber meine Beine kribbelten, als hätte ich den ganzen Tag im Wagen gesessen.

Es war heiß, anders als in Deutschland, auch anders als in Basel oder Florenz. Es war eine ländliche Hitze, trocken und rau, sie fasste mich an, jagte mit dem Einatmen durch meine Brust und brachte meine Haut zum Prickeln.

Wir liefen zu dritt los. Der Markt zog sich an einer Mauer entlang durch den ganzen Ort, der aus verwinkelten, treppenförmigen Gassen und Torbögen bestand. Die Häuser waren aus Naturstein gebaut, sodass sie sich kaum von der Farbe der kopfsteingepflasterten Straße absetzten. Nach wenigen Minuten erreichten wir den kreisrunden Dorfplatz, wo es eine Bar gab, hinter deren Theke ein Italiener mit wuchtigem Trommelbauch und riesigen Pranken Getränke ausschenkte. Im Inneren der Bar lief Fußball, ein paar Männer hockten rauchend davor, andere saßen draußen an runden Tischen aus rotem Plastik.

Erst jetzt wurde mir bewusst, dass ich die Italiener in Florenz unter all den Touristen kaum wahrgenommen hatte, während sie hier in der Überzahl waren und wir als Ausländer eine offensichtliche Ausnahme darstellten. Ein Italiener, der an einem der Tische saß und Rotwein trank, blinzelte uns aus stahlblauen Augen hinter seiner Zeitung zu. Er hatte einen Ziegenbart und seine schwarzen Haare waren von feinen silbergrauen Strähnen durchzogen. Mein herausgeplatztes *Buongiorno Signore* quittierte er mit einer amüsierten Aufwärtsbewegung des linken Mundwinkels. Gleich darauf verschwand sein Gesicht wieder hinter der Zeitung.

Wir überlegten kurz, ob wir uns an der Bar eine Cola holen sollten, entschieden uns dann aber, zuerst über den Markt zu schlendern, der ebenfalls so anders war als die von den immer gleichen Taschen, Gürteln und Sandalen überfrachteten Marktstände in Florenz, die sogar Trixie irgendwann auf den Geist gegangen waren.

Dies hier war eine Mischung aus Lebensmittel- und Trödelmarkt und das Erste, was mir auffiel, war die Welle aus Düften, die uns in der heißen Sonne entgegenschlug. Sie kam von den Ständen mit Käse, Oliven und anderen italienischen Spezialitäten, die sich mit antikem Schmuck, Porzellan, riesigen Grammofonen und winzigen Glasfigürchen abwechselten.

Danilo zog uns zu einem Stand mit Honig, hinter dem eine atemberaubend schöne Italienerin saß. Sie war vielleicht Anfang dreißig und der Inbegriff eines Rasseweibs, vollbusig, mit einer langen tiefschwarzen Haarmähne und schräg stehenden Augen, so leuchtend grün, dass ich unwillkürlich nach den Kontaktlinsen auf ihren Pupillen suchte, aber es schien ihre natürliche Augenfarbe zu sein.

»Miele di Tiglio biologico«, sagte die Italienerin zu Danilo. Sie tunkte einen kleinen Silberlöffel in ein offenes Honigglas, streckte es Danilo hin und schenkte ihm ein strahlendes Lächeln, das eine Zahnlücke zwischen den Vorderzähnen zum Vorschein kommen ließ.

»Bio-Lindenblütenhonig«, übersetzte Danilo für Trixie und schleckte den Löffel ab. »Dolcissima.«

»Sehr süß?« Trixie kickte ihm das Knie in den Hintern. »Meinst du den Honig oder die Bella Donna? Die ist zu alt für dich, aber du siehst auch gleich alt aus, wenn du ihr weiter auf die Titten starrst.«

Ich kicherte, aber dann stutzte ich, weil die Italienerin jetzt auch starrte, und zwar auf mich. Es kam mir vor, als suchte sie etwas in meinem Gesicht, und ihr Blick war so verstört, dass ich mich plötzlich furchtbar unwohl in meiner Haut fühlte. Trixie bemerkte es ebenfalls, sie stupste mich in die Seite. »Was glotzt die denn so?«, zischte sie mir ins Ohr.

»Stimmt was nicht?«, fragte ich auf Italienisch.

Die Italienerin schüttelte den Kopf. Jetzt lachte sie wieder. »Entschuldigung«, sagte sie. »Ich hab dich mit jemandem verwechselt.«

Dann wandte sie sich wieder Danilo zu, der ihr gleich zwei Gläser Honig abkaufte.

Trixie war schon zu einem Schmuckstand hinübergeschwirrt, wo Ketten, Armbänder und Ohrringe aus Sterlingsilber angeboten wurden.

»Gefällt mir richtig gut hier«, sagte sie. »Aber sag mal, bist du sicher, dass du da mit diesem Roman nicht was falsch verstanden hast? Ich meine, Sol Shepard und ein kleines italienisches Dörfchen? Das passt so gar nicht. Shepard ist Amerikaner, seine Romane spielen fast alle in L. A. Und was genau hat deinen Vater eigentlich so an diesem Text aufgeregt?«

Ich zuckte mit den Schultern. »Er wollte nicht darüber sprechen, aber ich bin sicher, dass ich den Namen nicht verwechselt habe. Ich –«

»– schau nicht hoch«, unterbrach mich Trixie.

»Was?«

Meine Freundin hielt meinen Arm fest, ihr Blick war in den Himmel gerichtet. »Du sollst nicht hochschauen.«

Unsere Handlungen, das weiß ich spätestens seit jenem Augenblick in Viagello, werden vom Unterbewusstsein gesteuert und folgen im Zweifel nicht dem Befehl der Vernunft, sondern machen das Gegenteil. Sagt uns jemand: *Denk nicht an einen blauen Elefanten,* denken wir natürlich an einen blauen Elefanten. Und obwohl mir in jenem Augenblick klar war, dass mich Trixie warnen wollte, weil sie meine Angst kannte, weil sie sich zu Recht Sorgen um mich machte, schaute ich hoch.

Über den Dächern des Dorfes war ein langes Seil gespannt, auf dem in gut zwanzig Metern Höhe – genau über meinem Kopf – ein junger Mann in einem leuchtend roten T-Shirt balancierte. Mein Schrei war so laut, dass ich selbst erschrak, er übertönte das Stimmengewirr der Italiener, gellte durch den vollen Marktplatz bis hinauf zu dem jungen Mann, der jetzt auf seinem Seil schwankte. Etwas fiel nach unten – nicht er, das konnte ich gerade noch wahrnehmen, bevor ich mir die Hände vor die Augen presste und in Danilos Arm kippte. Zitternd rang ich nach Atem, aber meine Bronchien zogen sich krampfartig zusammen, und meine Luftröhre wurde so eng, dass nicht mal ein Staubkorn darin Platz gehabt hätte. Klebrig schwarze Angst kroch mir in die Glieder, während Danilo mich fest im Arm hielt und Trixie sich in meiner Umhängetasche zu schaffen machte, aus der sie nach einer gefühlten Ewigkeit mein Asthmaspray herauszog und es mir in die Hand drückte. Drei Schübe pumpte ich in mich hinein, gierte nach dem erlösenden Gefühl, dass meine Bronchien sich weiteten und ich wieder atmen konnte.

»Du bekloppte Kuh«, schimpfte Trixie, der jetzt auch der Angstschweiß auf der Stirn stand. »Hast du nicht gehört, was ich gesagt habe?«

»Doch«, krächzte ich. »Hab ich.«

Ich starrte auf den Boden aber dass die Blicke der umstehenden Italiener auf mich geheftet waren, entging mir natürlich nicht. »Tutto a posto?«, hörte ich eine Stimme fragen. Ich winkte nickend ab, ohne aufzuschauen, und dann sah ich das Buch. Unweit von meinen Füßen lag es neben einem Käsestand, aber die allgemeine Aufmerksamkeit galt mir, und ich war froh, als sich die Menge zerstreute und ich das Gefühl hatte, wieder frei durchatmen zu können.

Ich hob das Buch auf. Es war deutsch, eine zerfledderte Ausgabe von Nietzsches *Jenseits von Gut und Böse*. Der schmale Buchrücken war gebrochen, ein paar Seiten hatten sich gelöst und flatterten im Wind.

»Das ist dem Typen da oben runtergefallen«, sagte Danilo. Er grinste schief. »Sei froh, dass du ihn nicht zu Fall gebracht hast – einen philosophischen Seiltänzer sieht man ja wirklich selten.«

»Auf den Schreck brauch ich erst mal ein Eis«, sagte Trixie. Sie zeigte auf eine Gelateria. »Komm, wir gönnen uns eine Pause.«

»Macht ihr nur«, sagte ich. »Ich muss ein bisschen laufen – allein.«

Danilo sah mich stirnrunzelnd an, und Trixie neigte besorgt den Kopf.

»Hey.« Ich streckte den Daumen in die Höhe. »Ich bin wieder fit, macht kein großes Ding draus, okay? Es ist mir peinlich genug, ich will einfach nur ein bisschen durchschnaufen.«

»Wir warten auf dich« sagte Trixie. »Wir setzen uns hier auf die Mauer, aber pass du bitte auf, dass du nicht wieder Fraukreisch-in-die-Luft spielst, okay?«

Ich grinste. »Keine Sorge. Bis gleich.«

Trixie und Danilo stellten sich an der Eisdiele an. Ich schlenderte mit einem engen Gefühl in der Brust weiter den Markt entlang, stellte aber schnell fest, dass der Trubel und die lauten Stimmen mich noch mehr bedrängten, und beschleunigte mein Tempo. Ich war froh, als es am Ausgang der Marktgasse ruhiger wurde, und setzte mich auf eine Treppe in einem der Torbögen, die in den oberen Teil des Dorfes führten.

Und dort begegnete ich Luca.

Natürlich wusste ich damals noch nicht, wie er hieß, ich wusste nur, dass er der Seiltänzer von eben war, der sich offenbar an meine Fersen geheftet hatte. Obwohl ich kaum mehr als einen kurzen Blick auf ihn geworfen hatte – in jener Schocksekunde, ehe der Anfall einsetzte, erkannte ich ihn sofort. Vielleicht wegen des roten T-Shirts und des blauen Seils, das aus seinem Rucksack heraushing. Vielleicht aber auch wegen seiner Art zu gehen. Jetzt, wo er festen Boden unter den Füßen hatte, bewegte er sich immer noch in diesem leichtfüßig federnden und gleichzeitig wachsamen Gang, als hielte er auf einem unsichtbaren Seil über einem Abgrund sein Gleichgewicht. Vor den Stufen blieb er stehen.

Ich sah zu ihm hoch.

Er sah zu mir runter.

Siebzehneinhalb. Klein. Schlank, schmale Taille, kräftige Arme. Ovalrunde Gesichtsform, große Nase, volle Lippen. Die Oberlippe geschwungen wie bei einem fliegenden Vogel, so wie Kinder ihn malen. Ein Muttermal rechts über der Oberlippe. Hennarot gefärbte Haare, ein Pfauenfederohrring im rechten Ohrloch, drei schwarze Salzwasserperlen im linken. Augen in einem hellen, durchscheinenden Graublau, die Iris schwarz umrandet. Ein direkter Blick, nicht fordernd, eher abwehrend.

Das war ich.

Irgendwo zwischen achtzehn und Anfang zwanzig. Nicht besonders groß. Sehniger, drahtiger Körper. Lockige Haare, kastanienbraun, heller als das vieler Italiener, am Hinterkopf zusammengebunden. Ein paar unordentlich heraushängende Strähnen, die sich in der Hitze kringelten. Vereinzelte Sommersprossen auf den Wangenknochen. Eine prägnante Nase mit geschwungenen Nasenflügeln, die beim Atmen ganz leicht bebten. Zwischen Nase und Mund eine tropfenförmige Kuhle. Intensive, tief liegende Augen, in einem hellen Braun wie karamellisierter Kandiszucker. Ein großer Mund mit einem Lächeln, das vom einen Ohr bis zum anderen reichte. Das Lächeln eines Jokers mit breiten Lachfalten, aber dahinter ein lauerndes Brodeln. Eine versteckte Wut. Und dahinter: Verletzlichkeit.

Das war er.

Sah ich all das wirklich schon in den ersten Sekunden? Im Rückblick habe ich mich das oft gefragt, bin aber immer wieder zu derselben Antwort gekommen: Ja, es war so. Ich nahm diesen Jungen auf eine Weise wahr, wie ich es noch nie zuvor bei einem Fremden erlebt hatte, und in diesem wortlosen ersten Augenblick dachte ich etwas Merkwürdiges: Wenn ich jetzt aufstehen würde, müsste ich mich nur auf die Zehenspitzen stellen, um ihn zu küssen.

Es war ein Gedanke, der mich verwirrte, ja verstörte, genau wie das Gefühl von Vertrautheit, das ich für diesen Fremden empfand. Er ging vor mir in die Hocke und streckte seine Hand aus, wonach, das erkannte ich erst, als er es mir sagte. Seine Fingernägel waren bis aufs Fleisch abgebissen und an einigen Stellen blutig.

»Du hast mein Buch«, sagte er.

»Du sprichst Deutsch«, sagte ich.

Das Jokerlächeln wurde noch breiter. »Du auch. Aber vor allen Dingen kannst du brüllen. Hast du das im Urwald gelernt?«

»Tut mir leid«, sagte ich zerknirscht. »Ist sonst nicht meine Art, aber ich hab mich erschreckt. Tanzt du da oben ohne Absicherung rum?«

»Hältst du mich für so lebensmüde?« Er grinste und hob sein T-Shirt hoch, sodass ich den Gurt um seine Hüften sehen konnte. »Wenn ich falle, hänge ich im Haken, das ist alles.«

»Trotzdem.« Ich wagte nicht, noch einmal über die Dächer zu sehen. »Hast du keine Angst da oben?«

»Doch«, sagte er. »Aber darauf kommt es an. Die Furchtsamkeit ist ein Gradmesser der Intelligenz.«

»Aha.« Ich runzelte die Stirn. »Dann bist du wohl ein ziemlich kluges Kerlchen. Schmeißt du immer mit solchen Sprüchen um dich?«

»Nicht ich.« Der Seiltänzer tippte auf das Buch. »Sondern er. Und geschmissen hat ihn dein Geschrei. Nietzsche saß wohl etwas zu locker in meiner Hosentasche. Kann ich ihn zurückhaben?«

Ich reichte ihm das Buch, es war mir peinlich, dass ich es, ohne nachzudenken, mitgenommen hatte, und er stopfte es in seine rechte Jeanstasche, die im Unterschied zur linken nicht zerrissen war.

»Wo kommst du her?«, fragte er.

»Aus Hamburg. Und du?«

»Von hier. Aber meine Mutter ist Deutsche. Und du machst Urlaub?«

»Ja. Mit meinen Freunden.« Die wahrscheinlich schon besorgt auf mich warteten, wie mir gerade einfiel. Ich stand auf, es war Zeit zu gehen, aber ich wollte nicht und spürte, dass es ihm ähnlich ging. Auch er war aufgestanden. Er sah mich an mit seinem breiten Lächeln, in das sich plötzlich auch etwas Scheues mischte. Im Hintergrund hörte ich die Geräusche vom Markt und ich kam mir vor wie in einer Seifenblase, in der man atemlos wartet, dass sie platzt.

Es war ein seltsamer Moment, weil wir beide nicht wussten, was wir sagen sollten.

»Na denn«, murmelte ich. »Noch mal Entschuldigung wegen eben. Und viel Glück bei deinen Intelligenztests.«

Ich wollte mich an ihm vorbeischieben, aber er hielt mich am Arm. »Ich heiße Luca«, sagte er. »Und du?«

»VITA?« Die Antwort kam von Trixie, die jetzt mit Danilo auf mich zugestürmt kam. »Mensch, wo warst du denn, wir dachten schon…«

Trixie hielt inne und starrte von mir zu dem Seiltänzer. »Wen hast du denn da aufgegabelt? Ist das nicht der Typ von da oben?«

»Er spricht Deutsch«, murmelte ich. »Luca. Das sind Trixie und Danilo. Meine Freunde, mit denen ich unterwegs bin.«

»Du bist ziemlich gut«, sagte Danilo. »Wo hast du das gelernt?«

»Von mir«, sagte Luca. »Ich hab einfach geübt, da war nix Großes dabei.«

»Aber du hast hoffentlich auf dem Boden angefangen?«, fragte Trixie. »Kommst du vom Zirkus?«

»Nein. Ich komme von hier.« Luca strich sich eine Locke aus den Augen. Sein Ton klang leicht genervt, es war offensichtlich, dass ihn die Unterbrechung unseres Gespräches ärgerte und er sich zusammenreißen musste, um höflich zu bleiben.

Trixie schüttelte ungläubig den Kopf. »Und hast du keine Angst, dir den Hals zu brechen?«

»Die Furchtsamkeit ist ein Gradmesser der Intelligenz«, sagte ich und auf Trixies perplexes »Hä?« fingen Luca und ich an zu lachen.

»Wir sollten uns langsam auf den Weg machen«, sagte Danilo. »Wir müssen noch einen Platz für die Nacht finden.«

»Wie seid ihr denn unterwegs?«, fragte Luca.

»VW-Bus«, erwiderte Danilo. »Du weißt nicht zufällig, wo es in der Nähe einen Campingplatz gibt?«

»Da gibt es mehrere. Der nächste ist in Grosseto. Aber …« Luca sah von Trixie und Danilo zu mir und sein Ton war jetzt wieder offen und herzlich. »… ihr könnt heute auch bei meinen Eltern auf dem Grundstück campen. Das sind nur ein paar Minuten Fahrzeit von Viagello aus. Habt ihr Lust?«

»Haben wir Lust?«, fragte Trixie und zwinkerte mir zu. Ich zuckte mit den Schultern, ohne ein Wort hervorzubringen, aber Danilo befreite mich mit einem selbstverständlichen Nicken aus meiner Verlegenheit.

»Schön«, sagte Luca. »Dann treffen wir uns bei der Tankstelle am Ortsausgang. Ich hab einen roten Fiat. Fahrt einfach hinter mir her, okay?«

Im Weggehen drehte er sich noch mal zu mir um. Als wir eine Viertelstunde später im Bulli hinter Lucas klapprigem Fiat über die kurvige Straße fuhren, fühlte ich mich wie betäubt – und das lag nicht an der hohen Temperatur dieses Sommertages, sondern an einer flirrenden Hitze, die von innen kam und von der ich bisher nicht gewusst hatte, dass es sie gab.

FÜNF

Ungefähr einen Kilometer, nachdem wir die letzten Häuser von Viagello hinter uns gelassen hatten, bogen wir von der Straße ab und in einen Feldweg ein. Der Bulli holperte über die unebene, von Steinen und Wurzeln durchsetzte Fläche. Die Zweige der Büsche schrammten an die Fenster, in den Scheibenwischern verfingen sich Blätter, und mehr als einmal rumpelten wir in ein Schlagloch, sodass Trixie irgendwann nur noch Schritttempo fuhr. Wir kamen an einem Friedhof mit einer kleinen Kapelle vorbei, fuhren durch ein dichtes Waldstück, passierten eine Wasserzapfstelle und eine riesige, uralte Eiche. Dahinter tauchte eine Einfahrt auf, an der ein leuchtend roter Landbriefkasten stand.

Toter Vogel.

Ohne jeden Zusammenhang jagte das Bild eines Vogelbabys durch meinen Kopf, hellgrau und flauschig, mit verdrehtem Genick. Aber es löste sich auf, bevor ich es greifen konnte.

Die Einfahrt gabelte sich in drei Richtungen. Links führte sie zu einem Schotterplatz, auf dem einige Wagen parkten. Geradeaus kam man zu einem Anwesen, auf dem ich die Umrisse eines alten toskanischen Bauernhauses erkennen konnte. In der Ferne hörte ich Kinderstimmen und das Bellen eines Hundes.

Luca bog nach rechts auf einen schmalen, von Büschen überwucherten Pfad, der nach einigen Haarnadelkurven auf einem breiten Hügelkamm endete.

Wir waren angekommen.

Das Erste, was ich wahrnahm, war die Stille. Sie war da, sobald wir die Motoren ausgeschaltet hatten, und überwältigte mich.

Dieser Platz war wildromantisch. Wie auf einem Plateau lag er inmitten der grünen Hügel mit einem weiten Blick ins Tal. Oliven- und Obstbäume durchsetzten die von der Sonne ausgebliche Grasfläche, überall wuchsen wilde Blumen, gelbe, weiße und lilafarbene. Zwischen einigen Bäumen spannten sich Seile in verschiedenen Höhen und Farben, offensichtlich hatte Luca hier sein Übungsgelände angelegt, eine Art Seiltanzgarten.

Auf der rechten Seite sah ich einen Gemüsegarten, den linken Teil säumten mächtige Kiefern, in deren Schatten ein alter Bauwagen stand. Er war aus Holz, seine dunkelgrüne Farbe verschmolz mit den tief hängenden Zweigen. Nur die roten Fensterrahmen hoben sich ab, und auf die Tür war mit goldener Farbe ein Satz gesprüht, den ich von Weitem nicht erkennen konnte.

»Wow«, platzte Danilo schließlich heraus. »Hier wohnst du?«

Luca nickte. »Das Gelände gehört meinen Eltern, aber dieses Stück haben sie mir schon vor ein paar Jahren überschrieben. Aufgewachsen bin ich da drüben.« Luca zeigte in die Richtung des Anwesens, von dem nur noch ein Stück Hausdach zu sehen war. »Und seit letztem Sommer lebe ich hier.«

Sein Blick ruhte auf mir und die Stille, die uns jetzt wieder einhüllte, war mir plötzlich körperlich unangenehm. Ich wünschte mir, dass irgendjemand noch etwas sagte oder fragte, und hoffte gleichzeitig, dass Trixie keinen blöden Spruch losließ.

Äußerlich stand ich da wie festgenagelt, aber in mir zappelte und kribbelte es. Ich fühlte eine unbändige Energie, ich wollte sie loswerden, aber ich wusste nicht, wohin damit. Ich war so sehr *hier*, dass ich es kaum aushalten konnte. Wäre ich ein kleines Kind gewesen, hätte ich in die Hände klatschen, auf und ab hüpfen oder mich mit ausgebreiteten Armen im Kreis drehen können. Aber ich war kein kleines Kind, sondern eine Siebzehnjährige, die nach Worten rang und sich komplett lächerlich vorkam. Du meine Güte, wir hatten in den letzten Tagen alle möglichen Leute kennengelernt, nicht eine Sekunde war uns der Gesprächsstoff ausgegangen und auch sonst war ich nicht der Typ, dem es die Sprache verschlug.

»Luca?« Hinter meinem Rücken ertönte die raue Stimme einer Frau, die jetzt neben Lucas Fiat auftauchte. Dichte rote Locken fielen ihr über die Schultern. Sie war in etwa so alt wie meine Mutter, sah ungeduldig aus, und irgendetwas an ihren Gesichtszügen ließ darauf schließen, dass sie Lucas Mutter war. Gekleidet war sie wie eine Hippiebraut aus den Siebzigern, barfuß, grüne Pluderhosen, eine ärmellose orangefarbene Bluse, die über dem Bauchnabel zusammengeknotet war, und an ihrem Hals baumelte eine lange braune Holzkette mit einem Amulett.

»Die Gäste sind da«, rief sie, ohne uns weiter zu beachten. »Ich warte schon seit Ewigkeiten auf dich, du hast doch gesagt, du hilfst beim …«

»Ich komme!«

Luca hob entschuldigend die Schultern, aber er schien die Ablenkung ebenso erleichtert zu begrüßen wie ich.

»Ich muss noch ein paar Dinge erledigen«, murmelte er. »Fühlt euch wie zu Hause, ich bin bald wieder da.«

Luca verschwand und Trixie boxte mir in die Seite.

»Krass«, sagte sie.

»Die Frau da eben?«, fragte ich.

Danilo musste lachen und Trixie sagte: »Ihr beiden, Schätzchen. Zwischen euch berührt man besser nicht die Luft, sonst kriegt man einen Elektroschock.«

Ich widersprach nicht, es war einfach zu offensichtlich, obwohl ich nicht im Mindesten damit klarkam, was hier gerade passierte.

»Und jetzt?«, fragte ich hilflos.

»Keine Ahnung.« Trixie stemmte die Hände in die Hüften. »Der Bär steppt hier nicht gerade.«

»Was hast du erwartet?«, fragte Danilo. »Eine Open-Air-Disco? Das hier ist das Paradies, und ich für meinen Teil weiß sehr genau, was ich jetzt will.« Er zog eine Decke aus dem Bulli. »Ich werd mir einen Platz zum Meditieren suchen.«

»Na dann«, Trixie gähnte, »grüß Onkel Buddha. Ich geh 'ne Runde pennen. Und du, Vita, steck am besten deinen Kopf in kaltes Wasser, damit du ein bisschen runterkühlst.«

Als Trixie im Bulli und Danilo hinter einer der Kiefern verschwunden waren, fühlte ich mich deutlich besser. Ich brauchte kein kaltes Wasser, aber in meiner Kehle juckte und kribbelte die Lust, laut in die Landschaft zu rufen, und noch immer hatte ich diesen unbändigen Bewegungsdrang in mir. Wenigstens war ich jetzt allein. Ich breitete die Arme aus, legte meinen Kopf in den Nacken und fing an, mich zu drehen, immer schneller und schneller, bis Himmel und Erde eine wirbelnde Einheit wurden. Als ich wieder zum Stehen kam, war mir schwindelig, aber ich musste lachen. Ich kam mir wirklich vor wie ein Kind. Ich war einfach nur glücklich.

Die Mirabellen an den Bäumen schimmerten in einem satten Gelb. Ich pflückte eine. Prall und warm von der Hitze lag sie in meiner Hand, und als ich hineinbiss, schloss ich die Augen, überwältigt von ihrem süßen, saftigen Geschmack. Eine Weile lang streifte ich durch den kleinen Gemüsegarten. Hier wuchsen

Auberginen, Paprika, Salat und Tomaten, die sich in leuchtend roten Stauden an die Ranken der Sträucher drängten. Ich fragte mich, ob Luca das Gemüse gepflanzt hatte, und sah seine Finger mit den abgebissenen Nägeln vor mir, wie sie sich tief in die Erde gruben. Ich stellte mir vor, wie Luca hier lebte, dachte darüber nach, was für ein Verhältnis er zu seinen Eltern hatte, ob es Geschwister gab, wie seine Freunde waren und ob es vielleicht auch eine Freundin gab.

Als ich irgendwann zu dem alten Bauwagen hinüberging, las ich den Satz, der mit Goldfarbe auf die Tür gesprüht war.

Man muss noch Chaos in sich tragen, um einen tanzenden Stern gebären zu können.

Ich legte meine Hand an die Klinke der Bauwagentür, drückte leicht, aber als die Tür aufsprang, kam ich mir plötzlich wie ein Eindringling vor und machte sie beschämt wieder zu. Auf Zehenspitzen lugte ich durch die staubigen Fenster des Wohnwagens ins Innere. Ich sah ein ungemachtes Bett und darüber eine Regalfläche mit Büchern. Auf einem Klapptisch türmte sich Geschirr, auf den Boden lagen Klamotten, und an der Wand hingen Fotos, die ich von hier aber nicht erkennen konnte. Hinter dem Bauwagen entdeckte ich eine Gartendusche mit einem gepflasterten Ablaufbecken und ein winziges Klohäuschen aus Holz, das genau wie der Bauwagen dunkelgrün gestrichen war.

Ich legte mich in die Hängematte, fand aber keine Ruhe, stand wieder auf und ging zu dem leuchtend roten Seil, das zwischen zwei Kastanien gespannt war. Es war das niedrigste von allen, einen guten halben Meter über dem Boden. Eigentlich war es mehr ein Band als ein Seil, ein elastischer Riemen aus Nylon, etwa in der Breite eines Gürtels, und mir fiel ein, dass ich diese Dinger auch aus Hamburg kannte. Slacklines. Nur, dass die Hamburger sie nicht in schwindelnder Höhe spannten wie offensichtlich Luca. Ich versuchte, den beklemmenden Gedanken an den Marktplatz wegzudrücken, wo ich ihn zum ersten Mal gesehen hatte, aber es gelang mir nicht.

Wie lange hatte er geübt? Wie sicher musste man sein, um über den Dächern in der Luft zu tanzen, und wie viel Chaos musste man in sich tragen, um den Sternen auf diese Weise nah zu sein? Ich setzte einen Fuß auf das Band, dann den anderen. Das Band war elastisch, gab unter meinem Gewicht nach, aber natürlich kam ich gleich ins Schwanken und sprang ab. Als ich weitere erfolglose Versuche startete, mich auch nur den Bruchteil einer Sekunde auf dem Seil zu halten, hörte ich hinter mir plötzlich ein leises Lachen. Ich fuhr herum. Luca lehnte mit verschränkten Armen an einem Olivenbaum.

»Du darfst nicht auf deine Füße schauen.«

Er kam näher, mit einem amüsierten Zucken um die Mundwinkel. »Gib mir deine Hand«, sagte er.

Seine Finger waren warm und fest. Er stützte mich, als ich den linken Fuß aufsetzte, wieder schwankte ich, aber sein Griff hielt mich im Gleichgewicht.

»Lass den anderen Fuß erst mal in der Luft«, wies er mich an. »Schau nach vorn. Die Balance liegt in der Mitte deines Körpers. Die Hüften locker und ein bisschen in den Knien nachfedern. Und vor allem: Denk nicht nach.«

Mein ganzes Bein zitterte, aber ich tat, was Luca sagte, und nach zwei weiteren Versuchen fand ich die Balance. Ich stand jetzt mit zwei Füßen auf dem Seil, mein rechter Arm ruderte in der Luft, der linke, dessen Hand Luca noch immer festhielt, war ganz ruhig.

»Ich stehe«, presste ich erstaunt hervor – und stolperte im nächsten Augenblick seitwärts wieder runter, Luca fast in die Arme.

»So fängt es an«, sagte er lachend. »Wenn du weiter übst, kannst du mit mir auf die Dächer.«

»Du meinst, du hast die nächsten Jahre einen Platz zur Untermiete frei?«

»Klar«, sagte Luca. »Für Kost, Logis und Training übernimmst du meinen Job als Haussklave und hältst unsere Feriengäste bei Laune. Oder ihre Schoßhündchen. Macht ihr in Deutschland eigentlich alle diesen Wirbel um eure Hunde? Die Neuen haben ihren Mops mitgebracht. Du weißt nicht zufällig, wo ich einen Hunde-Ventilator herbekomme?«

»Einen Hunde-Ventilator?«

»Yep.« Luca verdrehte die Augen. »Der kleine Mops aus Wuppertal ist nicht nur allergisch gegen Flöhe und ernährt sich streng biologisch, sondern hat vor allem ernsthafte Schwierigkeiten mit unserem Klima. Kein Scherz – sein mopsiges Herrchen hat wirklich gefragt, wo es hier den nächsten Biometzger gibt und ob wir seinem Liebling einen Ventilator ins Zimmer stellen können.«

Jetzt musste ich auch lachen – und plötzlich war alles ganz einfach. Luca erzählte mir, dass seine Eltern mehrere Ferienwohnungen vermieteten, die sich über das riesige Grundstück verteilten. Die Frau, die ihn eben gerufen hatte, war tatsächlich seine Mutter gewesen.

»Bist du oft in Deutschland?«, fragte ich.

»Ab und zu. Bei meinen Großeltern. Meine Mutter kommt aus Berlin.«

»Da wollen Trixie und Danilo studieren«, sagte ich. »Und ich bin in Berlin geboren.« So stand es jedenfalls in meinem Pass, aber an unser Leben dort konnte ich mich ebenso wenig erinnern wie an das Leben mit meiner Schwester.

»Und woher kommt dein Vater?«, fragte ich Luca.

»Aus Viagello.«

Ich verkniff mir das Lächeln. »Eine Urlaubsliebe?«

»Nee.« Luca machte eine abfällige Handbewegung. »Das Klischee haben sie ausgelassen. Meine Eltern haben sich in Deutschland kennengelernt. Ein Studienfreund meines Vaters hat dort geheiratet und meine Mutter war die beste Freundin der Braut.«

»Und dann?«

»Du willst es aber wissen.« Luca grinste amüsiert. »Studierst du Liebesgeschichten?«

»Idiot.« Ich setzte mich auf das Seil und schaukelte ein bisschen hin und her, irritiert über mich selbst. Es passte überhaupt nicht zu mir, so nachzuhaken. »Ich find es nur spannend, wie Menschen sich kennenlernen«, murmelte ich.

Luca saß mit gekreuzten Beinen vor mir im Gras. Er hatte einen Grashalm zwischen den Lippen und sah mir direkt in die Augen. »Ich auch«, sagte er.

Ich schluckte, fühlte wieder, wie die Hitze in mir hochkroch, und konnte es nicht aushalten, ihn weiter anzusehen.

»Es ging ziemlich schnell bei den beiden«, beantwortete er jetzt doch meine Frage. »Meine Mutter hat meinen Vater ein paarmal in Italien besucht, dann hat er sie gefragt, ob sie nicht ganz hierbleiben will, und sie hat Ja gesagt. Mein Bruder und ich sind hier groß geworden.«

»Wie alt ist dein Bruder?«

»Zweiunddreißig.«

So alt? Ich sah zu Luca. »Und du?«

»Ich bin der Kleine«, sagte er, und plötzlich kam sein Lächeln mir traurig vor. Er hob ein Schneckenhaus auf, das zwischen seinen Füßen im Gras lag, und wiegte es in seiner Handfläche. Als er mit dem Finger der anderen Hand auf das glänzende Gehäuse tippte, sah ich wieder den abgebissenen Nagel. Kraterförmig grub er sich ins Fleisch, die winzige Kuppe war rosig, aber die Ränder sahen aus wie zerfetzt, als wäre ein Raubtier darüber hergefallen. Ich ekelte mich nicht, stattdessen wollte ich seine Hand zwischen meine nehmen und seine Fingerspitzen küssen. Natürlich hätte ich mich das in diesem Moment nie getraut, doch als Luca merkte, dass ich auf seinen Finger starrte, warf er das Schneckenhaus weg und verschränkte die Arme vor seiner Brust.

»Ich bin neunzehn«, setzte er hinzu. »Und du?«

»Siebzehn.«

»Vita«, sagte er und sah mir in die Augen, wieder mit diesem vagen Lächeln auf den Lippen. »Das Leben also, was?«

Ich runzelte die Stirn.

»Lateinisch. Vita. Leben. Hast du italienische Vorfahren?«

Ich verzog das Gesicht. »Nein, nur einen Namen, der nicht zu mir passt.«

Mein Geburtsname war Viktoria, aber die Abkürzung Vicky fand ich noch bescheuerter. Vita hatte ich mich selbst genannt. Das erste Mal in der Schule, als wir üben sollten, unseren Namen zu schreiben. Ich saß neben einer Lea und war total neidisch, dass sie fünfmal so schnell fertig war wie ich. Also fischte ich mir aus dem Buchstabengewimmel von Viktoria den Namen Vita heraus, was meine Lehrerin zum Glück sehr kreativ gefunden hatte. Ich hatte keine Ahnung, was der Name bedeutete, aber ich hatte einfach aufgehört, auf Viktoria oder Vicky zu hören. Die Einzige, bei der die Masche nicht gezogen hatte, war meine Mutter. Sie weigerte sich beharrlich, mich bei diesem Namen zu nennen, und ich zuckte bis heute genervt zusammen, wenn sie mich mit meinem vollen Namen ansprach.

»Vita steht dir gut«, sagte Luca. »Warst du schon mal in Italien?«

Ich ließ meinen Blick über das Grundstück hinweg ins Tal schweifen. Die Luft war milder geworden, und das Licht war jetzt weich und sanft. Zwischen den Hügeln, die in unzähligen Grüntönen schimmerten, lugten vereinzelte Grundstücke hervor. Eines davon hatte eine angrenzende Koppel, auf der ich zwei Pferde erkennen konnte und oberhalb auf einem Kamm lag ein großes Steinhaus mit einem Turm, der einsam aus den Zypressen herausragte.

»Nein«, sagte ich. »Noch nie.«

Ich sah mich zu dem Bauwagen um, hinter dem jetzt Danilo mit seiner Decke in der Hand hervorkam. Er winkte uns zu, aber verschwand dann in Richtung Bulli, und ich war froh, noch eine Weile mit Luca allein zu sein.

»Von wem ist der Satz auf der Tür?«, fragte ich.

»Von meinem alten Freund. Nietzsche.«

»Studierst du Philosophie?«

Luca verzog das Gesicht. »Nein. Ich hab keine Lust, in irgendeinem Hörsaal zu sitzen und Professoren predigen zu hören. Aber Nietzsche gefällt mir. Ich hätte mich gern mit ihm unterhalten.«

»Und was magst du an ihm?«

»Er war leidenschaftlich«, sagte Luca. »Jedenfalls in seinen Ansichten. Er hat Gott für tot erklärt und die Menschen mit gefangenen Tieren verglichen. Aber er hat an das Leben geglaubt und an das Übermenschliche. Für mich war er mehr ein Dichter als ein Philosoph. Viele Kritiker finden ihn kitschig und durchgeknallt, mit Letzterem haben sie sicher recht. Größenwahnsinnig war er auf alle Fälle, und irgendwie nicht von dieser Welt, obwohl er in ihr gefangen war. Von ihm kommt auch der Satz, dass der Mensch ein Seil ist, geknüpft zwischen Tier und Übermensch. Ein Seil über dem Abgrund.«

Auch in Lucas Gesicht funkelte jetzt etwas Leidenschaftliches. Seine Augen flackerten, und seine Nasenflügel bebten. Ich hielt unwillkürlich die Luft an und hoffte, dass er nicht merkte, wie gern ich ihn ansah. Er war auf eine Art schön, die von innen kam. In seinem Gesicht war nichts Dunkles, aber trotzdem strahlte es Tiefe aus – und irgendwie auch etwas Verlorenes, das mir auf eine sprachlose Weise bekannt vorkam.

Ich dachte über den Satz nach, den er von Nietzsche zitiert hatte.

»Tanzt du deshalb da oben durch die Luft?«, fragte ich. »Denkst du an den Tod, wenn du über das Seil läufst?«

Luca schüttelte den Kopf.

»Du hast vorhin im Dorf zugegeben, dass du Angst hast.«

»Hab ich auch«, sagte Luca. »Aber nicht vor dem Tod. Wenn ich da oben bin, fühle ich eher, was das Leben ist. Es gibt schlimmere Abgründe als den Tod, in die es dich stürzen kann.«

Ich schwieg, und als mich Luca jetzt ansah, lächelte er nicht.

»An wen denkst du gerade?«, fragte er.

Mir fiel auf, dass er nicht *was*, sondern *wen* gesagt hatte, und fühlte mich ertappt.

»An meine Mutter«, sagte ich und senkte den Kopf. »Hey, wer ist denn das?«

Vor mir im Gras schob sich eine Schildkröte auf uns zu. Ihr goldbrauner Panzer schimmerte im Sonnenlicht, und ihre pechschwarzen Reptilienaugen blickten wachsam hin und her.

»Sie heißt Siddharta«, sagte Luca.

Ich grinste. »Du magst also auch Hermann Hesse?«

»Nein. Meine Mutter mochte Bhagwan Shree Rajneesh.«

»Wen?«

Luca verdrehte die Augen. »Einen indischen Guru. Seine Jünger sind damals alle in roten Klamotten rumgelaufen und nach Portland oder Indien gepilgert, um dort in Ashrams zu leben und sich auf einen neuen Namen taufen zu lassen. Siddharta hieß ein Ex meiner Mutter aus dieser Zeit.«

Ich streckte meinen Finger nach der Schildkröte aus. »Darf ich sie – äh … ihn – anfassen?«

»Klar, er beißt nicht.«

Ich nahm die Schildkröte hoch. Ihr Panzer war ganz warm von der Sonne.

»Meine Mutter hat ihn aus Deutschland mitgebracht«, sagte Luca. »Siddharta hat lange drüben auf dem Grundstück meiner Eltern gewohnt. Aber als ich hierhergezogen bin, hat er beschlossen, mit umzusiedeln. Ich überlege ebenfalls, ihn umzutaufen.« Luca grinste. »Ich finde, Zarathustra passt besser zu ihm.«

Ich zuckte mit den Schultern. »Vielleicht findet er die Erfüllung seiner tiefsten Sehnsüchte nicht in irgendwelchen philosophischen Namensvettern, sondern einfach hier, im italienischen Gras?«

»Hast recht.« Luca lächelte. Er hielt der Schildkröte ein Stück Löwenzahn hin, das sie zwischen ihren Kiefern zermalmte.

Schildkröten haben keine Zähne, Mäuschen.

»Hey, alles klar?« Luca sah mich an. »Was denkst du?«

»Nichts«, sagte ich verwirrt – und diesmal war ich erleichtert, dass Trixie ihren Kopf aus dem Wohnwagen streckte.

»Ich sterbe vor Hunger«, rief sie. »Kann mich bitte jemand retten?«

Nach ihren fast drei Stunden Siesta war Trixie bester Laune und Danilo sein ruhiges, ausgeglichenes Selbst. Wir hatten geduscht, das Wasser war sogar warm und nach den schrottigen Sanitäranlagen auf dem Campingplatz in Florenz kam mir Lucas kleines Freiluftbad unter den schattigen Bäumen wie der reinste Luxus vor.

Später machte Luca Feuer, wir saßen um einen Klapptisch vor seinem Bauwagen und grillten. Ich hatte Salat und Tomaten aus Lucas Gemüsegarten gepflückt, den er tatsächlich selbst angelegt hatte, und daraus einen einfachen Salat gemacht. Danilo hatte sich Lucas Fiat ausgeliehen, und im Ort noch Würstchen und Lammkoteletts für uns und Grillkäse für sich selbst besorgt. Außerdem spendierten er und Trixie den Nachtisch, mit dem die beiden jetzt auch mich überraschten. Eine ihrer wenigen Gemeinsamkeiten war Backen ohne Rezept – und für unsere Reise hatten sie ayurvedische Kekse mit Smarties gebacken, die Luca grinsend als genialste Erfindung der ostwestlichen Hemisphäre lobte.

Diesmal unterhielten wir uns selbstverständlicher, ohne peinliche Pausen oder krampfiges Suchen nach Gesprächsstoff. Wir erfuhren, dass Luca letztes Jahr mit der Schule fertig geworden war. Über das, was er mal machen wollte, schwieg er sich aus, aber er erzählte, dass sein Bruder und er in einem nahe gelegenen Weingut jobbten und Luca seinen Eltern mit den Gästen half.

»Macht ihr eigentlich Work and Travel?«, fragte er uns. »Wenn ja, kann ich euch vielleicht etwas vermitteln. Der Winzer, bei dem ich arbeite, hat oft Bedarf, obwohl da meistens erst zur Weinlese richtig was los ist. Aber meine Cousine Alice sucht für ihren Hof auch immer mal wieder nach Hilfskräften.«

Er sah von Trixie und Danilo zu mir. Ein Teil von mir hätte am liebsten sofort Ja gesagt, und zwar nicht des Geldes wegen. Aber Trixie winkte dankend ab. »Wir sind nicht zum Arbeiten hier. Nach der Schufterei in der Schule hab ich echt was anderes im Kopf.«

»Klar«, Luca grinste. »Kann ich verstehen.« Er fragte uns, wie lange wir schon unterwegs waren, und Danilo erzählte von unseren ersten Stationen, unserem Plan, nach Rom zu fahren, und dem Grund für unseren Abstecher. »Vita hat mir im Reiseführer ein Kloster gezeigt, das hier in der Nähe sein soll«, sagte er. »Da stand auch was über klassische Konzerte und die besondere Akustik.«

»Du meinst San Giordano«, sagte Luca. »Die öffentlichen Konzerte sind ehrlich gesagt nicht so mein Ding, aber das mit der Akustik stimmt, die ist magisch. Manchmal gehe ich mit einem Freund zum Trommeln und Gitarrespielen dorthin. Und frühmorgens oder nachts, wenn man das Kloster ganz für sich allein hat, ist San Giordano wirklich ein besonderer Ort.«

Danilos Augen leuchteten, als ob Heiligabend gerade in den Juni verlegt worden war. »Da muss ich hin«, sagte er.

»Viagello scheint aber auch ein besonderer Ort zu sein«, sagte Trixie und zupfte mit den Fingern das Fleisch von ihrem Lammkotelett. »Vita hat erzählt, dass der neue Roman von Sol Shepard hier spielen soll.«

»Sol Shepard?« Luca runzelte die Stirn. »Nie gehört.«

»Hallo?« Trixie war regelrecht empört. »Shepards Thriller kennt doch jeder.«

Luca zuckte mit den Schultern. »Ich lese nicht so gern Thriller«, sagte er.

»Für mich gibt's nichts Besseres«, schwärmte Trixie. »Und Shepard ist Kult. Er lebt wohl irgendwo in Amerika, allerdings total zurückgezogen, und ich warte seit Jahren auf ein neues Buch von ihm. Ich hatte schon Angst, der schreibt nichts mehr. Aber jetzt soll endlich was kommen. Vitas Vater ist Verleger und Vita kennt einen Auszug aus dem Manuskript.« Trixie stupste mich an. »Daher weißt du auch, dass die Geschichte in Viagello spielt, oder?«

Ich nickte, eigentlich hatte ich überhaupt keine Lust, jetzt darüber nachzudenken.

»Ich habe nur ein paar Sätze gelesen«, sagte ich. »Irgendwas an einem Fluss.«

»Und?« Trixie warf den Knochen ins Feuer. »Gibt es einen Fluss in der Nähe?«

»Gibt es«, sagte Luca. »Ich weiß zwar nicht, was daran ein literarisches Ereignis sein soll, aber es ist schöner Ort. Ich kann ihn euch gerne zeigen, wenn ihr wollt. Bleibt ihr morgen noch hier?«

»Ja«, platzte es aus mir heraus, und ich war froh, dass man in der Dunkelheit nicht sehen konnte, wie mir das Blut ins Gesicht schoss.

»Ich möchte auch gern San Giordano sehen«, sagte Danilo.

»Ihr könnt bleiben, solang ihr wollt.« Luca sah zu mir und diesmal hielt ich seinem Blick stand. Sein Gesicht leuchtete im Schein des Feuers, und in seinem Lächeln spiegelte sich wieder dieses Verlorene, das ich so gut von mir selbst kannte, aber zum ersten Mal in dem Gesicht eines anderen sah.

Als wir gegessen hatten, holte Danilo die dicke Berta aus dem Bulli. Luca saß auf der kleinen Trittleiter seines Bauwagens, die Arme um seine Knie geschlungen. Trixie und ich hatten uns auf eine Decke ins Gras gelegt. Während die Luft von den Tönen des Cellos vibrierte, explodierte über unseren Köpfen der Himmel. Unzählige Sterne tauchten in der samtigen Schwärze auf, und vor den Bäumen, die sich mächtig und dunkel von der Nacht abhoben, tanzten winzige Lichtpunkte. Es waren Glühwürmchen. Sie blinkten im Takt, als wären sie vom Himmel gefallene Sterne, die nach oben Kontakt aufnehmen wollten, und als ich ihre flirrenden Bewegungen sah, hatte ich wieder *Stairway to Heaven* im Ohr.

Immer wieder trafen sich Lucas und meine Blicke, und jedes Mal wurde mir heiß, als ob auch in mir ein Feuer wäre, das mein Blut stärker durch meine Adern strömen ließ.

Er war es, der als Erster ins Bett ging, und nachdem er die Tür seines Bauwagens geöffnet hatte, sah er noch einmal zu mir. Er legte den Zeige- und Mittelfinger seiner linken Hand an die Oberlippe, es war eine sachte, unglaublich zärtliche Geste, und dann verschwand er.

Wäre er irgendein Junge gewesen, hätten wir diese Nacht vielleicht gemeinsam verbracht, hätten geknutscht oder Sex gehabt, und der Abend wäre wahrscheinlich unter die Top Ten auf meiner Chartliste der Reise gekommen.

Aber Luca war nicht irgendein Junge, und ich fühlte schon an diesem Abend, dass ich für ihn nicht irgendein Mädchen war. Es war genau richtig, allein in meinem kleinen Dachzimmer über dem Bulli zu liegen, Luca nur wenige Meter entfernt von mir zu wissen und mich nach ihm zu sehnen.

Denn Sehnsucht – das lernte ich in jener Nacht – muss nicht schmerzhaft sein. Sie kann unendlich süß und verheißungsvoll sein, sie kann alle Fragen offenlassen und gleichzeitig alles möglich machen, was wir uns wünschen.

SECHS

Als ich am nächsten Morgen aus meinem Turmzimmer stieg, entdeckte ich an der Tür unseres Bullis einen Zettel. Er war mit rotem Klebeband befestigt, flatterte leicht im Wind und brachte mich augenblicklich zum Lächeln. Auf dem Zettel war eine Skizze mit Pfeilen, die offensichtlich in die Richtung des Grundstücks führten, wo Lucas Eltern lebten. *Holt mich ab, wenn ihr wach seid,* stand in einer eigenwilligen Handschrift darüber. Die Buchstaben tanzten sprichwörtlich aus der Reihe, mit ihren mal nach rechts, mal nach links geneigten Schwüngen. Trixie und Danilo schliefen noch, und ich beschloss, mich allein auf den Weg zu machen. Obwohl es noch früher Morgen war, schmeckte die Luft schon nach einem heißen Tag.

Die Skizze hätte ich gar nicht gebraucht, das Grundstück kannte ich ja schon von gestern Abend. Als ich zur Weggabelung kam, führte der staubige Schotterweg direkt zu dem alten toskanischen Bauernhaus. Es war zweistöckig, aus sandfarbenem Stein und umgeben von Wiesen, Schattenbäumen und Olivenreihen. Ihre Blätter schimmerten silbrig und machten im Wind leise, metallische Geräusche. Auf einer kleinen Steinmauer lagen zwei Ofenroste mit getrockneten Tomaten, die mit ihrer schrumpeligen, leuchtend roten Haut wie exotische Kunstwerke aussahen. Eine schwarz-weiß gefleckte Katze leckte sich mit ihrer rosigen Zunge das Fell und blinzelte mir träge zu. »Na

Miezi, weißt du, wo Luca ist?«, fragte ich und beugte mich zu dem Kätzchen herab, um es zu streicheln.

Unschlüssig blickte ich mich um. Irgendwie genoss ich es, das Anwesen erst mal ganz alleine zu betrachten. Es weckte eine Neugier, ja sogar eine Sehnsucht in mir, die mich plötzlich traurig machte, ohne dass ich wusste, warum.

Im Erdgeschoss des alten Bauernhauses befand sich offenbar eine der Ferienwohnungen, von denen Luca gesprochen hatte. Die Eingangstür stand offen, und die Wohnung sah aus, als wäre sie noch unvermietet. Sie hatte einen Boden aus Terrakotta, eine Decke mit dunkel gestrichenen Holzbalken und war schlicht, aber wunderschön eingerichtet, mit Korbstühlen, einem alten Bauernschrank und einem Doppelbett, auf dem eine bestickte Überdecke mit Magnolienmuster lag. An den Wänden hingen großformatige Naturaufnahmen mit einer intensiven, künstlerischen Ausdruckskraft. Überhaupt strahlte der ganze Raum Persönlichkeit aus, er hatte etwas von einem Zuhause, in das ich sofort eingezogen wäre. Gegenüber, direkt am Wegrand befand sich ein überdachter Freisitz, auf dem ebenfalls ein Tisch mit Stühlen stand. In großen Tonschalen blühten Geranien, und aus allen Winkeln zog der herbe Duft von Kräutern in meine Nase.

Neben dem Freisitz führte eine kleine Steintreppe zum vorderen Teil des Gartens herab. Ich sah ein riesiges Trampolin, auf dem zwei Kinder herumsprangen, und in dem kreisrunden Pool spielte ein Vater mit seinem Sohn Wasserball, während die Mutter in der bunten Hängematte eingedöst war.

Die zweite Wohnung befand sich auf der rechten Seite des Grundstücks. Sie war abgelegener, geschützt von hohen Akazien, sodass ich nur die grüne Pergola und einen Teil der

Terrasse erkennen konnte. Als ich näher trat, hörte ich Stimmen und dachte zuerst an Gäste, aber es wurde italienisch gesprochen, und ich meinte, den rauen Tonfall von Lucas Mutter zu erkennen.

»Begreifst du denn nicht, dass das nichts bringt? Wenn du ihm helfen willst, dann hör auf Bianca und lass unseren Sohn in Ruhe!«

Ich war ganz automatisch in die Richtung der Stimmen gegangen und gelangte zu einer Bambushecke, hinter der vier Personen um einen grünen Plastiktisch herumsaßen. Sie waren nur wenige Meter von mir entfernt und von dem Winkel aus, in dem ich stand, hatte ich sie alle im Blick, während die vier nichts anderes wahrzunehmen schienen als die Diskussion, in die sie vertieft waren. Lucas Mutter, die ich an ihren roten Haaren erkannte, saß mit dem Rücken zur Hecke. An ihrer Seite war ein Mann mit wilden schwarzen Locken, über dessen Kopf Zigarettenrauch aufstieg, und ihnen gegenüber saß ein zweites Paar, ein Mann mit Halbglatze und Walrossbart und eine Frau mit langen, ebenfalls dunklen Locken. Ich verharrte im Schatten der Hecke, unsicher, was ich tun sollte. Von Luca war nichts zu sehen und der Mann mit der Halbglatze lehnte sich gerade auf seinem Stuhl vor und stemmte die Hände auf die Tischplatte. Ich schätzte ihn auf Anfang sechzig. Er hatte eine bullige, untersetzte Statur, schütteres graues Haar und ein aufgedunsenes Gesicht mit wässrigen, hervorquellenden Augen, in denen Jähzorn lauerte.

»Was für ein Vater bist du eigentlich?«, fuhr er jetzt den Mann mit den schwarzen Locken an. »Siehst zu, wie dein Sohn sein Leben wegwirft – und lässt dir von den Weibern einreden, der Junge braucht Ruhe? Was treibt er denn den ganzen Tag, außer auf seinem Zimmer im Haus meiner Tochter zu hocken oder rastlos durch die Gegend zu tigern?«

Der Angesprochene drückte wütend seine Zigarette im Aschenbecher aus. »Bruno ist kein *Junge,* Giovanni!«, zischte er. »Er ist ein Mann. Ja, ein kaputter Mann, aber ein Mensch und kein verdammtes Auto, an dem du rumschrauben oder den Motor austauschen kannst. Und du glaubst doch nicht im Ernst, dass Bruno durch eine Anstellung in deiner Werkstatt sein Leben in den Griff kriegt.«

Ich merkte, dass ich den Atem anhielt. Im ersten Moment hatte ich geglaubt, die vier sprächen über Luca, aber dann fiel mir ein, dass er einen älteren Bruder erwähnt hatte.

Der Mann mit der Halbglatze schnaubte, es war offensichtlich, dass der Kommentar ihn verletzt hatte. »Zumindest würde dein Sohn Geld genug verdienen, um unserer Tochter Miete zu zahlen«, schoss er zurück. »Das jedenfalls wäre für mich ein Zeichen von Männlichkeit. Ich –«

»Giovanni. Lass es gut sein.« Die Frau neben ihm legte ihre Hand auf seinen Arm. Sie schien ein paar Jahre jünger zu sein, und obwohl sie abgekämpft und erschöpft aussah, war deutlich zu erkennen, wie schön sie einmal gewesen sein musste. »Alice würde ohnehin kein Geld von Bruno annehmen«, fuhr sie fort. »Und Antonio hat recht. Er –«

»Er kann sagen, was er will, und du würdest ihm immer recht geben! Verdammt noch mal, Bianca, kannst du vielleicht einmal hinter mir stehen? Hinter deinem eigenen Mann? Ein einziges Mal? Ist das zu viel verlangt?«

Der Mann mit der Halbglatze war jetzt vom Tisch aufgesprungen. Mit in die Hüften gestemmten Armen sah er auf seine Frau hinab. Die zuckte nur müde mit den Schultern und Lucas Mutter drehte sich um, als befürchte sie genau das, was ich gerade war: ungebetene Zuschauer.

Ich erstarrte, als ihr Blick auf die Hecke fiel. Konnte sie mich sehen? Vielleicht war es genau diese Ungewissheit, die mich die Flucht nach vorn antreten ließ. Am Tisch war es totenstill geworden. Ich trat hinter dem Schatten der Hecke hervor, tat so, als wäre ich gerade gekommen, und hoffte, dass man mir nicht ansah, wie mir das Blut ins Gesicht geschossen war.

»Verzeihung«, stammelte ich auf Deutsch. »Ich … suche Luca. Er hat gesagt, dass ich ihn … hier abholen soll.«

»Oh, ach so. Luca ist drüben im Haupthaus.« Lucas Mutter räusperte sich, und der Mann neben ihr musterte mich mit gerunzelter Stirn, als versuchte er, mich einzuordnen, was ihm offenbar nicht gelang. Er hatte einen Vollbart und die wilden schwarzen Locken gaben ihm etwas Rebellisches, aber davon abgesehen hatte er große Ähnlichkeit mit der italienischen Frau ihm gegenüber, die jetzt mit ihrem verhangenen Blick an mir vorbeisah und mein Erscheinen gar nicht richtig wahrzunehmen schien.

»Ich warte im Auto auf dich«, zischte ihr der bullige Mann auf Italienisch zu und marschierte an mir vorbei, ohne noch irgendein Wort zu sagen.

Auch von den anderen sprach niemand ein Wort. Aber die Spannung lag noch immer so spürbar in der Luft, dass mir die Kehle eng wurde.

»Ich bring dich zu Luca«, sagte seine Mutter schließlich. Sie nickte der Italienerin zu und legte dem Mann neben ihr die Hand auf die Schulter.

»Luca hat mir erzählt, dass er Gäste hat«, sagte sie, während sie mich zurück zu dem zweistöckigen Steinhaus führte. »Er müsste oben bei uns sein.«

Als wir vor dem Steinhaus standen, kam Luca gerade die Treppen nach unten.

»Hier ist jemand für dich«, sagte seine Mutter und wandte sich noch einmal zu mir. »Ich bin übrigens Gitta.«

»Freut mich«, murmelte ich, immer noch peinlich berührt. »Ich heiße Vita.«

Luca sah von seiner Mutter zu mir. Sein Lächeln hatte plötzlich etwas Scheues, aber seine Augen blitzten, und ich fühlte, wie mein Herz schneller schlug. Ich hatte ihn vermisst, und die Heftigkeit dieser Empfindung überraschte mich.

Gitta strich ihm durch die Locken. »Seh ich dich heute Abend? Es kann sogar sein, dass Bruno zum Essen kommt.«

»Bin dabei«, sagte Luca. Er deutete mit dem Kopf in die Richtung der Ferienwohnung, von deren Terrasse jetzt auch die beiden anderen hervortraten. Die Frau mit den traurigen Augen hatte sich an die Schulter des Mannes gelehnt, der beruhigend auf sie einsprach.

»Giovanni kann es nicht lassen, was?«, fragte Luca leise. Gitta nickte seufzend. Sie gab Luca einen Kuss auf die Wange und lief die Treppen hinauf nach oben.

»Ich fürchte, ich habe unfreiwillig spioniert«, murmelte ich, als ich mit Luca zurück zu seinem Grundstück ging. »Ich hab nach dir gesucht und bin da drüben auf der Terrasse in ein Streitgespräch reingeplatzt. Aber ich glaube, deine Mutter hat es nicht mitbekommen. Hat dein Vater einen Vollbart?«

»Ja.« Luca sah mich forschend an. »Aber wieso hast du denn da drüben nach mir gesucht?«

»Ich hab Stimmen gehört«, sagte ich zerknirscht. »Ich hatte keine Ahnung, dass du hier oben bist. Und dann wurde es da drüben ziemlich laut.«

Luca verdrehte die Augen. »Dann hast du meinen Onkel Giovanni ja gleich richtig kennengelernt. Und meine Tante Bianca auch.« Er schüttelte den Kopf. »Italienische Familiendramen, ich kann dir sagen.«

Aus dem Garten kam uns die deutsche Familie entgegen, und der kleine Junge rannte mit seinem Wasserball auf Luca zu. »Der Mops hat im Garten Kacka gemacht«, brüllte er.

»Und meinen Jungen hätte er auch fast gebissen«, knurrte der Vater. »Könnten Sie die Herrschaften vielleicht bitten, ihr Viech an die Leine zu nehmen, anstatt es hier frei herumlaufen zu lassen?«

»Klar, wird gemacht«, sagte Luca höflich und stöhnte genervt auf, als die Familie außer Hörweite war.

Über seine Familie sagte er nichts weiter, aber mich beschäftigte das Ganze noch immer. Ich wollte nach seinem Bruder fragen, aber ich wusste nicht, wie – und plötzlich merkte ich, was mich an dieser Diskussion vorhin so getroffen hatte. Ich hatte mein eigenes Drama in der Familie, aber laut wurde es bei uns zu Hause nie.

Zu meiner eigenen Überraschung sprach ich es aus. »Bei uns wird nicht gestritten. Bei uns wird nur geschwiegen.«

Luca sah mich nachdenklich an. »Nein, so ist es bei uns nicht. Vor allem nicht, wenn mein Vater und Giovanni aufeinandertreffen. Da können ganz schön die Fetzen fliegen. Meine Mutter ist hart im Nehmen und lässt sich auch nicht den Mund verbieten, aber meine Tante Bianca …« Luca seufzte. »Die muss oft ganz schön einstecken – und wehrt sich irgendwie nie. Am Ende ist es immer mein Vater, der sie tröstet.«

Ich rief mir das Bild der beiden noch einmal in Erinnerung. Die schöne Frau hatte Lucas Vater ziemlich ähnlich gesehen, und als ich ihn fragte, ob sie seine Schwester sei, nickte er. »Monochorial-monoamniot.«

»Bitte was?« Ich starrte ihn verständnislos an.

Luca grinste. »Cooles Fremdwort, was? Hab ich auswendig gelernt. »Soll heißen: Im Bauch meiner Großmutter war noch Friede, Freude, Eierkuchen. Mein Vater und Bianca haben sich den Mutterkuchen und die Fruchtblase geteilt. Laut Wissenschaft kommt das nur einmal in zehntausend Fällen vor. Die beiden sind Händchen haltend auf die Welt gekommen. Schau mich nicht so an.« Luca lachte, als er mein ungläubiges Gesicht sah. »Es ist wahr, es gibt sogar ein Foto. Und meine Nonna liebt diese Geschichte, sie bindet sie jedem auf den Bauch, der sie zum ersten Mal sieht. Die beiden waren immer unzertrennlich. Und früher war meine Tante auch noch ganz anders drauf. Man konnte echt Spaß haben mit ihr.« Über Lucas Gesicht zog sich ein Schatten.

»Und warum jetzt nicht mehr?«, fragte ich.

Luca bog mit mir in den Karrenpfad, der zu seinem Grundstück führte. »Lange Geschichte«, wich er aus. »Lass uns lieber den Tag genießen, okay?«

Ich will es aber wissen, dachte ich trotzig, doch dann sah ich Trixie und Danilo, die uns auf dem Pfad entgegenliefen, und der Zeitpunkt für weitere Fragen war vorbei.

* * *

In der Luft flimmerte die Hitze und selbst im Schatten erschien ihm der Tag viel zu hell. Hinter ihm lag eine weitere rastlose Nacht, in der an schreiben nicht zu denken gewesen war. Stattdessen vertiefte er sich Abend für Abend in die Notizen, die er sich für die erste Fassung des Manuskriptes gemacht hatte, in der Hoffnung, dass ihn irgendetwas auf die richtige Spur bringen würde.

Heute hatte er die Psychogramme von Thomas und Katja überprüft, die ihm naturgemäß schwerer gefallen waren als die der anderen. Überhaupt waren die Erwachsenen bei diesem Roman für ihn ein Problem – ganz anders als bei seinen früheren Thrillern, in denen er die Spannung über Blut, Gewalt und Grausamkeit hergestellt hatte, während die Charaktere flach geblieben waren und in ihren Beziehungen zueinander so oberflächlich wie sein eigener Anspruch.

Diesmal war alles anders, und das lag nicht nur daran, dass er dabei gewesen war.

Wochenlang hatte er an den Figuren gebastelt und die Fakten zu Fiktion werden lassen. Ähnlichkeiten mit lebenden oder toten Personen sind rein zufällig – allein dieser Satz genügte und man konnte mit vollen Händen aus der Wirklichkeit schöpfen.

Im Gegensatz zu Bianca und Giovanni hatten Thomas und Katja eine glückliche Ehe gehabt – davon war er auch heute noch überzeugt. Thomas war verrückt nach seiner Frau gewesen. Katja war ein Partytier, sie konnte es krachen lassen, konnte trinken wie ein Mann und dreckige Witze reißen, während aus ihren blauen Augen die Funken sprühten. Aber es waren weiße Funken wie Schneekristalle, in denen sich an einem kalten Wintertag die Sonne spiegelt. Diese Formulierung war von ihm – genau wie seine Beschreibung ihrer Beziehung: Die Hand, um die Thomas damals anhielt, hatte Katja ihm gegeben, aber ihre Kühle hatte sie nie ganz verloren, und so war immer etwas geblieben, das ihm fehlte.

Wie ging es der Familie heute? Er dachte an die Kleine. Ihn interessierte nicht so sehr ihre Rolle im Buch, es war mehr dieser unschuldige Kinderruf, den er bewusst an den Anfang des Manuskripts gesetzt hatte, denn er sollte am Ende eine ganz andere, schreckliche Bedeutung bekommen.

Leise flüsterte er die Worte und war froh, dass niemand da war, der ihn hören konnte.

»Engelchen flieg. Engelchen flieg.«

SIEBEN

Nach dem Frühstück fuhren wir zu viert zum Fluss. Es war noch heißer als gestern, und durch die offenen Fenster wirbelte der Fahrtwind wie ein gigantischer Föhn meine Haare und Gedanken durcheinander. Als wir an dem roten Landbriefkasten vorbeikamen, sah ich noch einmal Lucas Vater. In der Hand hielt er eine Zeitung und winkte flüchtig. »Si cena a le otto, Luca«, rief er mit seiner dunklen Stimme.

»Um acht gibt es Essen«, platzte ich raus und musste lachen, als mir Luca einen überraschten Blick zuwarf.

»Ich dachte, du warst noch nie in Italien.«

»Zweite Fremdsprache«, sagte ich und hatte plötzlich Lust, noch einen draufzusetzen. »Dio ha fatto la femmina e i sarti hanno fatto la donna.«

Luca prustete los.

»Und was soll das bitte heißen?«, kam es von Trixie, die mit Danilo auf dem Rücksitz saß. Wir passierten den kleinen Friedhof, der idyllisch aussah und nichts von den Friedhöfen hatte, die ich aus Deutschland kannte.

»Gott hat das Weib gemacht«, übersetzte Luca. »Und die Schneider die Frau.« Kopfschüttelnd sah er mich an. »Das ist ein Zitat von Pitigrilli. Wie kommst du denn auf den?«

»Unser Lehrer war ein Fan von ihm«, sagte ich. »Er meinte, Pitigrilli wäre ein italienischer Erich Kästner auf Speed.«

»Euren Lehrer hätte ich gern gehabt«, sagte Luca, den Blick

jetzt wieder auf die kurvige Straße gerichtet. »Unserer war eine echte Schnarchtasse, dem hätten ein paar Lines wahrscheinlich gutgetan – dem Unterricht auf jeden Fall. Ich bin echt froh, dass ich nicht mehr zur Schule muss.«

»Und was sind deine Pläne?«, fragte Trixie. »Studieren? Reisen? Oder vielleicht doch beim Zirkus anheuern?«

»Im Fluss baden«, sagte Luca ausweichend und parkte den Fiat neben einem Weizenfeld. Obwohl mich eine echte Antwort auf Trixies Frage brennend interessiert hätte, ließ ich mich von der Umgebung ablenken. Vom Weizenfeld verlor sich ein schmaler Trampelpfad in einem Wald aus Kiefern und Laubbäumen. Sie wuchsen dicht an dicht, und der Wald war seltsam lebendig. Unter unseren Füßen knackte das Laub, ich hörte Frösche quaken, ein klackerndes, fast metallisches Geräusch. In den Hecken raschelte und flüsterte es, und irgendwo stob mit einem kreischenden Laut ein Vogel auf. Luca führte uns, ich war direkt hinter ihm, und mehrmals hielt er herabhängende Zweige wie einen Vorhang auf, um uns den Weg zu bahnen. Nach ein paar Hundert Metern tauchte zwischen den Bäumen das Flussufer auf. Ich war so unwillkürlich stehen geblieben, dass Trixie mir in den Rücken stolperte. Der Atem flatterte in meiner Brust wie ein kleiner Vogel. Ich war unfähig, tief Luft zu holen, aber es war nicht wie bei einem Asthmaanfall, sondern eher so, als hätte ich Angst, dass sich alles auflösen würde, wenn ich tief einatmete oder mich zu rasch bewegte.

Der Fluss war von großen Steinen durchsetzt und führte stromabwärts zu einem kleinen Wasserfall, der in einen kreisrunden Pool mündete. Obwohl ich hellwach war, hatte dieser Ort etwas Traumhaftes – im sprichwörtlichen Sinne. Er war wie eine innere Landschaft, die ich in Träumen schon viele Male besucht und jedes Mal wieder vergessen hatte.

»Schlägst du Wurzeln?« Lucas Stimme holte mich zurück. »Komm rüber, auf der anderen Seite ist es noch schöner. Und zieh deine Schuhe aus.«

Barfuß folgte ich ihm durch das kalte Wasser, das mir bis knapp an die Knie reichte. Die Steine unter meinen Füßen hatten die unterschiedlichsten Formationen, es war ein ziemlicher Balanceakt, sich die richtigen auszusuchen und einen Fuß vor den anderen zu setzen. Im Gänsemarsch erreichten wir die Felsen, zwischen denen das Wasser nach unten strömte. Von hier aus mussten wir uns rechts halten, um zu dem großen Felsen am anderen Ufer zu kommen. Die Steine wurden noch glitschiger und waren von Moos überwachsen. Als ich ausrutschte, reichte mir Luca seine Hand und half mir das letzte Stück, bis wir oben auf dem Felsen standen.

Die Zweige der Bäume spiegelten sich auf der Wasseroberfläche des Flusses, der hier ziemlich breit war und eine natürliche Badestelle bildete. An den von der Sonne beschienenen Stellen schimmerte es grün und türkisfarben, während die schattigen Flächen goldbraun waren. Die Luft roch würzig nach Sommer und Wald, und außer uns war keine Menschenseele hier.

Trixie und Danilo zogen sich gleich die Klamotten aus und sprangen ins Wasser, das ungefähr zwei Meter unter uns lag.

»FUCK«, kreischte Trixie, »ist das kalt!« Sie zappelte wie ein kleiner Hund im Fluss, während Danilo sich rücklings auf der Oberfläche treiben ließ, die Augen geschlossen, einen seligen Ausdruck im Gesicht.

Ich saß neben Luca auf dem Felsen und schaute nach unten. Von hier oben aus hatte ich mit der Höhe kein Problem, trotzdem wagte ich noch immer nicht, tief Luft zu holen. Natürlich erinnerte ich mich an die Szene, die ich in dem Auszug von Shepards Roman gelesen hatte, seltsam genau hatte sie sich in mein Gedächtnis eingeprägt. Aber warum weckte dieser Ort so intensive Gefühle in mir? Und warum kam es mir so vor, als ob etwas fehlte?

»Gibt es hier noch eine andere Stelle?«, hörte ich mich fragen.

»Eine andere Stelle?« Luca runzelte die Stirn. »Was meinst du?«

»Ich weiß nicht«, murmelte ich. »Sol Shepard hat über ein paar Jugendliche geschrieben, die an diesem Fluss baden waren. Sie hatten ein Kind dabei – oder nein, zwei. Einer der Jungen lag auf einem Felsen und hat seine Freundin angehimmelt, die unten im Wasser war.«

Luca hatte den Kopf schief gelegt, er musterte mich. Seine Augen waren zu schmalen Schlitzen verzogen, und für einen Moment kam sein forschender Blick mir feindselig vor. Dann schüttelte er den Kopf, und auf seinem Gesicht erschien wieder das Lächeln. »Im Sommer kommen öfter mal Touristen her, meistens Gäste, die bei uns Urlaub machen. Aber zum Glück hat dieser Fluss noch nicht die gängigen Reiseführer erobert. Worum geht es denn in diesem Roman?«

»Keine Ahnung«, sagte ich. »Ich hab nur die paar Sätze gelesen. Irgendwie komisch, dass ich mich so genau dran erinnere.«

Wieder wurde es eng in meiner Brust, und diesmal war es Angst. Ich fühlte, wie sie in mir hochstieg, mir den Atem nahm, ohne dass es irgendeinen Grund dafür gab.

»Was ist los?« Luca legte die Hand auf meine Schulter.

Ich zuckte zurück. »Nichts«, sagte ich schroff. »Ich will ins Wasser.«

Hastig knöpfte ich mein Kleid auf, spürte Lucas Blicke auf mir und verfluchte das Zittern meiner Finger. Kopfüber sprang ich in den Fluss. Das Wasser war eiskalt, aber ich schrie nicht, ich holte nur endlich tief Luft, und dann tauchte ich weg, damit ich nicht sehen musste, wie jetzt auch Luca zu uns nach unten sprang.

Als ich auftauchte, fühlte ich seine Hände an meinen Fesseln, prustend strampelte ich mich frei. Er glitt unter mir hinweg, und im nächsten Moment war er vor mir. Wasser tropfte aus seinem nassen Haar. Seine goldbraunen Augen funkelten, und seine Lippen waren meinen so nah, dass sein Atem über meine Wangen streichelte wie die Schatten von Schmetterlingsflügeln. Dann deutete er mit dem Kopf zum Wasserfall.

»Komm mit«, sagte er. Er kraulte vorweg, und ich schwamm hinterher. Das Rauschen wurde lauter. Ich fühlte die Strömung jetzt im ganzen Körper, sie drängte mich zurück, aber Luca war schon an den Felsen, hielt sich mit der einen Hand an einer Wurzel fest und reichte mir die andere. Ich griff danach, und er zog mich gegen die Wasserströmung zu sich heran. Zwischen den Felsen war ein Spalt, ein natürlicher Sitzplatz, gerade breit genug für eine Person. Von oben schoss rauschend das Wasser herab. Luca zog mich mitten in den Strudel weißer, schäumender Gischt, dann schob er mich an den Schultern zwischen die Felswände, bis ich rücklings in dem Spalt saß und das Wasser so ohrenbetäubend laut über meinem Kopf zusammenbrach, dass mir Hören und Sehen verging. Es war ein übermächtiges, überwältigendes Gefühl, als säße ich in einer anderen Dimension. Mit den Händen klammerte ich mich zwischen den Felswänden fest, hielt mein Gesicht in die Luft, und als ich losließ, schoss ich Luca mitten in die Arme. Ich fühlte seinen kühlen, glatten Körper, das Beben in seiner Brust oder in meiner, und ein Stromschlag durchzuckte meine Glieder, jagte von meinen Zehenspitzen bis ins Gehirn.

Vor meinem inneren Auge tauchte ein Bild auf.

Da war ein Strand, eine winzige Bucht. Im Wasser trieb ein Floß, auf dem ein kleiner Junge stand, die Arme in die Seiten gestemmt, auf den Lippen das Lächeln eines Kriegshelden. Ich hörte eine Stimme in meinem Kopf – einen hellen Ausruf, der weit über den Fluss hinausschallte.

Warte! Ich will mit zum Wasserfall!

»Lass mich!«, presste ich hervor und schwamm in kräftigen Zügen von Luca weg, bis der Boden unter mir flach wurde und ich die vom Wasser weich geschliffenen Steine unter meiner Brust fühlte. Ich stand auf und balancierte mit schwankenden Schritten stromabwärts, bis ich nur noch die Vögel über mir hörte, die in den Zweigen der Bäume zwitscherten. Der Fluss wurde schmaler, der Wald drängte sich dichter über das Ufer wie ein schützendes Dach aus flimmernden Grüntönen, durch deren Ritzen die Sonnenstrahlen auf das Wasser fielen. Aber irgendwann mündete der Fluss in ein undurchdringbares Dickicht. Hier ging es nicht weiter. Mein Herz raste und meine Augen irrten umher. Dabei wusste ich nicht mal, wonach ich suchte.

Als ich zurückkam, sonnten sich die anderen auf dem Felsen. Trixie hatte sich in Danilos Arm gekuschelt und kicherte leise über etwas, das er ihr ins Ohr flüsterte. Luca lag bäuchlings auf seinem Handtuch und las. Auf seinem Oberarm hatte er ein Tattoo, einen gezackten Stern, der aus lauter kleinen Mosaiken bestand.

Wenn ihn mein Verhalten vorhin irritiert hatte, ließ er sich nichts davon anmerken, er sah mich nur beiläufig an und vertiefte sich wieder in seinen Text.

»Wir kriegen Gesellschaft«, sagte Danilo und sah hinüber zum anderen Flussufer. Ich folgte seinem Blick. Zwischen den Bäumen war ein kleines Mädchen aufgetaucht. »Zio Luca, sono qui«, tönte seine helle Stimme zu uns herüber. Schon von Weitem konnte ich sehen, wie aufgeregt die Kleine war, und auch die Frau, die ihr folgte, erkannte ich wieder.

Danilo offensichtlich ebenfalls. »Die Honigfrau vom Markt«, sagte er und grinste Trixie an.

»Attenzione Feli«, rief die Frau der Kleinen zu. Das Mädchen rannte über die Steine auf uns zu. Ihre Bewegungen waren so überbordend, als würde die Energie nicht in ihren zierlichen Körper passen. Wie der Blitz war sie bei uns, aber sie hatte nur Augen für Luca.

»Bald bin ich eine Hand!«, rief sie auf Italienisch und streckte Luca fünf ziemlich schokoladenverschmierte Finger entgegen. Sie war unfassbar süß. In ihren dunklen Locken saß ein quietschgelber Biene-Maja-Haarreif, und ihre funkelnden Augen mit den langen, geschwungenen Wimpern hatten die Farbe von reifen Brombeeren.

Luca setzte sich auf und gab der Kleinen einen Kuss. »Ein paar Wochen musst du aber noch warten. Weißt du schon, was du dir wünschst?«

»Dass mein Papa kommt und mit mir zelten fährt«, platzte Feli heraus und sah zu ihrer Mutter hoch.

»Darüber reden wir noch«, sagte sie und musterte mich wieder mit diesem seltsamen Blick.

»Meine Cousine Alice und ihre Tochter Feli«, stellte Luca die beiden vor. Er deutete auf uns. »Danilo, Trixie, Vita. Die drei sind auf Durchreise. Aus Deutschland.«

»Wir uns schon getroffen«, sagte Alice lächelnd. Sie sah Trixie an, und die wurde rot, weil Alice Deutsch sprach. Zwar mit einem ziemlich starken Akzent, aber jetzt war mir klar, dass ihr Trixies Bemerkung am Honigstand offensichtlich nicht entgangen war, und ich musste mir ein Lachen verkneifen. Auch Danilo schmunzelte.

»Honig schmeckt gut?«, fragte sie und ließ ihre Zahnlücke aufblitzen. Sie war um die dreißig und trug ein weißes Trägerkleid, das ihr bis zu den Knien ging. Ihre gebräunte Haut schimmerte seidig, und durch die Reflektion des Flusswassers leuchteten ihre grünen Augen noch intensiver. Sie war wirklich atemberaubend schön, und plötzlich erkannte ich auch die Ähnlichkeit mit der traurigen Frau von heute Morgen, die Luca Tante Bianca genannt hatte. Alice war ihre Tochter, ihr Name war auch in dem Streitgespräch gefallen, wenn ich mich richtig erinnerte.

»Ja, sehr süß«, brummte Trixie und Alice packte Feli, die auffallend nah am Rand des Felsens zappelte, am Arm. »Erst die Schwimmflügel – und heute wird nicht gesprungen!«

»Ich will aber! Ohne Schwimmflügel! Luca soll mich auffangen!« Feli klimperte mit den Augen, sie war schon jetzt die perfekte Verführerin und würde die Blicke der Männer mal mindestens so auf sich ziehen wie ihre schöne Mutter.

»Na dann«, Luca zwinkerte der Kleinen zu. »Nach dir, junge Dame. Keine Sorge«, beruhigte er Alice. »Ich fang sie auf.«

Er sprang kopfüber in den Fluss, streckte die Arme aus, und die Kleine stürzte sich jauchzend hinab. Als sie vor ihm auftauchte, schlang sie ihre Ärmchen um seinen Hals und küsste ihn ab. Luca warf sie in die Luft, aber Alice hatte schon die Schwimmflügel aufgeblasen und warf sie den beiden nach unten.

»Anziehen, Feli. Sofort – oder wir gehen zurück nach Hause.«

Luca streifte der widerstrebenden Kleinen die Schwimmflügel über, und während sie im Wasser herumtollten, musterte ich Alice aus den Augenwinkeln. Etwas in ihren Zügen erinnerte mich auch an Lucas Onkel Giovanni, der heute Morgen so wütend geworden war. Es fühlte sich seltsam intensiv an, in so kurzer Zeit einen Einblick in Lucas Familie zu bekommen, und wieder merkte ich, wie sich die Neugier in mir regte.

»Auf Reise durch wohin?«, fragte Alice uns, nachdem sie sich das Kleid abgestreift hatte. Darunter trug sie einen schilfgrünen Bikini. Sie hatte einen sinnlichen Körper, weiblich und muskulös zugleich und Trixie fixierte Danilo wie ein wütender Habicht. Aber Alice sah mich an, und ich wurde noch immer nicht das Gefühl los, dass sie in meinem Gesicht ebenfalls nach etwas suchte.

»Europa«, sagte Danilo. »Wir sind mit dem VW-Bus unterwegs.«

Alice seufzte. »Davon ich habe immer geträumt. Aber ich nie weg von hier.«

»Dein Deutsch ist gut«, sagte ich.

»Hatte ich gute Lehrer.«

»Luca?«

»Nein.« Alice sah hinunter zum Fluss, wo Feli auf Lucas Schultern geklettert war. »Der noch zu klein. Seine Bruder Bruno. Und Freunde.« Ein Schatten huschte über Alices Gesicht, aber gleich darauf war er verschwunden. »Ich mich muss frischen«, sagte sie, sprang mit einem eleganten Kopfsprung ins Wasser, und Feli hüpfte ihr von Lucas Schultern entgegen.

Luca kam zurück nach oben geklettert, er schüttelte sich wie ein nasser Hund und griff nach seinem Buch, aber mit dem Lesen kam er nicht weit.

Feli hielt ihn die nächste Stunde komplett in Beschlag. Sie legte sich auf seinen Rücken, versuchte, seine Locken zu winzigen Zöpfchen zu flechten, und plapperte ohne Punkt und Komma über ihren Geburtstag, was sie sich wünschte (außer ihrem Papa und dem Zelten noch eine Malstaffel, Wasserfarben, Reitstiefel, ein rotes Fahrrad, einen Kescher und ein Teleskop zum Sternegucken).

»Na, dann müssen wir ja wohl alle anfangen zu sparen«, sagte Luca lachend.

Alice schien es sichtlich zu genießen, ihre Ruhe zu haben. Sie döste mit geschlossenen Augen in der Sonne und zog nach einer guten Stunde mit der Kleinen wieder ab – die allerdings ein riesiges Kampfgeheul ausstieß, weil sie Luca nicht verlassen wollte.

»Na, das scheint ja wirklich die große Liebe zu sein«, sagte Trixie. »Die Kleine ist echt süß. Sieht ihr Papa auch so unverschämt gut aus wie Alice?«

»Ich hab ihn nicht kennengelernt«, sagte Luca. »Er lebt in Rom, meine Cousine hatte nur eine kurze Affäre mit ihm. Sie hat es nie lange in einer Beziehung ausgehalten.«

»Und du?«, fragte Trixie. »Hast du eine Freundin?«

Mein Herz setzte für einen Schlag aus und machte gleich darauf einen Sprung, als Luca verneinte und mir dabei einen kurzen Seitenblick zuwarf. Sonst redeten wir nicht mehr viel an diesem Tag. Wir faulenzten in der Sonne und kühlten uns noch ein paarmal im Fluss ab, bevor wir am frühen Abend zurückfuhren.

Danilo wollte am Abend gerne zum Kloster, aber Trixie hatte mehr Lust auf Nachtleben und überredete ihn zu einem Ausflug nach Siena, das nicht weit von Viagello entfernt war. »Mit Glück findet ihr dort auch klassische Musik, es gibt gute Konzerte dort«, sagte Luca.

»Dann machen wir das mit dem Kloster morgen«, sagte Danilo.

»Anschließend würde ich aber gern weiterfahren«, murmelte Trixie, nachdem sie sich zum Ausgehen umgezogen hatte. Sie blinzelte mich unsicher an.

»Kein Problem«, sagte ich und fühlte in mir etwas völlig anderes. Wir hatten geplant, Europa zu sehen und waren gerade mal am Anfang unserer Reise, aber ich wollte nicht weg. Zum ersten Mal in meinem Leben hatte ich den Wunsch zu bleiben und hatte keine Ahnung, wieso er so stark war und mit welchen Argumenten ich die anderen – oder sogar mich selbst – dazu bewegen sollte.

Die Hitze des Tages hatte sich in eine wohlige Wärme verwandelt. Die Luft war wie Samt, auch das Licht war jetzt ganz weich, und wieder spürte ich diese große Stille, die über den Hügeln lag. Ich wollte nicht an morgen denken.

»Was ist mit euch heute Abend?«, fragte Danilo mich und Luca. »Habt ihr Lust, mit uns nach Siena zu fahren?«

»Si cena a le otto«, sagte Luca. Er sah mich an. »Vieni anche tu?«

Ich lächelte. »Si«, sagte ich. »Ich komme gern mit zum Essen.«

ACHT

In der Abenddämmerung sah ich das alte toskanische Bauernhaus noch einmal mit ganz anderen Augen. Sein Dach aus roten Terrakotta-Schindeln und die hohen Mauern aus sandfarbenen Natursteinen waren in das samtige Glühen der untergehenden Sonne getaucht. Grüner Efeu überwucherte die eine Seite, an der anderen rankten sich Kletterrosen bis zu den Fenstern hinauf, und ich fragte mich, ob man in Italien auch das Märchen von Dornröschen kannte, dessen Schloss vom Prinzen wach geküsst wurde.

Die Tür der Ferienwohnung im Erdgeschoss war jetzt geschlossen, und von der Terrasse mit der Pergola kam uns die Katze entgegen, die ich heute Morgen gestreichelt hatte. Es war mir noch immer unangenehm, dass ich in diesen Streit hineingeplatzt war, und ich fragte mich, wie Lucas Eltern darauf reagieren würden, dass er mich einfach mit zum Essen brachte.

»Wo sind eigentlich die anderen Ferienwohnungen?«, fragte ich ihn, um noch ein bisschen Zeit zu schinden. Luca zeigte zum linken Teil des Grundstücks, der zu einem überdachten Freisitz führte. Es gab einen offenen Kamin, einen kleinen Holztisch mit Sitzbänken und eine Tischtennisplatte, die ich lange und traumversunken anstarrte. Plötzlich vernahm ich das dumpfe Aufprallen eines Balles, ich hörte Lachen und eine helle Kinderstimme, seltsam verzerrt wie in einem Echo. Ich kniff die Augen zusammen, aber als ich noch einmal hinsah, war alles still. Niemand war in dem Innenhof, und an meine Ohren klang jetzt nur noch mein pochender Herzschlag. Verdammt noch mal, dachte ich mit zusammengebissenen Zähnen. Diese Zustände, die mich immer wieder überfielen, kamen mir vor, als hätte ich halluzinogene Drogen geschluckt und wurden mir langsam ziemlich unheimlich.

»Bist du okay?« Luca musterte mich irritiert. »Du bist ja ganz blass.«

»Alles gut«, murmelte ich. Wie sollte ich erklären, was mit mir los war, wenn ich es doch selbst nicht einordnen konnte?

Luca spürte, dass ich abblockte, das sah ich ihm an, aber er drängte mich nicht und führte mich die Treppenstufen zum Obergeschoss des alten Steinhauses hinauf. Vor der Eingangstür lag ein Hund, er war ziemlich groß und sein Fell, stumpf und staubig, hatte die Farbe von vertrocknetem Stroh. Ich erkannte den Labrador in ihm, aber es mischte sich noch etwas anderes hinein. Ein Schäferhund vielleicht. Auf alle Fälle schien er ziemlich alt zu sein. Ein milchiger Schleier überzog seine Augen, und er machte einen lang gezogenen Laut, der wie eine Mischung aus Jaulen und Gähnen klang. Ich zuckte zurück.

»Keine Angst«, sagte Luca. »Orwell ist ein Tattergreis und brav wie ein Lämmchen. Der schnappt nicht mal nach Fliegen, wenn sie ihm auf der Nase herumtanzen.«

Zögernd beugte ich mich hinab und hielt dem Hund meine Hand hin. Seine Nase war trocken und heiß. Sein Atem streifte meine Haut, und dann, ganz plötzlich, fing er an, meine Finger abzulecken. Ich setzte mich auf die Treppenstufen, und der Hund legte seinen Kopf auf mein Knie. Ich spürte die weiche, lederne Haut seiner Lefzen.

»Wie alt ist er?«

»Wenn man in Menschenjahren zählt, fast so alt wie du.« Luca kniete sich vor uns und kraulte den Hund zwischen den Ohren. »Es kommt nicht oft vor, dass er jemandem die Hand leckt. Er sucht sich die Leute aus, die er an sich heranlässt. Meine Mutter hat ihn damals aus dem Tierheim geholt. Ist nicht weit von hier. Nachts kannst du die Hunde manchmal bellen hören. Orwell hat wohl den Vogel abgeschossen, sich die Seele aus dem Leib gekläfft und alle verrückt gemacht, die hier in den umliegenden Bergen leben. Eigentlich sind meine Eltern nur deshalb hingefahren, um zu sehen, wer diesen Höllenlärm veranstaltet. Der kleine Kläffer war fünf Monate alt, und als meine Mutter vor dem Zwinger niedergekniet ist, hat er seinen Kopf durch das Drahtgitter gesteckt und ihr das ganze Gesicht abgeschleckt. Tja.« Luca zog den Hund am Ohr. »Das war's. Gitta war überzeugt davon, dass er sie mit seinem Gebell gerufen hat, und seitdem ist Orwell bei uns.«

Luca stand auf. »Kommst du jetzt mit rein? Oder soll ich dir einen Fressnapf vor die Tür stellen?«

»Besten Dank.« Sanft schob ich Orwells Kopf zur Seite und erhob mich. Ich war nervös und diesmal aus ziemlich konkretem Grund. Abgesehen von Danilos und Trixies Müttern hatten mich die Eltern meiner Freunde nie interessiert, aber jetzt war es mir plötzlich wichtig, einen guten Eindruck zu machen, besonders nach meinem peinlichen Auftritt am Morgen.

Die Tür stand offen, aber ein bunter Perlenvorhang verdeckte den Blick ins Haus. Als ich hinter Luca durchschlüpfte, standen wir direkt in der Küche, die riesengroß war und gleichzeitig Ess- und Wohnraum zu sein schien. Ein Meer aus Düften schlug über mir zusammen. Es roch nach geröstetem Brot, nach gebratenem Fleisch, Pasta und namenlosen Gewürzen. Mein Magen fing wieder haltlos an zu knurren. Erst jetzt wurde mir bewusst, dass ich seit dem Frühstück nichts gegessen hatte.

Lucas Eltern waren nicht zu sehen, was mir noch einmal die Möglichkeit gab, mich umzuschauen. Durch das Fenster schien mattes Licht, und im Raum war es angenehm kühl. Auch hier war der Boden aus Terrakotta, die Steinwände waren geweißelt, und die Decken hatten Balken aus dunkler Eiche. Die Mitte des Raums wurde von einem mächtigen Esstisch aus dunkelbraunem Holz beherrscht, der für vier Personen gedeckt war. Auf der linken Seite war ein offener Kamin mit einem gewaltigen gusseisernen Topf, so groß, dass ein Kind darin hätte baden können. Darüber auf einem Holzbalken stand eine Galerie gerahmter Fotos, vor denen ich neugierig stehen blieb. Eine alte Italienerin mit faltenzerfurchtem Gesicht und scharfen Adleraugen stellte Luca mir als seine Nonna vor. Ich erkannte Alice mit einer kleineren Feli auf dem Schoß und Lucas Tante Bianca, die auf einem weißen Karussellpferd saß, den Blick verträumt in die Ferne gerichtet. Sie war jung auf dem Foto, auf ihrem Gesicht lag ein sanftes Leuchten und jetzt sah ich ganz deutlich, wie schön sie gewesen war. Von ihrem stiernackigen Mann Giovanni gab es kein Bild, was mich wunderte, dafür verschiedene Fotos von Lucas Eltern, eins war in Berlin aufgenommen worden, ich sah den Görlitzer Bahnhof im Hintergrund. Von Luca entdeckte ich zwei Kinderfotos. Auf dem einen hielt er einen angebissenen Schokoladenkeks in der Hand und schaute, mit Krümeln im Mundwinkel, nach oben, ein bisschen scheu und gleichzeitig so offen. Ich fühlte auch jetzt noch diesen kleinen Jungen in ihm und erschreckte mich vor der Vertrautheit dieser Empfindung. Das zweite Foto zeigte Luca auf dem Schoß eines älteren Jungen mit großen blassblauen Augen und hellbraunen, sinnlich verwuschelten Haaren. Der Junge war etwa in meinem Alter, hatte weiche Gesichtszüge und war sehr schmal gebaut. Schützend hielt er seinen Arm um den kleinen Jungen, der frech in die Kamera grinste, und als ich mich zu Luca umdrehte, nickte er, als wüsste er genau, welches Bild ich gerade betrachtete. »Das bin ich mit meinem Bruder.« Sein Lächeln wurde traurig und mein Blick glitt zu dem letzten Foto der Galerie. Es war ein Familienfoto, ebenfalls farbig, mit einem vielleicht sechsjährigen Luca. Zusammen mit seinen Eltern und seinem großen Bruder stand er in einem riesigen ausgehöhlten Baumstumpf, die Eltern hinten, die Brüder vorne. Alle vier waren miteinander verbunden, körperlich, aber auch innerlich, das war deutlich zu spüren. Das Bild hatte eine so intensive Ausstrahlung von Zusammengehörigkeit, dass es an meiner Brust zog, es war ein schmerzhaftes, von Sehnsucht und tiefem Neid erfülltes Gefühl, das mich an die totale Abwesenheit von Fotos – aber auch von Vergangenheit und Verbundenheit – in meiner eigenen Familie erinnerte. Allein der Begriff Familie erschien mir in meinem Zusammenhang plötzlich so falsch und fremd, dass ich gar nicht mehr wusste, was ich eigentlich in Deutschland zurückgelassen hatte.

Meinem Vater hatte ich nur eine kurze Nachricht aus Basel hinterlassen, dass es uns gut ginge und ich mich die Tage wieder melden würde, was ich bis jetzt aber noch nicht getan hatte. Irgendetwas in mir sperrte sich beharrlich dagegen, einen regelmäßigen Kontakt mit meinen Eltern zu halten, und ich war froh, dass sie mich auch ihrerseits nicht mit Nachfragen nötigten. Mein Vater war kein großer Nachrichtenschreiber, sein Handy war uralt und selten in Gebrauch, wichtige Nachrichten erreichten ihn meist nur über das Festnetz, und ich wusste, dass er und meine Mutter ebenfalls eine Reise planten – zwei Reisen, genauer gesagt. Meine Mutter fuhr zur Kur in den Harz, mein Vater führte Verlagsgespräche in New York und wollte im Anschluss einen alten Schriftstellerfreund auf Cape Cod besuchen.

Irgendwo hinter mir klappte eine Tür und gleich darauf trat Lucas Mutter in die Küche.

»Ich hab Vita mitgebracht«, sagte Luca zu ihr und Gitta lächelte mich herzlich an. Diesmal konnte ich sie offener ansehen als vorhin und freute mich, dass ich willkommen war. Ihre roten Locken waren zu einem Zopf geflochten, aber noch immer waren es die Haare einer Löwin, und irgendwie kam sie mir aus der Nähe auch weniger hippiemäßig vor; es schien falsch, sie in eine Schublade stecken zu wollen. Ihr Gesicht war herb und voller Sommersprossen, sie wirkte erdverbunden, kräftig, und die Hand, die sie mir reichte, fühlte sich rau und kühl an.

»Du campst also mit deinen Freunden auf Lucas Grundstück?«, fragte sie mit ihrer rauen Stimme. »Das kommt nicht oft vor, und dass mein Sohn ein Mädchen zum Essen nach Hause bringt, schon gar nicht.«

Sie zwinkerte Luca zu, und ich fühlte, wie mir die Röte ins Gesicht stieg. Durch die Tür neben dem Kamin kam Lucas Vater, den mir Luca jetzt noch einmal als Antonio vorstellte. Er hatte eine Zigarette im Mund, und sein Gruß war verhaltener als der von Gitta. In dem Blick, mit dem er mich ansah, lag etwas Wildes, Grobes, aber die Haut seiner Handfläche war weich und warm.

Gitta stellte einen fünften Teller auf den Tisch und wies mir den Platz neben Luca zu. Als ich mich gesetzt hatte, kam jemand durch die Eingangstür. Es war ein schlaksiger Mann, Anfang dreißig vielleicht, mit blasser Haut. Seine strähnigen, ungekämmten Haare hatten die Farbe von verwelktem Laub und fielen ihm ohne jeden Schnitt über die Augen. Sie sahen aus, als hätte jemand mit einer stumpfen Schere sein Glück daran versucht, nur um auf halbem Weg wieder aufzugeben. Er war nachlässig gekleidet, als hätte er sich im Schlaf angezogen, das Hemd war falsch geknöpft und aus der Cordhose hing das durchlöcherte Futter hervor.

»Mein Bruder«, sagte Luca. »Bruno – das ist Vita.«

Natürlich erinnerte ich mich, dass Lucas Bruder zum Essen kommen würde, das hatte Gitta heute Morgen gesagt, aber diesen Menschen mit Lucas großem Bruder auf den Fotos in Verbindung zu bringen, war mir fast unmöglich. Von einem kaputten Menschen hatte Lucas Vater gesprochen, und diese Worte nun so gespiegelt zu sehen, bestürzte mich.

Ich wollte zur Begrüßung aufstehen, aber Lucas Bruder nahm kaum Notiz von mir und schlurfte wortlos zu seinem Platz. Seinem Körper fehlte jeglicher Tonus. Er war wie eine Marionette, bei der jemand die Fäden gelockert hatte und die sich trotzdem weiterbewegte, aus einem Antrieb heraus, der eigentlich keiner war, traumwandlerisch und apathisch. Dieser Mann war das Gegenteil von meiner Mutter und ihr doch in einer Weise ähnlich. Die Vorstellung, dass er Lucas Bruder war, fiel mir schwer, unterschiedlicher hätten zwei Menschen kaum sein können. Luca bewegte sich auch jetzt wieder in dieser tänzelnden Leichtfüßigkeit, hatte sein Jokergrinsen aufgesetzt, nahm seine Mutter in den Arm und kitzelte ihr den Nacken, bis sie lachen musste und ihn von sich schob, aber selbst darin lag eine große Zärtlichkeit.

Antonio hatte sich an der Arbeitsplatte zu schaffen gemacht. Offenbar war er der Koch im Haus, während Lucas Mutter am Kopfende Platz nahm und Luca sich neben mich fallen ließ. Bruno saß mir schräg gegenüber und reinigte sich mit der Messerspitze die schwarz geränderten Fingernägel, was niemanden aus seiner Familie zu stören schien.

»Hat Alice schon was über Felis Geburtstag gesagt?«, wandte sich Gitta an ihren ältesten Sohn. »Wir würden uns gern an einem Geschenk beteiligen, wenn es größere Wünsche gibt. Kannst du mal nachhaken?«

Bruno beantwortete die Frage mit einem schlappen Schulterzucken.

»Mein Bruder wohnt bei unserer Cousine«, erklärte mir Luca. Zu seiner Mutter sagte er: »Alice war vorhin mit Feli am Fluss.« Er lachte. »Die Wunschliste ist ziemlich lang. Ich erinnere mich an ein Teleskop und Reitstiefel, wobei Feli die sicher von Alice kriegt.«

»Hat Alice Pferde?«, fragte ich neugierig

Luca nickte. »Sie hat einen Reiterhof, wo sie auch ihre Bienen züchtet. Früher war sie Kunstreiterin, heute gibt sie Reitunterricht für Kinder aus der Gegend und Touristen.«

»Ist es der Hof, den man von deinem Grundstück aus sieht?« Ich dachte an die Koppel mit den beiden Pferden, die mir gestern Nachmittag aufgefallen war. Luca nickte. »Wenn du Lust hast, können wir mal vorbeifahren.«

»Das würde ich gern.« Die Vorstellung weiterzureisen, passte immer weniger in meinen Kopf.

»Kannst du reiten?«, fragte Gitta.

»Kommt drauf an, was man unter Können versteht«, sagte ich. »Bei meinen Großeltern gibt es einen Reiterhof, da hab ich früher Unterricht gehabt. Der Lehrer war ein ziemlich jähzorniger Typ, ich glaub, er war Alkoholiker. Wir hatten alle Angst vor ihm, auch die Pferde. Aber geritten bin ich immer gern.«

Gitta verteilte die Weingläser auf dem Tisch, während Antonio eine Flasche Wein öffnete. Ich konnte ihn nicht richtig einschätzen, vielleicht auch, weil er sich bis jetzt noch gar nicht an der Unterhaltung beteiligt und sich ausschließlich den Kochvorbereitungen gewidmet hatte.

»Und warst du schon mal in Italien?«, wandte sich jetzt wieder Gitta an mich.

Ich schüttelte den Kopf. »Mein erstes Mal«, beantwortete ich die immer wiederkehrende Frage. »Wir sind im VW-Bus unterwegs und wollten eigentlich nach Rom. Es ist totaler Zufall, dass wir hier gelandet sind. »Es ist wunderschön bei …« Ich räusperte mich und stockte. Ich brachte das förmliche *Ihnen* nicht über die Lippen, traute mich aber auch nicht, sie anders anzureden. Es war Gitta, die mich ermutigte. »Bitte kein Siezen, das habe ich schon immer gehasst.«

»Es ist wunderschön bei euch«, sagte ich erleichtert. »Und danke, dass ich mitessen darf.«

»Nichts zu danken.« Gitta löste ihren Zopf und fuhr sich mit den Fingern durch die wilde Mähne, bevor sie sie wieder zu einem Knoten am Hinterkopf zusammendrehte. »Wir freuen uns, dass du heute Abend dabei bist.«

Antonio kam zu uns an den Tisch und goss den Wein in fünf Gläser. Er hatte ein tiefes dunkles Rot.

»So gefällst du mir besser, als wenn du dich von hinten anschleichst.« Nach der kurzen Begrüßung war es das erste Mal, dass er das Wort an mich richtete. Mir lag ein zerknirschtes *Entschuldigung* auf den Lippen, aber es blieb mir im Hals stecken. Ich fühlte mich unsicher in seiner Gegenwart, seine plötzliche Direktheit schüchterte mich ein, doch dann grinste er breit und hob sein Glas. »Also dann, salute.«

Bruno war der Einzige, der sein Glas nicht anrührte, und ich kostete auch nur einen vorsichtigen Schluck. Ich war alles andere als eine Weinkennerin, aber dass dieser Rotwein etwas ganz Besonderes war, merkte selbst ich. Er legte sich wie Samt auf meine Zunge.

»Ich hoffe, das Essen schmeckt dir auch«, sagte Gitta. »Du bist doch keine Vegetarierin?«

Ich schüttelte heftig den Kopf.

Schmecken war gar kein Ausdruck. Das Essen war das reinste Festmahl.

Als ersten Gang servierte Antonio geröstete, mit Tomaten, Basilikum und Olivenpaste belegte Brotscheiben, die ich auch in Deutschland schon mal unter dem Namen Crostini gegessen hatte. Aber dort hatten sie keinen nennenswerten Eindruck bei mir hinterlassen. Diese Crostini waren kross und göttlich weich zugleich, und jeder Bissen erzeugte eine Geschmacksexplosion in meinem Mund. Ich hätte vor Genuss schielen können und wurde noch einmal rot, als Gitta laut zu lachen anfing. »Du siehst aus, als hättest du einen Orgasmus«, schob sie unnötigerweise hinterher.

Luca warf seiner Mutter einen vernichtenden Blick zu. »Jetzt weißt du auch, warum ich normalerweise keine Mädchen mit nach Hause bringe. Kannst du deine plastischen Beobachtungen vielleicht für dich behalten?«

»Du verlangst viel von deiner Mutter«, kam es von der anderen Seite des Tisches. Ich blinzelte zu Antonio, der sich noch beim Kauen des letzten Crostinis eine neue Zigarette anzündete. »Manchmal wundere ich mich, dass sie in diesem Land noch nicht von ihren Geschlechtsgenossinnen gesteinigt wurde.«

»Ich mach doch nur Spaß«, sagte Gitta. »Es freut uns, dass es dir schmeckt. Vielleicht lädt Luca dich ja auch mal ein, wenn er selbst kocht.« Sie zwinkerte ihm zu. »Ich könnte mal wieder Sauerbraten und Knödel vertragen.«

»Das kannst du dir zu Weihnachten wünschen«, sagte Luca und ging zum Kühlschrank, um eine Flasche Wasser zu holen.

Sein Bruder hob den Arm und streckte einen Finger in die Höhe. Ich fragte mich, ob er auch sprechen konnte. Er war mir ein bisschen unheimlich und flößte mir, auf eine noch tiefere Art als Lucas Vater, Angst ein. Luca goss ihm ein Glas voll und hielt mir die Flasche hin.

»Willst du auch?«

Ich nickte und grinste ihn an. Ich hatte nur ein paar Schlucke Rotwein getrunken und fühlte mich schon fast beschwipst.

»Du kochst Deutsch?«, fragte ich Luca.

»Und wie«, sagte Gitta stolz. »Lucas Sauerbraten macht jedem Sternerestaurant Konkurrenz. Ich hoffe ja immer noch, dass du daraus mal einen Beruf machst, wenn du dich schon nicht zum Studieren durchringen kannst. Wir könnten …«

»… das Thema wechseln«, unterbrach sie Luca genervt und sah zu mir. »Was ist mit dir? Kannst du kochen?«

»Das Nötigste«, murmelte ich.

Eigentlich kochte ich ganz gern und übernahm vor allem in den Wochen, in denen meine Mutter auf Kur war, die Verantwortung fürs Abendessen. Das waren auch die Abende, an denen mein Vater und ich manchmal eine Stunde am Tisch saßen und uns ohne Floskeln und stockende Künstlichkeit unterhielten.

»Und wer ist dann der Koch in eurer Familie?« Gitta fischte mit den Fingern die Tomatenreste von ihrem Teller und schob sie sich in den Mund.

»Bei uns kocht meine Mutter.« Ohne dass ich es wollte, war meine Stimme leiser geworden. Unsere penibel aufgeräumte Küche war das gruselige Gegenteil zu dem lebendigen Chaos, das Lucas Vater veranstaltet hatte. Auf dem Herd und neben der Spüle türmten sich die benutzten Töpfe, Pfannen und Teller. Essensreste lagen herum und waren teilweise zu Boden gefallen, ohne dass sich jemand darum scherte. Meine Mutter putzte sogar während des Kochens. Jedes Messer, jeder Topf wurde unmittelbar nach seiner Benutzung gespült, abgetrocknet und wieder an seinen Platz gestellt.

Antonio sah mich an und diesmal spürte ich die sanfte Wärme in seinen Augen ganz deutlich. Er hatte nicht Gittas Offenheit, schien die tieferen Ebenen aber viel stärker wahrzunehmen als sie. Gitta schob ihren Stuhl zurück und legte ihre Beine auf Antonios Schoß. Sie hatte nackte Füße, die Zehennägel waren unlackiert und ziemlich lang.

»Aus welcher Stadt kommst du?«, fragte sie, während sie ihren Mann mit wackelndem Fuß dazu aufforderte, ihre Ferse zu massieren.

»Ich lebe mit meinen Eltern in Hamburg«, sagte ich. »Aber geboren bin ich in Berlin. Da habt ihr geheiratet, hat Luca mir erzählt?« Ich lächelte Gitta an.

Lucas Vater runzelte die Stirn.

»In guten wie in schlechten Zeiten, das ist wahre Liebe«, kam es vom anderen Ende des Tisches. Es war das erste Mal, das Lucas Bruder etwas von sich gab. Er sah seine Eltern an, in seinen Augen war ein kalter, fast gnadenloser Ausdruck. Antonio wich seinem Blick aus, und Gitta legte ihre Hand auf seinen Arm. Mir zwinkerte sie zu. »Also meine erste große Liebe war ein Kapitän aus Hamburg.«

Luca zog eine Augenbraue hoch. »Das passt ja nun gar nicht. Wann war das denn?«

»Vor fünfzig Jahren.« Gitta grinste. »Ich war sechs, und der Kapitän steuerte einen Touristendampfer. Ich durfte bei der Hafenrundfahrt im Schiffsführerhaus auf seinem Schoß sitzen und das Steuerrad halten. Ich war als Kind öfter in Hamburg, meine Großeltern haben da gelebt, und die Stadt hat mir immer gut gefallen.« Gitta goss sich ein zweites Glas Wein ein.

»Aber erzähl mal von dir, Vita. Gehst du noch zur Schule?«

»Ich hab gerade Abi gemacht.«

»Und weißt du schon, was du danach machen willst?« Antonio warf einen kurzen Seitenblick auf Luca, der ein genervtes Geräusch machte. Offensichtlich reagierte er allergisch auf Fragen, die auf die Zukunft nach der Schule zielten, und ich fragte mich, ob seine Eltern nicht vielmehr hofften, dass Luca für sie etwas erfüllte, worin sein Bruder offensichtlich versagt hatte.

»Ich bin noch nicht sicher, was ich will«, gab ich seinem Vater zur Antwort und fühlte, dass ich es seit meiner Abreise aus Hamburg immer weniger war. »Jetzt ist erst mal Reisen angesagt.«

»Luca sagt, ihr wollt durch ganz Europa?« Gitta schob die leer gegessenen Vorspeisenteller zusammen. »Da habt ihr euch aber eine ganze Menge vorgenommen.«

»Na ja, ganz Europa werden wir sicher nicht bereisen«, sagte ich. »Wir haben uns eine Route überlegt, aber die lässt Luft für spontane Änderungen. Italien ist quasi der Anfang. Uns gefällt es super hier.«

»Klar«, sagte Antonio. »Italien gefällt allen super. Solange sie nicht hier leben und von diesen Drecksäcken regiert werden.«

»Bitte nicht«, stöhnte Luca. »Kein Vortrag über Politik, Papa.«

Aber Antonio schien jetzt ganz in seinem Element und plötzlich war er überhaupt nicht mehr schweigsam, sondern wirkte wie von der Leine gelassen. Während er als zweiten Gang selbst gemachte Tortellini mit schwarzen Sommertrüffeln auftischte und eine neue Flasche Wein öffnete, eiferte er sich über den italienischen Ministerpräsidenten und warf mit Namen um sich, die ich weder kannte noch etwas mit ihnen verband. Ich hörte nur so viel heraus, dass Antonio in seiner Jugend Kommunist gewesen war, ein desillusionierter offensichtlich, denn er beschwerte sich über die Lackaffen der heutigen Linken, die genauso verlogen und korrupt waren wie der ganze verfluchte Rest. Sein Deutsch war fehlerfrei, hatte aber einen starken italienischen Akzent, und ich mochte, wie er sprach, ich mochte die Leidenschaft, mit der er sich aufregte, ereiferte, mit den Fäusten auf den Tisch schlug und sich dabei immer weiter Wein eingoss, mit einer Hand aß und in der anderen die Zigarette hielt. Ich wünschte mir plötzlich, dass mein Vater hier wäre, ich stellte mir vor, wie er jetzt mit Antonio diskutieren würde, ruhiger, bedachter sicherlich, aber ich hatte das Gefühl, dass Antonio ihm gefallen würde in seiner rebellischen Art. Seine schwarzen Locken waren so voll und dicht, dass man hineingreifen wollte, was er auch selbst immer wieder tat, wenn er für eine Sekunde die Hand frei hatte. Seine Augen hatten ein tiefes dunkles Blau und sahen im Gegensatz zu seiner wilden Art selbst beim Reden sanft aus. Er ist die Umkehrung seines Sohnes, dachte ich. Während Luca seine Gefühle mit mannigfaltigen Arten des Lächelns zu verdecken schien, wirkte bei Antonio der Zorn wie der Panzer um einen weichen, verletzlichen Kern.

Lucas Vater war mittlerweile in der Vergangenheit angekommen. Er hatte Journalistik studiert und politische Pamphlete geschrieben, jetzt arbeitete er als Übersetzer für politische Texte, die ebenfalls verlogen seien und die er am liebsten neu schreiben würde, wenn es einen gottverdammten Verlag gäbe, der endlich mal ein Buch über die Wahrheit veröffentlichen würde.

Gitta hörte ihrem Mann halb belustigt, halb genervt zu, während Luca mir immer wieder besorgte Seitenblicke zuwarf. Einmal drückte er unter dem Tisch mein Bein. Seine Hand war glatt und fest, und ich spürte, wie ich am ganzen Körper Gänsehaut bekam – auch am Bein, was Luca offensichtlich nicht entging. Er lächelte mir zu, ganz kurz, ganz schnell und so scheu, dass ich Mühe hatte, Luft zu holen.

Ich lugte, wie so oft an diesem Abend, zu seinem Bruder, der schweigend aß, kaum von seinem Teller hochsah und niemanden wahrnahm. Im Gegensatz zu seiner verwahrlosten Aufmachung sah seine blasse Haut weich und glatt aus. Sie schimmerte beinahe und brachte seinen Mund zur Geltung, volle, stark durchblutete Lippen unter einer langen, sehr geraden Nase. Hinter seinem Schweigen schien es zu brodeln, und auf eine undefinierbare Weise strahlte er ein hohes Maß an Intelligenz aus.

»Ist was?«, fragte er plötzlich und schaute so unvermittelt von seinem Teller hoch, dass ich zusammenzuckte. Er strich sich das Haar aus der Stirn, und ich sah in seine blassblauen Augen, die jetzt direkt in mich hineinzublicken schienen. Seine Lippen verzogen sich zu einem fragenden, beinahe schaurigen Lächeln, als hätte auch er mich die ganze Zeit heimlich gemustert, und ich fühlte mich so unbehaglich, dass ich am liebsten aufgestanden wäre. Ich war froh, als Antonio mir einen Teller vor die Nase setzte und ich wieder etwas zu tun hatte.

Zum Hauptgang gab es Perlhuhn, das mit gewürfeltem Schinken, einer scharfen italienischen Wurst, Ei, Parmesan und verschiedenen Gewürzen gefüllt war. Obwohl ich pappsatt war, konnte ich nicht aufhören zu essen – und ich konnte nicht aufhören, an meinen Vater zu denken, den ich beim Nachtisch dann auch erwähnte. Lucas Vater servierte Pannacotta mit frischen Beeren, und ich sagte mitten in einen süßen Bissen hinein: »Mein Vater würde dich mögen.«

Lucas Vater zog eine Augenbraue hoch, neugierig, geschmeichelt, mit einer Frage im Blick, auf die ich meine Antwort gleich hinterschob.

»Mein Vater ist Verleger«, sagte ich.

»Verleger?«, fragte Antonio. Seine Stimme klang heiser und sein Ausdruck veränderte sich. Er hatte die Stirn in tiefe Falten gelegt, die Augen zusammengekniffen, ein Blick, als machte er eine Röntgenaufnahme von meinem Gesicht. »Und du ... bist in Berlin geboren?«

Ich nickte und fühlte, wie eine seltsame Energie Besitz von dem Raum ergriff. Es ging so schnell, dass ich sie nicht deuten konnte, und Antonios nächste Frage war so leise, dass ich sie fast von seinen Lippen ablesen musste.

»Dein Vater heißt Thomas?«

»Eichberg«, ergänzte ich, fragte mich, ob Antonio vielleicht schon mal von ihm gehört hatte, und wusste selbst nicht, warum ich flüsterte. »Mein Vater heißt Thomas Eichberg.«

Es folgte eine Stille, die sich auf meine Ohren legte und die sich anfühlte wie ein riesiges, klaffendes Loch. Ich öffnete den Mund, um etwas zu sagen oder zu fragen, den Raum mit irgendeinem Geräusch zu füllen, aber ich brachte keinen Ton heraus.

Es war Bruno, der der Stille ein Ende bereitete.

Er hatte das Messer in die Hand genommen und schlug damit an den Rand seines Weinglases, es waren klirrende, in meinem Inneren widerhallende Töne wie der Auftakt zu einer Rede, aber er hörte nicht auf, das Klirren hörte nicht auf, die Stille der anderen hörte nicht auf, die auf mich gerichteten Blicke hörten nicht auf, ich wollte mir die Ohren zuhalten und die Augen zukneifen wie ein Kind beim Versteckenspielen, das sich durch diese Geste unsichtbar zu machen glaubt, aber ich war kein Kind und ich wusste nicht, was ich tun sollte, ich wusste nicht, was ich getan hatte, vor was oder wem ich mich versteckte, warum alle mich anstarrten, warum die ungläubige Miene von Lucas Mutter immer bohrender wurde, wonach sie suchte und was sie zu finden schien in meinem erstarrten Gesicht. Antonios Hände, die sich zu Fäusten ballten, und Lucas Blick, der so unendlich verstört zwischen mir und seinen Eltern hin und her flog, während Bruno mit einem lautlosen, unheimlichen Lächeln immer weiter den Rand seines Messers an das Weinglas schlug. Ich zitterte, jede Faser meines Körpers vibrierte, und der Boden unter mir schien im Begriff, sich zu einer Kluft zu öffnen, in die ich nie aufhören würde zu fallen.

»Nein«, hörte ich Antonio sagen mit einer Stimme, die so schneidend kalt war, dass meine Eingeweide gefroren. Und noch mal. »Nein.«

Er war vom Tisch aufgestanden, trat auf mich zu und für einen Moment hatte ich Angst, er würde mich schlagen.

»Antonio.« Gitta wollte seinen Arm festhalten, aber da war er schon von sich aus zurückgewichen, als würde es Unglück bringen, mich anzufassen.

»Sag, dass das nicht wahr ist!«, schrie er mir ins Gesicht. »Du würdest das nicht tun. Nicht auf diese Weise. Nicht nach all den Jahren. Sag, dass du es nicht bist!«

Ich hätte alles gesagt, alles auf der Welt, um diesen Augenblick ungeschehen zu machen. Aber es war zu spät, und wer jetzt etwas sagte, oder besser gesagt, etwas *sang,* war Bruno.

Die klirrenden Töne, die seine Messerspitze auf dem Glas machte, formten sich zu einer Melodie, einer albernen, kleinen Kindermelodie, und die Worte dazu hörte ich in einem vorausballenden Echo, noch bevor sie aus Brunos Mund kamen.

»*Wie wunderbar, wie wunderbar*
Viktoria ist wieder da,
in unserem Italia
mit ihrer Schwester Livia.«

NEUN

Ich habe keine Erinnerung mehr daran, wie ich aus der Küche von Lucas Eltern zu seinem Grundstück gekommen bin. Aber das Bild von Bruno am Küchentisch hat sich tief in mich eingebrannt. Noch heute sehe ich ihn vor mir, sein Glas hebend und es in meine Richtung haltend, ich sehe sein Gesicht, den Ausdruck darin, der schwer in Worte zu fassen ist, weil ich damals nichts und später alles darin zu lesen glaubte. Es lag eine Spur von Erleichterung in seinen Zügen, eine Spur von Erlösung, als wäre mein Erscheinen in der Küche seiner Eltern auf eine verdrehte Weise tatsächlich mit der des Prinzen im Dornröschenmärchen verbunden, als hätte ich etwas, das seit Jahren zum Tiefschlaf verbannt gewesen war, wachgeküsst. Nur was dieses Etwas war, davon hatte ich an diesem Abend nicht den Hauch einer Ahnung.

Mit zitternden Knien hatte ich mich in der Küche seiner Eltern vom Stuhl erhoben, den Blick auf Luca geheftet, als könnte ich mich auf diese Weise an ihm festhalten. Aber Luca war tief in sich zurückgezogen, und seine Eltern standen hinter ihm, umrahmten ihn wie stumme Wächter einen freiwilligen Gefangenen. Seine Mutter hatte ihre Hand auf Lucas Schulter gelegt. In den Blick, den sie mir zuwarf, mischte sich eine schmerzhafte, beinahe zärtliche Hilflosigkeit, wie man sie einem kleinen Tier gegenüber hat, das jemand zu Unrecht mit Füßen getreten hat, während sein Vater mich mit blanker Feindseligkeit im Gesicht weiter aus der Küche drängte.

Ich stieß mit meiner linken Schulter an den Türrahmen, etwas Hartes, Spitzes bohrte sich durch das T-Shirt in meine Haut, der Kopf eines Nagels oder ein Haken, aber stärker war der Schmerz in meiner Brust, es war ein erdrückender, namenloser Schmerz, der keinen Ursprung hatte oder zumindest keinen, dessen ich mir bewusst war. Da war nur diese schleichende Ahnung, dass sich mein bisheriges Leben auf einer brüchigen Mauer des Schweigens aufgebaut hatte und dass diese fremden Menschen an diesem fremden Ort mir für etwas die Schuld gaben, das mir selbst verborgen geblieben war, sodass ich mich mit nichts zur Wehr setzen konnte. Ich war auch nicht in der Lage, das, was ich soeben ausgelöst hatte, in irgendeiner Form zu hinterfragen. Meine Gedanken, die wie aufgescheuchte Pferde in verschiedene Richtungen davongaloppieren wollten, wurden von einer inneren Instanz am Zügel gehalten, während sich die Worte des kleinen Liedes wie eine Spirale in mich hineingruben.

Wie wunderbar, wie wunderbar
Viktoria ist wieder da,
in unserem Italia
mit ihrer Schwester Livia.

Draußen war es dunkel geworden. Irgendwie musste ich mich von dem Türrahmen gelöst haben und zu Lucas Grundstück gestolpert sein.

Auf den Treppenstufen von Lucas Wohnwagen fand ich mich wieder, mein Gesicht in den Händen vergraben. Ich stieß trockene Laute aus, fühlte ein Brennen hinter den Augen, ein Brennen in der Brust, aber da waren keine Tränen, die mir in irgendeiner Form Erleichterung verschafft hätten.

Ich hatte keine Ahnung, wie spät es war. Danilo und Trixie waren noch nicht zurück, mein Handy und damit auch meine Uhr lagen im Bulli. Der Mond erschien über dem Grundstück, zunehmend oder abnehmend, ich hatte mir noch nie die Seitenverhältnisse merken können, jedenfalls fehlte auch ihm ein Stück zur Ganzheit. Hinter meinem Rücken setzten die Zikaden zu ihrem Gesang an, schneidend, rasselnd und schrill, es klang in meinen Ohren wie eine Anklage, als wollten auch sie mir versichern, dass ich hier nicht erwünscht, mehr noch, ein verhasster Eindringling war.

Vor meinen Füßen im Gras schimmerte etwas Helles im Mondlicht. Als ich genauer hinsah, entdeckte ich Lucas Schildkröte. Unwillkürlich kam mir eines der wenigen Bücher in den Sinn, die ich als Kind geliebt hatte, *Momo* von Michael Ende. Die Schildkröte darin, Kassiopeia, hatte die magische Eigenschaft, die Zukunft eine halbe Stunde vorauszusehen, und ihre Visionen ließ sie Momo in Form von Buchstaben auf ihrem Rücken ablesen. Was ich mir in diesem Moment am sehnlichsten wünschte, waren Buchstaben zu meiner Vergangenheit.

In den Hügeln leuchteten zwei helle Quadrate, wie goldene Augen sahen sie in der Dunkelheit aus. Es mussten die Fenster von Alices Haus sein, und plötzlich fiel mir etwas ein. Ihre Blicke. Wie sie mich gemustert hatte, am Honigstand und später am Fluss, ihr verstörtes Suchen in meinem Gesicht. Was hatte sie gesucht? *Wen* hatte sie gesucht?

Wie wunderbar, wie wunderbar
Viktoria ist wieder da,
in unserem Italia
mit ihrer Schwester Livia.

Ich sprang auf und schaffte es gerade noch um die Ecke des Wohnwagens, wo ich mich in der Dunkelheit über irgendwelchen Sträuchern erbrach. Mein Kopf hämmerte wie wild, und als ich mich mit dem Rücken an den Wohnwagen lehnte, war der Geschmack in meinem Mund widerlich sauer und scharf. Mir wurde bewusst, dass ich nicht mal ein Glas Wasser trinken konnte, geschweige denn, mir einen Tee machen. Für einen Moment überlegte ich, ob ich mich unter die Dusche im Garten stellen sollte, schleppte mich dann aber zurück, die drei Treppenstufen zu Lucas Wohnwagen hinauf. Ich drückte die Türklinke herunter und trat nach einem entschlossenen Atemzug ins Innere des Wagens.

Lucas Geruch stieg mir in die Nase, warm und vertraut, als wäre er gerade erst hinausgegangen. Ich tastete nach dem Lichtschalter, fand ihn neben der Tür und hielt den Atem an, als über meinem Kopf die Lampe anging. Es war eine dieser ägyptischen oder marokkanischen Messingleuchten mit Lochmuster, die ich schon öfter in irgendwelchen Afroläden gesehen hatte, aber dort war es immer hell gewesen, während diese Lampe im Inneren des Bauwagens ein surreales Licht- und Schattenspiel erzeugte. Die Holzwände waren in einem lehmigen Gelb gestrichen, und als Erstes fiel mir das Kinderbild über dem Fußende des Bettes auf. Es war mit Wachsmalstiften gemalt und zeigte ein Strichmännchen auf einer krickeligen Linie, deren Enden mit Wolken verbunden waren. Gelbe Punkte und ein Kreis bildeten Sterne und Mond, während die Erde eine wild gezackte rote Fläche war.

Neben dem Bett lehnte eine Gitarre aus schwarzem, ziemlich abgenutztem Holz, auf dem Boden davor lag das rote T-Shirt, das Luca bei unserer ersten Begegnung getragen hatte. Ich griff danach, vergrub meine Nase darin und warf es gleich darauf, erschreckt vor mir selbst und der überwältigenden Präsenz von Lucas Geruch, wieder auf den Boden. Ein paar Sekunden stand ich nur da, mit rasendem Herzschlag, lauschte nach draußen in die Stille und wandte mich dann zu den Fotos. Sie waren über dem Klapptisch an die Wand gepinnt und offensichtlich alle in der jüngeren Vergangenheit aufgenommen worden. Luca in einer Gruppe anderer Jugendlicher beim Musikmachen vor einem Feuer an einer kleinen Bucht. Er hatte den Kopf in den Nacken gelegt und spielte mit geschlossenen Augen Gitarre. Luca mit einem schwarzhaarigen Jungen auf dem Dach seines Wohnwagens, beide hielten ein Bier in der Hand und grinsten von oben herab. Ein Mädchen, etwa in meinem Alter, mit langen dunkelbraunen Locken, die im Bikini mit sonnenbrauner Haut auf dem Felsen des Flusses saß und verführerisch in die Kamera (zu Luca?) lächelte. Luca mit der kleinen Feli auf dem Schoß. Leidenschaftlich hatte sie ihre Ärmchen um seinen Hals geschlungen und presste ihre Wange an seine, während Luca in gespieltem Verzücken die Augen aufriss.

Die anderen Fotos zeigten Luca auf dem Seil; vor einem glutroten Sonnenuntergang über den Dächern, vor stahlblauem Himmel zwischen zwei Bergen, über der glitzernden Oberfläche eines Flusses – dem einzigen Untergrund, in dem er bei seinem Sturz weich gelandet wäre – und vor düsteren Gewitterwolken zwischen den Mauern einer Ruine.

Eine neue Welle der Übelkeit stieg in mir auf, und der gallige Geschmack in meinem Mund machte es nicht besser. Im Kühlschrank fand ich eine angebrochene Flasche Cola, gegen die mein Magen schon beim bloßen Anblick rebellierte, und Wasser aus der Leitung zu trinken, traute ich mich nicht. Also spülte ich nur den Mund aus, formte meine Hände zu einer Schale und tauchte mein heißes Gesicht ein paar Mal in kaltes Wasser. Auf dem Stuhl lag ein, ebenfalls nach Luca riechendes, Handtuch, an dem ich mir Gesicht und Hände abwischte, ehe ich innehielt.

Was tat ich hier eigentlich? Wieder horchte ich nach draußen, verspürte Angst und den brennenden Wunsch zugleich, dass Luca zurückkommen würde. Aber alles blieb dunkel und still. Nur ganz in der Ferne hörte ich Hundebellen, was eine innere Vibration in mir auslöste, ein feines, helles Summen. Mit angehaltenem Atem horchte ich tief in mich hinein, hoffte, fürchtete, dass sich an den Rändern meines Bewusstseins etwas wachrufen ließe, aber das tat es nicht.

Ich trat an die Regalfläche mit den Büchern, vielleicht um mich abzulenken oder Halt in einer Welt zu suchen, die mich an das Arbeitszimmer meines Vaters erinnerte ... ich wusste nicht, warum.

Es waren weit mehr Bücher, als es an meinem ersten Tag vom Blick durch das Fenster den Anschein gemacht hatte. Ganz oben standen die Werke von Nietzsche, in den Regalflächen darunter war eine ziemlich wilde Mischung aus klassischer und moderner Literatur versammelt. Die meisten der Bücher waren erstaunlicherweise auf Deutsch, und als Erstes zog ich den zerfledderten Band von Friedrich Nietzsche heraus, der mir gestern Nachmittag vom Himmel entgegengefallen war. Rastlos blätterte ich ihn durch. Manche Seiten hatten Eselsohren, verschiedene Textstellen am Rand wurden von einem Ausrufezeichen hervorgehoben.

Wenn du lange genug in einen Abgrund blickst, dann blickt der Abgrund auch in dich hinein, las ich.

Ich starrte auf die Zeilen und erinnerte mich, wie leidenschaftlich Luca über den Philosophen gesprochen hatte, an das Beben seiner Nasenflügel, als er sagte, Nietzsche wäre irgendwie nicht von dieser Welt und trotzdem in ihr gefangen.

Mein Blick irrte weiter über die Buchrücken im mittleren Regal. Einige, das bemerkte ich erst jetzt, hatten ein winziges schwarzes Kreuz auf dem Rücken, es sah aus, als hätte es jemand mit einem dünnen Eddingstift darauf gemalt. *Cécile* von Fontane, *Emilia Galotti* von Lessing, Goethes *Werther*, *Die Brüder Löwenherz* von Astrid Lindgren, Shakespeares *Romeo und Julia* sowie ein halbes Dutzend Biografien über Virginia Woolf, Marilyn Monroe und andere.

Emilia Galotti und *Werther* hatten wir in der Schule gelesen, sie hatten mich beide gelangweilt und ich erinnerte mich nur noch dunkel, dass es um unerwiderte – oder verbotene Liebe gegangen war. Genau wie bei *Romeo und Julia*.

Ich nahm das gelbe Reclamheft heraus, meine Hände waren trotz der Wärme steif und kalt, als ich danach griff. Zum Lesen war ich viel zu aufgewühlt und klappte nur die hinterste Seite auf, die mit einem roten Klebezettel markiert war. Die letzten Zeilen des Dramas sprangen mir ins Auge:

Nur düstern Frieden bringt uns dieser Morgen;
Die Sonne scheint, verhüllt vor Weh, zu weilen.
Kommt, offenbart mir ferner, was verborgen,
Ich will dann strafen oder Gnad erteilen,
Denn nie verdarben Liebende noch so
Wie diese: Julia und ihr Romeo.

Ich hielt das dünne Bändchen noch in der Hand, als ich von einem Geräusch aufgeschreckt wurde. Ich sprang so hastig auf, dass mir schwindelig wurde. Es war zu spät, das Licht zu löschen, aber als ich ans Fenster trat, sah ich die runden Scheinwerfer unseres Bullis, der gerade auf dem Grundstück geparkt hatte.

Kurz darauf ertönte Trixies Lachen und dann ihr Ruf: »Vita? Luca? Wir sind zurück. Seid ihr da drin?« Es klopfte, erst zaghaft, dann stärker, und als ich die Tür öffnete, starrte meine Freundin mich erschrocken an.

»Vita? Scheiße, was ist denn mit dir los?«

Ich öffnete den Mund, brachte aber keinen Ton heraus, und als Trixie einen Schritt auf mich zumachte, hielt ich sie mit einer Handbewegung auf Abstand. Ich löschte das Licht in Lucas Wohnwagen, drängte Trixie zurück und schloss die Tür hinter mir.

Auch Danilo kam jetzt auf mich zu. Die Scheinwerfer des Bullis waren noch an und warfen ihr grelles Licht auf mich, als stünde ich auf einer Freilichtbühne. Keine Ahnung, wie ich aussah, aber mein Schweigen sprach anscheinend Bände, denn Danilo streckte sofort seinen Arm nach mir aus und zog mich an seine Brust. »Hey! Kleines!« Er strich mir mit den Fingern durchs Haar wie einem jämmerlich schluchzenden Kind, das ich in diesem Moment gerne gewesen wäre. Er roch nach Pizza, Wein und guter Laune, und ich hätte mich am liebsten an ihn gedrückt, aber alles in mir war starr und steif, und meine Kehle fühlte sich an, als steckte in Essig getränkte Holzwolle darin.

Ich ließ mich von Danilo in den Wohnwagen führen, während Trixie mich mit Fragen löcherte. Ich schüttelte mit dem Kopf und bat um Tee.

»Luca ist bei seinen Eltern, schätze ich«, sagte ich irgendwann, weil ich die Antwort auf diese Frage gerade noch hinbekam. Aber dann wusste ich nicht weiter. »Sie behaupten ... ich wäre ... schon mal hier gewesen.« Meine Hände klammerten sich um die Tasse Roibuschtee, die Danilo mir gemacht hatte.

»Sie?« Trixie wechselte einen verstörten Seitenblick mit Danilo. »Wen meinst du? Und was soll das heißen, du bist schon mal hier gewesen?« Ihre Haare waren hochgesteckt, ihre Wangen glühten von der Sonne und sicher auch vom Wein und einem romantischen Abend zu zweit. Jetzt fixierte sie mich mit zusammengekniffenen Augen und breitete ungeduldig die Hände auseinander. »Wann hier, wo hier? Ich denke, du warst noch nie in Italien.«

»Das dachte ich auch.« Ich hielt mein Gesicht über die Tasse. Der Dampf strich heiß und feucht über meine Wangen. »Das denke ich auch immer noch. Aber offensichtlich ist das falsch. Lucas Eltern ...« Ich blinzelte. Das Licht im Bulli erschien mir irrsinnig hell, obwohl es nur eine matte Glühbirne unter einem orangefarbenen Lampenschirm war, auf den Trixie bunte Prilblumen geklebt hatte. Und der Druck auf meiner Brust war wieder so stark, dass ich keine Luft bekam.

»Können wir vielleicht eine Kerze anmachen? Und gibst du mir mal meine Tasche?«

Danilo erfüllte meine Wünsche auf der Stelle, und nachdem ich einen tiefen Schub aus meinem Asthmaspray inhaliert hatte, legte er seine Hand auf meine. Er drückte sie sanft. »Was ist mit Lucas Eltern? Vita? Schaffst du es, der Reihe nach zu erzählen?«

Aber eben das gelang mir nicht. Meine Worte waren genauso gehetzt und orientierungslos wie meine Gedanken. »Ich habe von meinem Vater gesprochen, ich sagte, er würde ihn mögen und ...«

Sendepause.

»Wen mögen?« Trixie war anzusehen, dass sie sich nur schwer beherrschen konnte.

»Antonio. Lucas Vater. Er hat ... er hat mich angesehen, als wäre ich ...« Hilflos hob ich den Kopf. In dem schmalen Lichtschein, der von der flackernden Kerze ausging, wirkten Danilo und Trixie wie Geister.

»Als wärst du ...?«

Ich zuckte mit den Schultern und starrte in die Tasse, als könnte ich unten auf dem Grund eine Antwort finden. »Ich sollte sagen, dass ich es nicht bin.«

»Dass du *wer* nicht bist?« Jetzt schrie Trixie fast. Danilo stieß ihr mit dem Ellenbogen in die Seite.

»Ich sollte sagen, dass ich so was nicht tun würde. Nicht nach all den Jahren, ich ... Bruno hat ... dieses Lied.«

Dieses Lied. Es hörte und hörte und hörte nicht auf.

Ich setzte die Tasse ab und hielt mir die Ohren zu, aber dadurch schraubten meine inneren Empfangswellen die Lautstärke nur noch stärker in die Höhe. Danilo und Trixie wechselten ängstliche und ziemlich hilflose Blicke.

»Wer ist Bruno?«, fragte Danilo so sanft, als spräche er zu einer Kranken in der Psychiatrie. »Und was für ein Lied meinst du, Vita? Kannst du uns irgendwie helfen, dir zu folgen?«

Ich presste mir die Finger gegen die Schläfen und wusste nicht, warum wieder diese brennende Scham in mir aufstieg. »Bruno ist Lucas Bruder. Er hat ein Lied gesungen. Ein Kinderlied. Es klang, als wäre es ... ein Lied für mich. Ein Lied für mich ... und ... und meine Schwester.«

»Deine Schwester?« Trixie wich in ihrem Stuhl zurück. »Deine Schwester, die bei einem Autounfall gestorben ist? Woher willst du wissen, dass er sie gemeint hat?«

»Er hat ihren Namen gesungen. Und … meinen auch.«

Trixie riss sich die Spange aus den Haaren und knipste sie nervös auf und zu. »Das kapier ich nicht. Wie kann denn das sein?«

Ich nahm ein paar Schlucke von dem Roibuschtee, aber meine Kehle war noch immer so zugeschnürt, dass ich ihn nur mit Mühe herunterbekam.

»Das weiß ich auch nicht«, flüsterte ich. Oder dachte ich es nur?

Trixie fixierte mich, ungläubig, fassungslos, aber dann kräuselten Zweifel ihre Stirn. »Wobei, deine Eltern haben dir ja nie viel über deine Schwester erzählt, oder?«

Ich schüttelte den Kopf. Nichts. Gar nichts hatten sie erzählt.

Danilo drückte die Faust an die Lippen, als wollte er verhindern, dass etwas aus ihm herausplatzte. Er hatte mich schon oft gedrängt, ich sollte mich von meinen Eltern nicht abwimmeln lassen, wir waren darüber sogar in Streit geraten. »Unsere Vergangenheit ist ein Teil von uns, die darf man sich nicht wegnehmen lassen«, hatte er zu mir gesagt. »Es ist krank, dass ihr deine Schwester totschweigt. Du hast ein Recht auf Antworten, du darfst nicht einfach so aufgeben. Deine Eltern müssen mit dir über deine Schwester reden.«

»Müssen sie? Tun sie aber nicht«, hatte ich ihn angefahren. »Ich weiß, dass deine Mutter über alles mit dir spricht, aber ihr seid nicht das Maß aller Dinge, okay? Also verschon mich bitte mit deinen Ratschlägen und lass mich mit diesem Thema in Ruhe.«

Daran hatte Danilo sich gehalten, und das tat er auch heute, während Trixie jetzt wie wild auf ihrer Lippe herumkaute.

»Aber deine Eltern hätten dir doch wohl erzählt, wenn sie schon mal mit dir – mit euch! – in Italien gewesen wären«, platzte sie heraus. »Meine Mutter ist jede verdammte Station mit mir durchgegangen. Sie hat mir eine Liste mit Leuten aufgedrückt, die ich in Spanien und Frankreich anrufen kann, wenn wir eine Unterkunft brauchen. Sie hat sogar ihre frühere Gastschwester aus Frankreich angerufen, um sie zu fragen, ob wir uns dort melden könnten, wenn wir etwas brauchen.«

»Glückwunsch, Trixie«, sagte ich und es tat mir leid, wie kalt und zynisch meine Stimme klang. »Offensichtlich haben meine Eltern es nicht für nötig gehalten, uns Kontakte aus der guten alten Zeit zu vermitteln.«

»Könnte es sein ...«, Trixie überging meinen scharfen Ton, aber ihre Stimme war jetzt ein Flüstern, »... dass dieser ... Unfall deiner Schwester hier passiert ist?«

»Ich weiß nicht, was sein könnte«, murmelte ich erschöpft. »Ich weiß nur, dass ich Lucas Familie in eine unfassbare ...«, ich suchte nach dem richtigen Wort, fand es aber nicht. »Sie waren voller Hass. Als wäre ich vorsätzlich hierhergekommen, um ...« Ich rieb mir mit den Fingerknöcheln die Schläfen, hinter denen es noch immer wie rasend pochte. »Ich habe keine Ahnung, warum. Ich weiß nur, dass die da drüben komplett ausgerastet sind, als sie erfahren haben, dass ich die Tochter von Thomas Eichberg bin. Dann hat Bruno dieses Lied gesungen, und dann hat sein Vater mich rausgeworfen.«

Ich sah zwischen Trixie und Danilo vorbei aus dem Fenster unseres Bullis, hinter dem nichts war als Dunkelheit. »Dieser Textauszug«, sagte Danilo. »Den du bei deinem Vater gefunden hast. Du hast gesagt, die Geschichte würde hier spielen. Kann es sein, dass Lucas Eltern davon irgendetwas wissen? Dass sie vielleicht glauben, dein Vater hätte etwas über sie ...« Danilo kratzte sich an der Nase. »Keine Ahnung, was er hätte, vergiss es einfach. Du hast gesagt, dein Vater wäre selbst total geschockt gewesen. Glaubst du, dass ...«

Ich wusste nicht, was ich glaubte, und Danilo brachte seinen letzten Satz auch nicht zu Ende, denn jetzt klopfte es an die Scheibe unseres Bullis. Es war ein bedrohliches, ein gnadenloses Geräusch, das uns alle schlagartig verstummen ließ.

Draußen stand Luca. Ich sah ihn nur als dunkle Schattengestalt und er sagte nicht mehr als zwei Sätze.

»Es wäre gut, wenn ihr morgen früh vom Grundstück verschwunden seid. Und Vita, triff mich morgen Nachmittag um halb fünf in Viagello, gegenüber von dem kleinen Lebensmittelladen an der Mauer – allein.«

Ehe ich etwas erwidern konnte, tauchte er zurück in die Nacht. Wenige Sekunden später hörte ich, wie der Motor seines Fiats ansprang und über die Schottersteine an unserem Bulli vorbei das Grundstück verließ.

ZEHN

Die Sonne war gerade über den Bergen aufgegangen, als Danilo den Bulli vom Grundstück lenkte. Wir fuhren wieder an dem Friedhof vorbei. Er lag in einer Senke, und die dicht aneinandergereihten Gräber strahlten etwas Abweisendes aus, als hüteten sie die Geheimnisse der Toten. Danilo hatte vorgeschlagen, den Vormittag am Meer zu verbringen, angeblich waren mehrere schöne Badestellen nur eine gute Autostunde von uns entfernt. »Klingt doch super, oder? Vita? Ein bisschen Salzwasser tanken?« Trixie bemühte sich sichtlich, ihre Stimme so klingen zu lassen, als wäre die Welt noch in Ordnung, aber ihre Anspannung war deutlich spürbar, und über unsere bis gestern Abend so ungetrübte Ferienstimmung hatte sich eine lähmende Schwere gelegt.

»Bin dabei«, sagte ich matt. Mir war völlig egal, wohin wir fuhren, von mir aus hätten wir auch auf dem Parkplatz einer Tankstelle halten können.

Ich saß hinten, den Kopf an die Fensterscheibe gelehnt, meine von der schlaflosen Nacht brennenden Augen durch die Sonnenbrille geschützt. Aber die dunklen Gläser schirmten auch die besorgten Blicke von mir ab, mit denen sich Trixie nach jeder Haarnadelkurve zu mir umdrehte.

»Ist dir schlecht?«
»Willst du nicht doch lieber vorne sitzen?«
»Soll Danilo langsamer fahren?«

»Willst du einen Keks?«

»Einen Schluck Wasser?«

»Soll ich Musik anmachen?«

Nachdem ich jedes Mal entschieden den Kopf geschüttelt hatte, ließ ich sie irgendwann im Glauben, dass ich schlief, und als Danilo nach etwa einer Stunde Fahrt an einem kleinen Fischereihafen hielt, drängte ich die beiden, ohne mich frühstücken zu gehen. Sie brachten Cappuccino und ein noch ofenwarmes Croissant mit, das Trixie mir wie einem kleinen Hündchen als Leckerbissen vor die Nase hielt.

Den Kaffee würgte ich runter, in das Croissant biss ich nur einmal hinein, mehr nahm mein verknoteter Magen nicht auf. Es war auch heute ein wolkenloser Tag und schon am frühen Morgen ziemlich heiß. Wir parkten den Wagen vor einem kleinen Pinienwäldchen, hinter dem der Strand lag. Noch war nicht viel los, nur ein paar vereinzelte Pärchen und Familien hatten ihre Lager zwischen den Schatten spendenden Bäumen aufgeschlagen. Der Boden war übersät von Baumnadeln und kleinen rostbraunen Pinienzapfen, die einen harzigen Duft verströmten. Hinter dem Wäldchen, in dem die schräg hereinfallenden Sonnenstrahlen ein Spiel aus Licht und Schatten inszenierten, fast wie die Lampe in Lucas Bauwagen, sah ich das Meer. Türkisfarben. Glitzernd. Ich roch das salzige Wasser, spürte die klebrige Luft auf meiner Haut, aber da war kein Impuls, mich in die Wellen zu werfen oder mich zumindest an den Strand zu bewegen, um meine Füße ins Meer zu halten. Abwechselnd bewacht von Trixie und Danilo blieb ich auf meinem Handtuch liegen und starrte in die Baumkronen der Pinien. Im Gegensatz zu gestern Abend, wo ich panische Angst gehabt hatte, innerlich durchzudrehen, war mir heute zumute, als hätte mir jemand Knock-out-Tabletten verpasst. Die aufgescheuchten Pferde von gestern Nacht waren in die Knie gegangen, ich fühlte mich, als wäre ich gar nicht wirklich hier. Das einzige Bild, das mir an diesem Tag wieder in den Kopf kam, war das Brunnenmädchen aus meinen Albträumen, und jedes Mal, wenn ich ihr mundloses Gesicht vor mir sah, bekam ich Angst. Danilo ließ mich in Ruhe, aber Trixie legte im Laufe des Vormittages ihre aufgesetzte Fröhlichkeit ab und versuchte, mich weiter mit Fragen, Mutmaßungen und Vorschlägen zu bestürmen. Sie hatte sogar angefangen, Sol Shepard im Internet zu googeln, fluchte genervt, weil ihr Handy keinen richtigen Empfang hatte, und als sie mich drängte, meine Eltern anzurufen, hielt ich abwehrend die Hände hoch. Irgendwann im Laufe der quälenden Nacht, in der ich vergeblich auf Lucas Rückkehr wartete, hatte ich nach meinem Handy gefischt und eine Nachricht meines Vaters gefunden. *Schön, dass es dir gut geht! Fahrt vorsichtig. Melde dich, wenn du etwas brauchst. Liebe Grüße aus NY.*

Ich hatte stumm auf die Worte gestarrt. Nie war mir mein Vater fremder gewesen als in diesem Moment, und die Vorstellung, ihn jetzt anzurufen, um ihm eine Wahrheit abzuringen, die mir offensichtlich mein Leben lang verschwiegen worden war, erzeugte Übelkeit in mir.

»Ich weiß auch nicht, ob das eine gute Idee ist«, sagte Danilo an meiner Stelle zu Trixie. »Wenn Vitas Vater schon bei diesem Romanauszug so ausgeflippt ist, was wird er dann machen, wenn Vita ihm jetzt sagt, dass sie hier ist?«

Trixie fuhr sich mit den Fingern durch ihr nasses Haar und zuckte mit den Schultern. »Mann, das ist so abgedreht. Ich kann das irgendwie selbst noch nicht richtig glauben. Vielleicht irren die sich ja, vielleicht ist das Ganze eine absurde Verwechslung oder ein schlechter Scherz – ich meine …«

»Trixie«, Danilo deutete mit dem Kopf zu mir. »Themenwechsel, okay?«

»Schon gut.« Trixie sah mich aus ihren kornblumenblauen Augen an. »Wahrscheinlich ist es wirklich besser, du hörst erst mal, was Luca zu sagen hat. Bist du sicher, dass du uns nicht dabeihaben willst?«

»Absolut«, sagte ich fest. »Danke, Trixie. Mir wäre es am liebsten, ihr setzt mich ein bisschen früher in Viagello ab und fahrt dann noch mal weg. Ich nehm diesmal mein Handy mit, okay?«

Trixie knabberte unzufrieden an ihrer Unterlippe, aber Danilo nickte mir aufmunternd zu. »Wir sind sofort da, wenn du uns brauchst.«

Er hatte seine mexikanische Decke auf dem Waldboden ausgebreitet. Sie war in leuchtenden Farben gemustert, orange, rot und sonnengelb. In unserer Mitte lagen eine aufgeschnittene Wassermelone, Käse, Tomaten, frisches Baguette. Ein einfaches, köstliches Picknick an einem strahlenden Sommertag am Meer. Wie lange hatten wir uns auf all das gefreut.

»Tut mir leid, dass ich alles versaue«, murmelte ich.

»Stopp!« Danilo legte seinen Finger unter mein Kinn, hob meinen Kopf und sah mir eindringlich in die Augen. »Schluss damit, okay? Wir wollen das nicht mehr hören. Ich kann mir nicht mal im Ansatz vorstellen, wie ich mich an deiner Stelle fühlen würde, also mach dir gefälligst keinen Kopf um uns. Ich wünsch dir einfach, dass dein Treffen mit Luca ein bisschen Licht in die Sache bringt.«

Ich nickte, dankbar für Danilos ruhige, liebevolle Art. Er legte eine weiße Muschel, die er vorhin am Strand gefunden hatte, auf seine Handfläche und bat Trixie, ein Foto zu machen. Ich sah den zärtlichen Ausdruck in seinem Gesicht, als er das Bild abschickte – an seine Mutter, die jetzt kinderlos zu Hause war, während Trixie zwei pubertierende Brüder hatte, dreizehn und fünfzehn, über die sie in erster Linie als Evolutionsbremsen, Clearasil-Versuchsgelände oder Genitaldenker sprach. Und ich hatte eine große Schwester, über die fremde Menschen offensichtlich mehr wussten als ich. Mir graute vor dem Treffen mit Luca, und gleichzeitig hielt ich es kaum aus, noch länger darauf zu warten.

Um kurz vor vier setzten Trixie und Danilo mich in Viagello ab. Danilo wollte eigentlich zum Kloster fahren, das ganz in der Nähe lag, aber Trixie stöhnte, sie könnte sich jetzt nicht auf eine alte Ruine einlassen.

»Ist dein Handy aufgeladen?«, fragte sie besorgt.

»Ja.«

Trixie nahm mich in den Arm und drückte mich fest an ihre Brust. »Mein Schatz – ich denk an dich. Ganz fest. Und wenn Luca dir komisch kommt ...«, sie machte ein Revolver-L aus ihren Fingern und blies mit gespitzten Lippen in den imaginären Lauf, »jag ich ihm eine Kugel in den Arsch.«

Ich fühlte mich seltsam erleichtert, als ich den orangefarbenen Bulli davonfahren sah. Meine aufgesprühten Worte aus dem Led-Zeppelin-Song wurden kleiner und kleiner. Ich hatte nie gewusst, warum ich dieses Lied so liebte, aber ich hatte es so oft gehört, dass es sich tief in mich eingebrannt hatte. Und als der Bulli aus meiner Sicht verschwunden und ich allein auf der Straße zurückgeblieben war, ertönten die Zeilen der letzten Strophe in meinem Kopf.

And as we wind on down the road
Our shadows taller than our soul
There walks a lady we all know

Who shines white light and wants to show
How everything still turns to gold ...

Im Dorf drückte ich mich durch die Gassen, die heute im Gegensatz zu dem quirligen Markttag seltsam verloren wirkten. Die Siesta war gerade vorbei, und die Läden öffneten wieder. Draußen war es noch immer unglaublich heiß, und meine Kopfschmerzen hatten sich in ein hämmerndes Räderwerk verwandelt. Am schlimmsten war es hinter den Schläfen, ein hartes, scharfes Pochen, das es mir schwer machte, die Augen offen zu halten. Ich dachte an das bunte Sortiment an Pillen, das meine Mutter in ihrem Schlafzimmer bunkerte, und zum ersten Mal konnte ich mir vorstellen, welcher Reiz von ihnen ausging.

Ein Stück hinter dem kleinen Lebensmittelladen, vor dem ich Luca treffen sollte, gab es eine Apotheke, etwas Verschreibungspflichtiges würde – und wollte – ich hier natürlich nicht bekommen, aber eine einfache Kopfschmerztablette war besser als nichts. Ich trat ein, froh über das dunkle Dämmerlicht im Laden, aber als ich die Apothekerin hinter dem Tresen sah, zuckte ich zusammen. Es war Lucas Tante, Bianca. Auch sie schien sich an mich zu erinnern, das zeigte ihr Blick, doch in ihrem Gesicht regte sich keine Emotion.

Aus der Nähe wirkte sie noch zerbrechlicher. Die Schatten unter ihren Augen waren dunkelviolett. Ihre hohen Lider waren vorgewölbt und in ihren großen haselnussbraunen Augen schimmerte eine tiefe Traurigkeit. Alles an ihr war weich und sanft, und trotzdem erkannte ich die Ähnlichkeit zu Lucas Vater. Den Panzer, den er trug, hatte sie abgelegt, als wäre sie müde geworden zu kämpfen.

Weißt du, wer ich bin? Das wollte ich sie fragen, aber sie gab mir keine Gelegenheit. Für sie war ich höchstens das fremde Mädchen aus Deutschland, das gestern ihren Neffen gesucht hatte. Doch dieses Mädchen war ich nicht mehr. Die letzte Nacht hatte mich verwandelt, und ich wusste nicht, in wen oder was.

»Mi fa male la testa«, sagte ich. Mein Kopf schmerzte – in mehr als nur einer Hinsicht.

Bianca nickte. Sie drehte mir den Rücken zu, griff ins Regal und legte mir zwei Packungen zur Auswahl hin. Zartgliedrige Hände, ziemlich blass, ein goldener Ring am Ringfinger. Ich wählte das Aspirin, kramte umständlich in meiner Tasche nach dem Portemonnaie und fluchte lautlos, als mir das Asthmaspray herausfiel. Ich hasste diesen chronischen Begleiter, von dem ich so abhängig war, und reagierte meist extrem genervt, wenn ich mitleidige Blicke oder Fragen bekam. Aber Lucas Tante zeigte zum Glück keine Reaktion. Als ich das Portemonnaie gefunden hatte, bezahlte ich und bat um ein Glas Wasser, was mir Bianca auch brachte.

Sie bewegte sich langsam und wie im Schlaf, als wäre die Apotheke eine undurchsichtige Nebellandschaft. Neben der Tür gab es einen Stuhl, und ich setzte mich mit dem Plastikbecher hin, länger, als die Tablette brauchte, um sich aufzulösen. Eine alte Signora kam in den Laden geschlurft. Krummer Rücken, schwarzes Kleid und von Krampfadern durchzogene O-Beine. Sie nickte mir zu, beiläufig und freundlich, dann schlappte sie auf ihren pantoffelartigen Lederschuhen an mir vorbei zum Tresen.

»Come stai, Bianca?«, fragte sie mit einer großen Zärtlichkeit in der krächzenden Stimme. Ich nippte schlückchenweise an dem Wasser und konnte meinen Blick nicht von Lucas Tante lösen.

Jetzt schien sie meine Anwesenheit plötzlich doch zu irritieren. »Hai bisogno di aiuto?«, fragte sie mit einem anderen Ton in der Stimme. Sie runzelte die Stirn, ihr Blick war jetzt misstrauisch. Ja, ich brauchte Hilfe. Aber danach konnte ich sie wohl kaum fragen und weiter auffallen als unbedingt nötig wollte ich auch nicht.

»Sto bene, grazie Signora«, stammelte ich und stolperte aus der Apotheke. Fünf nach vier. Ein paar Minuten stand ich auf der Straße und fühlte mich plötzlich so verloren wie ein ausgesetztes Haustier. War es richtig gewesen, Trixie und Danilo fahren zu lassen? Ich tastete nach meinem Handy in der Hosentasche. Unschlüssig sah ich mich um und floh, als mich ein paar ältere Italiener neugierig musterten, ein Stück weiter die Straße hinunter. An der Mauer, die den Blick über das weite Tal zuließ, machte ich halt.

Meine Knie an die Brust gezogen starrte ich auf die Hügel, die sich grün und friedlich vor mir ausbreiteten. Neben mir waren zwei Italiener gestikulierend in ein Gespräch vertieft.

Als Lucas roter Fiat um die Ecke gebogen kam, sprang ich auf, und zum ersten Mal an diesem Tag kam innere Bewegung in mich, allerdings in einem plötzlichen, absurden Übermaß, als hätte jemand mit der Schrotflinte in einen Stall mit schlafenden Hühnern geschossen. Erst jetzt wurde mir bewusst, wie panisch ich gewesen war, er könnte nicht kommen, er könnte mich allein lassen mit all diesen Fragezeichen in meinem Kopf.

Er stellte den Motor nicht ab. Die Fenster waren heruntergekurbelt.

»Steig ein«, rief er mir aus dem Auto zu.

Er gab Gas, in dem Moment, als ich die Tür zugeschlagen hatte. Das Radio wechselte gerade von irgendeinem italienischen Stück zu einem Song von Billy Idol. *Eyes Without a Face*. Die ersten Beats vibrierten dumpf und schwer in meinen Ohren, und als Billy Idols kratzig helle Kehlkopfstimme ertönte, schaltete Luca das Radio ab. Das Schweigen hatte etwas von einer Kampfansage. Es drückte mich tief in meinen Sitz. Angespannt bis zum Anschlag hockte ich neben Luca und taxierte ihn aus den Augenwinkeln.

Er trug verwaschene Cargoshorts und ein kakifarbenes T-Shirt, es hatte einen Riss an der Schulter und kleine Mottenlöcher an der Seite. Unter dem kurzen Ärmelrand lugte der gezackte Rand seines Sterntattoos hervor. Um sein rechtes Handgelenk schlangen sich braune Lederbänder, an einem baumelte ein silberner Anhänger mit einem winzigen Krebs. Ich wollte Lucas Gesicht sehen, es so genau betrachten wie das Profil seines Körpers, aber ich traute mich nicht, den Kopf zu heben.

Seine Nähe, seine unmittelbare, körperliche Präsenz stand in so krassem Gegensatz zu der inneren Entfernung, die uns trennte, dass es mich schier um den Verstand brachte. Er sagte kein Wort. Ich hatte keine Ahnung, was mich erwartete, und ich dachte nicht mehr an das, was vorher gewesen war. Da war nur noch das Jetzt, pulsierend und atmend, alles fasste mich an, durchdrang meine Haut; die Landschaft, leuchtend und prall, der heiße Fahrtwind, der herbsüße Geruch nach Sommer, die goldenen Härchen auf Lucas Armen und die irritierende Vorstellung seiner warmen Haut unter meinen Fingern, die ich in meinem Schoß ineinanderflocht.

ELF

Wir fuhren Richtung Fluss, das hatte ich nach einer Weile gemerkt. Luca parkte den Wagen wieder an dem Weizenfeld, aber auf halbem Weg des Trampelpfades tauchte er scheinbar willkürlich in das Dickicht der Bäume ein, wo kein Weg mehr erkennbar war. Quer durchs Unterholz ging es so steil bergauf, dass mir der Atem in der Brust stach und ich zweimal keuchend innehalten musste. Diesmal hielt mir Luca keine Zweige aus dem Weg, schützte mich nicht vor den Dornen, die mir Beine und Arme zerkratzten, sondern lief so schnell vor mir her, als wollte er mich abhängen oder mich auf eine sadistische Probe stellen. Kein einziges Wort außer diesem herrischen »Steig ein« war in der ganzen Zeit gefallen.

Auf dem Hügel angekommen, es waren insgesamt vielleicht fünfzig Meter gewesen, die mir aber vorkamen wie ein endloser Aufstieg, schlug mein Puls wie wild gegen meine Schläfen. Luca war schon weitergelaufen, ohne sich nach mir umzudrehen. Jetzt ging es jäh bergab, das dichte Gewirr aus Bäumen versperrte mir die Sicht nach unten, sodass ich nur Lucas Rücken als Anhaltspunkt hatte, der mit dem kakifarbenen T-Shirt kaum vom Grün des Waldes zu unterscheiden war. Ich musste mich an Ästen und Zweigen festhalten, um nicht zu stürzen und auf dem Hosenboden in die Tiefe zu schlittern. Luca hielt sich links, und nach ungefähr zwanzig Metern zeichnete sich zwischen den Bäumen eine Art natürliche Felstreppe ab. Leichter machte sie den Abstieg nicht. Die schräg liegenden, zum Teil mit Moos bewachsenen Steine waren so rutschig, dass ich auf jeden Schritt achten musste und mehrmals das Gleichgewicht verlor, bis der Weg endlich erdiger wurde und am Fuß des Felsens vor einer hohen Mauer aus Bäumen und Sträuchern zu enden schien. In ihrer Mitte war ein kleiner, kaum sichtbarer Tunnel, durch den Luca jetzt hindurchschlüpfte. Als ich es ihm nachtat, lag vor mir eine winzige, halbmondförmige Bucht. Die bewaldeten Felsen umgaben sie wie eine schützende Festung, und weit in der Ferne hörte ich wie ein flüsterndes Echo das Rauschen des Wasserfalls.

Aber hier ... hier war alles still.

Es war eine ursprüngliche, fast paradiesische Stille. Auch der kleine See, den der Fluss an dieser Stelle bildete, glitzerte lautlos und unberührt in der späten Nachmittagssonne. Die Luft war voller Licht, das jetzt samtig und golden war, und die Farbe in allem intensivierte, als ob die Natur von innen heraus zu leuchten schien.

Links von mir, im Schatten der Büsche, stand ein Holztisch, davor eine Bank, auf der anderen Seite zwei Klappstühle, dahinter ein niedriges Regal mit Tellern, Gläsern, einigen Konserven und ein paar Flaschen Wasser. An einem Baum lehnte ein gelber Sonnenschirm, daneben stand eine hölzerne Truhe mit einem Vorhängeschloss. Rechts am Ufer sah ich die Überreste eines Lagerfeuers.

Die geheime Badestelle. Eine Insel aus Wald und Felsen schirmte sie ab, kein Tourist hatte je hierhergefunden.

Zwei Wahrnehmungsebenen kollidierten in mir. Die Erinnerung an die Textstelle aus Sol Shepards Manuskript und der Geruch, den ich einatmete, während mein Blick sich auf der hellgrünen Wasseroberfläche verlor. Ich roch staubige Erde und feuchtes Moos. Die gespeicherte Hitze der Felsen. Trockenes Laub, würzige Baumrinde, sonnengetränkten Wind. Und den herben, kühlen Geruch des Flusses. All das mischte sich zu einem einzigen Duft, der mir so vertraut, so unverwechselbar erschien, als hätte jemand diese Essenzen zu einem Parfüm verarbeitet, das ich unter Tausenden erkennen würde.

Luca hatte sich vor mir in den Sand gesetzt. Auffordernd sah er zu mir hoch, und ich schaute ihn zum ersten Mal direkt an. Seine Haare waren heute offen, die Locken reichten ihm fast bis zu den Schultern und schimmerten im Sonnenlicht goldbraun. Ich nahm die dunklen Schatten unter seinen Augen wahr, die feinen schwarzen Ringe um seine honigfarbene Iris. Und die vollkommene Abwesenheit seines Lächelns. Die Wut, die ich schon bei unserer ersten Begegnung zu spüren geglaubt hatte, lag jetzt blank. Scharf zeichnete sie Lucas Gesichtszüge, blähte seine Nasenflügel, ließ seine Wangenknochen höher, seinen Kiefer kantiger erscheinen. Er sah aus wie ein zorniger Engel. Das einzig Weiche war die tropfenförmige Kuhle, die sich von der Nase bis zu der schwalbenförmigen Mitte seiner Oberlippe zog.

Mit einem guten Meter Abstand setzte ich mich neben ihn. Der staubige Sand, in dem ich meine Finger vergrub, war warm von der Sonne, aber von links krochen langsam die Schatten über die Bucht und vom Fluss her wehte ein kühler Wind.

»Also dann, Viktoria Eichberg.« Luca streckte mir mit einer scharfen Kopfbewegung sein Kinn entgegen, und in seiner Stimme lag noch immer dieser herrische Ton. Plötzlich erinnerte er mich an seinen Vater. »Schieß los. Warum bist du hier?«

»Warum ich … hier bin?« Ich verschränkte die Arme vor der

Brust. Bei dem Namen Viktoria war ich zusammengezuckt, aber jetzt stieg auch in mir die Wut auf. »Was soll das?«, fuhr ich ihn an. »Wie redest du eigentlich mit mir? *Du* wolltest mich treffen. *Du* hast mich hierhergebracht. Also sag *du* mir gefälligst, was ich hier soll! Ist das hier so eine Art Gerichtsverhandlung? Wenn ja, dann sollte ich mir vielleicht noch einen Anwalt besorgen.«

Luca zog die Augenbrauen hoch, verächtlich, als wollte ich ihm mit einem billigen Taschenspielertrick sein Geld aus der Tasche ziehen. »Du weißt genau, was ich meine. Was sollte dieser Auftritt gestern? Warum hast du beim Abendessen von deinem Vater angefangen? Und was sollte dieser Scheiß mit dem Schriftsteller, von dem ihr die ganze Zeit gefaselt habt? Verlegt dein Vater vielleicht ein Buch über uns? Ist das irgendeine kranke Rache oder so?«

»Rache wofür?« Ich sah Luca bohrend an. »Ich hatte eher das Gefühl, wir wären hier die Verbrecher – auch wenn ich keine verdammte Ahnung habe, was wir getan haben sollen. Also, wie lautet die Anklage? Was habe ich verbrochen, Luca?«

Er gab keine Antwort. Eine quälend lange Pause entstand. Der Ausdruck in seinem Gesicht, in dem bis eben pure Verachtung, ja fast Ekel gelegen hatte, wechselte. Erst dachte ich, er würde sanfter, aber das war es nicht. Eine tiefe Enttäuschung mischte sich in seinen Blick. Seine Stimme wurde rauer, leiser, als er weitersprach. »Warum hast du meinen Eltern und mir« – er betonte das *mir* – »dieses Spiel vorgespielt? Ich hab dich gemocht, weißt du? Ich hab dich wirklich gerngehabt.«

Er forschte in meinen Augen nach einer Antwort und ich wünschte mir seine Wut zurück. Die war leichter zu ertragen gewesen. Das hier ... konnte ich kaum aushalten. Ich wich seinem Blick aus, wischte mir mit dem Handballen über die Stirn, und als ich Luca wieder ansah, war der Druck auf meiner Brust so groß, dass ich nach meinem Asthmaspray kramte und einen tiefen Zug nahm. Ich spürte Lucas Blicke auf mir und meinte, ein leises Schnauben zu hören. Dachte er, ich wollte sein Mitleid?

»Ich weiß nicht, warum ich gestern von meinem Vater gesprochen habe«, brachte ich schließlich hervor. »Mir ist klar, dass es wenig Sinn ergibt, aber als dein Vater gestern so … so leidenschaftlich rumgeflucht hat, da kam er mir einfach in den Kopf.«

Ich steckte das Asthmaspray wieder in meine Tasche und sah zu Luca. Er sagte nichts. Seine Lippen waren fest verschlossen, seine Augen zu schmalen Schlitzen verzogen.

»Und ich habe keine Ahnung, was es mit diesem Roman, der mich hierhergebracht hat, auf sich hat«, schob ich hinterher. »Auch das ist die Wahrheit. Ich hab meinen Vater beim Lesen überrascht. Es ist Monate her, aber es war schräg. Mitten in der Nacht. Mein Vater hat mich rausgeworfen, ehe ich etwas fragen konnte. Am nächsten Morgen lag der Textauszug noch da. Ein Lektor, mit dem mein Vater gut befreundet ist, hat ihn geschickt. Es lag ein Brief dabei. Darin stand, dass im Roman die Namen geändert wurden und dass das Ende wohl noch offen ist … aber … dass es sich darin ohne Zweifel um …«, ich krallte die Finger ineinander und konnte Luca nicht mehr in die Augen sehen, »… um die Geschichte aus Viagello handelt. Welche Geschichte, weiß ich nicht.« Ich würgte. Meine Worte fühlten sich an wie unverdautes Essen, das in mir hochkam. »Ich weiß im Grunde gar nichts. Mein Vater wollte nicht darüber sprechen, ich habe nur mitbekommen, dass er komplett geschockt war. Am nächsten Morgen hat er telefoniert, draußen im Garten. Er wollte verhindern, dass das Buch erscheint, mehr hab ich nicht mitbekommen.«

Langsam drehte ich meinen Kopf wieder zu Luca.
Schweigen.

»Verdammt, ich weiß ja, dass es verrückt klingt«, brach es aus mir heraus. »Aber als wir hier angekommen sind, da hab ich den Geruch erkannt. Ich hatte das Gefühl, ich war schon mal hier. Es geht jetzt seit Tagen so und macht mir langsam eine Scheißangst. Ständig schießt mir irgendwelches Zeugs in den Kopf. Zum ersten Mal in Florenz. Am Dom habe ich ein Mädchen gesehen, frühmorgens. Klein, sie saß auf den Schultern eines Mannes. Es hat sich angefühlt wie ein ... wie nennt man das ... Déjà-vu? Egal. Ich saß plötzlich selbst da oben, hab ihn angetrieben, auf Italienisch. Avanti, Avanti.« Meine Fingernägel krallten sich in die sandige Erde. Jetzt drängte alles hervor, als hätte ich den Knoten in einem aufgedrehten Wasserschlauch gelöst. »Euer roter Briefkasten. Ich musste an einen toten Vogel denken, als wir dran vorbeigefahren sind. Warum? Und warum hatte ich einen Satz über eure Schildkröte im Kopf, als du sie mir gezeigt hast?« Meine Augen wurden schmal, als ich Luca ansah. Er kniff die Lippen noch fester zusammen, aber ich bemerkte, wie er mit den Schultern zuckte.

»Schön«, zischte ich. »Das haben wir dann ja gemeinsam. Ich habe nämlich auch keine verdammte Ahnung, warum. Ich weiß nur, *dass* es passiert. Als du mich in den Wasserfall gedrückt hast, gestern ...«, das Herz schlug mir jetzt wieder bis zum Hals, »... da hatte ich plötzlich diese Bucht im Kopf. Ich hab ein Floß gesehen. Mit einem kleinen Jungen. Ich dachte, ich spinne. Aber ...«, ich zog die Hände aus dem Sand und ballte sie zu Fäusten, »ich spinne nicht. Ich bin nicht gestört. Der Junge warst du. Stimmt's? Das bist du gewesen.«

Ich merkte, wie wütend meine Stimme plötzlich klang, und sie passte so gar nicht zu der Verzweiflung, die in meinen Eingeweiden rumorte. Luca gab noch immer keinen Laut von sich. Aber sein Blick war unter dem Wortschwall meiner Rede unsicher geworden, und jetzt schien er ernstlich zu zweifeln. Allerdings nicht an mir, sondern an sich selbst. Er schluckte, fuhr sich mit der Zunge über die Lippen, eine rasche, nervöse Geste. Ich konnte ihm ansehen, wie er mit sich rang, aber dann schien er plötzlich eine Entscheidung zu treffen. Es war, als würde er innerlich die Arme ausbreiten und auf ein unsichtbares Seil steigen, um über einen hohen Abgrund hinweg den ersten Schritt in meine Richtung zu setzen.

»Warum hat dein Bruder von Livia gesprochen?«, fragte ich leise. »Meine Schwester ist bei einem Autounfall gestorben, schon vor vielen Jahren. Ich war vier, ich erinnere mich nicht an sie …«

»Moment mal!«

Mein inneres Bild von dem Seil verpuffte. Auf Lucas Stirn hatten sich drei steife Falten gebildet. Seine Augen wurden schmal. »*Autounfall?*« Er spuckte das Wort förmlich aus, als wäre es ein verfaultes Stück Obst. »Hast du das gerade gesagt? Deine Eltern haben dir erzählt, dass deine Schwester einen Autounfall hatte?«

»Ja.« Ich nickte verwirrt. »Ja«, wiederholte ich, während sich in meiner Brust etwas zusammenkrampfte. Und dann: »Bitte, Luca. Kannst du mir sagen, warum deine Eltern gestern so ausgeflippt sind? Warum dein Bruder dieses Lied gesungen hat? Und ob … und wann ich schon mal hier gewesen sein soll … mit meiner Schwester?«

»Du weißt es wirklich nicht.« Luca sprach den Satz nicht als Frage aus. »Deine Eltern haben dir … nichts erzählt.« Wieder fehlte das Fragezeichen. Er klang ehrlich erschüttert.

»Wissen sie, dass du jetzt hier bist? Hast du sie angerufen?«

Ich schüttelte den Kopf. Ich wollte in Lucas Augen verschwinden, eintauchen, in das, was er wusste, und gleichzeitig verspürte ich eine panische Angst vor jedem Wort, das diesem Augenblick folgen würde. Er drehte den Kopf von mir weg und schaute aufs Wasser.

»Sie ist hier zur Welt gekommen.«

»Was?« Ich zuckte zusammen. »Wer?«

»Deine Schwester.« Luca sah mich nicht an, während er sprach. »Sie wurde hier geboren. In der Ferienwohnung, die du vorgestern gesehen hast. Meine Mutter hat bei der Geburt geholfen. Deine Schwester kam wohl ein paar Wochen zu früh und nach Siena hat es deine Mutter nicht mehr geschafft.«

»Was?« Ich erstarrte. »Was sagst du da?«

Luca nahm die Spitze seines Daumens in den Mund. Er biss mit den Schneidezähnen an der aufgerissenen Haut herum. Es waren schnelle, konzentrierte Bewegungen, als hätte er eine dringende Aufgabe zu erledigen, für die es ein Zeitlimit gab.

»Die Hochzeit«, sagte er. »Erinnerst du dich? Die Hochzeit in Deutschland, auf der sich meine Eltern kennengelernt haben?« Er spuckte einen Hautfetzen aus. »Das war die Hochzeit deiner Eltern.«

Eine Libelle tauchte über dem Fluss auf. Schillernde Flügel, lautloser Flug. Sie drehte eine Pirouette in der Luft, dann verharrte sie, sekundenlang, als posierte sie für ein Foto, flog ein Stück rückwärts, schoss wieder vor und verschwand in den Büschen.

Ich sah zu Luca. Fast hätte ich laut gelacht. »Nein«, sagte ich. »Nein, das kann nicht sein.«

Luca sah mich traurig an. Er stand auf, ging zu dem Regal und kam mit einer Flasche Wasser zurück. Er schraubte sie auf und hielt sie mir hin.

»Willst du?«

Obwohl meine Kehle staubtrocken war, verneinte ich. Ich konnte meine Arme nicht bewegen.

Meine Eltern haben sich in Deutschland kennengelernt. Ein Studienfreund meines Vaters hat dort geheiratet und meine Mutter war die beste Freundin der Braut.

Lucas Worte hallten wie ein verzerrtes Echo in mir nach. Und ich hatte zu seinem Vater gesagt, dass meiner ihn mögen würde. Genau mit diesem Satz hatte ich mich hineingeritten. Warum hatte ich nicht einfach meine Klappe gehalten? Es war absurd gewesen, meinen Vater zu erwähnen. Was wäre passiert, wenn ich einfach zugehört und wir dann das Thema gewechselt hätten? Säße ich dann jetzt schon mit Danilo und Trixie im Bulli auf dem Weg nach Rom? Wäre Luca vielleicht sogar für ein paar Tage mitgekommen? Oder hätte Gitta uns am nächsten Tag alle noch zum Frühstück eingeladen und uns überredet zu bleiben? Sie hatte mich gemocht, das hatte ich gespürt.

Deine Schwester. Sie ist hier geboren worden. Meine Mutter hat deiner bei der Geburt geholfen.

Unmöglich. Komplett unmöglich. Ein Bild von Danilos Mutter tanzte durch meinen Kopf. Ich sah sie in ihrem langen Blumenkleid, das sie auf dem Abiball getragen hatte, ich sah ihr mädchenhaftes Lachen, ihre weltoffene, herzerwärmende Art. Sie und Gitta als beste Freundinnen. Das konnte ich mir vorstellen. Aber Gitta – und *meine* Mutter?

»Du lügst«, flüsterte ich. »Das kann einfach nicht sein.«

Luca trank das Wasser in kräftigen Zügen und wischte sich den Mund mit dem Handrücken ab. Obwohl er wieder neben mir saß, fühlte ich seine Nähe nicht, ich war wie eingekapselt und das Gefühl war so grauenhaft, dass ich beide Arme um mich schlingen wollte, um wenigstens mich selbst halten zu können. Aber ich konnte mich noch immer nicht rühren.

»Ihr seid regelmäßig gekommen. Viagello, unser Grundstück, meine Familie ... damals ist das so etwas wie ein zweites Zuhause für euch gewesen. Bevor deine Schwester geboren wurde, haben deine Eltern immer in der kleinen Ferienwohnung mit dem Freisitz gewohnt. Später dann hinten, auf der anderen Seite des Grundstücks.« Unruhig zupfte Luca an seinen Lederarmbändern herum. »Deine Mutter heißt Katja, stimmt's? *Bella Bionda*, so hat mein Vater sie genannt. Daran kann ich mich sogar noch erinnern. Und an das Lied von Bruno – auch. Er hat es immer gesungen, wenn ihr kamt.«

Luca sah mich an, in seinen Augen schimmerte jetzt tiefes Mitgefühl, aber es erreichte mich nicht. Ich war allein in meiner unsichtbaren Kapsel.

»Ihr seid jedes Jahr hier gewesen, Vita. Jeden Sommer und oft auch im Frühling oder Herbst.«

Ein Stück Baumrinde vor meinen Füßen. Eine Spur von Ameisen krabbelte in einer schlangenförmigen Linie darüber. Eine von ihnen trug ein Stück von einem Blatt, leuchtend grün und größer als sie selbst. Ameisen besitzen einen Panzer aus Chitin, dachte ich. Es war ein harter, verhältnismäßig unverwüstbarer Stoff, wenn man bedachte, wie winzig und verletzbar diese Lebewesen waren. Dabei konnten ihre Königinnen bis zu zwanzig Jahre oder sogar noch älter werden. Es sei denn ... ich beugte mich tiefer über die Baumrinde. Es sei denn, etwas von außen würde ihr Leben ...

»Vita? Soll ich aufhören?« Lucas Hand legte sich auf meinen

Arm. Sie kam mir vor wie ein Fremdkörper. Ich starrte auf die winzigen Schlachtfelder seiner Fingerspitzen, die weißen Hautfetzen um die kraterförmig abgebissenen Nägel.

»Sprich weiter«, sagte ich.

»Ich ...« Luca zog seine Hand zurück, seine Stimme klang zögernd. »Es ist heftiger Stoff, Vita. Wenn deine Eltern dir wirklich nichts erzählt haben, wenn du dich nicht mal erinnern kannst, dass ihr überhaupt hier gewesen seid ...« Er schluckte wieder, als hätte er etwas im Hals. »Ich weiß eigentlich auch nur das, was praktisch jeder hier in Viagello weiß. Aber meine eigenen Erinnerungen ...« Er brach ab. »In eurem letzten Sommer war ich sechs. Und als es passiert ist ...«, Luca räusperte sich, »fast sieben. Deine Schwester hatte einen Tag vor mir Geburtstag. Sie wäre achtzehn geworden, aber am Abend vorher ...«

Er sprach nicht weiter. Ich sah den silbernen Krebs an Lucas Handgelenk, er funkelte im Sonnenlicht, und Lucas Hand war wieder am Mund. Systematisch bearbeitete er die Haut um den abgebissenen Nagel seines Zeigefingers.

»Hey«, sagte ich. »Du tust dir ja weh.«

Luca hielt inne. Er lächelte mich traurig an, als würde er dasselbe über mich denken.

Ich blickte hinaus aufs Wasser. Die Sonne ging gerade hinter den Felsen unter. Nur noch ein kleiner Fleck des Flusses war ins Sonnenlicht getaucht. Darüber die Schatten der Bäume, ein lautloser Tanz auf der schillernden Oberfläche.

»Meine Schwester hatte keinen Autounfall.« Ich sah Luca an. »Das versuchst du doch, mir klarzumachen, oder? Was ist mit ihr passiert? Du weißt es, hab ich recht? Was? WAS! Sag es mir!«

Luca hob die Hände, als hätte ich ihm den Lauf eines Revolvers auf die Schläfen gedrückt. Noch einmal stand er auf. Er ging zum Ufer, schöpfte Wasser und kippte sich eine Ladung ins Gesicht. Dann befeuchtete er seinen Nacken und kam mit langsamen Schritten zurück zu mir. Er hockte sich vor mich in den Sand. Ein Wassertropfen rann seine Wange hinab, schillernd und rund wie eine Träne.

»Deine Schwester und mein Cousin waren ein Paar«, sagte er. »Sein Name war Nando, er war der Bruder von Alice, die du gestern kennengelernt hast. Und in dem Sommer, als deine Schwester achtzehn werden sollte, hat sie … meinen Cousin zu etwas überredet.«

»Zu etwas überredet?« In meiner Hosentasche spürte ich die Vibration meines Handys. Luca rieb sich die Schläfen. Seine Lippen, so dunkelrot, so voll und weich, als er mich ansah.

»Tua sorella ha commesso suicidio«, sagte er.

* * *

Der Zeitungsartikel lag vor ihm, sorgfältig ausgeschnitten, die Schrift mittlerweile verblasst, das Papier hauchdünn. Es war nur ein Dreizeiler gewesen, eine kurze Meldung über einen tragischen Zwischenfall, kaum beachtet von den Florentinern, die weitaus größere Dramen gewohnt waren.

In Viagello gab es keine eigene Zeitung und die brauchte man auch nicht. Das Gerede der Dorfbewohner ersetzte jeden noch so ausführlichen Artikel und hier in diesem kleinen Ort war der Vorfall eine echte Tragödie gewesen.

Fast zerbrochen waren sie damals an den Fragen, den Mutmaßungen, den getuschelten Gerüchten, ja, sogar an dem ehrlich empfundenen Mitleid, das ihnen von den Menschen in Viagello und der Umgebung entgegengebracht worden war. Thomas und Katja waren da schon weg gewesen mit der Kleinen, und in den ersten Tagen waren die Stunden noch gefüllt gewesen mit allem, was es jetzt zu bedenken, zu tun, zu organisieren gab.

Erst später hatten Schmerz und Entsetzen mit ihrer ganzen Brachialität um sich gegriffen, Wochen, Monate nach der Beerdigung, und jedes Mal, wenn einer von ihnen auf das Thema angesprochen wurde, riss die alte Wunde wieder auf. Sie sagten nichts. Jedes Wort wäre eine Lüge gewesen und die Wahrheit wollten sie totschweigen – mussten sie totschweigen. Um jeden Preis.

Und ausgerechnet er würde jetzt alles wieder ans Tageslicht zerren, nicht in Form eines redaktionellen Berichtes, sondern schlimmer: in Form eines Romans, der in seinem Fall auf weltweites Interesse stoßen würde. Niemals würden sie ihm das verzeihen. Und die Tatsache, dass keiner von ihnen die Spur zu ihm zurückverfolgen würde, erleichterte ihn nicht.

Zum ersten Mal meldete sich wieder die Stimme seines Gewissens. Damals, als die Geschichte zu stark in ihm geworden war, hatte er alle Bedenken zur Seite geschoben. Er erinnerte sich noch deutlich an den Reiz, den er dabei empfunden hatte, aber die Tragweite der Konsequenzen, das, was er damit den anderen und womöglich auch sich selbst antat, hatte er außer Acht gelassen. Stattdessen hatte er sich damit beruhigt, dass auch er nicht der Wahrheit verpflichtet war, nicht mal der vermeintlichen – wie dieser Zeitungsausschnitt.

Aber stimmte das?

Ein Schriftsteller war wie Gott. Das Leben der Figuren lag in seinen Händen, er konnte Kriege entfachen, Tote wieder zum Leben erwecken, Frösche vom Himmel regnen lassen oder das achte Weltwunder erfinden. Es gab nur eine Bedingung, und die wurde ihm mit jedem Tag, an dem er mit dem Weiterschreiben kämpfte, bewusster: Er musste glaubwürdig sein.

ZWÖLF

»Vita? Hörst du mich?« Trixies Stimme schrillte aus dem Lautsprecher meines Handys. Sie hatte keine Ruhe gegeben, es immer und immer wieder versucht, und als Luca das Geräusch schließlich auch bemerkt und einen nervösen Blick auf meine Hosentasche geworfen hatte, war ich rangegangen.

»Vita? Bist du okay?«

Tua sorella ha commesso suicidio, hatte Luca gesagt.

Meine Schwester. Sie hatte sich umgebracht.

»Vita?«

Hier in Italien. In dem Sommer, in dem sie achtzehn geworden wäre.

»VITA?«

»Ja.« Ich atmete ein. »Ja, ich bin okay.«

»Wo bist du? Ist Luca bei dir? Wann sollen wir dich abholen? Bist du *wirklich* okay?«

»Hör zu …« Ich versuchte, mich zu räuspern, versuchte, wenigstens den Anschein zu erwecken, dass ich hier alleine klarkam. »Kann ich dich später zurückrufen?«

»Wann später?« Trixies Stimme war hysterisch. »Vita, bitte, nur ein paar Worte. Hast du irgendwas erfahren, hast …«

»Trixie!« Scharf schnitt ich ihr das Wort ab. »Gib mir noch ein bisschen Zeit. Wir sprechen gerade, ich meld mich später, wenn …«

»Hallo? Vita? Scheiße! Ich hör dich nicht. HALLO?« Trixie

stieß einen entnervten Laut aus. »Das fucking Netz ist so schwach, HALLO?«

»Ich melde mich bald!«, sagte ich. »Mach dir keine Sorgen. Es geht mir gut!« Dann war die Verbindung weg.

Es war seltsam gewesen, diese Worte auszusprechen, aber auf eine verdrehte Weise fühlte ich mich plötzlich – weit entfernt von gut, aber auf jeden Fall besser als in der letzten Nacht und den größten Teil des heutigen Tages.

Was Luca mir gerade erzählt hatte, war noch nicht wirklich bei mir angekommen, und dass es nur Bruchstücke in einer unsortierten Reihenfolge gewesen waren, kam hinzu, aber irgendwie verhielt es sich wie bei jemandem, der lange Zeit gehungert hat. Der geschrumpfte Magen ist nur imstande, kleinste Mengen aufzunehmen, und genauso fühlte es sich jetzt auch in meinem Gehirn, in meinem Herzen an.

Nachdem ich das Handy ausgeschaltet hatte, legte ich es neben mich in den Sand, und ehe Luca irgendetwas sagen oder fragen konnte, war ich aufgestanden, zog mir Shorts und T-Shirt aus und lief, in Unterhose und BH, in den Fluss.

Das kalte, klare Wasser umspülte meinen Körper und raubte mir für einen köstlichen Augenblick die Sinne. Nach ein paar Zügen wurde es tief, ich konnte tauchen und ich blieb lange, lange unter Wasser, bis meine gesamte Luft aufgebraucht war und ich das heftige Stechen in meinen Lungen nicht mehr aushalten konnte. Als ich auftauchte, stieß ich in Lucas Arme.

»Scheiße«, zischte er. »Ich dachte …«

»Keine Angst«, sagte ich. »Ich bring mich nicht um.«

Ich schob Luca von mir weg und schwamm zurück. Luca kraulte mit schnellen Zügen hinter mir her, lief am Ufer voran, öffnete die Truhe, holte eine blaue Baumwolldecke heraus und legte sie mir um die Schultern. Er griff sich selbst eine zweite und setzte sich neben mich. Stumm hockten wir nebeneinander, bis die letzten Strahlen der Sonne hinter den Felsen verschwanden. Die Luft war jetzt glasklar, und alles war in dieses mystische Licht der blauen Stunde getaucht, jenem fließenden Zeitabschnitt zwischen Dämmerung und Dunkelheit, wenn die Farben noch einmal in einer fast schmerzhaften Schönheit erstrahlen, und ich fragte mich, wer von uns das Schweigen brechen würde.

Es war Luca.

»Aiuto.«

»Was?« Ich runzelte die Stirn. Aiuto hieß Hilfe. »Was meinst du?«

Luca drehte sich zu mir. »*Aiuto, Luca! Aiuto!* Es war eins der wenigen Worte, die du auf Italienisch sagen konntest, du hast es immer gerufen, wenn du beim Wasserfall von dem Felsen in den Fluss gesprungen bist, aber es war nicht ernst gemeint. Du hast nur so getan, du warst total mutig.« Er ließ die Arme sinken und zog die Decke wieder über seine Schultern. »Das war in eurem letzten Sommer. Mein Bruder und Nando hatten ein Floß gebaut, auf dem sie uns über den Fluss gezogen haben.«

Ich hörte Lucas Worte, aber es verbanden sich keine Bilder damit. Da war nur die schemenhafte Vision von dem Jungen auf dem Floß, und auch sie schien nicht real. Es war, als hätten wir beide denselben Traum geträumt und würden uns jetzt an unterschiedliche Fragmente daraus erinnern.

»Die beiden Mädchen«, fuhr Luca fort, »mochten diese Stelle hier am liebsten. Einmal haben sie sogar hier übernachtet, ich weiß noch, dass Nando dagegen war, weil er sich Sorgen machte, aber die beiden haben sich durchgesetzt.«

»Die beiden Mädchen?«, flüsterte ich.

»Livia und Alice«, erwiderte Luca. »Und Nando und Bruno. Das waren sie. Die vier. Sie waren fast im gleichen Alter. Jeder hat sie gekannt. Wenn man sie sah, dann fast immer zusammen. Die Unzertrennlichen.« Er sprach abgehackt, als würde er die Worte von irgendeinem Blatt ablesen. »Livia und Nando waren das Traumpaar schlechthin. Mein Cousin hat deine Schwester abgöttisch geliebt, das sagt noch heute jeder in Viagello.«

»Meine Schwester«, flüsterte ich und versuchte verzweifelt, irgendeine Vorstellung in mir heraufzubeschwören. »Wie sah sie aus?«

»Ihr habt keine Fotos?« Fassungslosigkeit spiegelte sich in Lucas Gesicht.

Ich zuckte mit den Schultern. Aber was ich dachte, war: Nein. Nicht mal ein einziges.

»Du?«, fragte ich mit einem plötzlichen Herzklopfen. »Oder ihr? Habt ihr Fotos?«

Luca verzog den Mund. »Nicht, dass ich wüsste. Und du … du hast keine Erinnerung an sie?«

Ich senkte den Kopf. Mein Gesicht wurde heiß. Es war Scham, ich fühlte, wie sie in mir hochkroch. Ich hatte keine Erklärung für sie, aber sie brannte auf meiner Haut und verschlug mir die Sprache. Am stärksten traf mich wohl in diesem Moment, dass hier jemand war, der meine Schwester gekannt hatte, der mir aus einer gemeinsamen Vergangenheit erzählen konnte, in der es ganz offensichtlich glückliche, unbeschwerte Erlebnisse gegeben hatte – und einen gewaltsamen Tod. Dazu die Erkenntnis, dass dieser Ort all die Jahre auf meiner inneren Festplatte gelöscht war. Übrig geblieben waren vereinzelte Bits, die in Form von Flashback-Schüben in mir pulsierten.

»Kannst du mir von ihr erzählen?« Meine Stimme klang selbst in meinen Ohren seltsam kindlich.

»Deine Schwester war ...« Luca schloss für einen Moment die Augen. »Mir fallen nur Adjektive ein. Sanft. Luftig. Leuchtend. Zart. Vor allem neben Alice. Wenn ich die beiden nebeneinander gesehen habe, musste ich immer an das Märchen von Schneeweißchen und Rosenrot denken.« Er öffnete wieder die Augen, seine Stimme wurde fester. »Livias Haare. Sie waren lang.« Luca tippte mit dem Zeigefinger auf mein Steißbein. »Bis hier. Und sie waren hell, noch blonder als deine damals, fast weiß. Alice war dunkel, deine Schwester war voller Licht. Aber nicht wie die Sonne, sondern eher wie der Mond oder ...« Luca schaute zum Himmel, der noch immer taghell war.

»Oder wie der Abendstern«, flüsterte ich, schloss die Augen und sah das Bild der Venus, vor dem ich in Florenz so lange gestanden hatte. Jetzt ergab die Anziehung, die ich verspürt hatte, einen Sinn, wenn auch einen, der mir noch immer unbegreiflich war. Und ich dachte an die Stelle aus dem Textauszug von Sol Shepard, die hier – *hier* an diesem Fluss gespielt hatte.

Der Wind in den Haaren des Mädchens, als sie die Kleine durch die Luft wirbelte, so wie Alice es gestern bei Feli gemacht hatte. Meine Schwester. Haare bis zu den Hüften. Die Farbe von Milch mit Honig. Ein Wesen aus Licht.

Es war unheimlich, wie tief sich die Zeilen in mich eingebrannt hatten. Was, wenn ich damals mehr gelesen hätte? Was, wenn ich jetzt weiterlesen könnte?

»... und sie konnte wunderschön singen, das weiß ich noch«, hörte ich Luca sagen. Er schien tief in seinen Erinnerungen zu versinken, was mich mit jähem Neid erfüllte. »Sie hatte immer ein Buch in der Hand ...« Er sah hoch. »Ich habe einige davon in meinem Wohnwagen. Als mein Bruder zu Alice gezogen ist, nicht lange, nachdem es passiert ist, hat er einen Karton mit Büchern hinterlassen. Den hab ich erst viel später an mich genommen, aber nur nach und nach kapiert, dass sie gar nicht ihm, sondern Livia gehört haben mussten.«

Meine Gedanken streiften die Bücher in Lucas Wohnwagen, von denen ich gestern Abend einige aus dem Regal gezogen hatte. Undenkbar, dass ich die Bücher von meiner Schwester in den Händen gehalten haben sollte, es war zu viel, viel zu viel.

Ich suchte einen Anhaltspunkt, versuchte, irgendetwas zu greifen, und umklammerte stattdessen die Plastikflasche so fest, dass sie knackte.

»Warum?«, flüsterte ich. »Warum hat sich meine Schwester umgebracht?«

Luca strich sich mit den Fingern über die Augenbrauen, seine Fingerspitzen verharrten an den Schläfen und dann schüttelte er resigniert mit dem Kopf. »Keine Ahnung, Vita. Ich weiß nur, dass sie Nando da mit reingezogen hat.«

Ich begriff nicht, was er meinte, und Luca sah das offenbar an meinem Blick. Er seufzte. »Deine Schwester ... und Nando – sie haben es zusammen getan.«

Noch immer verstand ich es nicht. »Willst du damit sagen, er hat ihr geholfen, sich umzubringen?«

»Nein, Vita.« Luca streckte den Arm nach mir aus. Seine Finger umschlossen mein Handgelenk, sanft, aber bestimmt. »Sie haben sich zusammen umgebracht. Sie sind beide in der Nacht vor Livias Geburtstag gestorben.«

Ich hatte keine Ahnung, wie lange wir dagesessen hatten, während mein Kopf sich drehte, der Fluss, meine ganze Welt. Alles drehte sich und ich hatte Angst, in diesem Strudel zu verschwinden, ins Bodenlose zu fallen – wie das Brunnenmädchen aus meinen Träumen. Ich riss die Augen auf, so weit ich konnte, aber es half nichts.

Meine Schwester. Meine Schwester hatte sich umgebracht. Und sie hatte es nicht allein getan. Zwei Menschen. Zwei Menschen, die hier mit uns in diesem Fluss gebadet hatten. Die glücklich gewesen waren. Mehr noch: die sich geliebt hatten. Abgöttisch, wie Luca es eben behauptet hatte. So wie Romeo und Julia?

Ich dachte an die Stelle aus dem Reclamheft, die ich in Lucas Bauwagen gelesen hatte. Ich dachte an den Ausdruck im Gesicht meines Vaters, als ich ihn nachts mit dem Manuskript überrascht hatte. Das gezischte »Raus«. Ich dachte an Olivers Brief, in dem er klarstellte, dass es um die Geschichte in Viagello ging. Meinte er den Tod meiner Schwester? Den … Doppelselbstmord von ihr und ihrem Freund?

Aber wie konnte ein amerikanischer Bestsellerautor eine Geschichte darüber schreiben? Oder täuschte ich mich da und Sol Shepard hatte über etwas ganz anderes geschrieben?

Irgendwo hinter uns fing ein Vogel warnend an zu geckern, Zweige knackten, aber ich war so in meinen Gedanken gefangen, dass ich, als Stimmen lauter wurden, noch immer nicht begriff. Erst Lucas unterdrückter Fluch brachte mich zur Besinnung und ich verstand, dass wir nicht mehr allein waren.

»Lucino!« Ein Junge mit braunen Rastalocken und zwei Mädchen traten aus dem grünen Tunnel, den die Büsche hinter uns bildeten, heraus.

»Hier bist du also«, sagte er auf Italienisch und streifte sich den Rucksack von den Schultern.

Ich nahm nicht wirklich viel von ihm wahr, genauso wenig wie von den Mädchen, die direkt hinter ihm waren. Mir sprangen Kleinigkeiten ins Auge, nicht das Gesamtbild, dazu war ich gar nicht in der Lage. Ein silbernes Amulett um den Hals des Jungen, sein nackter Oberkörper, die bürstenkurzen, wasserstoffblond gefärbten Haare des einen Mädchens und die riesigen Bambiaugen des anderen, das mich mit einem überraschten, feindseligen Blick musterte, während der Junge mit einem hochgezogenen Augenbrauengrinsen zwischen Luca und mir hin und her sah.

»Hey.« Luca war aufgestanden und ich merkte zu meinem Entsetzen, dass ich unter der blauen Decke nur BH und Unterhose trug. Ich zog die Decke fester um mich, wobei mir der Blick der Dunkelhaarigen mit den Bambiaugen nicht entging. Das Erscheinen der drei war ein so jäher, unwirklicher Einbruch, dass ich mich nicht von der Stelle rühren konnte. Verzweifelt suchte ich nach irgendeinem inneren Schutzmechanismus, konnte aber nichts greifen, mir fehlte jegliche Kraft, körperlich und innerlich hockte ich da wie ausgeliefert.

»Das ist Vita«, hörte ich Luca auf Italienisch sagen. Er nickte mit dem Kopf zu mir. »Besuch aus Deutschland«, fügte er unnötigerweise und in einem künstlichen Tonfall hinzu.

»Und das«, er deutete nacheinander zu dem Bambimädchen, der Blonden und dem Amulettjungen, dessen Oberkörper sehnig und durchtrainiert wirkte, »sind Noemi, Asia und Gianni.«

»Ciao.« Irgendwie hatte ich das Wort aus mir herausgepresst und funkte eine mentale SOS-Nachricht an Trixie. Jetzt hätte ich ihren Anruf gut gebrauchen können, aber er kam nicht und dann sendete mein Körper endlich einen altbekannten Reflex. Flucht. Das war das Stichwort und es kam mit einer so abrupten Gewalt, dass ich mit einem Griff meine Klamotten schnappte, aufsprang und hinter die Büsche rannte, um mich anzuziehen. Meine Sinne waren jetzt scharf und klar, das ganze Ufer, der Fluss, alles erschien mir in einem gleißenden, unbarmherzigen Licht. Weg. Nur weg von hier, ich war wie besessen von diesem inneren Befehl.

Als ich zurückkam, saßen die vier am Ufer, Luca hatte sich zu dem Jungen heruntergebeugt und redete leise auf ihn ein.

Der Typ wurde auf mich aufmerksam, grinste mich an und hielt mir eine Bierflasche hin, die er aus seinem Rucksack gezogen hatte. Er merkte nicht, was in mir vorging, genauso wenig wie die Mädchen, die kichernd ihre Köpfe zusammengesteckt hatten – und wie sollten sie auch?

Ich reagierte nicht auf das Angebot. Jede Art von Droge, ob Alkohol oder Gras, hatte sowieso schon eine übertriebene Wirkung bei mir und wäre jetzt undenkbar gewesen. Sosehr ich mir auch irgendein Zaubermittel gewünscht hätte, in das ich mich jetzt hätte hineinfallen lassen können, ich musste bei Sinnen bleiben. Meine Schwester, dachte ich immer wieder. Sie ist hier geboren worden. Sie hat sich hier umgebracht. Zusammen mit ihrem Freund, zusammen mit Lucas Cousin.

Was wusste Luca noch?

Was hatte er mir alles nicht erzählt?

Innerlich rannte ich schon weg, nur äußerlich klebten meine Füße noch am Boden, zurückgehalten durch all die offenen Fragen, die jetzt in mir rumorten. Ich konnte nicht gehen, genauso wenig konnte ich weiter mit ihm sprechen, nicht hier, nicht vor den anderen.

Es war Luca, der mir die Entscheidung abnahm. Sein Blick war merklich distanzierter geworden. »Meine Freunde sind gekommen, um mich abzuholen. In zwei Stunden spielt die Band unseres Kumpels im Nachbarort«, sagte er, um mir anschließend mit einem schroffen Unterton klarzumachen, wo jetzt mein Platz auf der Skala war: »Was soll ich mit dir machen? Kann ich dich irgendwo absetzen?«

Seine Ausdrucksweise schlug mir wie eine Faust in den Magen, ich war fast dankbar dafür, denn jetzt kam auch Bewegung in meine Füße.

»Mach dir keinen Kopf«, sagte ich. »Ich hab mein Handy dabei, ich rufe *meine* Freunde an.« Die Kälte in meiner Stimme war schneidend und in meinem Kopf kribbelte es wie in einem Ameisenhaufen.

»Also dann«, sagte ich. »War nett, euch kennenzulernen. Ich muss los!«

Ich drehte mich um und rannte, das arrogante Kichern des Bambimädchens im Rücken, durch den schmalen Tunnel in den Büschen, kämpfte mich den Berg hoch und spürte vor lauter Wut nicht mal den Schmerz, als ich mir an einem Dornenzweig, an dem ich hängen blieb, ein Stück Haut von den Waden riss.

»Vita! Warte!« Lucas Stimme hinter mir. Weiter. Weiter den Berg hoch, irgendwo lang, in irgendeine Richtung, nur weg von hier.

»Scheiße, Vita, wo willst du denn hin?«

Die Stimme kam näher, wurde lauter, drängender, ich gab noch mehr Gas, aber Luca war schneller. Er packte mich an der Schulter, so fest, dass ich taumelte, ihm in die Arme fiel und er mit mir zusammen nach hinten kippte. Wie ein Knäuel lagen wir ineinander verschlungen auf dem Boden, mein Gesicht auf seiner Brust, sein Geruch in meiner Nase.

»Alles in Ordnung?«, keuchte er.

»Es ging mir nie besser«, zischte ich und rappelte mich hoch. »Es gibt nicht die geringste Notwendigkeit, mich zu babysitten, also hau gefälligst ab und lass mich in Ruhe.«

»Es tut mir leid, ja?« Luca erhob sich ächzend und rieb sich den Ellenbogen, der verdreckt und von einer blutigen Schramme gezeichnet war. »Ich hab die Nerven verloren, ich hab das nicht so gemeint. Bitte! Ich *muss* zu diesem Scheißkonzert, ich mach da den Sound und das Licht, ich hab eben Gianni gebeten, für mich einzuspringen, aber er hat nicht meine Erfahrung. Kannst du nicht einfach mitkommen? Und deinen Freunden Bescheid sagen, dass sie dich dort treffen sollen? Bitte, Vita!«

Luca sah mich so zerknirscht an, dass ich mit den Schultern zuckte und einwilligte.

»Gut«, sagte er. »Lass uns fahren, und wenn wir dort sind, rufst du die beiden an. Okay?«

Eine halbe Stunde später parkten wir im Zentrum eines kleinen Dorfes, wo ich Trixie und Danilo bitten wollte, mich zu treffen. Aber als ich in meine Hosentasche griff, um das Handy herauszuziehen, war es nicht mehr da.

DREIZEHN

Das Verschwinden meines Handys hatte ich erst bemerkt, als Luca schon auf der Bühne war, wo er gleich von der Band in Anspruch genommen wurde. Das kleine Dorf, in dem wir uns befanden, hatte eine ganz andere Atmosphäre als Viagello. Es schien tiefer zu liegen, der weite Blick in die Landschaft fehlte und auch die engen, verwinkelten Gassen. Die Bühne lag am Rand einer kreisrunden, kopfsteingepflasterten Piazza mit einem Brunnen und einer kleinen Kirche. Auf einer Bank davor hockte eine alte Italienerin ohne Zähne und telefonierte auf einem grellpinken Handy. Um die Bühne herum bauten Männer Hotdog- und Getränkestände auf, und auf der rechten Seite ging eine Mauer in einen von Büschen bewachsenen Hang über. *Forca Magica* hatte jemand als Graffiti auf die grauen Mauersteine geschrieben.

There's a sign on the wall, but she wants to be sure
'Cause you know sometimes words have two meanings

Ich knipste Led Zeppelin in meinem Kopf aus und war so wackelig auf den Beinen, dass ich kaum stehen konnte, was nicht nur an meiner Verfassung lag. Wenn man von dem einen Bissen Croissant mal absah, hatte ich heute noch nichts gegessen und das gestrige Abendessen hatte ich genau genommen auch nicht bei mir behalten, sondern seine Überreste auf Lucas Wiese gekotzt.

Wenn ich die nächsten Stunden überstehen wollte, würde ich mich zum Essen zwingen müssen. Aber noch stärker war der

Drang, Trixie und Danilo anzurufen, die vermutlich vor Sorge fast umkamen. Und mir war klar, dass ich die beiden jetzt auch brauchte, ganz dringend sogar.

Beim Griff in meine Hosentasche merkte ich es dann. Das Handy war nicht an seinem Platz, und obwohl ich fieberhaft in der anderen Tasche suchte, bestand kein Zweifel, wo es mit großer Wahrscheinlichkeit abgeblieben war: irgendwo auf halber Höhe zwischen Fluss und Hügelspitze, als ich mit Luca gestürzt war. Aber ich war so kopflos drauflosgerannt, dass wahrscheinlich nicht mal Luca sich erinnern würde, wo genau es mir aus der Tasche gefallen sein könnte. Ganz davon abgesehen würde es in wenigen Minuten dunkel werden.

Luca stand auf der Bühne am Mischpult und nahm die Anweisungen des Gitarristen entgegen – einem dunkelhaarigen Typ in indigoblauen, knallengen Lederhosen. Während ich noch überlegte, was ich jetzt machen sollte, entdeckte ich Lucas Freunde. Die drei waren gerade auf dem Weg zur Mauer, wo schon ein paar andere Jugendliche standen. Der Amulettjunge, Gianni, erinnerte ich mich, boxte einem stämmigen Typen mit Irokesenfrisur mit einer kumpelhaften Geste gegen den Bizeps, den anderen Arm hatte er um die Schulter der Blondgefärbten gelegt. Asia.

Hilflos sah ich zwischen Bühne und Mauer hin und her. Das Bambimädchen warf ihre langen dunklen Locken in den Nacken. Sie trug einfache Jeans, sehr eng, was ihre bombastische Figur zur Geltung brachte, und eine schwarze, hauchdünne Bluse, die abgesehen von einem winzigen BH ihre nackte Haut zeigte. Sie schien sich ihrer Wirkung auf andere voll bewusst zu sein, und als sie mich bemerkte, legte sich auf ihr Gesicht ein halb spöttischer, halb feindseliger Ausdruck. Jetzt schoss mir auch ihr Name wieder in den Kopf. Noemi. Und ich hatte sie schon mal gesehen, auf dem Foto in Lucas Bauwagen. Sie tippte ihre Freundin Asia an und deutete mit dem Kinn zu mir. Asia löste sich von Gianni. Sie winkte mich heran, so offen und freundlich, dass ich mir einen Ruck gab und zur Mauer ging.

»Ist alles okay bei dir?«, fragte sie stirnrunzelnd. »Du bist so schnell verschwunden.«

»Ich hab mein Handy verloren«, sagte ich, auch wenn das nicht die Antwort auf ihre Frage war. »Und ich muss irgendwie versuchen, meine Freunde zu erreichen. Könnte ich mir …«

»Ja, klar.« Asia öffnete ihre von Nieten besetzte Handtasche und wühlte in einem offensichtlich ziemlich chaotischen Innenleben herum, bis sie ihr Smartphone herausgefischt hatte und es mir reichte. Noch bevor ich ihr danken konnte, fiel mir siedend heiß ein, dass ich weder Danilos noch Trixies Nummer auswendig kannte.

Hilflos hypnotisierte ich das Handy, als könnte der bloße Anblick der Ziffern sie in der richtigen Reihenfolge aufleuchten lassen.

»Nummer vergessen?«, fragte Asia mitfühlend. Sie trug schwarze Springerstiefel zu einem silbrig glitzernden Trägerkleid. »Kenn ich. Gute Erfindung, wenn man nur die Namen drücken muss und das Ding erledigt den Rest. Aber gar nicht gut, wenn man das Ding dann verliert. Ist, als ob einem plötzlich ein Körperteil fehlt, was?«

»Was ist mit Facebook?«, fragte der Typ mit dem Irokesenschnitt, der uns offensichtlich zugehört hatte.

Ich sah zu Asia. »Darf ich?«

»Logisch.« Sie nickte mir zu. »Viel Glück.«

Ich fragte Asia nach dem Namen des Ortes, loggte mich ein

und schickte sowohl Danilo als auch Trixie eine Nachricht, wo sie mich finden konnten. Ich hoffte inständig, dass sie auf dieselbe Idee kommen würden wie der Irokese und ihre Facebooknachrichten checkten.

Als ich Asia das Handy zurückgab, zitterten meine Finger.

»Okay wirkst du aber nicht gerade, wenn ich ehrlich bin. Was ist mit dir?« Besorgt musterte sie mich, während Noemi immer genervter von meiner Anwesenheit zu sein schien.

»Alles gut«, murmelte ich. »Ich hoffe nur, dass meine Freunde sich keine Sorgen machen. Wenn sie sich in einer Stunde nicht zurückmelden, ist es vielleicht besser, ich mach mich auf den Weg zu Lucas Grundstück. Wie weit ist das von hier?«

»Mit dem Auto?« Gianni zuckte mit den Schultern. »Gute halbe Stunde, schätze ich. Wohnt ihr in einer der Ferienwohnungen seiner Eltern?«

»Wir sind mit dem Van unterwegs und campen«, sagte ich.

»Und woher kennst du Luca?« Die Frage war von Noemi gekommen. Sie lächelte mich an, aber ihr Blick war kalt und falsch.

»Von früher«, sagte ich und hasste mich selbst dafür, wie schwach ich mich fühlte.

Asia stieß mich mit dem Ellenbogen an und deutete auf die aufgebauten Stände neben der Bühne. »Hast du Lust auf einen Hotdog? Du siehst echt blass aus.«

»Okay.« Ich folgte ihr zum Hotdog-Stand, während Noemi bei Gianni und den anderen Jugendlichen blieb. Auf dem Marktplatz leuchteten jetzt die Straßenlaternen, und in den Bäumen und an den Ständen blinkten bunte Lampionketten. Es füllte sich langsam mit Leuten allen möglichen Alters, auch die Kinder waren noch da und es kamen neue dazu. Alle schienen Italiener zu sein.

Meine Schwester war in Italien geboren. Wir hatten jeden Sommer in Viagello verbracht. Meine Schwester hatte sich das Leben genommen. Hier in Italien. Warum? Warum hatte sie es getan? Warum hatten sie es zusammen getan? Und warum hatte ich das Gefühl, dass Luca viel mehr wusste, als er mir vorhin erzählt hatte?

»Hol du die Hotdogs«, sagte Asia zu mir. »Ich besorg uns was zu trinken.«

Ohne meine Antwort abzuwarten, war sie weg. Ich war dankbar, dass mir jemand sagte, was ich tun sollte. In die Schlange stellen. Warten. Zwei Hotdogs bestellen. Das bekam ich gerade noch hin, zu eigenen Entscheidungen war ich nicht in der Lage.

Vor mir waren zwei Kinder, ein Junge und ein Mädchen, es war fünf oder sechs, der Junge etwas älter. Das Mädchen hielt eine Bonbondose in den Händen, die es vergeblich zu öffnen versuchte. Es hatte die Zunge zwischen den Zähnen und bearbeitete mit sichtlicher Anstrengung den Deckel, bis es wütend aufgab und die Dose dem Jungen hinhielt. Er presste die Dose mit den Fingern zusammen, es ploppte und der Deckel ließ sich abheben. Stolz hielt er die Dose dem Mädchen hin, das ihn mit einem überraschten Ausdruck anstarrte, als hätte er gerade ein Kaninchen aus dem Hut gezaubert.

Aiuto, Luca.

Ich presste die Augen so fest zusammen, dass ich Sterne flimmern sah.

Als Asia mit zwei Flaschen Bier zurückkam und mir eine in die Hand drückte, war es aus mit meiner Beherrschung. Von dem Hotdog zwang ich nur ein paar Bissen in mich hinein, aber das Bier lief mir so köstlich kühl die Kehle herunter und der

Kick, den es mir versetzte, hatte etwas so Erlösendes, dass ich es quasi auf Ex trank.

»Noemi und Luca«, sagte Asia unvermittelt. »Die beiden waren mal zusammen. Aber Noemi hat Schluss gemacht. Sie kam nicht klar mit Lucas verschlossener Art. Und mit seinem Hobby erst recht nicht.« Sie blickte zur Bühne hinüber, wo im Moment nichts von Luca zu sehen war.

»Du meinst das Seiltanzen?« Wie leicht mein Kopf plötzlich war.

»Ja.« Asia wischte sich einen Spritzer Senf aus den Mundwinkeln. »Er scheint sich da wirklich einen Kick zu holen. Noemi meint, er wäre ein paar Mal sogar ohne Absicherung über die Dächer getanzt. Noemi war drauf und dran, es seiner Mutter zu erzählen. Dafür hätte Luca sie wahrscheinlich gelyncht, aber wenn du mich fragst, ich finde es auch ganz schön lebensmüde.« Asia trank einen Schluck Bier und sah amüsiert auf meine leere Flasche. »Jedenfalls: Noemi kommt irgendwie nicht von ihm los, deshalb bist du ihr wahrscheinlich ein Dorn im Auge. Ihr habt aber nichts miteinander, oder?«

Ich schüttelte den Kopf. Asias Worte erreichten mich wie durch Nebel.

Der leere Magen, die schlaflose Nacht, das Chaos in mir, all das führte dazu, dass mir der Alkohol auf direktem Weg ins Blut gestiegen war. Ich war voll – im doppelten Sinn – und nicht mehr in der Lage, weitere Informationen zu verarbeiten, geschweige denn zu sortieren oder zu kommentieren.

Asia verspeiste ihren Hotdog, und bevor wir zurück zu den anderen gingen, holten wir uns noch mal zwei weitere Flaschen Bier.

Luca stand bei Noemi und Gianni, in der Hand hielt er eine Cola. Als er mich entdeckte, lief er mir sofort entgegen. »Gianni sagt, du hast dein Handy verloren? Das ist auf dem Rückweg passiert, oder?«

»Denk schon«, sagte ich.

»Tut mir leid.« Luca sah zerknirscht aus. »Hör zu, ich muss da jetzt hoch, aber du kannst mein Handy haben. Warte, ich muss nur die Sperre deaktivieren …« Er tippte auf seinem Display herum, dann drückte er mir das Smartphone in die Hand. »Schick den beiden eine Nachricht, dass sie dich auf meiner Nummer erreichen können. Gianni, kannst du sie ihr geben? Viel Glück!«

Er rauschte zurück zur Bühne. Ich loggte mich noch mal bei Facebook ein, was meine ganze Konzentration erforderte, und checkte mein Postfach. Trixie und Danilo hatten meine Nachricht bis jetzt offensichtlich noch nicht erhalten. Ich ließ mir von Gianni Lucas Nummer diktieren, schickte eine neue Nachricht an die beiden und hoffte, sie würden sich melden.

Der kleine Marktplatz war jetzt proppenvoll, und das Konzert begann. Die Band war ziemlich gut, punkig, im Vordergrund stand eine junge Leadsängerin im Pippi-Langstrumpf-Look, mit langen Ringelsocken, zerfetzter Netzstrumpfhose, enger Lederkorsage und knallroten Zöpfen. Ich war mit Asia, Gianni und den anderen nach oben auf die Mauer geklettert. Durch den mit dichtem Buschwerk bewachsenen Hang, der sich dahinter erstreckte, kam ich mir vor wie in einer kleinen Bucht, der Platz lag ziemlich abseits, man konnte ganz gut von hier sehen und war nach hinten durch die Büsche geschützt. Asia zog ein neongrünes Strandtuch aus der Tasche, breitete es auf den Steinen aus und bot Noemi und mir an, uns zu ihr zu setzen. Ich hockte zwischen den beiden und bemühte mich, die schlechten Vibes aus Noemis Richtung von mir abprallen zu lassen.

Die Pippi-Langstrumpf-Sängerin hatte eine kehligraue Stimme, die Lieder waren auf Italienisch, aber vom Inhalt bekam ich nicht viel mit. Durch meinen Kopf waberte der Alkohol und machte mich herrlich schwerelos.

Meine zweite Flasche hatte ich ebenfalls ausgetrunken und griff dankbar zu, als der Irokese die nächste Runde spendierte.

In meiner Tasche klingelte das Handy, aber der Anruf kam nicht wie erhofft von Trixie. Der Name *Alice* blinkte auf dem Anruferfeld, und ich zuckte zusammen.

»Willst du nicht rangehen?«, fragte Asia.

Noch immer starrte ich das Handy an. »Das … das ist für Luca.« Das Klingeln erstarb. Kurz darauf ertönte der zwitschernde Ton einer eingehenden Nachricht. Derselbe Absender. Alice. Die beste Freundin meiner Schwester.

Ruf mich an, sobald du … Mehr konnte ich nicht lesen.

Mit zittrigen Fingern versuchte ich, noch einmal meine Nachrichten bei Facebook zu checken, aber die Biere hatten mich so ausgehebelt, dass ich das Tippen auf den Tasten nicht mehr hinbekam.

Und nachdem ich das dritte Bier ausgetrunken hatte, war es plötzlich auch nicht mehr so wichtig. Eigentlich war in diesem Moment gar nichts mehr wichtig, nur noch mein Wunsch, mich weiter in diesen Zustand hineinfallen zu lassen. Als noch einmal das Telefon klingelte und der Name *Bianca* aufblinkte, stellte ich die Lautstärke ab.

Gianni hatte gerade einen Joint gedreht und wollte sich mit den anderen in die Büsche verziehen.

»Ich komm mit«, sagte ich und merkte, dass ich meine Zunge nicht mehr richtig unter Kontrolle hatte. Ich grinste in Noemis wütendes Gesicht, und als Asia mir den Joint reichte, nahm ich zwei kräftige Züge hintereinander. Das Gras kappte auch noch die restlichen Kontrollinstanzen in mir. Alles verlangsamte sich, und als ich mich zurücklegte, hatte ich das Gefühl, kilometerweit nach hinten zu sinken. Ich verschränkte die Hände hinter dem Kopf, und während die raue Stimme der Sängerin verzerrt an meine Ohren drang, sah ich hoch zu den Sternen. Sie pulsierten. Der Himmel atmete, hob und senkte sich. Herab, herab zu mir. Aber nicht weit genug, er war noch viel, viel zu weit entfernt. Ich suchte nach der Treppe, der Treppe nach oben, mitten in den Himmel hinein. Wie hoch müsste ich laufen, um nach den Sternen zu greifen? *Livia und Nando. Sie haben es zusammen getan.*

Nando. Wie weich der Name klang. Fast so weich wie Livia. Livia hatte sich umgebracht. Am Tag vor ihrem Geburtstag.

Meine große Schwester Livia. So nah und so weit wie der Himmel. Kam man in den Himmel, wenn man sich umbrachte? Zu dem vollen, vollen Mond? Nein, nicht dorthin. Der volle Mond, er schreit und schreit und niemand kann es hören …

»Hey«, jemand beugte sich über mich und rüttelte an meiner Schulter. Ich drehte den Kopf, es fühlte sich an wie eine Erdumrundung. Lockige lustige Locken baumelten von oben herab. Waren das Lucas lockige lustige Locken?

»Hallöchen«, sagte ich. »Wie geht's, wie dreht's?« Lachsalven drängten sich gluckernd wie Sprudelwasser in meiner Kehle empor. »Du drehst dich. Halt mal an!«

»Scheiße«, sagte Luca. »Du bist ja total breit. Was habt ihr mit ihr gemacht, verdammt?«

Viel mehr bekam ich nicht mit. Nur, dass Luca mich ziemlich unsanft am Arm packte, mich mithilfe von Gianni oder dem Irokesen oder allen zusammen von der Mauer beförderte und ich eine vernebelte Ewigkeit später in seinem Auto saß, wo ich noch immer unter dem Einfluss des Joints – was war das für ein Hammerstoff gewesen? – meinen Kopf an die Fensterscheibe lehnte und das Gefühl hatte, keinen Finger mehr bewegen zu können. Alles war verlangsamt, jede Bewegung, jeder Gedanke. Jedes Wort, das ich von Luca vernahm.

Bist ….

Du …

Okay …

Und Lichtjahre später Trixie, die uns panisch entgegenlief. Wo waren wir? Auf Lucas Grundstück? Der Nebel in meinem Kopf war so dicht, dass ich mich fühlte wie ein aufgeblasener Gasluftballon, der nach oben abheben wollte, während alles andere an mir mich nach unten zog.

»Hui«, sagte ich.

»Was hast du mit ihr gemacht?« Das war Trixie. »Was ist mit ihr los, verdammt?«

»Pssst.« Ich versuchte, den Finger zu heben, um die schrille Stimme auszuschalten. Aber es gelang mir nicht. »Nicht so schreien. Muss schlafen.« Meine Zunge war staubtrocken, und die Worte in meinem Mund fühlten sich an wie Felsbrocken.

Ich hörte, wie Danilo auf Luca einsprach, ihre Stimmen drangen zu mir wie durch ein Gebirge aus Wattewolken. Ich wusste nicht, ob ich es wirklich hörte oder träumte. Nur eine tiefe, betäubte Instanz in mir nahm wahr, dass hier möglicherweise etwas aus den Fugen geraten war. Anstatt nachzulassen, schwoll die Wirkung des Joints noch einmal an. An Danilos Arm und mit Schritten, die so schwer waren, als hätte ich Zement in den Gliedern, schleppte ich mich zu unserem Bulli, schaffte es aber nicht ins Innere, sodass Danilo mich tragen musste. Er legte mich auf die Rückbank, fragte mich immer wieder, ob ich klarkäme, was ich mit einem Nicken zu bejahen versuchte, während sich in meinem Kopf ein schwarzes Kettenkarussell drehte und hinter meinen Augen pulsierende Punkte aufploppten wie neongrüne Sterne.

Und dann war plötzlich Luca da, nach dem ich in Zeitlupe und unter einer ungeheuren Anstrengung meine Hand ausstreckte und sagte: »Ich will so gerne zu den Sternen. Mit Schneeweißchen und Rosenrot. Aber es ist so weit weg. So, so, so weit weg.«

* * *

Er öffnete das Fenster. Der Regen kam, zum ersten Mal in diesem Sommer. Am Himmel türmten sich schwarze Wolkenbalken aufeinander wie zu einer Treppe, die sich im Nirgendwo verlor. Das Telefon klingelte, zum wiederholten Mal an diesem Abend. Er ignorierte es, zu seinem eigenen Schutz. Das Auftauchen des Mädchens in Viagello hatte ihn in einen Zustand der Erregung versetzt, wie er ihn bisher nur ein einziges Mal erlebt hatte, und damit musste er erst mal klarkommen.

Er sah die Kleine wieder vor sich, als sei es gestern gewesen, und die Frage, die ihn in den letzten Tagen immer wieder heimgesucht hatte, pochte jetzt scharf hinter seiner Stirn: Hatte er ihre Rolle vielleicht doch nicht genügend beachtet? Von einem Blickwinkel, dem er sich noch nie gestellt hatte, war eigentlich sie die tragischste Figur in diesem Drama. Ein verängstigtes Kind, das vergessen würde, was es gesehen hatte. Daran hatten damals alle festgehalten, auch er – und vielleicht hatte genau dieser Irrglauben ihm beim Schreiben das Genick gebrochen.

Aber jetzt war die kleine Schwester zurück und bei Weitem kein sprachloses Mädchen mehr. Im Gegenteil – ab jetzt würde sie im Schweigen der anderen stochern. Und das machte sie zu einer Schlüsselfigur, die möglicherweise alles verändern würde.

Auch seinen Roman.

VIERZEHN

Mit staubtrockenem Mund und lechzend nach Wasser wachte ich auf, brauchte aber erst mal einen Moment, um mir bewusst zu werden, dass ich auf der Rückbank des Bullis lag. Der Schlaf hatte sich angefühlt, als wäre ich wie ein schwerer Stein in einen schwarzen See gesunken, aus dem ich nur langsam wieder auftauchte. Ich stand auf und bemerkte verwirrt, dass ich allein war. Ich öffnete den Kühlschrank, kippte drei Gläser Wasser herunter und verschlang mit einem irren Heißhunger zwei von Trixies Fruchtzwergen und ein halbes Baguette mit Butter.

Dann öffnete ich leise die Tür des Bullis und stieg aus. Es war nicht mehr ganz dunkel, aber auch noch nicht hell. Über Nacht schien es geregnet zu haben. Nebel kroch über eine fremde Wiese vor einem fremden Haus, und ich sah, dass auf dem Dach des Bullis meine Schlafkammer aufgeklappt war. Offensichtlich hatten Trixie und Danilo noch gestern Nacht einen neuen Stellplatz gefunden und den Schlafplatz mit mir getauscht. Das kleine Steinhaus, auf dessen Wiese der Wagen geparkt war, lag an einem schmalen Schotterweg auf einem Hügel. Den verschlossenen Fensterläden und der von einem dicken Schloss zugesperrten Eingangstür nach war das Haus nicht bewohnt und lag ziemlich einsam. Wie wir hierhergekommen waren, wusste ich nicht. Aber die frische Luft tat gut, und nach einem unschlüssigen Blick auf das Klappdach kritzelte ich eine Nachricht für Trixie und Danilo auf ein Blatt Papier, für den Fall, dass sie aufwachen sollten, bevor ich wieder zurück war. Ich legte den Zettel auf mein Kopfkissen und machte mich auf den Weg. Ein Ziel hatte ich nicht, aber ich wusste, kaum dass ich auf der Straße war, dass es genau das Richtige war: Bewegung, laufen, egal wohin.

Ziemlich schnell wurde mir klar, wo wir uns befanden. Sie waren gar nicht weit gefahren, nur ein Stückchen den Weg runter, bis zu dem kleinen Friedhof, an dem wir immer vorbeigekommen waren. Links von mir lag das Dorf, hoch oben thronte es auf dem Berg und in den Hügeln auf der rechten Seite entdeckte ich das Grundstück von Lucas Eltern, schräg darüber einen Teil der Pferdekoppel und noch ein ganzes Stück oberhalb auf dem Kamm das große Steinhaus mit dem einsam aus den Zypressen herausragenden Turm.

Auch die kleine Kapelle hatte einen Glockenturm und war auf der linken Seite von Zypressen umrahmt. Um den Friedhof, der aus vielleicht zwei Dutzend Gräbern bestand, lag eine Mauer. Das schwarze Eisentor wurde von einer losen, rostigen Kette zusammengehalten. Aber das Schloss war offen, und als ich die Kette löste, sprang das Tor mit einem lang gezogenen Ächzen auf. Es klang wie eine Greisin, die man aus einem traumschweren Schlaf wecken wollte. Mit angehaltenem Atem trat ich auf den Friedhof, verstohlen wie ein Kind, das sich heimlich in ein verbotenes Zimmer schleicht. Feuchte Nebelschwaden geisterten über die Gräber und überall leuchteten rote Grablichter. Weil es elektrische Lampen waren, flackerten sie nicht, sondern standen ganz still, was die Magie dieses Ortes noch vertiefte. Totale Ruhe hüllte mich ein, es war im wahrsten Sinne des Wortes eine Grabesstille – aber in dieser Atmosphäre schwang noch etwas anderes mit. Obwohl niemand zu sehen war, spürte ich eine Art Resonanz, eine lebendige Präsenz irgendwo zwischen den Gräbern, als würde jemand auf mich warten. Aber es hatte nichts Bedrohliches, ich wunderte mich selbst, wie ruhig ich war – mehr noch, wie ich plötzlich das Gefühl hatte, auf eine gute Weise nicht allein zu sein.

Ich sah nach oben in das bleierne Grau des Himmels. Ein feiner Nieselregen erfüllte die Luft, es waren keine Tropfen, sondern ein hauchzarter Schleier, der mit einem so sanften Streicheln meine Haut berührte, als käme die Feuchtigkeit aus einem Zerstäuber für Parfüm. Die Blumen auf den Gräbern brauchten kein Wasser. Es waren Plastik- oder Seidenblumen, haltbar für die Ewigkeit. Rosen, in tiefem dunklem Rot, blütenweiße und rosafarbene Lilien, die in der Dämmerung wie kleine weiße Feen strahlten.

Meine geliebte Frau. Unser geliebter Vater. Unserem Onkel. Neben den Namen der Toten hingen ihre gerahmten Fotos. Weißbärtige Männer, Frauen mit streng zurückgekämmten Haaren, in altmodischen Blusen, mit hochgeknöpftem Kragen bis zum Hals. Ein Mann mit Glatze und Segelohren. Eine junge Frau mit einer Schleife im Haar, den Kopf schief gelegt, die einzig Lächelnde unter all den ernsten Gesichtern.

Die meisten hatten ein langes Leben gehabt. Viele Geburtsdaten gingen ins neunzehnte Jahrhundert zurück, andere fielen in die Weltkriege oder auf die Zeit danach. Ein kleiner Junge, Filipo Bussoni, war 1947 geboren und nur sieben Jahre alt geworden. Das Foto zeigte ihn in schwarzer Kleidung auf einem staubigen Dreirad, als sei er schon dort für seine eigene Beerdigung eingekleidet worden.

Ich weiß nicht mehr, wie lange ich zwischen den Gräbern umherlief, aber ich hätte ewig hierbleiben können – und auch mein

Gefühl, dass noch jemand hier war, verließ mich nicht, sondern behielt diesen Schwebezustand, der sich rational nicht erklären ließ, weil er in mir weder Bedrohung noch den Drang, mich einer realen Präsenz zu vergewissern, auslöste.

Die Kapelle mit dem kleinen Glockenturm war aus hellem Stein gebaut. Es gab zwei Türen, einen Haupteingang ins Innere der Kapelle und eine Tür, die in den Seitenbau führte. Sie war nicht verschlossen, und ich trat in einen nach Moder, Staub und Stein riechenden Flur, in dem es stockdunkel war. Hinter der Tür ertastete ich einen Lichtschalter, und als ich ihn anknipste, sah ich eine Wendeltreppe, die nach unten führte.

Ich landete in einem unterirdischen Gang voller Grabkammern, es war wie eine museale Ausstellung von gerahmten Bildern an der marmornen Wand. Auch hier zierten angebrachte Messingvasen die eingravierten Namen und Bilder der Verstorbenen.

Alfonso da Frassini 15.1.1902 – 17.10.1987

Carmelo Nicolotti 3.9.1897 – 1967

Cosimo D'Aloisio 29.12.1903 – 21.1999

Und zuletzt: *Fernando Esposito 20.12. 1984 – 19.7.2003*

Über alles geliebter Sohn und Bruder. Freund von allen. Du wirst uns ewig fehlen.

Sein Grabstein war der hinterste, und es war der einzige mit einer echten Blume. Einer schmalen blütenweißen Lilie, deren schwerer, süßer Duft mir tief in die Nase zog. Das Foto, es war eine Farbaufnahme, strahlte genau wie die Blume eine seltsame Lebendigkeit aus. Der Junge darauf war schön, geradezu zum Niederknien schön. Große dunkelgrüne Augen, hohe Wangenknochen mit angedeuteten Koteletten, dichte schwarze Locken und ein verträumtes, trauriges Lächeln, mit dem er tief in den

Betrachter hineinzublicken schien. Ich sah die Ähnlichkeit mit Alice und seiner Mutter Bianca ganz deutlich.

Nando Esposito war neunzehn Jahre alt geworden. Er war im Sommer vor dreizehn Jahren gestorben, und er war nicht allein gewesen. Er hatte sich zusammen mit meiner Schwester Livia das Leben genommen – wieder und wieder war dieser Satz in den letzten zwanzig Stunden durch meinen Kopf gekreist, ohne einen Anker zu finden, der ihn hielt und wirklich bei mir landen ließ. Diesmal war es anders, ich sah in die Augen des Jungen und die Suche nach seinem Grab, genau das wurde mir jetzt in vollem Umfang klar, hatte mich auf diesen Friedhof gezogen.

19.7.2003

Nandos Todestag. Und der meiner Schwester. Hatte ich jemals danach gefragt, wann sie gestorben war? Vermutlich – aber wenn ja, dann war es eine von vielen Fragen, auf die ich niemals eine Antwort bekommen hatte.

Jäh fuhr ich zusammen, als ich hinter mir Schritte hörte, echte, reale Schritte.

»Vita, ich bin's!«

Danilo stand im Türrahmen, sein Gesicht war blass. »Ich hab dich gesucht. Verdammt, was machst du denn hier?«

Ich blickte Danilo an, ohne ihn richtig zu sehen. Mir war noch etwas anderes eingefallen.

»Im Leben wie in der Liebe machen Krebse einen Schritt vor und zwei Schritte zurück«, sagte ich.

»Was?« Danilo klang verstört.

»Das hat Natalie immer gesagt.« Ich rieb mir die Nase. »Natalie Goldmann? Ihr Sternzeichen ist Krebs, weißt du noch?«

»Hä?« Danilo legte mir beide Hände auf die Schulter. Er beugte sich zu mir herab, jetzt sah ich ihn schärfer. Er wirkte gleichermaßen übernächtigt und beunruhigt. »Wie kommst du denn jetzt auf die? Bist du noch immer bekifft?«

Ich schüttelte den Kopf, konnte aber nicht aufhören, an Natalie Goldmann zu denken. Sie war ein Mädchen aus unserer Stufe. Danilo war in der neunten Klasse mal kurz mit ihr zusammen gewesen, jetzt waren sie Freunde. Auch Trixie verstand sich gut mit ihr. Wir hatten uns an den Wochenenden oft auf dem Kiez getroffen und auf der Profilreise das Zimmer geteilt. Natalie war besessen von Astrologie und konnte endlose Vorträge über die Stärken und Schwächen der Tierkreiszeichen halten, was sie gerne am Beispiel ihres eigenen Sternzeichens tat. Seltsamerweise hatte ich vor allem behalten, dass Krebsfrauen ihre Emotionen im Alltag zwar offen zeigten, in sexueller Hinsicht aber zunächst schüchtern und verschlossen wirkten.

»Weißt du zufällig noch mehr über das Sternzeichen?«, fragte ich Danilo. »Ich kann mich nicht mehr erinnern. Ich meine, Natalie, sie ist eine ziemliche Romantikerin, oder? Und launisch, das hat oft ganz schön genervt, weil ihre Stimmung innerhalb von einer Sekunde umgeschlagen ist. Aber sie kann gut zuhören und …«

»VITA!« Danilo schüttelte mich. »Du machst mir langsam echt Angst. Kannst du mir bitte sagen, warum du hier in einer dunklen Grabkammer stehst und von Natalie Goldmann sprichst?«

Ich starrte Danilo an, und plötzlich wich alle Kraft aus meinem Körper. Ich zeigte auf den Grabstein von Fernando Esposito. »Dieser Junge hier«, sagte ich, »war Lucas Cousin. Und der Freund meiner Schwester. Sie sind zusammen gestorben, hier in Italien. Aber es war kein Autounfall, Danilo. Es war Absicht. Meine Schwester wollte sterben, zusammen mit ihm. Sie haben sich umgebracht.« Die Worte vibrierten in meiner Kehle. »Wie, weiß ich nicht, wo, weiß ich auch nicht. Bis gerade wusste ich nicht mal, an welchem Tag meine Schwester gestorben ist. Luca hat mir gestern erzählt, dass es der Abend vor ihrem Geburtstag gewesen ist. Meine Schwester war also Sternzeichen Krebs. Ihr Geburtstag war der 20. Juli. Auch das wusste ich nicht. Warum? Warum habe ich das alles nicht gewusst?«

Ich sah Danilo an. Tränen liefen über seine Wangen, er wischte sie mit dem Handrücken weg, aber es kamen gleich neue nach. »Sorry«, sagte er mit belegter Stimme und grinste mich zerknirscht an. »Ich bin ein solches Baby.«

Ich griff nach seiner warmen Hand. »Du kannst mir gerne welche abgeben«, flüsterte ich.

Danilo starrte auf das Datum. Ich sah, dass er rechnete. So wie ich unbewusst sofort gerechnet hatte.

»Und was weißt du?«, fragte ich ihn. »Ich meine, was hat Luca gestern noch zu euch gesagt? Hat er euch irgendetwas erzählt? Ich hatte ein ziemliches Blackout. Ich hoffe …?«

»Luca hat nicht viel gesagt«, nahm Danilo mir den Rest der Frage ab. »Nur das Nötigste. Trixie hat es aus ihm rausgequetscht.« Danilo strich sich mit den Händen über die Arme. Er fröstelte, es war wirklich ziemlich kalt hier unten. »Können wir hier weg?«, fragte er.

»Schläft Trixie noch?« Ich schämte mich, dass es mir so rausplatzte, aber ich wollte sie im Moment nicht in meiner Nähe haben. Danilos Ruhe war Balsam, aber Trixies aufgeregten Fragen würde ich im Moment nicht gewachsen sein, auch wenn sie es gut meinte.

»Wie ein Murmeltier«, sagte Danilo. »Lass uns zurückgehen, okay? Ich mach uns einen Kaffee. Ich brauch dringend einen.«

Als wir wieder nach draußen kamen, waren die Grablichter erloschen. Der Regen hatte aufgehört, und der Himmel war jetzt milchig grau.

Wir suchten uns hinter dem Bulli einen Platz auf dem kleinen, plateauförmigen Grundstück. Der Friedhof und die Hügel lagen in unserem Rücken, und von dieser Seite aus hatten wir einen weiten Blick ins Tal. Eine Gruppe von Zypressen zeichnete sich in dunklem Grün gegen den Himmel ab. Es waren fünf Stück, zwei große, drei kleinere, sie standen beieinander und irgendwie doch nicht, als wären sie eine Familie, die sich fremd geworden war.

Danilo hatte ein Tablett mit Kaffee und den restlichen Keksen gebracht und seine Yogamatte unter den Arm geklemmt, auf die wir uns setzten. Die Kekse lehnte ich ab, aber der heiße Kaffee tat nach der stickigen Luft in der Grabkammer gut.

»Das Haus gehört Freunden von Luca«, sagte Danilo. »Es ist ein Ferienhaus, aber die Leute sind nicht da, sie kommen erst in einem Monat, und Luca passt drauf auf. Er meinte, es wäre ein sicherer Ort, hier könnten wir unbesorgt über Nacht campen.«

»Na, wenigstens hat er uns nicht mitten in der Nacht nach Rom geschickt«, sagte ich. »Ich fass es nicht, dass er uns gestern noch von seinem Grundstück geschmissen hat.« Plötzlich wurde mir Lucas Verhalten in seinem ganzen Ausmaß bewusst. Erst hatte er mir all diese Dinge erzählt und dann, als seine Freunde von jetzt auf gleich aufgetaucht waren, hatte er sich völlig abgeschottet. Das Konzert im Nachbarort war ja auch ein prima Vorwand gewesen. Trotz meiner Bier-und-Gras-Aktion regte sich eine erbitterte Wut in mir.

Danilo seufzte. »Nimm's ihm nicht übel, Vita. Ich glaube, daran sind Trixie und ich schuld. Wir haben alles noch schlimmer gemacht. Gestern habe ich nicht richtig kapiert, was los war, aber nach dem, was du eben von deiner Schwester erzählt hast …«

Ich fuhr zusammen. »Was ist passiert?«

Danilo senkte den Kopf. »Wir haben uns tierische Sorgen um dich gemacht, Vita. Auf die Idee, dass du dein Handy verloren haben könntest und uns eine Message auf Facebook schickst, sind wir blöderweise nicht gekommen, vor allem Trixie war fix und fertig. Wir haben dich erst in Viagello gesucht, überall, in der Bar, an der Eisdiele, auf der Mauer. Irgendwann sind wir zu Lucas Grundstück gefahren, aber da seid ihr auch nicht gewesen. Und dann … sind wir rüber zu Lucas Eltern gegangen.« Danilo goss sich eine weitere Tasse Kaffee ein. »Lucas Cousine, die vom Fluss – Alice, oder? Die war auch dort. Und … ich glaube ihre Mutter. Eine ältere Italienerin, sie sahen sich ziemlich ähnlich.« Danilo atmete hörbar aus.

Ich nickte. »Bianca«, sagte ich. »Alices Mutter heißt Bianca. Sie ist die Zwillingsschwester seines Vaters.«

Danilo nickte. »Alice war erst ganz freundlich, aber als Trixie dann so aufgeregt nach dir und Luca gefragt hat, ist sein Vater ausgeflippt. Wir sollten machen, dass wir hier wegkommen, hat er gebrüllt. Und da ist Alice hellhörig geworden. Sie wollte von Antonio wissen, was los sei. Sie haben italienisch gesprochen, aber ich hab verstanden, dass sie ihn gefragt hat, wer du eigentlich wärst. Er wollte nicht mit der Sprache raus, hat versucht, das Ruder rumzureißen, aber dann hat Alice sich auf Deutsch an uns gewandt und gefragt, ob du die Schwester von Livia bist. Und Trixie … hat genickt.«

»Scheiße.« Das Chaos in meinem Kopf brach sich wieder freie Bahn. Nandos Eltern. Bianca und Giovanni. Ich sah sie wieder vor mir, so wie sie auf der Terrasse mit Lucas Eltern gesessen hatten. Die beiden hatten ihren Sohn verloren, genau wie meine Eltern ihre Tochter. Auf ihre Weise war Bianca vom Schicksal ebenso gezeichnet wie meine Mutter.

Jetzt verstand ich, was ich in ihrem Gesicht wahrgenommen hatte, an ihrer ganzen Art, auch am nächsten Tag, als ich bei ihr in der Apotheke gewesen war. Aber dort hatte sie nicht gewusst, wen sie vor sich hatte. Dort hatte sie nicht gewusst, dass ich Livias kleine Schwester war. Wie musste diese Nachricht auf sie gewirkt haben? Was hatte es in ihr ausgelöst? Was hatte es in allen ausgelöst?

Ich drehte mich zu Danilo, der mir hilflos in die Augen sah. »Antonio hatte den Killerblick im Gesicht, aber wie hätten wir denn ahnen können ...« Er unterbrach sich. »Jedenfalls, auf die Frage, wo du wärst, haben wir gesagt, du hättest dich mit Luca getroffen und wir würden uns Sorgen machen, wo ihr bleibt. Dann hat Lucas Vater uns weggescheucht. Alice wollte uns nachlaufen, aber er hat sie festgehalten. Ich hab nur noch gehört, wie jemand hinter uns gewimmert hat. Ich glaube, das war Alices Mutter. Es klang grauenhaft. Wir sind zurück zum Bulli gerannt und erst mal weggefahren. Später sind wir dann wieder zu Lucas Grundstück. Und dann seid ihr gekommen.«

Danilo schüttelte den Kopf. »Es tut mir leid, Vita. Luca war stinksauer, als wir ihm gestern von der ganzen Szene erzählt haben.«

»Hat er – ich meine, wie kann ich ihn ...?« Panisch griff ich in meine Hosentasche – und zog Lucas Handy heraus. Ich hatte vergessen, es ihm wiederzugeben, und er hatte wohl auch nicht dran gedacht, was nach dem Verlauf der letzten Nacht eigentlich kein Wunder war.

Zögernd klappte ich es auf und erschrak. Siebzehn Anrufe. Fünf eingegangene Nachrichten. Ich tippte auf das Nachrichtenfeld. Die meisten Nachrichten waren auf Italienisch, einen Teil davon konnte ich lesen, ohne sie zu öffnen. Die erste kam von Alice: *Verdammt noch mal, wo steckst du? Ist sie noch bei dir? Ruf mich …* Mehr war nicht zu erkennen.

Die nächste Nachricht war von Bianca. *Melde dich!*, begann die Nachricht. *Ich verlange von dir …*

Eine Nachricht von einem Matteo. *Geh mal ans Handy! Deine Mutter versucht, dich zu erreichen.*

Eine Nachricht von Gitta, diesmal auf Deutsch. *Wann kommst du nach Hause??? Dein Vater …*

Die letzte Nachricht kam von Lucas Bruder Bruno, sie war in den frühen Morgenstunden geschickt worden. *Si tacuisses, philosophus fuisses – mansisses.*

Verwirrt starrte ich auf die Buchstaben. Italienisch war das nicht. »Weißt du, was das soll?« Ich hielt Danilo das Handy hin. »Das ist Latein, oder?« Dieses Fach hatte ich im Unterschied zu ihm nicht belegt.

Danilo kniff die Augen zusammen, dann nickte er. »Da steht: ›Wenn du geschwiegen hättest, wärst du ein Philosoph geblieben.‹«

Er reichte mir das Handy zurück und sah mir ängstlich in die Augen. »Das klingt nicht so gut, was?«

»Nein.« Plötzlich war mir scheißkalt.

Ich sah hinunter ins Tal, über das sich der bleiche Morgenhimmel senkte. Ein gewellter Teppich aus grünen Hügeln, Weinbergen und Weizenfeldern, dazwischen gerollte Heuballen, Zypressen und sich in die Landschaft schmiegende Häuser. Von hier oben war alles spielzeugklein.

»Was ist mit deinen Eltern?«, fragte Danilo. »Willst du sie jetzt anrufen?«

Ich versuchte, Luft zu holen, was mir schwerfiel. Im Grunde seit Tagen schon. Das Asthma lag auf meiner Brust wie ein lauerndes Tier, jederzeit bereit zum Angriff. Ich ging in den Bulli, um mir mein Spray zu holen, und inhalierte. Der kalte Medikamentennebel zog scharf durch meine Bronchien. Sie weiteten sich, versetzten meiner Brust einen Energieschub. Aber erleichtert fühlte ich mich nicht, sie schienen sich fast im selben Moment wieder zusammenzukrampfen.

Als ich zurück zu Danilo ging, musste ich plötzlich lachen.

»Ich kann sie gar nicht anrufen«, sagte ich.

Danilo runzelte die Stirn.

»Mein Vater ist in New York. Meine Mutter auf Kur. Und ihre Mobilnummern sind in meinem Handy.«

»Vita, das ist Unsinn«, sagte Danilo. »Du kannst im Verlag anrufen, die Nummer finden wir im Internet. Und deinem Vater kannst du auch mailen.«

»Mailen werde ich ihm ganz bestimmt nicht. Und das mit dem Verlag überleg ich mir noch.« Ich trank einen Schluck Kaffee, Danilo hatte mir Milch und einen halben Löffel Zucker hineingerührt, genau so, wie ich es gerne mochte.

Meine Eltern, Hamburg, diese Welt war so unendlich weit weg, dass es mir vorkam, als wäre ich aus einer fernen Galaxie hierherkatapultiert worden. Das Mädchen vom anderen Stern, das sich nicht zurechtfindet. Und mithilfe von zu Hause konnte ich nicht rechnen. Es fühlte sich nicht mal mehr wie ein Zuhause an.

»Was soll ich meinen Vater fragen?« Wütend sah ich Danilo an. An meine Mutter dachte ich nicht mal. »Wo soll ich anfangen? Dass ich hier bin? Wohin soll das führen? Es wird alles nur noch schlimmer machen. Mein Vater ...« Ich fuhr mir mit beiden Händen durch die Haare, die widerspenstig und verknotet waren, genau wie das Durcheinander in meinem Kopf. »Ich hab einfach eine Höllenangst, was er tun könnte. Ich bin siebzehn! Und sie haben mich an der Nase rumgeführt wie ein dummes Kind. Ich kann mir einfach nicht vorstellen, dass er mir die Wahrheit sagt. Das hätte er vorher tun müssen, verdammt!«

Wieder dachte ich an meinen Vater, wie er im Arbeitszimmer gesessen hatte, mit dem Textauszug auf seinem Schoß. Die Geschichte aus Viagello. Olivers Brief. *Weltweit*, hatte er geschrieben. Der Roman sollte weltweit erscheinen. Welcher Roman? Welche Geschichte? Die meiner Schwester? Die meiner Familie? Olivers Worte, die Reaktion meines Vaters, vor allem die kurze Szene am Fluss, die ich gelesen hatte, sprachen dafür – und alles in mir schrie dagegen an.

Ich spürte, wie sich meine Fingernägel in die weiche Haut meiner Handfläche bohrten. Ich wusste zu wenig von Schriftstellern und wie sie an ihren Stoff kamen. Ich konnte mir vorstellen, dass ihnen eine kurze Zeitungsnotiz reichte – vielleicht ein Hinweis von Freunden, ein Blick in irgendwelche öffentlichen Akten – und sie darin Inspiration für einen Roman fanden. Aber die Textstelle am Fluss hatte anders geklungen, dicht dran, authentisch und voller sinnlicher Eindrücke. *Engelchen flieg. Engelchen flieg.* Das kleine Mädchen, das die Große durch die Luft gewirbelt hatte. War ich das gewesen? Meine Kehle schnürte sich zu. Allein der Gedanke, dass meine Vergangenheit, über die meine eigenen Eltern den eisernen Mantel des Schweigens gelegt hatten, nun auf der ganzen Welt als Roman vermarktet werden sollte, war so unvorstellbar, dass ich nicht mal im Entferntesten wusste, wie ich damit umgehen sollte.

Danilo saß neben mir auf der Matte und ich war froh, dass er mich nicht mit Fragen löcherte. Ich fixierte den blassen Schmetterling, der vor uns über die Wiese flatterte, in taumelnden, unmotiviert wirkenden Bewegungen, als wüsste auch er nicht genau, was er hier sollte.

Am Himmel wurden schmale blaue Streifen sichtbar, als hätte jemand das weiße Laken über einem blauen Federbett aufgeschlitzt. Aber die Luft war noch immer drückend, und von Westen rückte eine Kolonie dunkler Wolken heran. Eine von ihnen hatte die Form eines Vogels, ein langer, gebogener Schnabel, zwei ausgestreckte Flügel, von denen der eine im Wind seine Form verlor und sich nach unten abknickend auflöste.

»Buongiorno.«

Vor Schreck fuhr ich so heftig zusammen, dass mir warmer Kaffee über die Hand schwappte. Aber noch ehe ich mich umdrehte, wurde mir klar, dass die Stimme hinter unserem Rücken zu Trixie gehörte. Sie konnte das italienische *r* nicht rollen.

»Hey.« Danilo wandte sich um. »Wir wollten dich nicht wecken.«

»Stör ich?« Trixie sprach in meinen Rücken.

Ich drehte mich zu meiner Freundin um. Ihre Haare waren verwuschelt, ihre Augen blinzelten ängstlich, als hätte sie schlecht geträumt. Sie trug ein weißes Hemd von Danilo, das falsch zugeknöpft war, und mit ihrem schiefen Lächeln, mit dem sie mich ansah, wirkte sie wie ein kleines Mädchen, das am Abend allein auf sein Zimmer geschickt worden war, weil es etwas Dummes getan hatte und jetzt darauf wartete, dass man ihm versicherte, alles wäre wieder gut.

Was es natürlich nicht war, aber daran trug Trixie nicht die geringste Schuld. Mitgefühl, sogar Dankbarkeit überfluteten mich. Meine Freunde hatten sich Sorgen um mich gemacht und an Trixies Stelle hätte ich mich wahrscheinlich genauso verhalten. Woher hätte sie wissen sollen, in welches Wespennest sie mit ihrer Antwort auf Alices Frage gestochen hatte? Ich selbst verstand es ja nicht einmal.

»Du störst nicht«, sagte ich zu Trixie, rappelte mich hoch und nahm sie in die Arme. Ich empfand ihre Erleichterung fast körperlich. »Komm, setz dich zu uns.«

Trixie tat, was ich sagte, streckte aber gleich darauf ihre Hand aus. »Spürt ihr das? Ich glaub, es regnet.«

Ich sah zum Himmel und tatsächlich hatten die Wolken den Kampf gewonnen. Die blauen Flächen waren jetzt völlig zugezogen und innerhalb von Sekunden fing es an zu regnen, diesmal in dicken, prasselnden Tropfen, die zu einem heftigen Platzregen wurden.

»Dein Handy«, sagte Danilo, als wir im Bulli saßen und Trixie den Kühlschrank nach Essen durchforstete. Der Regen trommelte gegen die Scheiben, und die Welt hinter dem Fenster war ein verschwommenes Nirwana. »Wenn du das wirklich im Wald verloren hast, kannst du es jetzt wahrscheinlich vergessen.«

Ich zuckte mit den Achseln. Mein Handy war im Moment wirklich meine geringste Sorge. Aber einer der Gedanken, die durch meinen Kopf geisterten, drehte sich um das Handy von Luca. Ich holte es noch einmal hervor und starrte auf die Nummern der Anrufer. *Notier sie dir,* sagte eine leise Stimme in meinem Kopf. *Das sind Leute, die dich vielleicht als Kind gekannt haben. Das sind Leute, die wissen, was passiert ist. Alice war die beste Freundin deiner Schwester.*

Aber was nützte mir das? Meine Eltern wussten schließlich auch, was passiert war – und möglicherweise wusste es sogar ein amerikanischer Bestsellerautor, der ein Buch darüber schrieb.

»Hat jemand Lust auf Rührei?« Trixie drehte sich zu mir um und ich legte das Handy auf den Tisch. Meine Freundin hatte sich einen himmelblauen Wollschal um die Schultern gewickelt, den Danilos Mutter ihr gestrickt hatte. An den Füßen trug sie dicke Ringelsocken, als würde draußen kein Sommerregen, sondern Schnee fallen.

»Wir haben gestern in Siena ein bisschen was eingekauft«, sagte sie. »Wenn du willst, mach ich dir eine schöne feurige Portion. Ich hab dir Chili besorgt. Und die scharfe Salami, die du so magst. Wie heißt sie noch?« Sie hielt eine Salsiccia hoch und in ihrer Stimme klang so viel Verzweiflung, dass ich aufstand und sie wieder in den Arm nahm.

Zu meinem Entsetzen fing sie laut an zu schluchzen.

»Ich kapier das einfach nicht!«, presste sie hervor. »Wieso passiert uns das? Warum passiert DIR das? Das hier ist unser Sommer, das hier sollte SPASS machen – und den haben wir doch alle verdient oder etwa nicht? Wie lange hast du verdammt noch mal darauf gewartet, endlich rauszukommen aus diesem Deprizuhause, und jetzt ... jetzt ...« Wieder überflutete sie eine Woge von jähem Schluchzen, während ich mich innerlich mehr und mehr versteifte. Der speckige Geruch der Salsiccia, die Trixie noch immer in der Hand hielt, zog mir in die Nase.

»Es tut mir leid, dass ich das gestern vermasselt habe. Aber ...« Trixie ließ mich los und wischte sich mit dem Handrücken über die Augen. In ihren Blick mischte sich etwas Trotziges. »Aber vielleicht war es gerade gut, dass diese beiden Frauen mitbekommen haben, wer du bist. Ich meine, Luca ist ja wohl die komplette Auster! Gestern Abend, das hättest du erleben müssen, der ist so dermaßen zugeschnappt! Aber ich hab ihn nicht davonkommen lassen.« Jetzt blitzte Triumph in ihren Augen. »Ich hab ihm gesagt: ›Pass mal gut auf! Ich bin Vitas beste Freundin und von mir kriegst du kein Sterbenswörtchen zu hören, bevor du nicht mit der Sprache rausrückst, was hier läuft.‹ Tja! Und dann hat er mir …«

Trixie schnappte erschrocken nach Luft, als ich sie an den Schultern packte.

»Hör auf«, stieß ich hervor, schärfer und heftiger, als ich es wollte. »Bitte! Okay? Ich kann das nicht. Nicht so. Ich weiß, dass du es gut meinst, aber die Art, wie du das angehst, das …«, ich versuchte, nach den richtigen Worten zu fischen, »das krieg ich nicht geregelt.« Ich ließ meine Hände sinken. »Pass auf, ich hab nachgedacht. Lass uns einfach erst mal von hier …«

Weiter kam ich nicht.

Danilo war zu uns getreten und hielt mir das lautlos blinkende Handy unter die Nase. »Ich glaube, da versucht jemand, Luca zu erreichen«, sagte er.

Unschlüssig nahm ich es in die Hand, ging aber nicht ran. Das Blinken erlosch und kurz darauf erschien auf dem Display eine Nachricht.

Vita, hier ist Luca! Geh ans Telefon oder ruf mich unter dieser Nummer …

Ohne weiter nachzudenken, drückte ich die Nummer des Anrufers und nach dem ersten Klingeln hörte ich Lucas Stimme.

»Vita?«

»Ja.«

»Hör zu«, Lucas Ton klang nicht feindlich, aber deutlich distanziert, »das Aufkreuzen deiner Freunde gestern bei meinen

Eltern hat Wunden aufgerissen, von denen du dir keine Vorstellung machen kannst. Alice, meine Tante Bianca, ihr Mann Giovanni – alle wissen jetzt Bescheid. Das hätte nicht passieren dürfen. Ich weiß nicht, was ihr geplant habt, was …« Ein kurzes Zögern in seiner Stimme. »… was *du* geplant hast. Aber zu dritt könnt ihr hier nicht bleiben. Und es ist auch nicht gut, wenn ihr euch in eurer Riesenorange im Dorf blicken lasst. Wir sind keine verdammte Großstadt, Vita! Ich hätte deinen Freunden gestern schon sagen sollen, dass sie …«

»Okay«, unterbrach ich ihn.

»Okay, was?« Jetzt klang Luca verwirrt.

Ich war mir der Blicke von Danilo und Trixie wohl bewusst, beide standen vor dem Tisch und draußen regnete es so heftig, dass ich nicht mal ausweichen konnte, wenn ich nicht noch ein weiteres Handy ertränken wollte.

»Ich hab's kapiert«, erwiderte ich.

»Ähm …« Entweder hatte Luca nicht mit meiner Antwort gerechnet oder er konnte sie nicht einordnen. »Das heißt, ihr fahrt?«

»Yep.« Es überraschte mich, wie klar diese Entscheidung plötzlich in mir fiel.

»Ah. Gut.« Lucas Stimme klang nicht, als ob es gut war. »Ich brauche nur das Handy zurück.«

Danilo hatte zwei Regenjacken aus dem Regal geholt. Er reichte eine von ihnen Trixie, und zog sich die andere selbst über. Dann nickte er mir zu, und die beiden verzogen sich aus dem Wagen.

»Vita? Bist du noch dran?«

»Ja. Du brauchst dein Handy zurück.«

»Das wäre wichtig. Ich hab übrigens auch deins gefunden. Ich war heut Morgen noch mal im Wald. Aber ich fürchte, der Regen hat ihm den Rest gegeben.«

»Kein Problem«, sagte ich kurz angebunden, während Lucas Satz in mir nachhallte. Heute Morgen? Dann musste er noch weniger Schlaf bekommen haben als ich. Der Gedanke, dass er im Wald mein Handy gesucht hatte, berührte mich für einen Augenblick mehr als die Tatsache, dass ich damit nichts mehr anfangen konnte. Aber bedanken würde ich mich nicht.

Vor dem Bulli standen Danilo und Trixie. Danilo hatte seine Arme um Trixie gelegt, sie vergrub ihren Kopf an seiner Brust. Ich sah, dass sie nur ihre Socken trug und eine Welle der Zärtlichkeit überflutete mich.

»Also, was ist jetzt mit deinem Handy?«, fragte ich knapp. »Soll ich es irgendwo für dich hinlegen?«

Am anderen Ende hörte ich entfernte Geräusche, ein blökendes Bähen wie von einem Schaf oder einer Ziege. Dann bellte ein Hund.

»Ich muss arbeiten und komm hier wahrscheinlich erst abends weg«, sagte Luca gequält. »Wenn ihr bis dahin warten ...«

»Nein«, sagte ich scharf. Ich hatte es plötzlich so unfassbar eilig, von hier wegzukommen, dass ich am liebsten selbst den Motor angeworfen hätte.

»Also dann ... okay.« Ein hörbares Einatmen. »Pass auf. Ganz in eurer Nähe gibt es einen kleinen Friedhof. Du gehst einfach die Straße ...«

»Ich weiß, wo der Friedhof ist.«

»Du warst da?« Seine Stimme klang belegt.

»Ja. Dein Cousin hieß Fernando, stimmt's? Schöner Junge. Kann mir gut vorstellen, dass sich meine Schwester in ihn verliebt hat. Schade, dass ihr Foto nicht daneben hängt. Hätte gerne gewusst, wie sie ihm gestanden hat. Sie waren bestimmt ein todschickes Paar.«

Schweigen am anderen Ende. Ich hasste mich für den ätzenden Sarkasmus in meiner Stimme, aber ich konnte nicht anders. Da war plötzlich so viel kalte, explosive Wut in mir, dass ich mich damit in die Luft hätte sprengen können. Trixies Aktion hatte Wunden aufgerissen, von denen ich mir keine Vorstellung machen konnte? Was dachte Luca sich dabei, wenn er mir so etwas an den Kopf warf? Konnte er oder irgendjemand sonst von diesen Leuten sich eine Vorstellung davon machen, was das Ganze in mir ausgelöst hatte? Offensichtlich nicht. *Fickt euch alle,* dachte ich und schloss auch meine Eltern in diesen lautlosen Fluch mit ein.

»Vita, ich ... Moment.« Eine Stimme ertönte in Lucas Hintergrund. »Bin gleich da«, hörte ich ihn sagen, und dann klang wieder das dunkle Murmeln der anderen Stimme an mein Ohr.

»Vita.« Plötzlich klang Luca fast flehentlich. »Wenn es noch irgendeine Möglichkeit gibt, dich alleine zu treffen, dann könntest du hier bei meinem Freund ...«

»*Du* könntest jetzt langsam mal zur Sache kommen«, schnitt ich ihm das Wort ab. »Wo soll ich dein verdammtes Handy lassen?«

Schweigen. Als ob es dauerte, bis meine Worte am anderen Ende ankamen.

»In der Kapelle«, sagte Luca schließlich resigniert. »Da gibt es eine alte Kommode, in der die Gebetsbücher liegen. Leg das Handy einfach hinter die Bücher. Heute Abend kann ich es abholen.«

»Wird gemacht.«

Diesmal zog das Schweigen an meiner Brust.

»Vita?«

»Ja?«

»Du hast meine Telefonnummer. Wenn … wenn etwas ist oder du noch etwas brauchst, dann …« Wie klein seine Stimme war. »… ruf mich an, okay?«

»Ciao Luca«, sagte ich.

Und dann tippte ich auf Beenden.

FÜNFZEHN

Trixie war so erleichtert, dass sie mir um den Hals fiel. »Es ist richtig«, sagte sie. »Wenn wir erst mal hier weg sind, wirst du dich besser fühlen. Und wenn nicht – kannst du immer noch deine Eltern anrufen oder sie am besten zur Rede stellen, wenn wir zurück sind. Ist doch scheiße, so was übers Telefon zu machen.« Sie zog ihre triefenden Socken aus. Zu ihren Füßen hatte sich eine Wasserpfütze gebildet. Der Regen hatte aufgehört, aber der Himmel war noch immer verhangen von dunklen Wolken, und draußen war es so düster, als wäre es kein Sommermorgen in Italien, sondern ein später Herbstnachmittag in Hamburg.

»Und wo wollen wir hin?«, fragte Danilo. »Nach Rom?«

Ich zögerte. »Raus aus Italien wäre mir echt am liebsten. Wenn das für euch okay ist?« Ich warf einen Blick auf Danilos Berta. Danilo nickte.

»Ich würde auch sagen, arrivederci Italia!« Trixie drückte mir einen Kuss auf die Wange. Ihre Lippen waren nass und kalt vom Regen. »Hey – ich weiß, wo wir hinfahren!« Euphorisch breitete sie ihre Arme aus, die Handflächen nach oben, als hätte sie eine ferne Galaxie im Sinn, zu der wir gerade eine Reise im Preisausschreiben gewonnen hatten. »Madame et Monsieur: Nous allons à Nice!«

»Nizza?« Danilo runzelte die Stirn.

»Oui, chérie!« Trixie klatschte in die Hände und warf mir einen strahlenden Blick zu. »Die alte Gastfamilie meiner Mutter? Ich hab das noch gar nicht zu Ende erzählt, aber meine Mutter hat noch viel Kontakt mit ihrer Gastschwester. Françoise – sie war vor ein paar Jahren sogar mal bei uns zu Besuch. Und bevor wir losgefahren sind, hat Muddi ihr meine Facebookdaten gegeben. Für ihren Sohn natürlich«, fügte sie hastig hinzu. »Er hat mir eine Freundschaftsanfrage geschickt. Jérôme le Grand. Und JETZT«, Trixie machte eine dramatische Pause, »HALTET euch fest: Der Typ ist DJ in einem TOTAL angesagten CLUB. Mitten in NIZZA! Ich meine, HALLO?????« Trixie ging ab wie ein Paket mit Wunderkerzen. »Ich hab auch die Nummer von Françoise, ich ruf da gleich mal an, was meint ihr?« Ohne unsere Antwort abzuwarten, kramte sie in ihrer Krümelmonstertasche nach dem Handy. Mit der Zunge zwischen den Zähnen suchte sie nach der Nummer, tippte auf Anrufen und hielt kurz darauf den Daumen hoch, als am anderen Ende offensichtlich jemand abnahm. Ein paar Minuten plapperte sie in einem wilden Mix aus Französisch und Deutsch und machte, nachdem sie aufgelegt hatte, eine ekstatische Siegerfaust.

»Voilà, chéries! Wir sind 'erzlisch willkommen! Françoise sagt, sie freut sich, euch kennenzulernen. Wir können sogar bei ihr übernachten, hat sie vorgeschlagen, und ihr SO-HOHN«, wieder strahlte Trixie in meine Richtung, »würde uns bestimmt ein bisschen was vom Nachtleben zeigen. Naaaaa? Was sagt ihr, Leute?« Trixie stand auf und für einen Moment dachte ich, sie würde sich vor uns verbeugen. Ich musste grinsen.

Danilo sah zu mir. Er versuchte zu ergründen, was ich von dem Plan hielt, aber ich hielt den Daumen hoch. »Bin dabei«, sagte ich. »Klingt echt super, Trixie.«

Ich bat Danilo, Lucas Handy in die Kapelle des Friedhofs zu bringen, und eine Dreiviertelstunde später waren wir startklar.

Ich hatte nicht damit gerechnet, dass wir Italien noch am selben Tag hinter uns lassen konnten, aber tatsächlich lag Menton nur knapp fünf Stunden von uns entfernt, es war der Beginn der Côte d'Azur und gleich als nächste Stadt kam Nizza. Wir würden also noch vor Anbruch der Dunkelheit dort sein. Trixie hatte sogar den Club gegoogelt, in dem heute ein Event namens *Les Nuits Indiennes* stattfinden würde. Danilos Bedenken wegen meines Alters fegte sie vom Tisch wie eine tote Eintagsfliege. »Jérôme ist DJ! Der wird unser Vita-Baby schon einschleusen, darüber macht euch mal keinen Kopf.« Trixie hielt mir ihr Handy mit der Website des Clubs vor die Nase. *Release your soul and come fly with us,* stand unter der Ankündigung des Events, die mit einem Totenkopf auf eine psychedelisch lila-schwarze Neonfläche gedruckt war.

Als wir losfuhren, war der Himmel eine geballte bleichgraue Wolkenmasse, und der Nebel zog in weißen Schwaden über die Felder. Aus allem war die Farbe gewichen, und die Sicht war so schlecht, dass Danilo die Nebelleuchten anschalten musste.

Mir fiel erst gar nicht auf, wo wir langfuhren, sondern es war Trixie, die Danilo fragte, was er da eigentlich ins Navi eingegeben hatte.

»Es ist nur ein kleiner Umweg«, murmelte er.

»Ein Umweg wohin?«, fragte Trixie entgeistert.

Danilo zögerte. »Zum Kloster.«

»Hä?« Trixie boxte ihm gegen die Schulter. »Sag mal, bist du panne, oder was?«

»Nein, das bin ich nicht!« Danilos Stimme klang unwillig. »Wenn ich schon auf Rom verzichten muss, dann will ich vorher wenigstens noch einen Blick auf das Kloster werfen. Deshalb sind wir schließlich hierhergefahren.«

Trixie stöhnte, und in mir regte sich Panik. Ich wollte hier weg, und zwar auf dem schnellsten Weg, aber Danilo hatte recht, irgendwie drehte sich die Welt schließlich nicht nur um mich. Nach einer guten Viertelstunde erblickte ich das Kloster. Es ragte aus der Nebellandschaft wie eine Erscheinung. Eine sakrale Ruine aus hellem Stein.

Danilo steuerte den Bulli auf den schmalen Feldweg, der auf die Ruine zulief. Er führte an einem Sonnenblumenfeld vorbei, doch die Blüten hatten ihre gesenkten Köpfe von uns abgewandt und neigten sich dem Kloster zu wie eine Schar von Pilgern, die das Gelobte Land erreicht hatte.

Bitte. Nicht. Das wollte ich sagen, weswegen auch immer. Aber ich konnte nicht. Meine Kehle war wie zugeschnürt.

Das Kloster war ein lang gezogener gotischer Bau, dessen Seitenwand von Spitzbögen durchsetzt war. Es gab keine bunten Glasfenster oder sonstige Verzierungen; die hellen Steine standen für sich, und vielleicht war es gerade die Schlichtheit, die diese Ruine so erhaben machte. Offen und durchlässig stand sie da, nahm Wind und Wetter in sich auf, atmete es ein und wieder aus wie ein lebendiges Wesen.

Danilos Schweigen war anzumerken, wie tief ihn das Bauwerk beeindruckte, und als er den Bus um die Längsseite der Ruine herumlenkte, ertönte wieder das Lied in meinem Kopf.

Yes, there are two paths you can go by
But in the long run
There's still time to change the road you're on
And it makes me wonder
Oh-oh-ho

Trixie drehte sich zu mir um. Aber ich sah sie nicht. Ich sah die Silhouette eines Mädchens mit langem hellem Haar. Reflexartig kniff ich die Augen zusammen, weil ich sie klarer erkennen wollte. Bleib hier, dachte ich flehentlich. Bitte, bleib hier.

»Vita?«

Jetzt erschien, als hätte ich eine beschlagene Brille blank geputzt, wieder das Gesicht von Trixie vor meinen Augen.

»Alles okay.« Ich sagte es erstaunlich fest, als hinge von der Antwort etwas Ungeheuerliches ab. Es war eine Lüge. Ich war nicht okay. Mein Herz. Es klopfte. Klopfte wie das Messer, das Bruno an sein Glas geschlagen hatte, gläsern und hohl in meiner Brust.

Danilo fuhr um das Kloster herum. Ich konnte meinen Blick nicht von dem Nebel lösen, den die Ruine ausatmete. In feinen Schleiern wehte er lautlos aus den offenen Bögen und stieg aus dem hohlen Inneren der Ruine in den Himmel.

Der Mond. Der volle Mond.

Warum suchte ich den Mond?

Und warum wusste ich, dass er voll war?

Danilo parkte den Bulli an der Rückseite des Klosters auf einem leeren Schotterplatz und stieg aus. »Das ist ja der Hammer«, sagte er. »Ich werf nur kurz einen Blick rein, bin gleich wieder da.«

Trixie drehte sich zu mir um. »Willst du auch mit?«, fragte sie zögernd. Ich schüttelte nur den Kopf und sofort bot sie sich an, bei mir zu bleiben.

»Geh ruhig mit«, sagte ich wieder mit dieser sonderbaren Festigkeit in meiner Stimme und machte eine wedelnde Bewegung mit der Hand. Trixie musterte mich noch einmal, dann schloss sie die Tür hinter sich, und als sie Danilo eingeholt hatte, sah ich, wie sie auf ihn einredete. Aber Danilo ging weiter und Trixie stampfte deutlich genervt neben ihm her.

Ich blieb zurück. Lange saß ich da, eine gefühlte Unendlichkeit lang und umgeben von einer Stille, die so allumfassend war, als gäbe es nur mich auf der Welt. Aber das stimmte nicht. Da war jemand. Eine warme, tröstliche Instanz, ein leises hechelndes Keuchen. Ich starrte auf den Platz neben mir, den die dicke Berta belegte. Dann hörte ich das Bellen. Es war ebenfalls leise, unterdrückt, fast wie ein freudiger kleiner Ausruf, der gleich darauf wieder verklang.

Hier war kein Hund, verdammt. Hier war nur ich. Und ich musste hier raus. Ich wusste plötzlich sehr genau, dass ich dringend aus dem Van rausmusste. Mein Herz stolperte über sich selbst, pochte immer stärker, immer gnadenloser in meiner Brust.

Ich ging auf die Ruine zu, und obwohl mich nur wenige Meter von ihr trennten, schien der Weg immer länger zu werden, sich auszudehnen wie ein albtraumartiges Fließband, auf dem man läuft und läuft, ohne vorwärtszukommen.

Aber dann war ich da. In den Löchern der Mauer hockten Tauben, sie blickten mit ihren runden, wimpernlosen Augen auf mich herab und ruckten mit den Köpfen. In der Rückwand war ein bogenförmiges Tor aus Holz. Es hatte eine schwere, rostige Klinke, doch als ich sie drückte, gab das Tor nicht nach.

Es war abgeschlossen.

Für einen Moment überlegte ich, ob ich zur anderen Seite laufen sollte, wie es wahrscheinlich auch Danilo und Trixie getan hatten, von denen nichts mehr zu sehen war. Aber der Boden schien mich festzuhalten. Etwa auf der Höhe meines Bauchnabels gab es ein Loch, durch das ich ins Innere blicken konnte. Säulen, Kuppeln, Nischen und Arkaden, so weit mein Auge reichte. Und für mehr als ein Auge war kein Platz, um durch das tig kniff ich die Augen zusammen, weil ich sie klarer erkennen wollte. Bleib hier, dachte ich flehentlich. Bitte, bleib hier.

»Vita?«

Jetzt erschien, als hätte ich eine beschlagene Brille blank geputzt, wieder das Gesicht von Trixie vor meinen Augen.

»Alles okay.« Ich sagte es erstaunlich fest, als hinge von der Antwort etwas Ungeheuerliches ab. Es war eine Lüge. Ich war nicht okay. Mein Herz. Es klopfte. Klopfte wie das Messer, das Bruno an sein Glas geschlagen hatte, gläsern und hohl in meiner Brust.

Danilo fuhr um das Kloster herum. Ich konnte meinen Blick nicht von dem Nebel lösen, den die Ruine ausatmete. In feinen Schleiern wehte er lautlos aus den offenen Bögen und stieg aus dem hohlen Inneren der Ruine in den Himmel.

Der Mond. Der volle Mond.

Warum suchte ich den Mond?

Und warum wusste ich, dass er voll war?

Danilo parkte den Bulli an der Rückseite des Klosters auf einem leeren Schotterplatz und stieg aus. »Das ist ja der Hammer«, sagte er. »Ich werf nur kurz einen Blick rein, bin gleich wieder da.«

Trixie drehte sich zu mir um. »Willst du auch mit?«, fragte sie zögernd. Ich schüttelte nur den Kopf und sofort bot sie sich an, bei mir zu bleiben.

»Geh ruhig mit«, sagte ich wieder mit dieser sonderbaren Festigkeit in meiner Stimme und machte eine wedelnde Bewegung mit der Hand. Trixie musterte mich noch einmal, dann schloss sie die Tür hinter sich, und als sie Danilo eingeholt hatte, sah ich, wie sie auf ihn einredete. Aber Danilo ging weiter und Trixie stampfte deutlich genervt neben ihm her.

Ich blieb zurück. Lange saß ich da, eine gefühlte Unendlichkeit lang und umgeben von einer Stille, die so allumfassend war, als gäbe es nur mich auf der Welt. Aber das stimmte nicht. Da war jemand. Eine warme, tröstliche Instanz, ein leises hechelndes Keuchen. Ich starrte auf den Platz neben mir, den die dicke Berta belegte. Dann hörte ich das Bellen. Es war ebenfalls leise, unterdrückt, fast wie ein freudiger kleiner Ausruf, der gleich darauf wieder verklang.

Hier war kein Hund, verdammt. Hier war nur ich. Und ich musste hier raus. Ich wusste plötzlich sehr genau, dass ich dringend aus dem Van rausmusste. Mein Herz stolperte über sich selbst, pochte immer stärker, immer gnadenloser in meiner Brust.

Ich ging auf die Ruine zu, und obwohl mich nur wenige Meter von ihr trennten, schien der Weg immer länger zu werden, sich auszudehnen wie ein albtraumartiges Fließband, auf dem man läuft und läuft, ohne vorwärtszukommen.

Aber dann war ich da. In den Löchern der Mauer hockten Tauben, sie blickten mit ihren runden, wimpernlosen Augen auf mich herab und ruckten mit den Köpfen. In der Rückwand war ein bogenförmiges Tor aus Holz. Es hatte eine schwere, rostige Klinke, doch als ich sie drückte, gab das Tor nicht nach.

Es war abgeschlossen.

Für einen Moment überlegte ich, ob ich zur anderen Seite laufen sollte, wie es wahrscheinlich auch Danilo und Trixie getan hatten, von denen nichts mehr zu sehen war. Aber der Boden schien mich festzuhalten. Etwa auf der Höhe meines Bauchnabels gab es ein Loch, durch das ich ins Innere blicken konnte. Säulen, Kuppeln, Nischen und Arkaden, so weit mein Auge reichte. Und für mehr als ein Auge war kein Platz, um durch das

Loch in der Mauer zu schauen. Ein Flattern, hektisch und abrupt. Jäh hielt ich die Luft an. Nur eine Taube. Im Segelflug verschwand sie in einer der Arkaden, die zu beiden Seiten in weitere Schiffe des Klosters zu führen schienen. Es war noch riesiger, als es von außen den Anschein gemacht hatte, und erfüllt von diesem gespenstisch weißen Nebellicht. Der Wind tanzte damit und trug es in hauchzarten Schleiern nach oben.

Der Mond. Der volle Mond.

Die Vorderseite erschien mir wie das Ende der Welt. Durch das Loch sah ich nur die bogenförmigen Fenster, die sich in zwei Reihen durch die untere Hälfte zogen. Was darüberlag, konnte ich von hier aus nicht erkennen, aber auf den sandigen Steinboden fiel eine Reihe von Lichtkegeln. Der hinterste war winzig, nach vorne wurden sie immer größer. Feiner goldener Staub schimmerte in der milchigen Luft. Vielleicht hatte sich hinter den Nebelwolken die Sonne hervorgekämpft, aber vielleicht war all dies auch nur ein Traum, denn genau so fühlte ich mich. Wie jemand, der im Traum aufwacht, jemand, der klein ist. Zu klein, um logisch zu denken, zu klein, um zu wissen, was zu tun war, zu klein, um Hilfe zu holen.

HILFE!

AIUTO!

AIUTO!

War das alles in mir? Auch die Musik spielte wieder in meinem Kopf. Deutlicher als je zuvor. Aber ich hörte nur die Flöte, wie sie im Lied nach den ersten Gitarrenakkorden das Thema einläutet. So zärtlich waren ihre hellen Töne, so schwebend und traumverloren, als erklängen sie irgendwo hoch oben, auf einer unsichtbaren Treppe, die direkt in den Himmel führte, immer höher und höher und höher …

Dear lady, can you hear the wind blow
And did you know
your stairway lies on the whispering wind

Ich spürte, wie sich meine heiße Zunge um meinen Daumen legte und ihn gegen den Gaumen drückte. Ich hatte nicht gemerkt, dass ich den Daumen in den Mund gesteckt hatte. Immer sehnsuchtsvoller klangen die Flötentöne in meinem Kopf, dann drangen Schritte und Stimmen an mein Ohr. Danilo und Trixie. Sie waren so weit weg, und die Flöte war so nah, als wäre der Traum realer als die Wirklichkeit.

Aber so war es nicht.

Es war Trixie, die es zur Sprache brachte, als wir längst wieder im Bus saßen und schon ein paar Kilometer gefahren waren. Die beiden hatten mich vom Kloster weggeführt, ich merkte ihnen an, wie besorgniserregend mein Anblick für sie gewesen sein musste. Wahrscheinlich hatte ich genauso ausgesehen, wie ich mich gefühlt hatte. Wie ein kleines Kind. Aber diesmal hatte Trixie mich nicht mit Fragen gelöchert, sie hatte den Mund gehalten. Jetzt saß sie hinten, und Danilo, der plötzlich ziemlich beschämt wirkte, steuerte wieder den Wagen. Ich saß neben ihm auf dem Beifahrersitz und versuchte, mich auf meinen Atem zu konzentrieren, während sich meine Hände um das Asthmaspray krampften. Es war fast leer, normalerweise reichte es mehrere Monate, aber hier hatte ich es innerhalb kürzester Zeit verbraucht. Ich starrte aus dem Fenster, blicklos, ohne meine Umgebung wahrzunehmen. Der wesentliche Teil von mir war zurückgeblieben, stand noch immer am Kloster und lauschte.

»Dieses Flötenlied im Kloster.« Trixie klang zögernd, als wollte sie sich das Thema eigentlich verkneifen. »Das war *Stairway to Heaven,* oder?«

Sehr, sehr langsam drehte ich mich zu ihr. Sah sie an. Dann Danilo. »Ihr habt … es auch gehört?«

Danilo runzelte die Stirn. Er nickte. Und Trixie, zu der ich mich noch einmal umdrehte, nickte auch.

»Klar«, sagte sie vorsichtig. »Im Kloster war jemand und hat Flöte gespielt. Es kam von oben, ich glaube aus dem vorderen Teil. Aber wir konnten nicht rein. Alle Türen waren verschlossen.

Trixie senkte den Kopf. »Es war so unheimlich«, sagte sie leise. »Weil es ja dein Lieblingslied ist.«

Ich schloss die Augen und wie ein Vorhang fiel in der Dunkelheit hinter meinen Lidern die Entscheidung, von der ich wusste, dass sie unwiderruflich war.

»Dreh um, Danilo«, sagte ich. »Ich muss zurück.«

* * *

Sanft strich er mit den Fingerspitzen über die Fotos, die er in einen schlichten Holzkasten gelegt hatte. Sie waren in keiner besonderen Reihenfolge geordnet und das war auch nicht nötig, er hatte jedes einzelne von ihnen so oft betrachtet, dass er auch winzige Details auswendig kannte. Sie waren fast immer zu viert gewesen, eine eingeschworene Gemeinschaft. Ab und zu war der Hund dabei, oft die beiden Kleinen. Die Fotos hatten den Reiz des Schreibens erhöht, erst durch sie war ihm wirklich klar geworden, wie viel Aufruhr, wie viel Sehnsucht und welches Energiefeld explosiver Gefühle in dieser Figurenkonstellation steckte. Und gerade deswegen waren die Bilder Dynamit, denn wenn man wusste, wonach man suchen musste, sprang einen die Lüge förmlich an.

Die geflüsterten Geheimnisse, die langen Nächte im Verbotenen. Das Versprechen, dass sie sich niemals trennen würden. Livia und Nando auf dem Felsen am Fluss, dicht am Abgrund, seine Arme um sie geschlungen, ihre Finger in seinen schwarzen Locken. Livia und Alice, Hand in Hand auf der Mauer vor der Kirche, der dunkle und der helle Kopf so dicht beieinander. Livia, wie sie ihre kleine Schwester durch die Luft wirbelte. Sie alle vier zusammen auf dem Trampolin, kichernd und balgend, ein Schnappschuss, von dem ihn interessiert hätte, wer ihn gemacht hatte.

Nur ein Foto war anders. Er bewahrte es nicht im Kasten auf, sondern hatte es beim Schreiben immer vor sich gehabt.

Es zeigte Livia oder vielmehr nicht sie selbst, sondern ihren Schatten. Fliegende Haare, gestochen scharf einzelne Strähnen, in der Drehung geschwungen zu einem perfekten Bogen, die eleganten Linien ihres Körpers, ein flatterndes Kleid.

Es war in Florenz entstanden, im letzten Sommer. Gerade in seiner Flüchtigkeit hatte es eine unglaubliche Perfektion.

Und es war eins der ganz wenigen Fotos, auf dem Livia ganz allein zu sehen war. Es hatte Nächte gegeben, in denen er seinen Anblick kaum ertragen hatte.

War Livia schon damals bewusst gewesen, dass man im Sterben immer allein ist?

SECHZEHN

Sieben Bänke auf der rechten, sieben Bänke auf der linken Seite, haselnussbraunes Holz. Himmelblau gestrichene Wände. Ein kleiner Altar mit einer weißen Spitzendecke, an der linken Wand über der Kommode mit den Gebetsbüchern eine Marienstatue, an der rechten ein kitschiges Bild von Jesus, aus dessen Stirn, den Mundwinkeln und den geschlossenen Augen blutige Tränen sickerten.

Noch heute kann ich die winzige Friedhofskapelle vor meinem inneren Auge abrufen, als wäre es eine Gefängniszelle, in der ich jahrelang eingesperrt war, dabei waren es nur Stunden gewesen. Was sich am stärksten in meine Erinnerung eingebrannt hat, ist das Taschentuch, das jemand auf einer der Bänke zurückgelassen hatte. Es war ein einfaches weißes Papiertaschentuch, benutzt und leicht zusammengedrückt, als hätte eine heiße Hand es kraftlos umschlossen. Wie eine einsame weiße Blüte lag es da, getränkt von der Trauer des Menschen, der hier gesessen hatte.

Man sagt, dass Tränen das Herz reinigen, und ich hätte viel darum gegeben, es auszuprobieren. Aber meine Wangen waren trocken, und mein Herz drückte schwer in meiner Brust, vor allem, wenn ich an das Mädchen im Brunnen dachte, das mich in den letzten Tagen regelrecht verfolgte.

Ich saß in der hintersten Bank auf der rechten Seite und die Dämmerung war dabei, sich in Dunkelheit zu verwandeln, als ich die Nachricht in Lucas Handy eintippte und nach einem langen Atemzug auf Senden drückte.

Alles gut. Luca hat mich abgeholt, ich kann bei seinem Freund wohnen. Ich melde mich, sobald ich ein neues Handy habe. Danke für alles. Ich liebe euch.

Ich hatte Danilo und Trixie nicht ausreden können, in der Nähe zu warten. Sie hatten darauf bestanden, in einem der Nachbarorte zu bleiben, bis sie meine Nachricht erhielten, dass Luca gekommen war und mich mitgenommen hatte. Mittlerweile zweifelte ich daran, dass er sich heute noch hier blicken lassen würde, aber ich hatte das Wissen, dass die beiden mit mir zusammen warteten, nicht länger ausgehalten.

Der Akku von Lucas Handy war noch ein Viertel voll, und falls er den Geist aufgeben würde, konnte ich nach Viagello laufen und von dort aus einer Telefonzelle anrufen.

Meine gepackten Sachen standen neben mir. Mein Schlafsack, die Isomatte und ein Rucksack mit den nötigsten Klamotten, Pass, Kreditkarte, hundertdreißig Euro Bargeld, einem extra Asthmaspray, einer Flasche Wasser und einem Baguette mit Salsiccia und Tomaten, das Trixie mir geschmiert, das ich bis jetzt aber noch nicht angerührt hatte. Im Arm hielt ich Hannibal, und mit dem Finger rieb ich über den glatten Mondschein auf dem silbernen Halbmondanhänger, der um seinen Hals geknotet war.

Wild nights should be our luxury.

Die Zeile, die in winzigen Buchstaben auf den Rand der Rückseite eingraviert war, las ich wieder und wieder. Aber wilde Nächte hatten wir auf dieser Reise nicht erlebt, zumindest nicht in der Art, die wir uns zusammenfantasiert hatten, als wir in den Monaten zuvor über unser großes Abenteuer gesprochen hatten, und ich zweifelte daran, dass Danilo und Trixie viele davon haben würden. Ich wünschte es ihnen, auch um meinetwillen.

In den monotonen Stunden des Wartens zog immer wieder unser Abschied durch meinen Kopf wie ein Film, den ich nicht abstellen konnte, obwohl ich es wollte.

Es waren nicht viele Worte gefallen, das Wesentliche war das gewesen, was zwischen den Zeilen lag. Das, was wir nicht aussprachen.

Unser Traum, den wir einen guten Teil unseres gemeinsamen Lebens geträumt hatten, war geplatzt – aber das wäre auch der Fall gewesen, wenn ich Viagello mit ihnen zusammen verlassen hätte. Und zusammen hierbleiben, das wäre unmöglich gewesen. Nicht nur, weil Luca es gesagt hatte. Sondern, weil Trixie und Danilo zu einem Leben gehörten, das von der Lüge, vom Schweigen und Verdecken beherrscht worden war. Und weil ich fühlte, dass die beiden mir im Weg waren. Ich musste das hier alleine machen, auch wenn ich Angst hatte, viel, viel größere Angst, als ich Danilo und Trixie gegenüber hatte zugeben wollen.

Wenn ihr wirklich etwas für mich tun wollt, dann fahrt.

Auf diesen Satz war es im Wesentlichen hinausgelaufen, als ich die beiden gebeten hatte, mich an der Friedhofskapelle abzusetzen.

Ich schnitt mich innerlich an der gläsernen Schärfe dieser Entscheidung, aber diesmal war es Trixie gewesen, die Danilos Einwände abgeblockt und eingesehen hatte, dass ich mich auf keine weitere Diskussion einlassen würde. Ich hatte genug Geld auf der Kreditkarte, um mich zur Not in irgendeinen Zug zu setzen und ihnen nachzureisen, sie würden mich von jedem Bahnhof aus abholen und die nächsten Tage nun doch in Rom verbringen, damit sie schnell genug wieder hier wären, falls ich sie brauchen sollte. Trixie hatte mit Françoise telefoniert und ihre Ankunft für später angekündigt. Was mich betraf, würden sie sagen, ich hätte alte Freunde in Italien getroffen und beschlossen, noch eine Weile bei ihnen zu bleiben.

»Im Grunde stimmt das ja sogar – auch wenn sie sich nicht gerade freundschaftlich verhalten«, hatte Trixie gesagt. Ihre Stimme hatte leise geklungen, und in jedem Wort spürte ich ihre tiefe Enttäuschung. Aber sie war ruhig geblieben und irgendwie auch ein bisschen erwachsen. Als wäre etwas in ihr, etwas in uns allen, in diesem Moment für immer gestorben.

Und war eine Kirche nicht der richtige Ort, um den Tod zu betrauern?

Als sich die Tür in der Kapelle öffnete, war es so dunkel, dass ich die Hand nicht mehr vor Augen sehen konnte. Ich drehte mich nicht um, sondern lauschte nur auf die Schritte, die langsam an mir vorbeigingen. Dann leuchtete eine kleine Taschenlampe auf. Ich sah Lucas Rücken, seinen tänzelnden Gang. Ich hörte das leise Quietschen der Kommodentür, die sich öffnete, beobachtete, wie er in die Knie ging, vernahm ein leises Scharren, spürte, wie er innehielt.

»Dein Handy ist hier«, sagte ich.

Das Licht der Taschenlampe schwirrte nach oben wie ein verschrecktes Glühwürmchen, glitt suchend durchs Dunkel und traf mich.

Ich blinzelte im hellen Licht, und fast hatte ich das Gefühl, es würde mich streicheln. Dann bewegte sich der Lichtstrahl nach unten, und im Schein der erleuchteten Bahn kam Luca auf mich zu. Er roch nach Erde und Schweiß und nach diesem warmen leicht sandelholzartigen Eigenduft seiner Haut.

»Scheiße, hast du mich erschreckt«, flüsterte er. Aber in seinem Tonfall lag eine ungeheure Erleichterung.

»Wo sind die anderen?«, fragte er.

Als ich schwieg, glitt der Schein seiner Taschenlampe über meinen Rucksack, den Schlafsack und Hannibal in meinem Arm.

»Jetzt gibt es nur noch uns beide«, sagte ich und machte eine winkende Bewegung mit Hannibals Vorderpfote. Erst durch Lucas Lächeln wurde mir die Zweideutigkeit meiner Aussage bewusst.

»Ich bin froh, dass du geblieben bist«, sagte er.

Ich fühlte, dass in seiner Reaktion auch eine Frage lag und dass er auf meine Antwort wartete, auf den Grund meiner Umstimmung.

»Das Kloster.« Ich drückte Hannibal an meinen Bauch. »San Giordano. Hast du nicht gesagt, du würdest da manchmal hinfahren, wenn keine Leute dort sind? Frühmorgens oder nachts?«

Luca sah mich verwirrt an. »Warum fragst du das?«

Ich erzählte ihm, was wir erlebt hatten. Er hielt die Taschenlampe jetzt im Schoß, sodass ich sein Gesicht nicht sehen konnte. Es lag im Schatten, und ich erkannte nur die weichen Umrisse seiner Locken, die ihm in den Nacken fielen.

»Ich verbinde nichts mit diesem Lied, wenn du das meinst«, sagte er. »Und wenn du glaubst, ich hätte da gespielt, liegst du falsch. Ich bin im Flötespielen ungefähr so gut wie du auf dem Seil.«

»Wer war es dann?«

»Ich weiß es nicht, Vita.« Seine Stimme klang fest, aber etwas in mir glaubte ihm nicht.

»Können wir noch mal hin?«

»Warum?«

»Weil ...« Ich stöhnte auf. »Keine Ahnung, Luca. Aber ich will das Kloster von innen sehen.«

Ich starrte auf den kreisrunden Lichtkegel, den die Taschenlampe auf den Boden warf.

Der Mond. Der volle Mond.

Meine Finger schlossen sich um den silbernen Anhänger, und in mir stieg eine kalte Angst auf.

»Also. Fährst du mich hin?«

»Wann – jetzt?«

»Ja.«

»Nein!«

Die Antwort kam schnell und scharf über seine Lippen.

»Dazu müsste ich erst den Schlüssel holen«, fügte er ruhiger hinzu. »Wenn du willst, kann ich es morgen versuchen, aber heute ist es zu spät. Es ist schon fast zehn.«

»Wer hat den Schlüssel?«, fragte ich.

»Verschiedene Leute.« Luca klang abwehrend.

Aber ich insistierte. »Und von wem bekommst du ihn?«

»Ich hol ihn mir immer von Noemi. Ihr Vater ist der Bürgermeister von Viagello.« Luca seufzte. »Reicht das?«

»Nein.«

Luca richtete wieder die Taschenlampe nach oben, das Licht streifte das Jesusbild an der Wand. Im Dunkeln sah es aus wie das Poster für einen billigen Splatterfilm.

»Hey«, sagte er. »Lass uns fahren. Du siehst total fertig aus, und ehrlich gesagt, mir geht das Ganze auch ganz schön an die Nieren. Ich hab kaum geschlafen in der letzten Nacht. Ich brauch eine Pause – und eine Dusche.«

»Okay.« Irgendwie war ich auch erleichtert. Nur die Frage, wo ich schlafen sollte, stresste mich total. »Ich habe Geld dabei«, murmelte ich. »Kennst du eine günstige Übernachtungsgelegenheit in der Nähe?«

»Du kommst mit zu mir.« Luca stupste mir mit dem Ellenbogen in die Seite, es fühlte sich an wie der Versuch einer kumpelhaften Geste. »Als du klein warst, hast du oft bei mir übernachtet, man kann also sagen, wir haben Übung darin.« Er grinste breit. »Einmal hast du sogar in mein Bett gepinkelt, das solltest du allerdings jetzt lieber lassen.«

Ich merkte, dass hinter seinem scherzhaften Ton eine enorme Anspannung lag, und mir ging es mindestens genauso – nicht nur seinetwegen.

»Was ist mit deinen Eltern?«, fragte ich skeptisch.

»Keine Sorge. Sie sind heute Abend bei Freunden in Siena, die werden erst nach Mitternacht zurückkommen, und das Grundstück gehört schließlich mir. Sie können mir keine Vorschriften machen, wen ich dort empfange.«

Als wir aus der Kapelle traten, leuchteten die roten Grablichter auf den Gräbern. In der nachtschwarzen Dunkelheit sahen sie aus wie die Augen von Außerirdischen. »Was denkst du, wo sie sind?«, fragte ich leise. »Die Toten. Glaubst du, sie können uns sehen?«

»Ich weiß, dass viele Menschen sich das wünschen«, sagte Luca. »Aber ich finde die Vorstellung ehrlich gesagt ziemlich gruselig. Nicht für die Lebenden, sondern für die, die tot sind. Was soll das bringen, die zu sehen, die ihnen nachtrauern? Wenn ich mir was wünschen dürfte, dann genau das bitte nicht.«

»Und was dann?«

Luca überlegte einen Moment. »Nicht mehr zu sein, glaube

ich. Oder zumindest frei zu sein von alldem.« Er machte eine vage Bewegung mit seinen Armen, die alles umfassen konnte, den Friedhof, den Ort, das Land, die Welt. »Selbstmord, das wär nichts für mich, und ich hab auch keine Sehnsucht zu sterben oder so. Aber wenn es so weit ist – dann doch bitte etwas anderes als diese Show hier. Die ist mir einfach zu begrenzt.«

Luca griff nach meinem Rucksack, der schwer an meiner Hand hing, obwohl ich kaum etwas hineingepackt hatte. »Und jetzt lass uns gehen.«

Auf der kurzen Rückfahrt schwiegen wir, aber es war ein anderes Schweigen als das von gestern, auch wenn ich die Anspannung fast noch stärker empfand. Diesmal ging kein Zorn von Luca aus, ich spürte kein Misstrauen, keine Feindseligkeit sondern eine fragile Energie, die wieder das Bild von dem Seil in mir hervorrief. Gestern am Ufer war es mir vorgekommen, als hätte Luca nur einen ersten Schritt gewagt. Aber diesmal fühlte ich, wie er innerlich näher kam, näher zu mir und all meinen Fragen. Und damit: weg von seiner Familie und dem Schweigen. Aber die Angst, die dabei von ihm ausging, die ich selbst ja auch empfand, erfüllte den ganzen Wagen, sie war so greifbar, dass ich kaum zu atmen wagte.

Wir passierten die Wasserzapfstelle und die uralte Eiche, dann bog Luca in die Einfahrt ein und hielt vor dem Landbriefkasten an. Im Licht der Scheinwerfer leuchtete er in einem tiefen dunklen Rot.

»Es war ein Eulenbaby«, sagte Luca leise. »Es ist damals aus dem Nest gefallen. Es sah aus wie ein zerzauster Wattebausch. Du hast es gefunden, und dann hast du es den ganzen Tag mit dir herumgeschleppt und gebrüllt wie am Spieß, als meine Mutter es begraben wollte. Du hast gesagt, es dürfte nicht in die

Erde, es müsste doch in den Himmel. Und dann ist Bruno auf die Idee mit dem Briefkasten gekommen. Er …« Luca brach ab und ich vergrub mein Gesicht in den Händen. Ich wusste es wieder, ich wusste es ganz genau, auch wenn ich das Gesicht seines Bruders nicht mehr vor Augen hatte, sondern nur eine schemenhafte Erinnerung an sein Wesen und eine vage Ahnung, dass ich ihn lieb gehabt hatte. »Er hat gesagt, wir legen es einfach da rein«, wisperte ich. »Mit einem Brief für die Engel. Dann könnten sie kommen und es abholen. Und am nächsten Morgen …«

»… war das Eulenbaby weg. Mein Bruder hatte schon immer einen Hang zur Romantik.« Luca drückte meine Hand, aber noch immer wirkte seine Nähe verhalten und auch mein Vertrauen hing an einem dünnen Faden.

Er lenkte den Wagen auf sein Grundstück.

Vor drei Tagen, dachte ich. Vor drei Tagen waren wir zum ersten Mal hier gewesen. Es war eine sternenferne Vergangenheit, und als ich den leeren Platz sah, auf dem unser Bulli gestanden hatte, erschien es mir wie ein Traum.

Wir aßen Spaghetti mit einem scharfen Pesto, die Luca auf seiner Kochplatte in der Pfanne aufwärmte. Dazu tranken wir Wasser mit Zitrone und frischer Minze. Ich bemühte mich, die Bücher im Regal nicht zu beachten, vor allem nicht die mit dem schwarzen Kreuz auf dem Rücken. Aber wie die Geschichten von Emilia Galotti und Goethes Werther ausgingen, schoss mir plötzlich wieder in den Kopf: Emilia flehte ihren Vater an, sie zu töten, aus Angst, ihrer Familie durch die Verführung eines Prinzen Schande zu bereiten, während Werther sich aus verzweifelter, unerwiderter Liebe das Leben nahm. In den *Brüdern Löwenherz,* die ich als Verfilmung gesehen und geliebt hatte, folgte der kleine dem großen Bruder durch einen Sprung aus dem Fenster ins Jenseits, und mit Selbstmord endete auch die Tragödie von Romeo und Julia.

Deine Schwester hatte immer ein Buch in der Hand. Einige habe ich sogar in meinem Wohnwagen …

Ich wollte Luca nicht darauf ansprechen, ich wollte gar nicht sprechen, ich wollte einfach nur sicher sein, dass meine Entscheidung zu bleiben richtig gewesen war – und dazu brauchte ich Luca.

Seine Erleichterung, mich in der Kapelle zu sehen, war echt gewesen. Er hatte mich in seinem Auto mit hierhergenommen, er hatte mir von dem Eulenbaby erzählt, mir die Sicherheit gegeben, dass meine Wahrnehmung stimmte – ohne dass ich die Frage laut ausgesprochen hatte, und er hatte mir die Tür zu seinem Zuhause geöffnet, aber innerlich war er noch immer auf Abstand, das spürte ich, und ich wusste, dass ich nichts beschleunigen, ihn nicht drängen oder zerren durfte, obwohl sich alles in mir wünschte, diesen Abstand zu verringern, auch in mir selbst.

Luca hatte seinen iPod an die kleinen Boxen über dem Tisch angeschlossen, es lief die Art von Musik, die ich selbst am liebsten hörte – meistens wenn ich allein auf meinem Zimmer war und nähte oder auf dem Bett vor mich hin träumte. *Into Dust* von Mazzy Star, *Can't Find My Way Home* von Blind Faith, *I Wonder* von Rodriguez und *Fragile* von Sting.

Wir aßen schweigend, während an den Wänden die Licht- und Schattenmuster der Lampe tanzten und der Bauwagen erfüllt war von den leisen Gitarrenklängen.

Ich ging als Erste duschen, draußen im Dunklen. Der Himmel war wieder klar und ich sog alles in mich hinein, die Sterne über meinem Kopf, um mich herum die schwirrenden Lichter der Glühwürmchen und die tiefschwarzen Berge im Hintergrund. Als ich wiederkam, hatte Luca das Bett gemacht. Mein Schlafsack lag ausgerollt auf der Seite an der Wand. Ich musste lachen, als ich aus dem dunkelblauen Oberteil Hannibals Kopf herauslugen sah. Luca drehte seinen Kopf zu mir – und plötzlich war es da. Er war da. Auf der anderen Seite. Bei mir. Und ich war bei ihm. Es war etwas Neues und gleichzeitig etwas so Altes, das uns beide plötzlich umgab – und das wir niemals mit dem Verstand hätten herbeireden können. Mein Déjà-vu am Fluss, das Floß, auf dem der kleine Junge gestanden hatte, mit dem Lächeln des Kriegshelden, es *war* Luca gewesen – und die Stimme in meinem Kopf, der helle Ruf, darin erkannte ich jetzt mich selbst.

Wir kamen nicht mal auf den Gedanken, meine Isomatte, die ich vor meinen Rucksack geschnallt hatte, auf dem Boden auszubreiten.

»Ich hoffe, dein Hannibal schnarcht nicht«, sagte Luca. Dann streifte er sich das T-Shirt ab, zog die Jeans aus und ging in seiner Boxershorts nach draußen.

Ganz still lag ich da und lauschte dem rauschenden Wasser der Dusche und dem Gesang der Zikaden, der jetzt, obwohl es dieselben rasselnden Töne waren, etwas Hymnisches hatte.

Als Luca zurückkam, trafen sich unsere Blicke – und noch einmal veränderte sich etwas im Raum. Diesmal war es wirklich etwas Neues. Zu dem Vertrauten mischte sich etwas Fremdes, und dennoch war ich mir nie zuvor meiner Präsenz so bewusst gewesen wie in diesen Sekunden, in denen ich in Lucas Bett lag und ihn dort, nur wenige Meter von mir entfernt, an der Tür stehen sah, den Kopf mit den nassen Haaren leicht geneigt, die honigfarbenen Augen schimmernd, in seinem sanften Lächeln etwas Ungezähmtes, das zurückzuhalten, ihn Kraft zu kosten schien. Er knipste das Licht aus, öffnete das Fenster und kam lautlos näher. Ich fühlte, wie er ins Bett schlüpfte, das Laken über seinen nackten Oberkörper zog und sich zu mir drehte.

In den kühlen Geruch seiner frisch gewaschenen Haut mischte sich die Wärme seines Atems, der plötzlich stockte und dann sehr unregelmäßig weiterging, fast so, als hätte sich Luca vor irgendwas erschreckt. Es war ein stolperndes Einatmen und ein mühsam kontrolliertes Ausatmen, das meine Wange, meinen Unterarm streifte und die feinen Härchen darauf elektrisierte. Seine Nähe ging mir tief unter die Haut, und obwohl es dunkel war, wusste ich, dass wir einander ansahen. Wir sprachen nicht, aber ich fühlte, dass wir wach waren, wach mit jeder Faser unseres Körpers.

Ich lag in meinem Schlafsack wie in einem Kokon, aus dem ich begierig herausschlüpfen wollte. Ich wusste nicht, wogegen ich jetzt noch ankämpfte und was Luca zurückhielt, an dem Reißverschluss zu ziehen, damit ich mich herausschälen und an ihn schmiegen konnte, denn danach sehnte ich mich in diesem Moment mehr als nach allem anderen. Ich kannte diesen Jungen, der mir so fremd und so vertraut war, mein ganzes Leben. Ich hatte als Kind bei ihm übernachtet. Aber jetzt waren wir keine Kinder mehr, und auch wenn ich selbst keine Erinnerungen an frühere Nächte hatte, konnte ich mir nicht vorstellen, dass ich damals – jemals – eine auch nur annähernd ähnliche Aufregung verspürt hatte wie in diesem Moment.

Ich weiß nicht, wie lange wir so dalagen, aber irgendwann hörte ich an Lucas Atem, dass er schlief, und hinter dem Fenster des Bauwagens erschien der Mond. Er war jetzt fast voll, und für den Bruchteil einer Sekunde glaubte ich, ein blasses Gesicht am Fenster zu sehen.

Ich fuhr erschrocken zusammen, doch als ich noch einmal hinsah, war es weg. Das Mondlicht fiel auf Lucas Gesicht. Ich sah das leichte Flattern seiner geschlossenen Lider und seine dunklen, geschwungenen Wimpern. Sacht, ganz sacht, streckte ich meinen Finger aus und hielt ihn so dicht an seine Wange, dass ich die Wärme spürte, die seine Haut ausstrahlte. Aber ich traute mich nicht, ihn zu berühren. Langsam drehte ich mich auf die andere Seite, und im selben Moment schlang Luca mit einem tiefen Seufzen, als wollte er verhindern, dass ich aus seinem Traum entschwand, seinen Arm um mich und zog mich in meinem Schlafsack zu sich heran.

Ich hatte schon mit mehreren Jungen geschlafen und meistens Spaß dabei gehabt, aber danach hatte ich es immer eilig gehabt, in mein eigenes Bett zu kommen – allein. In dieser Hinsicht, sagte Trixie oft, wäre ich schlimmer als jeder Kerl. Aber diesmal wollte ich nirgendwo anders sein als hier, in Lucas Arm. Ich fühlte, wie der Schlaf mich holte, es war ein sanftes, weiches Fallen, von dem ich das Landen nicht mehr spürte.

SIEBZEHN

Als ich die Augen aufschlug, fiel helles Sonnenlicht durch die Fenster des Bauwagens. Seltsamerweise wusste ich sofort, wo ich war, und es fühlte sich so richtig an wie nichts anderes in diesen letzten Tagen. In meinem Rücken war die warme, lebendige Präsenz von Luca. Sein Arm, mit dem er mich die ganze Nacht lang festgehalten hatte, lag noch immer um meine Taille. Seine Finger ruhten auf dem Anhänger an Hannibals Hals. All die Fragen, die mir gestern durch den Kopf gekreist, auf die Brust gedrückt hatten, waren ins Dunkel der Nacht geglitten und Lucas Anwesenheit hatte verhindert, dass sie beim Aufwachen zu mir zurückkamen – zumindest für diesen kurzen Moment. Ich fühlte, dass ich mit einem Lächeln wach geworden war, aber der Zustand hielt nicht so lange an, wie ich es gern gehabt hätte. Ich hätte alles dafür gegeben, hier länger zu liegen, mich länger in diesem Gefühl zu erholen, und ich spürte, Luca ging es genauso. Aber jetzt bekam der Kokon wieder Risse. Alles, was über Nacht außen vor geblieben war, drang wieder herein, all die Fragen, und wir fühlten es beide.

»Wirst du mir helfen, es zu verstehen?«, fragte ich, während wir einander in die Augen sahen.

Luca nickte. »Und ich weiß auch schon, wo wir beginnen.«

Durch den gestrigen Regen hatte sich die Luft abgekühlt, sie war klar und frisch, auch das Blau des Himmels hatte eine andere

Leuchtkraft, alles erschien wirklicher, als hätte sich ein Schleier aufgelöst.

Als wir das Grundstück verließen, kam Lucas Vater gerade auf den Briefkasten zu. Er versteinerte, als er uns sah, die Hand erhoben, starrte er uns mit einem wilden, fassungslosen Ausdruck im Gesicht durch die Frontscheibe des Fiats an, erst Luca, dann mich. Sein Blick brannte auf meiner Haut und ich hörte, wie Luca scharf die Luft einatmete. Er beschleunigte und fuhr weiter, im Rückspiegel sah ich, wie Lucas Vater noch immer dort stand, als hätte unser Anblick ihn in eine Statue verwandelt.

Luca schwieg, aber was in ihm vorging, brauchte keine Worte. Seine Entscheidung stand fest. Etwas in ihm hatte sich auf den Weg gemacht, auch innerlich, und sein Vater musste es begriffen haben, selbst in diesem kurzen Augenblick. Doch Luca rang mit den Konsequenzen, das spürte ich und ließ ihm seine Ruhe.

Am Ortsausgang von Viagello lenkte er den Wagen südwärts. Die Straße wand sich durch Olivenhaine und Felder, auf denen zusammengerollte Heuballen ihren Duft verströmten und immer wieder vorbei an Heerscharen von Sonnenblumen. *Girasole* nannte man sie auf Italienisch und zum ersten Mal fiel mir auf, wie treffend dieser Name war. Irgendwo hatte ich mal gelesen, dass sich diese Blumen tatsächlich mit der Sonne drehten, indem ihre Knospen sie an sonnigen Tagen von Ost nach West verfolgten und sich nachts oder in der Morgendämmerung zurück nach Osten wandten.

»Kennst du Ovid?«, fragte Luca, der meine Blicke bemerkt zu haben schien.

»Den Dichter?«

Luca nickte. »Er hat den Sonnenblumen eine traurige Liebesgeschichte zugeschrieben. Darin hat sich die Wassernymphe Clytia in Apollon, den Sonnengott, verliebt. Aber der hat sie nicht gewollt und Clytia hat sich in ihrer unerfüllten Sehnsucht nackt auf einen Felsen verzogen. Neun Tage und neun Nächte hat sie zugesehen, wie ihr angebeteter Sonnengott seinen Wagen über den Himmel lenkte. Erst dann ist ihr Herzschmerz zu gelben und braunen Farben geworden und Clytia hat sich in eine Sonnenblume verwandelt, die ihre Blüte nachts nach Apollons Sonnenwagen dreht.«

Ich verzog das Gesicht. »Ganz schön erbärmlich«, entfuhr es mir. »Ich würde mir eher die Kugel geben, als mein ganzes Dasein nach einem Typen zu richten, der mich nicht haben will.«

Luca sah mich mit hochgezogenen Augenbrauen von der Seite an, und als mir bewusst wurde, was ich da gerade gesagt hatte, biss ich mir erschrocken auf die Lippen. Unfassbar, wie gedankenlos man solche Sätze aussprach – aber noch unglaublicher fand ich die Vorstellung, dass jemand Ernst daraus machte. Nein. Nicht jemand. Meine Schwester. Die offensichtlich zurückgeliebt worden war – und trotzdem hatte es nicht zum Leben gereicht. Warum? Und wie? Und wo?

Wieder schraubten sich die quälenden Fragen in meine Eingeweide.

Hinter einem Stück geraden Wegs ging es aufwärts und die Kurven begannen, es waren unzählige, scharf und uneinsehbar, immer wieder kam uns ein anderes Auto entgegen, aber das war nicht der Grund, warum meine Hände sich ineinanderkrampften.

Unser Ziel war das Weingut des Winzers Arturo Verdane, von dem Luca mir an der geheimen Badestelle erzählt hatte. Bruno und Luca arbeiteten gelegentlich für ihn, aber viel wichtiger war, dass er derjenige gewesen war, der damals meine Schwester und Lucas Cousin gefunden hatte.

Beim Frühstück hatte Luca mir mehr von Arturo erzählt, dass er sehr reich war und im Dorf ein hohes Ansehen genoss.

»Arturo ist in Ordnung«, hatte Luca gesagt. »Ich kenne ihn schon von klein auf, und während der Weinlese arbeiten wir alle hier für ihn, Gianni, Asia, viele in unserem Alter. Er weicht nicht aus, wenn man ihm eine direkte Frage stellt, er nimmt uns ernst, im Gegensatz zu den anderen Erwachsenen. Er kann gut zuhören, verstehst du? Und ich glaube, dass er der Richtige ist, wenn wir mit jemandem über diese Nacht sprechen wollen, zumindest eher als meine Eltern.«

Ich hoffte, dass Luca recht hatte.

Die Achterbahn durch die Hügel schien kein Ende zu nehmen, auf einigen wuchs der Weizen, ein sattes, trockenes Gelb, auf anderen reihte sich in strengen Linien der Wein aneinander, auf wieder anderen standen Wälder, dunkel und stumm. Luca lenkte den Fiat in eine lange Zypressenallee, die sich schlangenförmig den Berg hinaufwand, bis ich den schmalen Turm erkannte. Einsam ragte er auf seinem Hügel zwischen den Zypressen empor, und als wir näher kamen, fielen mir die Fenster auf. Sie sahen aus wie zwei zu Schlitzen geformte Augen.

Luca hatte uns nicht angekündigt, wir waren einfach losgefahren. Hatte Arturo mich wohl als Kind gekannt?

Und wenn ja, wie würde er mich begrüßen, nachdem er erfahren hatte, wer ich war?

Einige Kurven später führte die Allee auf ein großes, schmiedeeisernes Tor zu, das zu beiden Seiten offen stand. *Vino Verdane* war in verschnörkelter Schrift in ein altes Emailleschild eingraviert und hinter dem Tor öffnete sich ein parkähnliches Gelände.

In seiner Mitte war ein Brunnen mit einer kleinen steinernen

Statue, es war ein Junge, mit gesenktem Kopf, der einen Ball zwischen seinen Händen hielt und mit verklärten Augen in das trübe Wasser unter ihm sah. Ich hörte Frösche quaken, laut und schrill, als wollten sie uns ankündigen, und plötzlich fühlte ich die Anspannung in meinem ganzen Körper wie einen schmerzhaften Muskelkater. Luca parkte vor einer zweistöckigen, weinrot gestrichenen Villa, auf deren rechter Seite sich runde Arkaden zu einer großzügigen Terrasse wölbten. Alles sah ungeheuer gepflegt und tatsächlich nach viel Geld aus.

Es gab zwei Eingänge, einen eintürigen, einfachen auf der linken Seite, der vermutlich als Dienstboteneingang galt, und einen vorderen mit breiten Flügeltüren und einem Türklopfer aus poliertem Messing. Es war ein Kopf, gekrönt von gezackten Sonnenstrahlen und er funkelte im hellen Tageslicht wie Gold. Luca griff nach dem Ring und das Echo des Türschlags hallte tief im Inneren der Villa wieder. Aber niemand öffnete und Luca wandte sich in die Richtung des Turms, der schräg hinter der Villa hervorragte. Es war ein alter Wehrturm, wie ich jetzt erkannte, und seine Konturen zeichneten sich scharf gegen den Himmel ab.

Ein Gärtner mit tätowierten Armen wässerte gerade die Beete, grüßte uns mit einem herzlichen *Buongiorno Luca* und wies auf Lucas Frage nach Arturo mit dem Kopf zu den mit Wein bepflanzten Hügeln, die sich oberhalb des Grundstücks erstreckten.

»Wer lebt hier eigentlich noch?«, fragte ich, überwältigt von der Weitläufigkeit dieses Geländes.

»Nur Arturo«, sagte Luca. »Er hat keine Familie, zumindest keine Frau oder Kinder, dafür einen ziemlichen Verschleiß an jungen Geliebten.« Er lachte. »Alice lästert immer, dass seine

Monatsquote an hübschen Mädels bei anderen Italienern für ein ganzes Leben reicht.«

Ein sandiger Weg führte bergauf, wir passierten eine große Zisterne, zu deren linker Seite Schafe weideten. Einige von ihnen waren geschoren, was sie ziemlich hager aussehen ließ, und eins der Tiere lag abseits auf der Erde, das rechte Vorderbein angewinkelt. Wie tot starrte es an uns vorbei in den Himmel. Die silbrigen Blätter der Olivenbäume bewegten sich flirrend im Sonnenlicht.

Und dann sah ich ihn.

Er lehnte an einem der Bäume und ich war mir sicher, dass er uns bereits seit unserer Ankunft beobachtete. Es war Bruno, Lucas Bruder.

Schmal und stumm, als wäre er mit dem Baum verwachsen, sah er zu uns herüber, seine Hände hingen schlaff herab, in der linken hielt er einen langen Strick. Vielleicht hatte er ihn für die Schafe verwendet. Ich entdeckte Scherwerkzeug und einen Jutesack zu seinen Füßen. Wir waren gut zwanzig Meter voneinander entfernt und dennoch spürte ich seine Energie so deutlich, als ob er direkt neben mir stünde.

Auch Luca war abrupt stehen geblieben, den Blick zu seinem Bruder gewandt. Es war deutlich, dass er zögerte und seine Strategie neu überdachte. Er hatte offensichtlich nicht damit gerechnet, heute seinen Bruder hier anzutreffen. Aber als Luca einen Schritt auf ihn zumachte, hob Bruno die Hand mit dem Strick. Mit der rechten Hand griff er nach dem anderen Ende und machte eine Schlaufe, die er langsam und bedächtig zu einem Knoten zusammenzog. So verharrte er, die Arme ausgestreckt, den Knoten im Strick direkt unterhalb seiner Kehle. Es war eine zutiefst unheimliche Geste, die mich und Luca gleichermaßen zusammenkrampfen ließ. Es war ein Fehler, dachte ich, ein schrecklicher Fehler hierherzukommen, alles fühlte sich falsch an, ich wollte weglaufen, stand aber wie angewurzelt am Boden hinter Luca, der noch immer zu seinem Bruder sah.

Ebenso langsam wie vorhin ließ Bruno jetzt seine Arme sinken und wandte sich, den zusammengeknoteten Strick noch in der Hand, von uns ab. Lautlos verschwand er hinter den Bäumen, im Nichts. Zurück blieben nur die Schafe, eines von ihnen bähte, ein trockener, hoffnungsloser Ton.

»Scheiße.« Luca fuhr sich mit den Fingerspitzen über die Schläfen. »Ich bin vieles gewöhnt, aber so abgedreht habe ich meinen Bruder noch nie gesehen.«

»Willst du zurück?« Ich hatte die Frage geflüstert, aber ich hörte den drängenden Unterton darin, als wäre sie eigentlich eine Bitte.

Luca schüttelte den Kopf. »Jetzt erst recht nicht.« Er straffte die Schultern und hastete weiter bergauf, durch ein kleines Wäldchen, hinter dem sich ein schmaler Trampelpfad zum Weinberg emporschlängelte.

In treppenförmigen, unterschiedlich langen Terrassen bedeckte er den runden Hügel. Er war kleiner, als ich ihn mir vorgestellt hatte, aber er lag sehr hoch. Vom seinem Absatz aus sah ich Viagello, das Dorf, das sich starr wie eine Festung in die Berge krallte, in den Hügeln dahinter vereinzelt die Dächer der Häuser. Luca zeigte nach links, ich kniff die Augen zusammen und erkannte als winzigen türkisfarbenen Punkt den runden Pool. »Da wohnen wir«, sagte Luca, »und dort ...«, sein Finger wanderte ein Stück nach rechts oben zu der Koppel, »wohnen Alice und Feli mit meinem Bruder.«

Ich schluckte. »Ist Bruno eigentlich oft hier?«, fragte ich.

Luca zuckte mit den Achseln. »Ich habe keine Ahnung, was mein Bruder treibt. Angeblich nichts, außer sein Leben wegwerfen, so hören sich jedenfalls meine Eltern an. Früher war er viel hier, er hat alles Mögliche für Arturo gemacht, nicht nur im Weinberg geholfen, sondern auch beim Renovieren des Hauses. Bruno ist ziemlich begabt, er würde einen hervorragenden Handwerker abgeben. Aber seit er damals ausgezogen ist, haben wir kaum noch etwas miteinander zu tun, und wenn er zu uns zum Essen kommt …« Luca seufzte. »Du hast ihn ja erlebt.«

Ja. Das hatte ich. Und diese beiden kurzen Momente hatten genügend Eindruck auf mich gemacht, um sie mein Leben lang nicht zu vergessen. Ich versuchte, mir vorzustellen, wie Bruno früher gewesen war. Vor dem Tod meiner Schwester. Ich dachte an die Fotos, die ich in Lucas Küche gesehen hatte. Die Vertrautheit zwischen den Brüdern, den Schutz, den Bruno ausgestrahlt hatte. Meine Schwester war tot – aber auf eine Weise hatte auch Luca seinen Bruder verloren und es war nur allzu deutlich, wie sehr er darunter litt.

Die Sonne stand jetzt schräg über uns, die Hitze wurde sengender und die Luft wieder diesiger. Vereinzelte Wolken hingen wie träge im Himmelsblau und dass hoch oben auf dem Gipfel der Terrassen jemand stand und uns entgegenblickte, bemerkte ich erst, als ich hinter Luca den steilen Hügel hinaufkletterte.

Es war ein Italiener mit einem Ziegenbart, von dem ich das Gefühl hatte, ihn schon einmal gesehen zu haben. Er trug Jeans und ein weißes Leinenhemd. Ich schätzte ihn auf Ende fünfzig, aber er hatte den sehnigen Körper eines jungen Mannes. Seine schwarzen Haare waren von feinen silbergrauen Strähnen durchzogen, sein schmales Gesicht war markant, mit einer gebogenen Nase und auffallend eisblauen Augen. Er hatte das, was mein Vater eine Denkerstirn nannte, sie kräuselte sich wie ein Gewässer im Wind, aber die Lachfältchen um seine Augen gaben ihm etwas unverschämt Gutaussehendes, von dem ich mir lebhaft vorstellen konnte, dass es die jüngeren Frauen anzog.

»Ciao Luca«, sagte er und lächelte charmant in meine Richtung, als Luca mich vorstellte.

»Freut mich, Sie kennenzulernen«, sagte ich auf Italienisch und ärgerte mich über das Zittern in meiner Stimme.

Schmunzelnd zog Arturo seinen linken Mundwinkel hoch – und in diesem Moment fiel mir ein, wo ich ihm begegnet war. In der kleinen Bar in Viagello hatte er mit einem Glas Wein an einem der Tische gesessen und mit genau derselben Reaktion von seiner Zeitung aufgeblickt, als ich ihn gegrüßt hatte.

Auch er schien sich an diesen Augenblick zu erinnern und ich überlegte, ob ich ohne Umschweife mit meinen Fragen herausplatzen sollte. Dieser Mann hatte meine tote Schwester gefunden und vielleicht – die Vorstellung jagte wie ein Schock durch meine Glieder – war sie in diesem Moment sogar noch am Leben gewesen, hatte noch etwas gesagt …

»Ich hoffe, wir überfallen dich nicht«, kam Luca mir zuvor. »Aber wir haben ein paar Fragen. Dir ist wahrscheinlich nicht klar, wer Vita ist.« Er griff nach meiner Hand und ich wusste nicht, ob seine Haut brannte oder ob meine fror. »Ihr richtiger Name ist Viktoria und sie ist …«

Arturo nickte. »Du bist Livias kleine Schwester?« Er sah mir offen ins Gesicht. Sein Ausdruck war herzlich und das Mitgefühl in seinen Augen so aufrichtig, dass sich ein Teil in mir entspannte. »Bruno hat mir schon von dir erzählt.« Seufzend drehte er sich zu Luca. »Für deine Eltern und deine Tante muss das ein ziemlicher Schock gewesen sein. Hat alles wieder hochgebracht, ja?«

Luca nickte und wieder traf mich das Mitleid in Arturos Blick.

»Wie wäre es mit einem kleinen Spaziergang?«, fragte er. »Ich wollte gerade meine Runde drehen.«

Der Weinberg unterteilte sich in sechs schmale Terrassen, die vielleicht drei Meter breit und mit zwei Rebzeilen ausgestattet waren. Die Trauben waren kaum größer als Heidelbeeren und hatten in ihrer Winzigkeit etwas Verletzliches.

»Du darfst sie gern anfassen«, ermunterte mich Arturo, der meine Blicke bemerkte. »Ihre volle Schönheit ist jetzt noch nicht da, die kommt erst im Herbst mit der Reife. Aber den typischen Belag kannst du schon sehen.« Sanft zupfte er eine Beere mit den Fingerspitzen ab und legte sie mir in die Hand. »Er schützt sie vor Sonnenbrand. Reib mal daran, dann bringst du die Perle zum Glänzen.«

Behutsam rieb ich mit der Fingerspitze über die warme Oberfläche der Traube. Der Belag fühlte sich klebrig an und tatsächlich hinterließ meine reibende Bewegung ein sanftes Schimmern.

Ein zärtliches Lächeln umspielte Arturos Lippen. »Diese Pflanzen sind wie Lebewesen und als Winzer hat man die Aufgabe, sie zu erziehen.«

Ich war irritiert von seiner Wortwahl, aber Arturo zeigte auf einen der hüfthoch geschnittenen Zweige. »Es geht darum, die Kraft in den Beeren zu konzentrieren, anstatt sie zu zerstreuen. Ich investiere meine Erfahrung in jeden dieser Zweige, ich versuche, ihr Potenzial zu erkennen und sie mit dem Beschneiden so zu unterstützen, dass aus ihnen etwas wird. Natürlich spielt auch die Natur dabei eine Rolle. Gegen Hagel oder Sturm kann ich nichts ausrichten, aber ich kann diesen Pflanzen meine Aufmerksamkeit und meine Liebe geben – und eine richtige Portion Strenge. Genau wie bei Kindern. Wer sie schlecht behandelt oder sie sich selbst überlässt, macht das Wesentliche in ihnen kaputt.«

Ich schluckte und fragte mich, ob er noch von seinen Reben redete oder von etwas ganz anderem. Plötzlich verstand ich, was Luca gemeint hatte, als er sagte, bei Arturo wären wir richtig.

Luca hatte offenbar den gleichen Gedanken wie ich. »Wir sind hier wegen Livia und Nando«, sagte er und seine Stimme klang heiser. »Ich habe Vita erzählt, dass du die beiden damals gefunden hast. Sie erinnert sich an nichts, was damals passiert ist, Arturo. Und ich habe ja eigentlich auch keine richtigen Antworten bekommen, außer ...« Zögernd blickte Luca über meine Schulter, und als ich mich umdrehte, blieb mir für einen Moment die Luft weg. Wir standen jetzt auf dem Gipfel des Weinbergs und konnten von hier oben zur anderen Seite sehen. Tief unter uns lag das Kloster San Giordano. Dass ihm das Dach fehlte, war jetzt genau zu erkennen, ich konnte mitten hineinblicken in die alten Gemäuer und sah auf der Kopfseite eine schmale, balkonartige Brüstung, deren Anblick meine Lungen schmerzhaft zusammenkrampfen ließ.

»Es ist im Kloster passiert«, hörte ich mich sagen. »Meine Schwester und Nando sind in San Giordano gestorben.«

Ich sah erst zu Arturo, dessen Gesicht ohne Ausdruck blieb, und dann zu Luca, der den Kopf einzog und meinem Blick nur mühsam standhalten konnte. Er hatte es gewusst, natürlich. Er brauchte nicht einmal zu nicken.

»Wie?« Meine Stimme war jetzt ganz fest – und ich hielt meinen Blick noch immer auf Lucas Gesicht geheftet. »Wie haben sie es gemacht? Wie sind sie gestorben?«

»Sie sind gesprungen.« Die Antwort war von Arturo gekommen. Luca atmete ein. Lang und tief.

»Es war Nacht«, sagte Arturo. »Ich war auf der Heimfahrt vom Dorf und im Grunde war es reiner Zufall, dass ich noch mal am Kloster vorbeigefahren bin. Der Mond war voll und hing so hell über der Ruine, dass ich noch einen Abstecher machen wollte. Ich habe nichts gehört, keine Schreie, keine Stimmen, niemand außer den beiden war da. Sie lagen dort unten, fast wie auf einer Bühne. Seite an Seite, die Gesichter einander zugewandt, und erst dachte ich, sie wären dort eingeschlafen.« Arturo räusperte sich. »Und so war es irgendwie auch. Sie sahen so friedlich aus, selbst wenn das abgedroschen klingt. Ich habe mich immer geweigert zu glauben, dass sie gelitten haben, und die Obduktion gab mir recht: Sie müssen sofort tot gewesen sein.« Sein warmer Blick traf mich. »Wenn dir das in irgendeiner Form ein Trost sein sollte.«

Hinter meiner Stirn kribbelte es, süß und schwer, und plötzlich war der Impuls wieder da, meinen Daumen in den Mund zu stecken. Durch das Loch in der Klostermauer hatte ich nicht nach oben schauen können, aber irgendetwas in mir hatte es gefühlt. Meine Panik, wenn etwas von oben herabfiel. Mein Asthma. Instinktiv tasteten meine Hände nach dem Spray in der Tasche.

»Wo waren die anderen?«, flüsterte ich. »Wo … war ich in dieser Nacht?«

»Im Bett«, sagte Arturo. »Zu Hause – oder besser gesagt, bei Gitta und Antonio. Du hast bei Luca geschlafen, Bruno und Alice haben auf euch aufgepasst, weil eure Eltern in Florenz gewesen sind.«

Ich nahm wahr, wie Luca neben mir zusammenzuckte, so heftig, als hätte ihn etwas gestochen, aber Arturo sprach schon weiter. »Ich habe die Polizei benachrichtigt und später bin ich mit ihnen zusammen zu euch gefahren. Eure Eltern waren gerade zurück, sie hatten offensichtlich schon nach den beiden gesucht, weil sie sich Sorgen machten.«

»Sorgen weshalb?« Meine Stimme war mehrere Tonlagen höhergerutscht. »Haben sie etwas geahnt? Gab es einen Grund?« Mein Herz raste wie wild. Ich musste einfach wissen, warum sie sich umgebracht hatten.

In Lucas Gesicht spiegelte sich dieselbe Frage, es war deutlich, dass auch er an der Grenze seines Wissens war. Aber eine Antwort gab uns Arturo nicht. »Ich glaube, dass du diese Frage nicht mir stellen solltest«, sagte er ruhig. »Ich war nur der Bote. Das, was passiert ist, geht einzig und allein eure Familien an. Versteht ihr das?«

Luca war anzusehen, dass er mehr erwartete, aber als er den Mund öffnete, hielt ich ihn am Arm fest.

»Danke«, sagte ich zu Arturo. »Ich verstehe das sehr gut.«

Und so empfand ich es wirklich, aber das war nicht der Grund, warum ich mich an dieser Stelle zufriedengab. Ich merkte plötzlich, dass ich genug hatte, zumindest für diesen Moment. Ich brauchte Zeit. Nicht um nachzudenken oder zu verdauen, auch nicht, um mit Luca über das zu sprechen, was wir gerade von Arturo erfahren hatten. Ich glaube, ich brauchte Zeit, um mich zu vergewissern, wie Leben sich anfühlte. Normales, unbeschwertes Leben.

Und irgendwo in mir war auch die Gewissheit, dass der Anfang gemacht war. Selbst wenn Arturo es vielleicht nicht ahnte, aber er hatte mir unendlich weitergeholfen, allein durch die Tatsache, dass er uns, ohne zu zögern, mitgeteilt hatte, was er wusste. Er hatte mir die Sicherheit gegeben, dass ich auf dem richtigen Weg war und dass es Antworten auf meine drängendsten Fragen nach dem Warum gab, das wusste ich nun auch. Ich würde sie stellen. Nur nicht heute.

Als wir Arturos Grundstück verließen – Bruno bekamen wir nicht mehr zu Gesicht –, sagte ich Luca, was ich mir wünschte. »Ich weiß, dass es absurd ist«, murmelte ich. »Und ich habe keine Ahnung, ob es klappt, aber ich würde es gerne versuchen.«

Luca sah mich an, irritiert, überrascht, aber dann tauchte sein Jokerlächeln auf.

»Als Kinder haben wir oft *Was wäre wenn* gespielt. Weißt du noch, wie es ging?«

Ich schüttelte den Kopf, aber irgendein versteckter Teil in mir, erinnerte sich offensichtlich doch.

»Was wäre, wenn wir uns in jedes Tier verwandeln könnten?«, hörte ich mich sagen und Luca stieg prompt mit ein.

»Dann wäre ich ein Jaguaraffe mit Adlerflügeln und würde im Dschungel wohnen.« Er tippte mir gegen die Schulter. »Was wäre, wenn wir ein Raumschiff hätten?«

»Dann würden wir ins Weltall fliegen und auf einem fremden Planeten wohnen. Was wäre, wenn ...«

Ich stockte und Luca sah mich an.

»Was wäre, wenn wir uns einfach so kennengelernt hätten?«, fragte ich leise.

ACHTZEHN

Wir lebten die Antwort auf meine Frage aus und es funktionierte über lange Stunden erstaunlich gut. Aus Lucas Bauwagen holten wir unsere Badesachen und meine Befürchtung, seinen Eltern zu begegnen, löste sich in Luft auf. Einen zweiten Stopp machten wir im Dorf, wo Luca kurz im Lebensmittelladen verschwand. Seinen Vorschlag, ihn zu begleiten, lehnte ich ab und blieb im Auto sitzen, wo ich auf seinem Handy eine Nachricht an Trixie und Danilo schrieb, dass es mir gut ging, sie nicht in Rom zu warten brauchten und mich auf Lucas Handy erreichen konnten, bis ich mir ein eigenes gekauft hatte. Postwendend erhielt ich eine Antwort von Trixie. *Hast du was rausgefunden? Du fehlst uns!!!!!!!!*

Weil ich nicht wusste, was ich antworten sollte, schrieb ich nur zurück, ich würde mich die nächsten Tage ausführlicher melden, und dann kam auch schon Luca mit einer gefüllten Einkaufstüte zurück.

Diesmal fuhren wir nicht Richtung Fluss, sondern eine neue Strecke, die wie alle hier aus Haarnadelkurven bestand. Nach etwa einer halben Stunde bog Luca in einen Waldweg ein, der noch holpriger war als der zu seinem Grundstück. Während wir durch Schlaglöcher rumpelten, hüpfte in meinem Magen eine kribbelnde Aufregung. Ich wollte sie mit allen Sinnen genießen, denn ich wusste, dass diese Auszeit nicht ewig dauern würde.

Luca parkte den Wagen auf einer Lichtung, schulterte seinen

großen Rucksack und steckte die Einkäufe in einen zweiten, den er mir überreichte.

»Ein Stück müssen wir laufen, aber es lohnt sich«, sagte er, schlug die Autotür zu und führte mich zum Wald.

Er war größer und dichter als der, der zur kleinen Badestelle am Fluss geführt hatte, aber irgendwie auch verwunschener. Durch die grünen Baumkronen sickerte das Sonnenlicht und warf goldene Lichtstreifen auf den Weg. Wir kamen an einem einsamen, von den Überresten einer Mauer umschlossenen Haus vorbei, das weder Fenster noch Türen hatte. Dafür rankten sich die knorrigen, ausgeblichenen Äste eines uralten Baumes an der Außenwand empor. Sie schienen mit den Steinen des Hauses zu verwachsen, als hätten sie es erobert und von ihm Besitz ergriffen. Es hatte etwas Romantisches und Unheimliches zugleich, und als ich Luca fragte, wer da mal gewohnt hatte, sagte er grinsend, die böse Hexe aus dem Märchen von Hänsel und Gretel.

Zwischen den Ritzen der Mauer lugten kleine, runde Blätter hervor. Luca zupfte ein paar davon heraus und schob sie in die Seitentasche seines Rucksacks.

Eine Weile lang liefen wir wortlos weiter, und nach einer Biegung blieb Luca plötzlich stehen und hielt mich am Arm.

»Bist du schon mal blind gelaufen?«, fragte er.

Irritiert schüttelte ich den Kopf.

»Lust, es auszuprobieren? Der Anblick wird danach noch schöner sein.«

Ich zögerte, dann nickte ich.

»Okay, warte kurz.« Luca zog sich das T-Shirt über den Kopf und band es mir wie ein Tuch um die Augen.

Die Welt verschwand – und wurde doch lebendiger, als ich sie je empfunden hatte. Die Vögel über meinem Kopf. Zwitschernde, zirpende, tschilpende Laute aus allen Richtungen. Das helle Surren der Mücken, das dunklere Brummen der Bienen, irgendwo in der Ferne der Ruf eines Kuckucks. Zum ersten Mal wurde mir deutlich, wie rege das Leben dort oben in der anderen Dimension war.

Ich hörte das trockene Rascheln der Blätter unter meinen Füßen, das Knacken von Pinienzapfen oder Zweigen, knirschende Steinchen und manchmal das samtige Seufzen einer moosigen Fläche. Ich roch den schattigen Duft des Waldes, während der Wind flüsternd durch die Bäume strich. Und ich atmete den Geruch von Lucas Haut ein, der sich mit seinem T-Shirt verbunden hatte. Ich fühlte Lucas warme, feste Finger, in die ich die meinen flocht. Anfangs waren meine Schritte zögernd, und ich hielt mich mit der anderen Hand an seinem Arm fest, aber irgendwann wurde ich sicherer und folgte den Signalen seines Körpers. Einmal bedeutete er mir mit dem Druck seiner Hand, stehen zu bleiben, dann ließ er mich los und ich hörte nur ein leises Rascheln von Zweigen, bis ich wieder spürte, dass er vor mir stand.

»Mach den Mund auf«, sagte er.

Ich tat es und fühlte, wie Luca etwas zwischen meine Lippen schob, etwas warmes Weiches mit einer samtigen Oberfläche, und als ich zubiss, schmeckte ich die unglaubliche Süße einer Himbeere.

»Mehr«, sagte ich und leckte mir die Lippen wie ein kleiner Hund.

Luca lachte und wieder kam seine Hand an meinen Mund. Diesmal umschlossen meine Lippen nicht nur die Himbeere, sondern auch seine Fingerspitzen. Ich spürte die kraterförmige

Haut um seine abgebissenen Nägel, saugte daran, ganz leicht, und fühlte ein Schaudern, das vom Kopf bis in meine Fußspitzen wanderte. Dass auch Lucas Körper reagierte, verriet mir das scharfe Stolpern seines Atems. Dachte er wie ich an letzte Nacht? An diese vertraute, intensive Nähe und an die Anziehung, die so neu, so fremd darin mitgeschwungen hatte? Wollte er mich spüren, mehr und tiefer, so wie ich ihn?

Er zog mich weiter. Jetzt ging es steil bergauf, und eine ganze Weile lang vernahm ich nur den klopfenden Puls in meiner Brust, in den sich das immer lauter werdende Rauschen von Wasser mischte.

Luca lenkte mich mit dem Druck seiner Hand nach links. »Jetzt wird es steinig. Folg einfach meinen Schritten.«

Ich fühlte glatte Felsen unter meinen Schuhen und schob mich, dicht an Luca gedrückt im Schneckentempo vorwärts. Die Felsen waren leicht abschüssig, immer wieder bedeutete mir Luca, einen kleinen Sprung oder einen größeren Schritt nach vorn zu machen, es war ein Balanceakt, der meine ganze Konzentration in Anspruch nahm. Vor meinen Augen war Dunkelheit, aber in meinen Ohren rauschte das Tosen von Wasser. Ich fühlte mich sicher an Lucas Seite, und je dichter ich mich an ihn drückte, desto intensiver nahm ich ein inneres Leuchten wahr.

Dann hielt Luca an, fasste mich bei den Schultern, drehte mich leicht nach rechts und löste langsam das Tuch von meinen Augen.

»Schau nach unten«, flüsterte er in mein Ohr.

Ich hielt den Atem an und öffnete die Augen.

Wir standen auf einem hohen Felsplateau. Die riesigen Steine formten sich zu einem großen Kreis um ein tiefgrünes Flussbecken. Aus einem der hinteren Felsen schoss ein Wasserfall rauschend in die Tiefe. Er war um ein Weites größer als der Wasserfall an der ersten Badestelle, und auch die Felsen hatten eine andere Beschaffenheit. Sie waren hell, fast weiß und leuchteten gleißend im Licht der Sonne. Vom Wasserfall aus schlängelte sich das von Steinen durchsetzte Flussbecken bis zum Horizont. Hier war keine Menschenseele außer uns. Die Bäume schimmerten in hellen und dunklen Grüntönen, und die Formationen der hellen Felsen hatten etwas Urzeitliches, Archaisches.

Ich breitete meine Arme aus und fühlte plötzlich eine wilde, ungestüme Freiheit in mir. Wir waren bestimmt drei Meter über der Oberfläche, und das Flussbecken war breit wie ein Pool.

»Wie tief ist das Wasser?«, fragte ich Luca.

»Tief genug, um zu springen.« Er zwinkerte mir herausfordernd zu, und ich lachte, als ich ein knurrendes Geräusch aus seinem Magen hörte.

»Zeit für die Fütterung der Raubtiere«, sagte er. »Ich glaube, ich muss jetzt erst mal was essen.«

Wir liefen über die Felsen nach unten. Am Ufer waren sie runder und glatter, fast wie geschliffen, und ihre Oberflächen formten sich zu kleinen Inseln, auf denen man sich einrichten konnte.

Wir wählten einen Felsen, der halb im Schatten, halb in der Sonne lag. Luca breitete eine Decke aus und öffnete den Rucksack mit unserem Proviant. Meinen Bikini hatte ich bereits in Lucas Bauwagen angezogen und legte mein Kleid neben seine Jeans. Während er das Essen auf der Decke verteilte, musterte ich verstohlen die glatte Haut seines Brustkorbs.

Zu trinken gab es Lemon Soda und zum Essen Foccaccia, ein rundes, flaches Brot, das noch warm war und köstlich nach Rosmarin duftete. Dazu hatte Luca Tomaten, grüne Oliven und

Pecorino gekauft. Schließlich beförderte er noch ein kleines Fläschchen Olivenöl, eine Dose grobkörniges Salz, ein Brettchen, ein Messer und zwei Papierservietten aus dem Rucksack, und aus der Seitentasche fischte er die kleinen, kreisförmigen Blätter, die er vorhin zwischen den Mauerritzen des Waldhäuschens gepflückt hatte. Sie waren grünrot und hatten eine Vertiefung in der Mitte, die sie wie winzige Kelche aussehen ließ.

»Was ist das?«, fragte ich ihn.

»Wildkräuter«, sagte Luca. »Wir nennen sie Venusnabel.« Er griff nach einem kleinen Blatt und schob es mit einer sanften Bewegung in meinen Bauchnabel.

»Siehst du? Es passt perfekt.«

Ich sagte nichts, aber auf meinen Armen und Beinen breitete sich Gänsehaut aus, und das kleine Blatt in meinem Bauchnabel zitterte von dem inneren Erdbeben, das ich gerade produzierte.

Auch in Lucas Gesicht war jetzt die Hitze gestiegen, aber er ließ sich nichts anmerken. Fast beiläufig pflückte er das Blatt wieder aus meinem Bauchnabel und griff nach dem Brot, schnitt es in Streifen, besprenkelte es mit Olivenöl, legte Tomatenscheiben darauf und streute Salz und die fein gezupften Blättchen der Wildkräuter darüber. Es schmeckte göttlich, wie auch alles andere, das ich jetzt mit erstaunlichem Appetit in mich hineinschlang. Ich griff nach dem Soda, trank, wischte mir mit der Handfläche über den Mund und stopfte ein großes Stück Käse mit zwei Oliven hinterher.

»Was?«, fragte ich mit vollem Mund, als ich bemerkte, dass Luca mich grinsend ansah.

»Du isst wie ein Kerl«, sagte er. »Und ich meine das als Kompliment.«

Unwillkürlich blickte ich an mir herunter. Ich machte mir keine großen Gedanken über meinen Körper, damit hatte ich wahrscheinlich vielen Mädchen etwas voraus. Mit meinen Proportionen war so weit alles in Ordnung, aber eine Modelfigur wie Noemi hatte ich nicht.

»Warst du in sie verliebt?«, platzte ich heraus und schob errötend hinterher: »In Noemi, meine ich?«

»Du denkst an Noemi?« Luca sah mich an, als hätte ich mich gerade nach dem Satz des Pythagoras erkundigt. »Wie kommst du denn jetzt auf die?«

»Asia hat mir erzählt, dass ihr zusammen wart«, murmelte ich. »Und offensichtlich scheint sie noch ziemlich an dir zu hängen.«

»Das ist ihr Problem«, sagte Luca. »Wir hatten eine gute Zeit miteinander. Aber verliebt war ich nicht.« Er schob sich eine Olive in den Mund. »Wie ist's bei dir? Hast du einen Freund in Hamburg?«

Ich sah Luca an. »Nein«, sagte ich. »Ich war mit jemandem zusammen. Aber ehrlich gesagt, kann ich nicht mal behaupten, dass wir eine gute Zeit hatten. Es war mehr ein Zeitvertreib, auch wenn das vielleicht ätzend klingt.«

Luca zuckte mit den Schultern. »Es klingt ehrlich«, sagte er und etwas in seinem Gesicht entspannte sich, als wäre damit eine entscheidende Frage aus dem Weg geräumt. Ich sah hinunter zum Wasser, während ich Lucas Blick noch auf mir fühlte.

Mit ihm war es genau andersherum, ich wollte die Zeit anhalten und wünschte mir, dass dieser Tag nie aufhören würde.

Wir schwammen im Fluss, bespritzten uns gegenseitig mit Wasser und ließen uns von der Sonne am Ufer trocknen.

Luca drehte sich auf den Rücken, ich tat es ihm nach, und eine Weile lagen wir einfach nur da und schwiegen. Zu unseren

Füßen rauschte der Fluss, über unseren Köpfen wölbte sich der blaue Himmel mit vereinzelten Schäfchenwolken, die weiß und luftig vorbeizogen.

Durch meine Gedanken geisterte Livia, meine große Schwester, deren Namen ich lautlos wiederholte, nicht auf die selbstzerstörerische Art der letzten Tage, aber immer noch in dem Wunsch, dass sich endlich ein Bild dazu einstellen würde.

Schließlich fragte mich Luca, ob es in Ordnung wäre, wenn er ein wenig trainieren würde. Er hatte einige seiner Seile mitgebracht, und jetzt erfuhr ich auch, dass er diesen Sport nicht nur zum Spaß machte, sondern ein wirkliches Ziel damit verfolgte.

»Meine Mutter hasst es, sie würde es mir am liebsten verbieten«, sagte er. »Sie meint, es macht sie verrückt, dass ich mich dieser Gefahr aussetze, aber sie versteht nicht, was dieser Sport für mich bedeutet. Es ist nicht mal ein Sport für mich, es ist …« Luca sah zu dem hohen Felsplateau. »Ich glaube, es ist der Kontakt mit meinem Unterbewusstsein, der mich so fasziniert. Zu begreifen, dass es möglich ist, in einer Extremsituation die Kontrolle zu behalten. Vorher ist nur die Angst da, das Glücksgefühl kommt erst danach.«

»Und währenddessen?«

»Nulllinie. Das ist der eigentliche Moment. Wenn du drauf bist, bleibt keine Zeit mehr zu grübeln, was alles passieren könnte. Da oben auf dem Seil zählt nur der nächste Schritt.«

Luca drehte seinen Kopf wieder zu mir, er sah unsicher und scheu aus, als spräche er zum ersten Mal über diese Gefühle.

»Ich kann dich verstehen«, sagte ich. »Es klingt, als wäre das wirklich ein Teil von dir.«

Luca nickte. »Es ist das Einzige, was ich wirklich will. Meinen Rucksack packen, meine Seile rein – und weg von zu Hause.«

Jetzt musste ich lächeln, weil wir beide dieselbe Sehnsucht teilten.

»Und wohin willst du?«, fragte ich.

Luca strich sich die Locken aus der Stirn. »Südamerika, Australien, Asien. Ich bin im Netz mit ein paar Slacklinern in Kontakt. Manche von ihnen organisieren Festivals oder schließen sich in Gruppen zusammen und ziehen los. Es gibt jede Menge unglaublich schöner Stellen. Canyons, Schluchten. Oder so was wie den Pedra da Gávea in Rio. Das ist der weltweit größte Granitblock in Meeresnähe, und ganz oben haben ein paar Brasilianer eine vierzig Meter lange Highline gespannt. Ich hab im Netz ein paar Bilder gesehen, der Ausblick ist der Wahnsinn.«

Luca seufzte tief. »Die Welt von oben sehen. Oh Mann. Davon träume ich seit Ewigkeiten.«

Auf einem Seil durch die Welt zu tanzen, das konnte ich mir nicht vorstellen, aber die Orte, von denen Luca da redete, lösten Sehnsucht in mir aus.

»Ich hab mal überlegt, ob Dokumentarfilm was für mich wäre«, sagte ich. »In der Schule hatten wir ein Projekt, das hat total Spaß gemacht. Wir haben einen Kurzfilm über Wolken gedreht.«

Luca sah mich an. »Dann komm mit mir mit«, sagte er. Er lächelte nicht, er war total ernst. »Du könntest es filmen, das wären bestimmt irre Aufnahmen.«

Mein Herz klopfte, aber dann verzog ich das Gesicht. »Dazu müsste ich erst mal meine Angst überwinden. Ich konnte ja nicht mal von unten hochschauen, als du über die Dächer getanzt bist.«

Luca runzelte die Stirn. »Aber du hast keine Höhenangst.«

»Nein«, sagte ich. »Wenn ich oben bin, ist alles okay.«

»Dann musst du eben mit rauf«, sagte Luca. »Du kannst auch üben, wenn du willst.« Er griff nach seinem Rucksack. »Ich zeig dir ein paar einfache Tricks für den Anfang.«

Ich schüttelte den Kopf. »Ich schau gern zu, wenn das okay ist.«

»Klar«, sagte Luca selbstverständlich.

Schweigend sah ich zu, wie er die Seile befestigte. Er wählte zuerst zwei Bäume am Ufer aus, wo er Aufwärmübungen machte – so nannte er es jedenfalls, aber für mich waren schon das die reinsten Kunststücke.

Aus dem Stand ließ er sich mit dem Hintern auf die Slackline fallen, um gleich darauf wieder zum Stehen zu kommen. Es sah so einfach aus wie Trampolinspringen – nur eben nicht auf einer breiten Fläche, sondern auf einem schmalen, elastischen Band, das jetzt etwa einen Meter über dem Boden gespannt war und jeder seiner Bewegungen nachgab. Aber es lag mir fern zu applaudieren, und ich fühlte, dass es auch nicht Lucas Absicht war, mich zu beeindrucken. Er tat das wirklich für sich – und das war eigentlich das Sinnlichste daran. Ich nutzte die Gelegenheit, um ihn hemmungslos zu betrachten. Mit seinen schmalen Hüften, den sehnigen Beinen und den nicht besonders breiten Schultern hatte er die altmodische Figur eines Jünglings. Oder eines Jägers. Sein Körperbau war mehr auf Schnelligkeit als auf Muskelmasse angelegt, eigentlich zeigten sich seine Muskeln überhaupt erst auf den zweiten Blick, sie spannten sich sanft unter seiner seidigen sonnenbraunen Haut. Auf seinem Oberarm leuchtete der gezackte Stern und sein Gesicht war pure Konzentration, als hätte er die Welt um sich herum ausgeblendet.

»Kommst du mit?«, fragte er nach einer Weile und deutete mit dem Kopf nach oben zu den Felsen beim Wasserfall.

Ich nickte, und als Luca beide Enden des Seils an den Felsen befestigt hatte, setzte ich mich auf die eine Seite und Luca kletterte auf die gegenüberliegende. Zwischen uns lagen gut zehn Meter, und ich musste plötzlich an das alte Lied von den beiden Königskindern denken, die durch das tiefe Wasser voneinander getrennt waren. Aber in ihrer Geschichte, die so traurig endete, war es dunkle Nacht gewesen, während sich über uns der tiefblaue Sommerhimmel spannte. Auf der hinteren Seite rauschte der Wasserfall in die Tiefe und unter uns glitzerte der Fluss.

Hier oben brauchte Luca kein Absicherungsseil. Wenn er fiel, würde er im Wasser landen, und da ich mit ihm auf gleicher Höhe war, hatte ich keine Angst. Luca breitete seine Arme aus, trat mit dem rechten Fuß auf das Seil, hielt einen Atemzug lang inne, zog den linken Fuß nach und platzierte ihn genau vor den rechten. Wenn ich die Augen zukniff, sah es aus, als würde er durch die Luft laufen. Nach ein paar Schritten fing er ganz leicht an zu wippen. Ein Schwirren ertönte, und das schmale Band unter Lucas Füßen fing an zu schwingen. Seine Glieder spannten sich, seine ausgestreckten Arme ruderten in der Luft, und mit den Hüften balancierte er die Bewegungen des Seiles aus, das er jetzt zur Seite schwingen ließ, hin und her, immer schneller und schneller wie eine Schiffschaukel, die er allein durch seine Körperkraft in Bewegung setzte. Jetzt sah es wirklich aus wie ein Tanz in der Luft. Luca war mit dem Seil im Einklang, es schien jeder seiner Bewegungen zu gehorchen, und nachdem er es wieder zum Stillstand gebracht hatte, ging er langsam in die Knie. Es war eine einzige, fließende Bewegung, an deren Ende er mit gekreuzten Beinen auf dem Seil Platz nahm, so ruhig, so selbstverständlich, als wäre es ein fliegender Teppich.

Ganz still saß er da, zwischen Himmel und Wasser. Es lag eine magische, unbeschreibliche Schönheit in diesem Moment.

Dann, in derselben fließenden Rückwärtsbewegung, stand Luca wieder auf und breitete noch einmal die Arme aus. Sein Blick war jetzt fest auf mich gerichtet und in seinem Gesicht lag ein sonderbarer Ausdruck, als würde er mich gerade zum ersten oder zum letzten Mal sehen. Irgendwie ging es mir genauso. Ich war ebenfalls aufgestanden, ohne ihn aus den Augen zu lassen, und mir wurde zum ersten Mal in meinem Leben klar, dass man sich auch mit Blicken berühren kann.

Schritt für Schritt tänzelte Luca durch die Luft auf mich zu, näher und immer näher, bis er schließlich vor mir auf dem Felsen stand. Sein ganzer Körper vibrierte, sein Brustkorb hob und senkte sich, und seine Hände, die er jetzt nach mir ausstreckte, zitterten.

»Ich bin am Ziel«, sagte er lächelnd.

Er flocht seine Finger in meine und zog mich zu sich heran, langsam und scheu, als wäre auch dies hier ein Tanz.

Mein Gefühl von gestern Nacht, dass Luca die Seiten gewechselt, zu mir gekommen war, bekam jetzt noch einmal eine ganz neue Bedeutung. Und es stimmte: Ich musste mich nur auf die Zehenspitzen stellen, um ihn zu küssen, und wenn man mich fragen würde, ob ein einziger Kuss die Macht hatte, die Zeit anzuhalten, dann würde ich sagen, dieser ja. Der Geschmack seiner Lippen, sein kehliges Seufzen und das lautlose Bersten der Sterne in meinem Kopf, als unsere Zungen sich berührten, erst zaghaft und dann durstiger nach mehr, all das schaltete auch den letzten störenden Gedanken in mir ab. Ich fühlte, so intensiv und gleichzeitig sanft, wie ich es nie für möglich gehalten hätte. Seine heiße Haut an meiner, so viel seidiger noch als in meiner Vorstellung, meine Finger in seinen Locken, seine Hände auf meinen Schultern, Wirbel für Wirbel glitten sie meinen Rücken herab und er zog mich noch dichter an sich heran, als wäre jeder Millimeter Luft zwischen uns zu viel.

»Wir müssen springen, wenn wir nicht fallen wollen«, flüsterte er schließlich in meinen Mund. »Traust du dich?«

Ich nickte, ich lachte. Ich hätte mich alles getraut in diesem Moment.

Wir sprangen gleichzeitig und dann war der Boden verschwunden, es gab nur noch Luft und Himmel. Ein Schrei in meinem Inneren, für den Bruchteil einer Sekunde eine fremde, süße Sehnsucht – und dann landeten wir im Wasser, dessen kalte, glasklare Frische meine Haut zum Prickeln brachte und ein adrenalinartiges Rauschen in mir auslöste. Unsere Hände hatten sich verloren, strudelnde Luftblasen stiegen vor meinem Gesicht auf, ich ruderte mit den Armen, und dann war Luca wieder bei mir, umfasste meine Taille und schob mich mit den Beinen rudernd an die Oberfläche. Wir tauchten gleichzeitig auf, ich sah in sein lachendes, strahlendes Gesicht und schlang meine Arme um seinen Hals. Wir drehten uns im tiefgrünen Wasser des Flussbeckens um uns selbst und küssten uns, bevor wir zum Ufer schwammen, zu einer kleinen, von tief hängenden Bäumen geschützten Stelle, an der schlammige Erde in Sand überging.

Luca kniete sich zwischen meine Beine, und als er mich ansah, hatte ich das Gefühl, als zuckte er innerlich zusammen.

Das Lachen verschwand von seinen Lippen.

Seine Finger legten sich um meine Handgelenke und umschlossen sie, diesmal ziemlich fest, als fürchtete er, dass ich ihm weglaufen würde. Er senkte den Kopf und schüttelte ihn, erst ganz leicht, dann immer stärker.

»Hey«, sagte ich beunruhigt. »Hey, was ist denn los?«

Fast widerwillig hob er sein Gesicht wieder zu mir.

Etwas Kindliches war in seine Züge getreten, und sein Blick war plötzlich so verstört, dass er mir Angst machte.

»Was hast du?«, presste ich hervor.

Luca ließ meine Hände los. Er fuhr mit der Fingerspitze über meine Lippen, aber das Beben in seinem Körper schien jetzt von etwas anderem herzurühren.

»Du warst so schrecklich still«, flüsterte er.

»Wann?« Ich verkrampfte mich. »Was meinst du?«

»Damals.« Luca holte Luft. Wassertropfen perlten aus seinen Haaren, rannen seine Wange herab, und als ein Tropfen seine Lippe berührte, wollte ich ihn küssen, ich wollte mit meinen Küssen seinen Mund verschließen. Ich wollte nicht hören, was er sagte. Aber ich wusste, dass unsere Auszeit nicht mehr zählte.

Was wäre wenn war beendet.

»Nachdem es passiert war«, sagte Luca. »Es war Nacht, und ich wurde davon wach, dass jemand weinte. Es war dein Vater. Es klang grauenhaft, aber deine Stille war noch schlimmer. Was Arturo vorhin gesagt hat, stimmt, ich erinnere mich genau, wie du bei mir im Bett gelegen hast. Ich habe mich zu dir gedreht, um dich zu wecken, aber du warst wach. Es fiel Mondlicht ins Zimmer und ich konnte deine Augen sehen, sie waren weit aufgerissen und dein ganzer Körper war wie erstarrt. Ich habe nach deiner Hand gegriffen, ich habe sie geschüttelt, ich habe deinen Namen gerufen, immer wieder, immer lauter. Aber es war, als wärst du gar nicht mehr da.«

Luca sah genauso verzweifelt aus, wie ich mich plötzlich fühlte.

»Als du gestern Nacht bei mir im Bett lagst, kam die Erinnerung wieder in mir hoch. Und als du vorhin Arturo nach dem Grund gefragt hat, ist mir klar geworden, dass ich noch etwas anderes wissen will. Warum sie dieses Riesengeheimnis daraus machen. Warum sie so ausgeflippt sind, als du hier aufgetaucht bist. Ich hab keine Ahnung, warum du in dieser Nacht so starr neben mir gelegen hast – auch wenn das Weinen deines Vaters schrecklich klang, kannst du den Grund doch eigentlich nicht geahnt haben. Aber ich sehe wieder dein Gesicht vor mir und etwas darin hat mir damals eine Todesangst eingejagt. Und wenn wir jetzt so tun, als wäre nichts gewesen, dann sind wir nicht besser als unsere Scheißeltern.«

Ich schluckte und wusste, dass er recht hatte. Dass ich mich nicht an den Moment in seinem Bett erinnerte, schnürte mir die Luft weg und das Rauschen in meinen Ohren kam jetzt nicht mehr vom Wasserfall. Der Zeitpunkt für weitere Fragen war da und ich spürte, dass ich jetzt wieder die Kraft hatte, sie zu stellen.

NEUNZEHN

Es roch nach Kuchen.

Gitta stand in der Küche, als wir eintraten. Als sie mich sah, zuckte sie zusammen. Sie war weiß um den Mund und wirkte schutzlos, klein, als hätten wir sie auf verlorenem Posten ertappt.

»Ich habe versucht, dich zu erreichen«, sagte sie zu Luca. Sie wollte lächeln, aber es kam nur eine klägliche Grimasse dabei heraus. »Kann ich dich einen Moment allein sprechen?«

»Nein.« Lucas Stimme war kalt, und jetzt war kein Funken von Zärtlichkeit mehr zwischen ihm und seiner Mutter zu spüren. »Wo ist Papa?«

»Ich weiß es nicht.« Gitta zog ihre Schürze aus. Der Ofen war angeschaltet, und auf der Arbeitsfläche neben dem Herd stand die Metallschüssel mit den Teigresten. Ihr Anblick und der Geruch durchzuckten mich wie ein elektrischer Schlag. *Meine Hand in der Schüssel, klebrig süßer Teig an meinen Fingern. Ich sitze auf der Arbeitsplatte, vor mir, lachend und löwenmähnig, steht Gitta.*

»Kuchen für Luca«, hörte ich mich sagen. »Du hast Kuchen für Luca gebacken, und ich durfte die Schüssel auslecken.«

Luca griff nach meiner Hand. »Kannst du dir vorstellen, wie sich das anfühlt?«, fragte er Gitta. »Nichts erzählt zu bekommen und dann plötzlich solche Bilder im Kopf zu haben? Wir waren Kinder, aber keine Idioten. Hört endlich auf, uns für dumm zu verkaufen.«

Gitta senkte den Kopf. Hitze schoss ihr ins Gesicht. Sie wischte sich die Hände an ihrem Kleid ab, erst danach schien sie zu bemerken, dass sie ihre Schürze schon abgelegt hatte.

»Was wollt ihr?«, flüsterte sie. »Was wollt ihr von mir?«

»Antworten«, sagte Luca. »Die Fakten sind uns bekannt. Jetzt wollen wir Antworten. Und wenn Papa nicht da ist, dann eben erst mal von dir.«

Gitta biss sich auf die Unterlippe. »Ich hab Eistee gemacht«, sagte sie schließlich und ihre Stimme bebte. »Mögt ihr?«

Wir verneinten, Luca mühsam beherrscht, aber Gitta ging trotzdem zum Kühlschrank. Sie holte eine Karaffe heraus und goss drei Gläser voll. Sie sah zur Tür, dann wieder zu mir. Ihr Gesicht war so blass, dass die Sommersprossen wie harte Punkte daraus hervorstachen.

»Wo sind deine Freunde?«, fragte sie mich.

»Abgereist.«

»Und du …?«

»Vita bleibt hier.« Luca setzte sich ans Kopfende des Esstischs und deutete auf den Stuhl links von ihm. »Setz dich«, sagte er zu mir. Herausfordernd sah er seine Mutter an. Gitta holte Luft, ein langer, tiefer Atemzug, als hätte sie vor, eine weite Strecke zu tauchen. Sie setzte sich auf den Stuhl mir gegenüber.

»Es tut mir leid«, sagte sie. »Es tut mir leid, was hier beim Abendessen passiert ist. Wir wussten nicht … wir dachten …« Gitta fuhr sich mit den Händen durchs Haar. Was auch immer sie dachte, es schien sie innerlich zu quälen.

Ich sah Luca an, Luca sah Gitta an. Und Gitta hörte nicht auf, mich anzusehen, mit diesem ängstlichen, suchenden Blick.

»Luca sagt, deine Eltern haben dir wirklich *nichts* erzählt? Du bist komplett zufällig hier gelandet?«

Ich zwang mich, Gittas Blick standzuhalten. Luca und ich hatten uns auf dem Weg hierher abgesprochen. Von dem Grund, der mich nach Viagello geführt hatte, dem Auszug aus Sol Shepards Roman, würden wir nichts erzählen. Welche Geschichte auch immer sich dahinter verbarg, es ging jetzt erst mal um meine eigene. Abgesprochen hatten wir auch, welche Eltern wir fragen würden. *Meine oder deine* – das hatte zwischen Luca und mir gestanden. Die Entscheidung hatte er mir überlassen und sie war eindeutig: ganz klar seine.

»Ich wusste nicht, dass ich jemals hier gewesen bin«, sagte ich. »Und dass sich meine Schwester mit ihrem Freund das Leben genommen hat, wusste ich auch nicht. Mein Vater hat mir erzählt, Livia hätte einen Autounfall gehabt. Und das Wenige, was ich danach herausgefunden habe, weiß ich von Luca – und …«

»… Arturo«, ergänzte Luca, als ich zögernd innehielt. »Wir waren heute Vormittag bei ihm. Bruno war auch da. Aber ich wette, das wisst ihr bereits.«

Gittas Blick huschte zu Luca, nur ganz kurz, dann sofort wieder zu mir, als wäre es gefährlich, mich aus den Augen zu lassen. Lucas Bemerkung ließ sie unbeantwortet und wandte sich stattdessen wieder an mich. »Was den Tod deiner Schwester betrifft, da hast du wirklich … hast du keine Bilder im Kopf?«

Ich dachte an Arturos Worte und vor meinem inneren Auge tauchte noch einmal das Kloster auf, einen Atemzug lang, dann verschwand es wieder wie ein Trugbild. Ich spürte Gittas Anspannung, ich spürte, wie sie wartete, aber noch zögerte ich.

»Nicht konkret«, sagte ich schließlich. »Da sind nur Bruchstücke.«

Eine steile Falte auf Gittas Stirn. »Was für Bruchstücke? Was hat Arturo euch erzählt?«

»VERDAMMT NOCH MAL!« Lucas Stimme überschlug sich. »Hör auf mit diesem Scheißverhör! Was ist denn eigentlich mit euch los? Warum reagiert ihr so schräg auf Vita? Du kommst mir vor, als hättest du ... ja, als hättest du Angst vor ihr.«

Gitta fuhr zusammen, als wäre sie geschlagen worden. Ihr ganzer Körper kämpfte um Haltung, während sie mit zusammengepressten Lippen in ihr Glas starrte.

Tapsende Schritte. Orwell, der Hund, war in die Küche gekommen. Er kam zum Tisch getrottet, langsam und humpelnd. Er sah zu Luca, dann trottete er weiter zu mir und legte den Kopf auf mein Bein. Als ich sein leises Hecheln hörte, fühlte ich wieder diese lähmende Panik, und darin lag die Gewissheit.

»Es ist also im Kloster passiert«, sagte ich.

Gitta fing an zu zittern, ihre Schultern, ihre Hände, ihre Lippen.

»Ja«, sagte sie nach einer kleinen Ewigkeit. Selbst in diesem winzigen Wort hörte ich das Beben.

»Wie?« Meine Stimme war fest. Ich musste es noch einmal hören, denn das hier war eine andere, eine völlig andere Situation als heute Morgen bei Arturo. Im Gegensatz zu ihm wollte Gitta nicht reden, alles in ihr kämpfte dagegen an. Ihre Augen waren riesig und in ihrem Blick, der sich tiefer und tiefer in meinen bohrte, lag etwas Flehendes. »Sie sind ... gesprungen.«

»Aber *warum?*« Die Frage kam von Luca. »Wir wollen die Geschichte dahinter. Warum haben die beiden sich umgebracht? Was für einen Grund hatten sie?«

Gitta schüttelte den Kopf. Es war eine fließende, eine endlose Bewegung.

»Es gibt etwas«, murmelte sie, fast wie zu sich selbst. »Es gibt etwas, das deine Schwester nie sein wollte.« Sie sah mich an. »Wie alt bist du jetzt?«

Verwirrt runzelte ich die Stirn. Was sollte diese Frage? »Siebzehn«, sagte Gitta. »Du müsstest jetzt siebzehn sein. Richtig?«

Ich nickte und hatte keine Ahnung, worauf sie hinauswollte.

»Deine Schwester war genauso alt, sie ist in der Nacht vor ihrem achtzehnten Geburtstag gestorben«, sagte Gitta.

Ich wechselte einen Blick mit Luca. Der zuckte irritiert mit den Schultern. »Was soll das?«, fragte er. »Das mit dem Geburtstag wissen wir. Was willst du damit sagen, Mama? *Was wollte Livia nicht sein?*«

In Gittas Gesicht schimmerte Traurigkeit.

»Erwachsen«, sagte sie leise. »Livia wollte nie erwachsen sein.«

Ich hielt den Atem an. In meinem Kopf rauschte es.

Gitta trank einen Schluck von ihrem Tee. Ihre Hand war jetzt ganz ruhig. »Bei allen möglichen Gesprächen oder Diskussionen, die wir Erwachsenen manchmal geführt haben«, sagte sie, »kamen irgendwann diese Worte aus Livias Mund. Deine Schwester hatte etwas, das nicht von dieser Welt war. Sie schrieb Geschichten, schon als kleines Mädchen. In allen kam der Tod vor, und nie war er bedrohlich, sondern immer irgendetwas Magisches, Schimmerndes, Verheißungsvolles. Er war eine Tür zu einer anderen Welt, die spannender war als unsere.«

Ich schloss die Augen und da war es wieder. Das Lied, die Flötenklänge im Kloster.

»Die vier Großen«, hörte ich Gitta sagen. Ich öffnete die Augen. Ihr Gesicht war weich geworden, weich und wehmütig.

»Bruno, Alice, Nando, Livia …« Gitta drehte das Glas in ihren Händen. Sie schien lange nach Worten zu suchen, als hätte sie sie aus ihrer Erinnerung verbannt. »Ich habe sie immer mit den vier Elementen verglichen«, sagte sie schließlich. »Livia war Luft, Nando war Feuer, Alice war Erde und Bruno war Wasser. Vielleicht waren die vier auch deshalb so ein enges Gespann. Jeder von ihnen hatte etwas, das den anderen fehlte. Bruno war ein Träumer, er verlor sich in Tiefen, zog sich zurück und tauchte ab, stellte alles und jeden infrage. Alice war ein Wildfang, hungrig nach Abenteuern, schneller, höher, weiter – aber sie hatte immer festen Boden unter den Füßen, bei allem, was sie tat. Nando war heißblütig und leidenschaftlich, ganz oder gar nicht, danach hat er gelebt. Und deine Schwester, diese leichtfüßige, schillernde Elfe – sie bedeutete alles für ihn. Schon als die beiden Kinder waren …«, Gitta lächelte uns traurig an, »… hatten wir immer das Gefühl, aus Nando und Livia wird ein Liebespaar. Und das wurden sie dann ja auch. Es fing an, als sie vierzehn, fünfzehn waren. Sie waren wie füreinander geschaffen, die beiden waren das schönste Paar, das man sich vorstellen konnte. Und wenn ihr fahren musstet, starb Nando jedes Mal tausend Tode …« Gitta hielt die Luft an und presste ihre Hand gegen den Mund. »Er vermisste Livia wie … ja: wie die Luft zum Atmen. Auch Bruno fehlte sie – aber die beiden hatten irgendwie noch eine andere Verbindung, eine, die nicht an Ort oder Zeit gebunden war.« Wieder hielt Gitta inne. »Livias Sehnsucht nach dem Jenseits hat Bruno keine Angst gemacht. Aber Nando hat darunter gelitten, und ich weiß, dass diese Seite an Livia auch deiner Mutter Sorgen gemacht hat. Als Kind hat deine Schwester oft vom Fliegen gesprochen. Einen ganzen Sommer lang ist sie mit Engelsflügeln herumgelaufen, einmal ist sie sogar vom Baum gesprungen. Es war ein Wunder, dass sie sich dabei nicht alle Glieder gebrochen hat, aber sie kam heil auf dem Boden auf.«

Luca und ich sahen uns an, und ich glaube, wir dachten beide dasselbe. Ich sah ihn vor mir, hoch oben auf dem Seil, die Arme ausgebreitet, zwischen Himmel und Erde.

»Deshalb?«, fragte er Gitta im selben Moment. »Deshalb deine Angst, was mein Seiltanzen betrifft?«

Seine Mutter nickte schwach. »Ja«, sagte sie. »Aber du bist anders. Ich glaube …« Sie schluckte. »Ich glaube, dass es bei dir immer darum geht, *nicht* zu fallen. Du hängst am Leben, mehr als alles andere willst du leben, und es tut mir weh zu sehen, wie sehr du es dir immer wieder aufs Neue beweisen musst.«

Lucas Blick heftete sich auf seine Mutter. In seinen Augen schimmerten Tränen, und für einen Moment nahm ich eine tiefe Nähe zwischen den beiden wahr, die mir in der Brust zerrte und die ich ihm gleichzeitig so sehr gönnte. Sie verstand ihn doch, dachte ich, besser, als er es vielleicht wahrhaben wollte.

»Ich erinnere mich gut an euer Alter«, sagte Gitta. »Ich war ja selbst anders – habe selbst nach Antworten gesucht, die mir die Erwachsenen nicht geben konnten, die ich auch nicht in der Gesellschaft fand, in der ich lebte. Aber auch ich habe sie im Leben gesucht, nicht im Tod.«

Ich dachte an Livias Bücher, die ich in Lucas Wohnwagen gefunden hatte. Wie viele handelten vom Tod, vom Freitod? Dem freien Willen, sich selbst das Leben zu nehmen? Meine Gedanken wanderten weiter zu meinem Vater, zu seinem Schmerz, dass er in meiner Schwester, seiner ältesten Tochter, auch eine Leserin verloren hatte, und das Gefühl von Einsamkeit wurde noch größer in mir.

Luca hatte wieder angefangen, an seinem Daumennagel zu kauen. Ich hörte das knackende Geräusch seiner Zähne und sah die tiefe Falte auf seiner Stirn, hinter der sich die Gedanken zu jagen schienen.

»Okay«, sagte er und nahm den Daumen vom Mund. »Okay. So viel zu Livia. Aber sie hat sich nicht allein umgebracht. Sie ist mit Nando gesprungen. Warum? Was für einen Grund hatte er? So wie du ihn beschreibst, hätte er Livia doch mit aller Macht davon abgehalten, anstatt sich mit ihr zusammen in den Tod zu stürzen.« Lucas Stimme klang fassungslos und bebte vor Wut. »Warum hat er sie nicht beschützt? Denn das wäre seine Aufgabe gewesen, sie zu beschützen.«

Gitta hatte die Luft angehalten. Ihr Gesichtsausdruck wechselte innerhalb von Sekunden. Sie wurde bleich und alles in ihr schien jetzt wieder zu zittern.

»Es ist kompliziert. Ich ...« Sie drückte den Handballen gegen die Lippen. Und dann fing sie an zu schluchzen. »Bitte hört auf«, presste sie zwischen ihren Tränen hervor, obwohl niemand von uns beiden weiter in sie gedrungen war. »Ich hab es versucht ... aber ... aber ich kann es nicht.«

Orwell taperte zu ihr. Er jaulte leise, stupste mit der Schnauze gegen ihr Bein, doch Gitta schien es nicht einmal zu bemerken.

»Was kannst du nicht?«

Die dunkle Stimme kam von Antonio. Er stand in der Tür, eine breitschultrige Präsenz, bedrohlich und gleichzeitig bedroht. Ich sah es in seinem Gesicht, seiner ganzen Haltung, die weniger auf Angriff als auf Abwehr ausgerichtet war. Und der Angreifer – bei ihm war es noch deutlicher als bei Gitta –, dieser Angreifer war ich.

»Meine Mutter kann uns nicht erklären, warum Vitas Schwester und Nando sich umgebracht haben«, sagte Luca. »Und Vitas Eltern konnten offensichtlich nicht mal sagen, *dass* sie es getan haben. Aber Vita fängt an, sich zu erinnern. Mama hat jetzt lang und breit über Livias Todessehnsucht gesprochen. Aber ich will wissen, wie Nando da reinpasst. Ich …« Luca griff nach meiner Hand. »*Vita* und ich wollen die ganze Geschichte. Wenn ihr sie uns nicht erzählt, finden wir es eben anders raus. Bei Arturo waren wir schon. Und bei Vitas Eltern machen wir weiter, wenn ihr nicht mit der Sprache rausrückt.« Luca sprang vom Tisch auf. »Wir haben ein Recht auf die Wahrheit. Vor allem Vita. Livia war ihre Schwester, verdammt! Und wenn Nando sie so sehr geliebt hat, warum hat er dann nicht …«

Antonio hob die Hand. »Hat Arturo den beiden von der Affäre erzählt?«, fragte er Gitta, und ohne ihre Antwort abzuwarten, legte er selbst nach. »Natürlich hat er das nicht getan, er mischt sich nicht ein, das überlässt er uns. Was ist mit dir? Hast du …?«

»Nein …«, stammelte Gitta. »Nein, natürlich nicht, ich … warum sollte ich …?«

Antonio stieß die Luft aus. »Nando hat Livia geliebt«, sagte er langsam. »Das ist wohl wahr. Er wollte den Rest seines Lebens mit ihr verbringen. Aber an diesem Abend hat er erfahren, warum es nicht möglich war. Jedenfalls nicht als Liebespaar.«

Gitta ließ die Schultern fallen. Sie atmete aus und fast kam es mir vor, als wäre sie erleichtert.

Luca und ich wechselten Blicke. Er verstand genauso wenig wie ich.

»Warum?«, stammelte ich. »Warum war es nicht möglich?«

Antonio machte einen Schritt auf uns zu. Er sah mir direkt in die Augen, seine Stimme war hart und klar. »Weil Livia Nandos Halbschwester war.«

»Nein«, sagte ich. Das Wort platzte aus mir heraus wie etwas Fremdes, ich spürte förmlich, wie es zu Boden fiel, hart und schwer wie ein Stein. Es verband sich nicht mal ein Gefühl damit.

ZWANZIG

Die Küche war kleiner geworden. Es lag nicht nur an Antonios Präsenz, es lag an allem. An der Luft. Sie verdichtete sich, die Wände rückten mir förmlich auf den Leib, und ich konnte mich nicht bewegen. Ich tastete nach dem Asthmaspray in meiner Tasche und zwang mich, ruhig und tief zu atmen.

Antonio holte ein Glas aus dem Regal und stellte eine Flasche Wein auf den Tisch. Er setzte sich neben Gitta, schenkte sich Wein ein und trank, in großen Schlucken, als wäre es Wasser oder Eistee.

»Du weißt, dass dein Vater in Italien studiert hat?«, fragte er, seine Stimme klang unwillig, als wolle er noch immer nicht das Wort an mich richten.

Ich nickte. »Luca hat es mir erzählt.«

Antonio drehte das leere Glas in der Hand. »Es war in den Siebzigern«, sagte er. »Deine Eltern waren sich noch nicht begegnet, auch Gitta und ich kannten uns noch nicht.« Er straffte die Schultern, während Gitta neben ihm an einem Papiertaschentuch herumzupfte.

»Dein Vater hatte sich für ein Auslandssemester in Florenz beworben, auf derselben Uni, auf der ich auch war. Wir mochten uns auf Anhieb. Ich lebte in einer Studenten-WG, ein Zimmer war frei geworden, und dein Vater zog zu uns. An den Wochenenden fuhr ich öfter nach Viagello, um meine Mutter und meine Schwester zu besuchen, die damals noch zu Hause wohnte. Einmal hab ich deinen Vater mitgenommen. Er wollte wissen, wie ich lebte. Bianca und ich zeigten ihm die Gegend, und abends zogen wir mit meinen alten Schulkumpels los. Auch Giovanni war damals schon dabei, aber noch nicht mit meiner Schwester zusammen.«

Der Mann mit dem Walrossbart und den wässrigen Augen. Ich hatte ihn genau vor Augen, das Macho-Gehabe seiner Frau gegenüber und die gedrungene Aggression, mit der er Lucas Vater angegriffen hatte. Auch er war ein Vater. Auch er hatte ein Kind verloren. Einen Sohn. Den Freund meiner Schwester – die nie studieren, nie in einer WG wohnen, nie älter werden oder Kinder haben würde. Der Versuch, mir meinen eigenen Vater als jungen Studenten in Florenz vorzustellen, misslang mir.

Antonio angelte nach dem Aschenbecher. Um seinen Mund lag ein bitterer Zug. Sein Gesicht sah zerfurcht und übernächtigt aus, seine Wangen waren eingefallen und die Schatten unter seinen Lidern wirkten in diesem Licht wie die blauen Flecken nach einer Schlägerei.

»Später kam Bianca oft nach Florenz«, fuhr er fort. »Sie verbrachte die Wochenenden bei mir und Thomas. Ich jobbte abends in einer Bar, dein Vater hatte sein Studium finanziert bekommen, also blieb für ihn natürlich jede Menge Freizeit. Bianca und er zogen zusammen los – und auch wenn es unausgesprochen blieb, war mir schnell klar, dass etwas zwischen ihnen lief.« Er hob das Kinn und seine Züge wurden hart. »Ich war von Anfang an gegen die Beziehung. Dein Vater«, Antonio sah mir in die Augen, »war mein bester Freund. Aber er war auch die Art von Typ, vor dem ich meine Schwester immer gewarnt hätte. Nicht, weil er ein schlechter Mensch war, weiß Gott nicht. Aber … verdammt, er war nicht viel älter als ihr heute. Und meine Schwester war so anders als er. Sie hätte deinem Vater niemals bieten können, was er sich von einer Frau gewünscht hat. Er hätte sie verletzt, früher oder später, und das hätte auch unsere Freundschaft zerstört.«

Der Geruch nach Rauch mischte sich in den Duft des Kuchens, und obwohl die Küchentür offen stand, fühlte sich die Luft in der Küche schrecklich stickig an. Antonio lehnte sich auf seinem Stuhl zurück, verschränkte die Arme vor der Brust und fixierte einen Punkt hinter meinem Kopf.

»Es war vorbei, als dein Vater nach seinen beiden Auslandssemestern zurück nach Deutschland ging. Bianca stellte ihre Florenzbesuche ein und verlobte sich Hals über Kopf mit Giovanni. Ein paar Wochen später war meine Zwillingsschwester schwanger, und neun Monate später kam Nando zur Welt.«

Ich blinzelte, vor meinen Augen verschwamm alles. Luca und Gitta nahm ich überhaupt nicht mehr wahr, aber Antonios Worte trafen mich wie Schläge in die Magengrube. Er taxierte mich lange und gründlich, bevor er weitersprach.

»Wie Gitta und ich uns kennenlernten, weißt du«, sagte er. »Nachdem wir das Grundstück gekauft und die Ferienwohnungen eingerichtet hatten, kamen deine Eltern jedes Jahr zu uns. Und das war vielleicht der Anfang vom Ende, denn nicht die Tatsache, dass Bianca und Thomas mal etwas miteinander gehabt hatten, war das Problem, sondern Giovannis Eifersucht. Sie war so offensichtlich, dass das ganze Dorf es mitbekam, auch wenn es überhaupt keinen Grund dafür gab. Selbst ein Blinder konnte sehen, wie verliebt deine Eltern waren.«

Ich zuckte zusammen bei diesen Worten, denn ich selbst hatte keine Bilder dazu, nicht mal ein einziges. Es kam mir vor, als spräche Antonio über zwei Menschen, die ich nie gekannt hatte.

»Aber mein Schwager hat noch niemals lockerlassen können, schon in der Schule nicht«, fuhr er fort. »Und Bianca – meine Schwester hat ihr Übriges dazu beigetragen. Ich bin sicher nicht der Einzige gewesen, der dachte, sie würde noch immer für Thomas schwärmen ...«

Er verstummte. »So oder so, es beruhte definitiv nicht auf Gegenseitigkeit. Dein Vater und meine Schwester hatten nie wieder etwas miteinander, das hätte ich Giovanni schwarz auf weiß geben können.«

Unter dem Tisch machte Orwell seufzende Geräusche und von draußen hörte ich die Stimme einer Frau. Sie rief nach Gitta. »Oh Gott.« Gitta versteinerte. »Ich kann jetzt nicht. Luca würdest du bitte ...?«

»Nein.« Lucas Kiefernmuskeln spannten sich an und er starrte auf seinen Daumennagel, an dem er herumgebissen hatte.

Antonio legte seine Zigarette in den Aschenbecher und ging zur Tür. »Später bitte«, rief er auf Deutsch, dann schloss er die Tür ab, kam wieder zum Tisch, setzte sich abrupt und rückte den Stuhl eng an die Tischkante.

»So oder so, Giovanni hätte nicht auf mich gehört. Und in dem Sommer, als deine Eltern mit euch das letzte Mal ...«, er stockte, »... bei eurem letzten Besuch hat Giovanni meiner Schwester in einem ziemlich üblen Streit vorgeworfen, dass Nando nicht sein Sohn wäre, sondern der Sohn von Thomas.«

»Hatte er recht?« Ich merkte, dass sich dieser Gedanke längst in mir selbst festgebissen hatte. Der Sohn meines Vaters. Livias Halbbruder. Und auch ... mein Halbbruder.

»Darum geht es nicht, verdammt noch mal!« Antonio ballte die Fäuste, als hätte ich ihn angegriffen. »Der springende Punkt ist, dass mein Neffe genau das an jenem verhängnisvollen Abend für die Wahrheit gehalten hat.« Lucas Vater sah aus, als wäre sein Körper plötzlich zu eng für ihn geworden, als wollte er sprichwörtlich aus der Haut fahren. Alles, der ganze Raum, schien noch einmal zu schrumpfen, nur seine Wut war präsent, sie füllte die ganze Küche aus und machte mir furchtbare Angst.

»Aber wie … woher wusste Nando denn, dass …«, setzte Luca an und Antonio fuhr ihm in einer wilden Armbewegung dazwischen. »Weil Nando den Streit gehört hat. Bianca hat es uns später erzählt. Er platzte mitten hinein und verschwand, ehe sie mit ihm reden konnten.« Antonios Faust donnerte auf den Tisch, so heftig, dass sein Weinglas bebte. »Begreift ihr jetzt endlich? Nando hat verdammt noch mal geglaubt, dass er der Halbbruder von Livia ist. Und ehe einer von uns sie finden und mit ihnen reden konnte, war es zu spät.«

Antonio sah mich an, nur mich, als läge die Schuld an alldem bei mir. Ich sagte nichts, ich konnte nichts sagen, und auch Luca hatte es die Sprache verschlagen. Fassungslos starrte er seinen Vater an, der jetzt nur noch die Zähne zusammenbiss. Sein Kiefer zitterte. Es war Gitta, die die Stille brach. Ihre Hände waren nass vor Tränen. »Die Polizei nahm später an, dass Livia und Nando sich für diese Nacht beim Kloster verabredet hatten«, sagte sie leise. »Wir waren an jenem Abend in Florenz und sind erst nach Mitternacht wiedergekommen. Wenn wir damals nicht …«

Ein schrillendes Geräusch ließ uns zeitgleich zusammenfahren. »Der Kuchen!« Gitta stand auf, taumelte zum Ofen, öffnete die Tür, aber schien keine Kraft zu finden, den Kuchen rauszuholen. Mit einer hilflosen Geste drehte sie die Hitze ab und schleppte sich zurück zum Tisch. Den Satz brachte sie nicht zu Ende.

Antonio trank das Glas leer, seine Hände zitterten, als er es zurück auf den Tisch stellte. Er sah erschöpft aus, wie jemand, der eine schwere körperliche Arbeit geleistet hatte. »Verstehst du jetzt, Vita?«, wiederholte er noch einmal, aber sein Ton war sanfter geworden, er hatte fast etwas Flehendes.

Ich wollte nicken, aber ich schüttelte den Kopf.

Antonio beugte sich vor.

Ja. Ich hatte verstanden, was Antonio und Gitta gerade erzählt hatten. Es war eine lange und komplizierte Geschichte und trotzdem machte sie Sinn. Aber dennoch fehlte so viel.

Ich dachte daran, was Arturo gesagt hatte.

Sie lagen dort unten, fast wie auf einer Bühne. Seite an Seite, die Gesichter einander zugewandt. Sie sahen friedlich aus.

Und davor, wie vor eine Leinwand, schoben sich die Worte von Luca. *Du warst so schrecklich still.*

Ich fühlte es. Ich fühlte die Starre in meinem Körper, den leeren Blick, die weit aufgerissenen Augen. Aber da war kein Zimmer, kein Bett in meiner Erinnerung, ich spürte nicht das Rütteln von Lucas Hand an meiner, ich fühlte nur diese unermessliche Angst.

Wie konnte ich in diesem Moment gewusst haben, dass meine Schwester gestorben war – selbst wenn ich bei Luca im Bett gelegen hätte, selbst wenn ich das Weinen meines Vaters gehört hätte, das laut Luca so grauenvoll geklungen hatte. Ich war vier gewesen. Vier!

Ich schob meinen Stuhl zurück, mit den Füßen, ganz leicht, gerade so, dass ich unter den Tisch sehen konnte. Dort schlief Orwell. Seine Schnauze lag auf Gittas Fuß und in meinem Kopf hörte ich wieder sein leises Hecheln.

Antonio griff nach meinem Arm. Er sah mich eindringlich an.

»Vita, du bist hierhergekommen. Wir haben dir Antworten gegeben. Das, was damals passiert ist, hat unsere Familie zerbrechen lassen. Meine Schwester ist kaum noch ein Schatten ihrer selbst. Von unserem Sohn, Lucas Bruder, ganz zu schweigen. Ich weiß nicht, wie deine Eltern damit leben, ich weiß nicht, warum sie dir von alldem nichts erzählt haben. Aber mehr kannst du von uns nicht erwarten. Bitte, *bitte* hör jetzt damit auf, uns mit Einzelheiten zu quälen. Wir haben Jahre gebraucht, um damit klarzukommen. Können wir es jetzt endlich ruhen lassen?«

Antonios Stimme klang brüchig, diesmal hatte er wirklich gebettelt. Trauer, Mitleid, alles Mögliche spiegelte sich in seinen Augen. Sie waren nicht mehr dunkelblau. Sie kamen mir pechschwarz vor, als ob sie nur noch aus Pupillen bestanden. Und dann begriff ich, was noch in dem Blick lag. Angst.

Etwas machte Antonio noch größere Angst als vorher.

Er wusste, was in mir vorging, dass ich es nicht ruhen lassen, dass ich weitersuchen würde – vor allem nach den Einzelheiten, nach dem, was nicht gesagt worden war an diesem Tisch. Denn genau diese Einzelheiten spielten eine Rolle. Vielleicht nicht für sie, für mich aber gaben sie den Ausschlag.

EINUNDZWANZIG

Diesmal verließ ich die Küche von Lucas Eltern aus eigenen Stücken. Ich lief nach links, zu dem überdachten Freisitz mit der Tischtennisplatte, dem Kamin und dem kleinen Tisch.

Die Wohnungen drüben sind noch größer, die mieten meistens Familien hatte Luca vor ein paar Tagen gesagt. Jetzt stand er neben mir, unsicher, wartend, genau wie ich selbst. Ich wollte, dass sich etwas in mir regte, aber es passierte nichts.

Das Steinhaus lag links auf dem hinteren Teil der Wiese. Es war in zwei Wohnungen unterteilt. Auf der Terrasse, der unteren, hingen Handtücher, und in den roten Mietwagen, der vor der Tür parkte, stieg gerade das Ehepaar mit dem Mops. Sie hoben die Hand zum Gruß, dann fuhren sie weg.

Über den Hügeln ging die Sonne unter, und in den nächsten Minuten konnte ich zusehen, wie der Himmel lautlos Feuer fing. Es war ein Tanz aus Farben zu dem dramatische Arien gepasst hätten, aber viel mächtiger, viel passender war die Stille, als ob die Natur ihrer eigenen Musik gehorchte.

Ich drehte mich um, zu dem Steinhaus. »In welcher Wohnung waren wir?«

»In der oberen.«

»Ist sie jetzt besetzt?«

Luca schüttelte den Kopf. »Die Familie ist gestern abgereist. Die neuen Gäste kommen am Sonntag.«

»Ich will sie sehen.«

Luca zögerte. Seine Eltern waren uns nicht gefolgt, und ohne Lucas Antwort abzuwarten, ging ich auf das Haus zu und stieg die steinerne Treppe nach oben. Der Schlüssel steckte noch in der Tür, Luca drehte ihn herum und schloss hinter uns gleich wieder ab.

Wir standen in der Wohnküche. Sie war kleiner als die von Lucas Eltern und gemütlich eingerichtet, mit einer Sitzecke zum Essen, bunten Kissen auf den Holzbänken und einem offenen Wandschrank mit Geschirr. Eine Tür zum Flur ging hinten ab, eine Seitentür links neben dem Eingang.

»Wo war Livias Zimmer?«, fragte ich. »Wo hat sie damals geschlafen?«

Luca führte mich in das linke Zimmer. Ein schilfgrün lackiertes Messingbett stand an der Wand, darauf lag eine Überdecke mit Rosenmuster. Die Vorhänge aus hellem Leinen, ebenfalls mit Rosenblüten und grünen Blättern, machten das Zimmer hell und freundlich.

»Hier«, sagte Luca.

Ich starrte auf das Bett, bis die Überdecke vor meinen Augen verschwamm. Je mehr ich mich bemühte, Bilder oder Erinnerungen wachzurufen, desto klaffender wurde die Leere in mir.

Luca führte mich zu den hinteren beiden Zimmern. »Deine Eltern haben hier geschlafen«, sagte er und öffnete die Tür zu einem großen Schlafzimmer. Darin stand ein breites Doppelbett mit verlängerten Eckpfosten. Sie ragten bis fast unter die Decke und waren oben durch einen Rahmen verbunden, an dem weiße Vorhänge hingen, jewels an den Seiten zusammengebunden.

Vor dem Fenster stand ein Schreibtisch aus dunklem Holz, der Blick ging nach draußen auf die Wiese und das dahinterliegende Tal.

Meine Eltern hatten in einem Zimmer geschlafen. Hier. Es fühlte sich so fremd an. Alles hier fühlte sich fremd an und doch zog etwas an mir. Eine gewaltige Sehnsucht, ein Brennen und gleichzeitig eine berstende Wut.

Das dritte Zimmer lag gleich nebenan. Es war das kleinste und schönste der Wohnung, und als ich Luca fragend ansah, nickte er. »Das war dein Zimmer.«

Ich hielt mich im Türrahmen fest. Hinter meinem rechten Augenlid pulsierte ein stechender Schmerz. Auf die Wände waren goldene Blumenmuster gemalt, auf dem Steinboden lag ein weicher blauer Teppich. Vor dem Fenster, das den gleichen Ausblick hatte wie das Elternschlafzimmer, stand ein Korbstuhl, daneben eine Kommode aus blau lackiertem Holz. Das Bett war ein Alkoven, zu drei Seiten geschlossen, nach vorne mit weißen Türen wie ein Schrank. Auf der frisch bezogenen Decke lagen große Kissen, himmelblau mit weißen Sternen.

»Es sind noch dieselben Möbel«, hörte ich Luca sagen, aber seine Stimme klang weit weg, als spräche er aus einer anderen Welt, einer anderen Wirklichkeit zu mir.

Ich ging zu der Kommode, auf der eine altmodische Milchkanne stand. Sie war mit Blumen gefüllt, gelbe und lilafarbene, sie sahen aus, als wären sie draußen von der Wiese gepflückt worden, daneben stand eine leere Schale aus Stein. Über der Kommode hing ein Spiegel, altmodisch, gold gerahmt, ich sah hinein, starrte auf mein Gesicht, als wäre es das Bild einer Fremden, die Augen groß, im Blick etwas Wildes, Gehetztes, die Wangen fiebrig und glühend. In meiner Kehle steckte ein Schrei, aber er kam nicht heraus, und mit einer plötzlichen Bewegung, die sich anfühlte, als wäre ich ferngesteuert, fegte ich die Kanne von der Kommode. Krachend zersprang sie auf dem

Steinboden. Scherben und Wasser, aber das Mädchen im Spiegel war noch immer da, noch immer fremd, noch immer gehetzt. Ich griff nach der Schale und schleuderte sie mit aller Kraft gegen den Spiegel, ich hörte das kreischende Bersten und sah, wie das Gesicht des Mädchens in tausend Stücke zersprang. Nur ich. Ich war immer noch da.

»Vita! Hör auf! Hör auf, verdammt, Vita!« Luca schüttelte mich, er stand jetzt vor mir und ich trommelte mit den Fäusten gegen seine Brust, er keuchte, umfasste mich mit beiden Armen, drückte mich gegen seine Brust, fester, immer fester, während ich verzweifelt versuchte, mich frei zu rudern, und »Lüge« schrie: »Alles Lüge, mein ganzes verdammtes Leben ist eine Lüge und ich ... ich ...«, immer heftiger traten meine Füße nach Lucas Schienbeinen, meine Fäuste drückten gegen seine Rippen, ich wollte ihn wegstoßen, aber er ließ mich nicht los, er ließ und ließ mich einfach nicht los, und plötzlich konnte ich nicht mehr schreien, ich konnte nur noch flüstern.

»Es stimmt, Luca. Es hat irgendwie immer gestimmt, solange ich denken kann. Ich war allein, so schrecklich allein.«

Ich hob den Kopf und dann gab es keine Worte mehr. Es gab nur noch Lucas Mund, seine Lippen auf meinen, und die Energie unserer Körper, die jetzt fiebrig auf dasselbe Ziel gerichtet war. Unter unseren Füßen knirschten die Scherben, als ich Luca zum Bett schob. Er hob die Arme, ich zog ihm das T-Shirt über den Kopf und knöpfte mein Kleid auf. Seine Hände umfassten meine Taille, er küsste meinen Bauch, es war eine elektrische, beinahe brennende Berührung, die ein Zittern durch meinen ganzen Körper jagte, und das Gefühl von Sehnsucht wurde so groß in mir, dass es kaum noch in mich hineinpasste.

»Komm«, flüsterte ich und griff in sein Haar, fast grob in meinem Wunsch, ihm näher zu sein. »Komm, komm …« Irgendwie schafften wir es, die restliche Kleidung auszuziehen, unbeholfen in unserer Ungeduld, und als wir im Bett lagen, beugte Luca sich über mich. Sein Körper war heiß, er vibrierte, ich fühlte sein Herz, hart und schnell schlug es gegen meine Brust und auf der anderen Seite antwortete ich mit dem Schlagen des meinen.

Ich sah ihm in die Augen, und irgendetwas in mir, etwas Tiefes, Kleines und gleichzeitig übermächtig Großes erkannte plötzlich den Jungen, der er einmal gewesen war, der er auf eine Art auch jetzt noch war. Das Zimmer, das Haus, die ganze Welt dehnte sich aus, wich zurück und wurde weit, nur Luca und ich existierten noch, in einer unsichtbaren Kapsel, einem geschützten Kokon, der nur uns beiden gehörte.

Luca lächelte, aber es war ein Lächeln, das ich so noch nie gesehen hatte, und das Schönste an seinem Blick war das Staunen, denn ich wusste, dass es mir galt. Seine Lippen öffneten meine, er glitt auf mich und in mich, in einer langsamen, fließenden Bewegung, an deren Ende wir für einen Augenblick still hielten, als wollten wir ineinander verwachsen. Dann umschlang ich ihn auch mit meinen Armen, ich schloss die Augen, und zwischen unseren Küssen, seinem Atem und meinem, der jetzt in einem tiefen, gleichzeitigen Rhythmus zusammenfloss, hörte ich, wie mein Name in Lucas Mund klang; Vita, ein festes, flüsterndes Versprechen, dass ich zu ihm gehörte, dass er und ich miteinander verbunden waren und nichts und niemand uns das nehmen konnte.

Wir lagen noch eine lange Weile beieinander, das Schweigen war jetzt warm und weich, und mein Kopf ruhte auf Lucas Brust, die sich hob und senkte.

»Warst du oft hier?«, fragte ich irgendwann leise. »Früher, meine ich?«

»Was wäre, wenn ...« Lucas Finger streichelten durch mein Haar. »Unser geträumtes Raumschiff, das war dieses Bett. Du hattest eine Lampe, mit Sternen, so ein rundes rotierendes Teil. Wenn wir die Schranktür geschlossen hatten und die Lampe an war, hatte man wirklich das Gefühl, man wäre mitten im Weltall.« Luca drehte seine Hand in der Luft, als wäre sie die Lampe. »Kannst du dich daran erinnern?«

Ich sah auf Lucas Hand, fixierte meinen Blick auf ihre kreisenden Bewegungen, als wollte ich mich damit hypnotisieren, aber je mehr ich versuchte loszulassen, desto mehr verkrampfte ich mich.

»Wir waren zwei Kinder von einem fremden Planeten«, sagte Luca, »und Orwell war unser Hund. Meine Mutter wollte nicht, dass er ins Haus kam, aber du hast so lange gebettelt, bis dein Vater ihn reinließ. Du hast am Kopfende geschlafen, ich auf der anderen Seite und Orwell in der Mitte. Zwischen unseren Füßen.«

Von einem fremden Planeten. Ja, ein bisschen so fühlte ich mich jetzt auch wieder. Ich hob den Kopf und stützte mich auf meine Hand.

Lucas Gesicht war ernst.

»Die Lüge«, sagte er. »Damit hast du nicht nur deine Eltern gemeint. Kann das sein?«

Es tat weh zu landen, es tat weh, mir die Worte von Antonio zurück in den Sinn zu rufen. Aber noch schmerzhafter war das Gefühl, dass etwas nicht stimmte. Ich versuchte, das hechelnde Geräusch von Orwell auf das Bild mit dem Bett zu übertragen, versuchte, mir Orwell, Luca und mich in seinem dunklen Kinderzimmer vorzustellen, durch das laut Luca das Mondlicht gefallen war.

»Das, was du am Anfang zu deiner Mutter gesagt hast, genau dasselbe habe ich auch empfunden«, sagte ich. »Ich hatte das Gefühl, deine Eltern hatten tierische Angst vor mir – eigentlich schon von Anfang an, aber vorhin war es am deutlichsten.«

»Ja.« Luca stöhnte leise. »Ich kann mir nur nicht erklären, warum. Die Geschichte klingt verdammt heftig, aber letztendlich macht sie Sinn. Auch das, was sie über deine Schwester gesagt haben.«

Ich griff nach Lucas Anhänger, dem silbernen Krebs. Er hatte etwas von einem fliegenden Fisch, die Beine sahen wie Flügel aus und die Scheren waren vorne abgerundet. Sein Körper war in einen Halbkreis gefasst und der Anhänger war aufgeladen von Lucas Körperwärme.

»Romeo und Julia«, murmelte ich. »Die haben sich auch das Leben genommen, weil es zwischen ihren Familien Krieg gegeben hat.«

»Aber sie wollten sich nicht umbringen«, sagte Luca. »Zumindest nicht gleich. Es war ja im Grunde nur ein Trick. Der leider ziemlich schiefgelaufen ist.«

Ein Trick, dachte ich. Plötzlich fühlte ich mich benommen, als ob ich selbst eine seltsame Flüssigkeit getrunken hätte, die mir die Sinne vernebelte.

Wieder dachte ich an das Kloster. An mein Gefühl im Bulli mit Danilo und Trixie. Und an das Lied, das ich in meinem Kopf und im Kloster gehört hatte.

»In der Nacht, als es passierte. Du hast gesagt, du bist wach geworden, weil mein Vater geweint hat, und ich habe neben dir im Bett gelegen. Erinnerst du dich noch an irgendwas anderes? An die Polizei? An Arturo? Oder Alice und Bruno?«

Luca schüttelte den Kopf, langsam, als suchte er in dieser Bewegung nach einer anderen Antwort. »Ich erinnere mich nur an das Weinen deines Vaters. Und wie ich neben dir gelegen habe und selbst irgendwann erstarrt bin vor Angst.«

Mein Vater. Ich hatte ihn noch niemals weinen sehen – und plötzlich jagte ein Gedanke durch meinen Kopf. Wenn Nando wirklich sein Sohn gewesen war, dann ... dann hatte mein Vater sogar zwei Kinder verloren. Und ich einen Halbbruder.

Hatte meine Mutter es gewusst? Natürlich musste sie es gewusst haben. Meine Eltern hatten sich nicht getrennt, aber für mich passte auch das irgendwie. Vielleicht hatte meine Mutter meinen Vater bestrafen wollen, indem sie bei ihm blieb und ihn mit ihrem Schweigen täglich erinnerte. Ich sah zum Spiegel, zu den Scherben auf dem Boden, überall lagen sie verstreut. Das sind wir, dachte ich. Das ist meine Familie.

Luca zog den Krebsanhänger zwischen meinen Fingern hervor. »Den hat Bruno mir geschenkt«, murmelte er. »Das muss noch vor dem Selbstmord der beiden gewesen sein. Damals war er wirklich noch ein großer Bruder für mich.«

Ich legte meinen Kopf auf Lucas Brust, fühlte seine warme Haut und dachte an Bruno und Alice. Wie viel hatten die beiden gewusst? Mehr als die Erwachsenen? Was hatte Livia ihrer besten Freundin erzählt?

»Wir fragen sie«, flüsterte Luca in mein Ohr, als ich ihn darauf ansprach, und fügte bestimmter hinzu: »Gleich morgen. Wir fahren zu ihr. Und vorher besorg ich uns von Noemis Vater den Schlüssel fürs Kloster. Vielleicht erinnerst du dich an mehr, wenn wir drin sind.«

Ich nickte. Der nächste Schritt. Ein weiterer. Und dann? Plötzlich fragte ich mich, was ich machen würde, wenn ich mit meinem Weiterbohren nichts erreichte. Was wäre, wenn ... die

Schritte endlos wären, zu keinem Ziel, sondern immer nur in weitere Irrwege führen würden?

Unter uns surrte etwas. Lucas Handy. Er fischte es aus seiner Hosentasche, runzelte die Stirn und hielt es mir hin. *Trixie ruft an.* Ich schüttelte den Kopf. Nicht jetzt. Luca schaltete das Handy aus, und als er mich jetzt ansah, wusste ich, dass sein fragender Blick nicht auf meine Freunde zielte.

Meine Eltern kannten Livia seit ihrer Geburt – und auf eine Weise vielleicht länger und besser als jeder andere. »Ich weiß es«, flüsterte ich. »Ich weiß, dass ich sie anrufen muss. Aber ich brauche noch Zeit. Ich brauche … ich brauche noch etwas Eigenes, an das ich mich erinnern kann.«

Die Falten auf Lucas Stirn verschwanden. Er legte seine Hand unter mein Kinn und gab mir einen langen Kuss.

»Eine Erinnerung habe ich jetzt auf jeden Fall«, fügte ich hinzu und lachte trotzig. »Wenn ich später an dieses Zimmer zurückdenke, dann werde ich wissen, dass ich hier mit dir geschlafen habe.«

»Gern geschehen.« Luca kniff mir in die Nase, doch gleich darauf wurde er wieder ernst. «Ich will zu mir«, sagte er. «Ich will mit dir in meinem Bett schlafen.«

Es war dunkel geworden, als wir die Wohnung verließen. Das Scherbenchaos hatten wir beseitigt, das Bett neu bezogen und den zerstörten Spiegel abgehängt. Aber an der Wand blieb ein heller Fleck und ich fragte mich, wie Lucas Eltern darauf reagieren würden, wenn es ihnen auffiel.

Im Haupthaus brannte kein Licht mehr und über dem Grundstück von Luca schob sich gerade der Mond hinter einer Wolke hervor. Wir beide hörten die Geräusche, knackende, hastige Geräusche, als wenn jemand sich eilig entfernte. Ob jemand in Lucas Bauwagen gewesen war, wussten wir nicht, äußerlich deutete nichts darauf hin. Die Geräusche hätten von einem Tier kommen können, Luca erzählte mir, dass es hier auch Füchse und Wildschweine gab, aber als wir im Bett lagen, Luca sich an meinen Rücken kuschelte, seine Nase in meiner Halskuhle vergrub und die Stelle darunter mit Küssen bedeckte, fiel mir wieder das blasse Gesicht am Fenster ein, das ich letzte Nacht zu sehen geglaubt hatte. Und obwohl ich nirgendwo anders sein wollte als hier bei Luca, konnte ich die Erinnerung nicht wegdrücken. Ich lauschte in die Dunkelheit und mein Herz schlug in einem schnellen, harten Rhythmus, der mir das Atmen schwer machte.

* * *

Er verschwand im Schatten der Bäume und bemühte sich, seinen Atem unter Kontrolle zu bringen. Hatten sie ihn bemerkt? Vielleicht nicht. Vielleicht aber doch. Die Zweifel nagten an ihm, er spürte ein Stechen unter seinem Brustbein, als wäre er gerannt. Er musste fort von hier, so unbemerkt wie möglich. Es blieb keine Zeit zum Nachdenken, er konnte sich diese Unsicherheit nicht leisten, geschweige denn, sich ausmalen, was passieren würde, wenn sie ihn hier entdeckten – ausgerechnet ihn.

Die trockenen Zweige unter seinen Füßen raschelten, als er sich leise davonschlich, und er dachte erleichtert, dass Orwell schon zu alt war, um einen ungebetenen Besucher auf dem Grundstück aufzuspüren.

Die letzten Tage hatte er das Gefühl gehabt, auf einen Abgrund zuzusteuern, unaufhörlich und in vollem Bewusstsein, ohne etwas daran ändern zu können. Sie zu beobachten, war wie ein Zwang gewesen, und alles, was er mitbekam, hatte diesen bittersüßen Triumph in ihm erzeugt. Der Reiz ihrer Jugend. Ihre trotzige Überlegenheit gegenüber den Erwachsenen, die ihnen nicht das Wasser reichen konnten. Und vor allem das Leuchten, das von ihnen ausging, dieses pure, ungeschliffene Ganz-oder-gar-nicht einer ersten großen Liebe, die sich über alle Widerstände hinwegsetzt, nur dem Gefühl folgt – bis an die Grenze, und wenn es sein muss, auch darüber hinweg. Die Geschichte wiederholte sich. An Fügung glaubte er nicht. Er war Realist. Die Symbolhörigkeit anderer Schriftsteller hatte er schon immer als pathetisch und anmaßend empfunden, aber dass die Figuren, die er mit so viel Mühe in seinem Roman zum Leben erweckt hatte, auf diese Art und Weise noch einmal zu ihm sprachen – das war die Ironie des Schicksals.

Ironisch war auch, dass er ausgerechnet jetzt weiterschreiben konnte, fieberhaft sogar, er konnte es gar nicht erwarten, wieder an den Schreibtisch zu kommen. Das Ende war in Sicht, zum Greifen nah, aber er würde einen hohen Preis dafür zahlen müssen. Auch das ließ sich nicht mehr leugnen. Denn das verbindende Element, nach dem er monatelang verzweifelt gesucht hatte, lag jetzt auf der Hand. Mehr noch: Ihm wurde klar, dass es immer da gewesen war, auf ihn gewartet hatte, darauf, dass er endlich die Augen öffnete und sich stellte. Doch dazu gebracht hatten ihn erst die beiden. Die Kleinen.

Das verbindende Element, das fehlende Puzzlestück des Ganzen war niemand anders als er selbst.

ZWEIUNDZWANZIG

Nicht so gut«, flüsterte ich auf Lucas Frage, wie ich geschlafen hatte, und vergrub meinen Kopf an seiner Brust. Es war der nächste Morgen, und Luca hatte mich mit einem Kuss aus meinem unruhigen Schlaf geholt. Ich atmete den warmen Geruch seiner Haut ein, fühlte die tröstliche Präsenz seines Körpers und versuchte, mich auf das Vogelgezwitscher zu konzentrieren, das durch das offene Fenster zu uns drang, aber die nass geschwitzten Laken kamen nicht von der Hitze der Nacht und die Stimme aus meinem Traum hallte noch immer in mir nach.

Wer kommt in meine Arme? Meine Mutter hatte das gerufen, lachend, laut und in diesem verspielten Singsang, der glockenhell geklungen hatte. Ihr Ruf hatte mir gegolten. Ich war klein gewesen im Traum, kinderklein, und meine Mutter hatte vor mir auf einer schmalen, kopfsteingepflasterten Gasse gestanden, die Arme weit ausgebreitet. Und ich war auf sie zugelaufen, den Bauch voller Freude, ein Strahlen überall in mir, ein Strahlen, das sich auch auf dem Gesicht meiner Mutter spiegelte, während ich auf sie zulief, immer weiterlief, aber dann, erst mit leichtem, dann bedrohlich anschwellendem Grauen feststellte, dass ich nicht von der Stelle kam. Ich rannte wie auf einem Laufband, das unter meinen Füßen immer schneller wurde, die Beine taten mir weh, mein Herz stach, ich wurde immer verzweifelter und vor meinen Augen verschwamm alles, auch das Gesicht meiner Mutter, ihr ganzer Körper, bis ich endlich nach gefühlten Ewigkeiten das Laufband besiegt hatte und vor ihr stand. Sie verharrte noch immer in ihrer Geste mit den weit ausgebreiteten Armen, aber ihr Lachen war zu einer verzerrten Grimasse und ihr Körper zu Stein geworden, zu weißem, hartem, kaltem Stein, der anfing zu bröckeln, als ich sie berührte, jede Stelle, auf die ich meine zitternden Fingerspitzen legte, bekam Risse. Ich öffnete den Mund, um zu schreien, aber es kam kein Ton heraus, und als ich noch einmal den Kopf zu meiner Mutter hob, sickerte – wie auf dem Jesusbild in der Kirche – Blut aus ihrem linken Auge.

»Das klingt grauenvoll«, sagte Luca, als ich ihm von meinen Traumbildern erzählte. »Meinst du nicht doch, es würde dir helfen, sie anzurufen? Ihre richtige Stimme zu hören und sie vielleicht auf deine Schwester …«

»Sei still«, presste ich hervor. Die Vorstellung, jetzt mit meiner Mutter zu sprechen, war undenkbar und würde an dem Schrecken meines Albtraums auch nichts ändern, ganz im Gegenteil. Ich löste mich aus Lucas Umarmung, stand auf und suchte in meiner Umhängetasche nach meinem Spray. Ich nahm einen Zug, der nicht ganz so tief ausfiel wie sonst. Schon gestern war mir aufgefallen, dass das Spray fast zu Ende war. Gewohnheitsmäßig kramte ich nach meiner Ersatzdose, die ich im Rucksack verstaut hatte. Ich war darauf angewiesen, das Medikament in ausreichender Menge immer in Reichweite zu haben. Doch ich fand das Spray nicht gleich.

Ich war mir sicher, dass ich es in der linken Seitentasche verstaut hatte, bei den Tempotaschentüchern, die ich jetzt in meiner Hand hielt. Oder doch nicht? Hatte ich vergessen, es einzupacken? Ich wurde nervös. Lag es noch in der Schublade des kleinen Regals im Bulli? Ich schloss die Augen und versuchte, das Spray zu visualisieren, weiß mit blauem Griff für den Daumen zum Pressen. Wann hatte ich es zuletzt in der Hand gehabt?

»Schreib Trixie«, sagte Luca, als ich ihm sagte, was ich suchte. Er hatte sich im Bett aufgesetzt und beobachtete mich besorgt.

Zögernd betrachtete ich das Handy, das er mir hinhielt. Trixie hatte es gestern Abend noch dreimal versucht, das letzte Mal um kurz nach Mitternacht – aber ich hatte nicht abgenommen.

»Schick den beiden eine SMS und frag sie, ob sie das Spray haben.« Lucas Stimme klang drängend. »Du hast es bestimmt vergessen.«

»Das geht nach hinten los«, sagte ich. »Trixie macht mein Asthma noch nervöser als mich. Wenn sie das Spray finden, kommen sie zurück, um es mir zu bringen. Und wenn sie das Spray nicht finden, macht sich Trixie einen Riesenkopf.«

Diese Einwände waren aber nicht der eigentliche Grund. Vor allem wollte ich nicht darüber nachdenken, wohin das Spray verschwunden sein könnte, wenn es nicht im Bulli war. Mir kamen Lucas Eltern in den Sinn, ihre Reaktion, als ich gestern das Spray aus meiner Tasche geholt hatte.

»Einen Rest hab ich ja noch«, sagte ich. »Und dann muss ich in der Apotheke versuchen, Nachschub zu bekommen.«

Ich nahm Lucas Handy und tippte eine kurze Nachricht an Trixie und Danilo. Es ging mir gut, sie sollten fahren, ich würde mich melden. Dass auch sie mir fehlten, konnte ich nicht formulieren, und dass wir vor zwei Tagen noch zusammen gewesen waren, erschien mir jetzt surreal, ebenso wie der Gedanke an unsere gemeinsame Reise, die durch unseren kleinen Abstecher nach Viagello für immer verändert worden war.

»Lass uns den Schlüssel zum Kloster holen«, sagte ich zu

Luca, nachdem wir schweigend einen Kaffee getrunken und ein Sandwich gegessen hatten. Er nickte, noch immer lag der bedrückte Ausdruck auf seinem Gesicht, und ich wusste, dass ihn nicht nur der Verlust meines Sprays irritierte. Verdammt. Das hier war der Morgen nach unserer ersten richtigen gemeinsamen Nacht, in der wir tatsächlich noch einmal miteinander geschlafen hatten, zärtlicher, langsamer und mit dem Effekt, dass sich meine Angst aufgelöst hatte – um mich in meinen Träumen wieder einzuholen.

Ich sah Luca an. Worte brachte ich nicht heraus, aber ich hoffte, dass er mir meinen Wunsch von den Lippen ablas. *Bitte hilf mir, hilf uns, lass nicht zu, dass sich etwas zwischen unsere Liebe drängt.*

Luca streckte seine Hand nach mir aus. Er streichelte mir über die Wange, fuhr mit der Fingerspitze nach unten, zu meinen Lippen, umkreiste sie und ich spürte die winzigen Krater, die seine Zähne auf der Fingerkuppe hinterlassen hatten und die so im Gegensatz zu dieser Zartheit standen, mit der mich sein Finger berührte.

Ich zog sein Gesicht zu mir heran, küsste seinen weichen Mund, drückte mich an ihn, an seinen warmen, pulsierenden Körper und seufzte, als er mich sanft, aber bestimmt von sich schob.

»Wir haben Zeit«, sagte er. »Jetzt lass uns erst mal den Schlüssel fürs Kloster besorgen.«

Lucas Exfreundin Noemi wohnte im Dorf, in einer der Gassen, die so schmal waren, dass der Fiat gerade eben hindurchpasste.

Ich blieb im Auto, als Luca ausstieg. Auf meinem Schoß lag mein Rucksack, in den ich vorhin auch Hannibal und meine liegen gebliebenen Klamotten hineingestopft hatte. Obwohl Luca diesmal die Tür hinter uns abschloss, hatte ich nichts von mir im Bauwagen lassen wollen.

Aus dem Beifahrerfenster sah ich, wie Luca den schmiedeeisernen Löwenkopf gegen die Tür eines großen Hauses schlug. Rosen und wilder Wein rankten sich an der Außenwand empor. Im ersten Stock standen zwei Fenster offen und nach einer kurzen Weile schwang die Tür auf. Luca machte einen Schritt nach vorn, hielt aber gleich darauf inne, denn anstatt ihn hereinzulassen, trat Noemi nach draußen. Sie sah zum Auto, und als sich unsere Blicke trafen, sprang mir offene Feindseligkeit aus ihrem Gesicht entgegen. Die ersten Sätze, die sie und Luca wechselten, konnte ich nicht verstehen, aber ich sah, wie Noemi den Kopf schüttelte und ihre Haltung etwas Triumphierendes annahm. Luca wurde lauter, jetzt hörte ich ihn: »Soll das ein Witz sein? Es war doch sonst nie ein Problem, dass ich …«

Noemi schnitt ihm das Wort ab, und als Luca jetzt noch mal einen Schritt auf sie zumachte, hielt sie ihn mit dem ausgestreckten Arm auf Abstand. Sie zischte etwas, ein wütender Ruck fuhr durch Lucas Körper. »Zum Teufel mit deinem Vater«, brüllte er. »Gib mir einfach den Schlüssel!«

Im Haus auf der anderen Straßenseite öffnete sich ein Fenster. Eine Italienerin mit rosafarbenen Lockenwicklern im Haar streckte ihren Kopf heraus, lugte neugierig nach unten und im nächsten Moment erschien ein Mann hinter Noemi. Er war groß und hager, seine Augen standen weit auseinander und seine scharf gebogene Nase erinnerte an den Schnabel eines Raubvogels.

In kurzen, ruhigen, aber unmissverständlichen Worten, die ich vom Auto aus deutlich verstehen konnte, teilte er Luca mit, dass er den Schlüssel für das Kloster nicht mehr herausgeben könnte und dass Luca sich auch nicht die Mühe machen sollte, es woanders zu versuchen. In der übernächsten Woche würde es ein Konzert geben, dann stünde das Kloster der Öffentlichkeit zur Verfügung. Mit einem Blick, der jede Widerrede unterband, legte er Noemi die Hand auf die Schulter. Luca schnaubte verächtlich und kam zurück zum Auto.

»Da stimmt etwas nicht«, sagte er. »Es hat nie ein Problem mit dem Schlüssel gegeben. Dass mir Noemi einfach nur eins auswischen will, würde zwar zu ihr passen, aber die Reaktion ihres Vaters kann nur eins bedeuten.«

»Dass jemand ihn angerufen hat?« Ich schluckte beklommen. »Du denkst an deine Eltern, oder?«

»Ich denke, dass mir das Ganze langsam ziemlich unheimlich wird«, sagte Luca. Er lenkte den Wagen rückwärts durch die schmale Gasse und wendete dorfeinwärts, aber er fuhr nicht weiter, sondern parkte in einer Nische und stellte den Motor ab. Seine Kiefermuskeln pulsierten, so fest biss er sich auf die Zähne. Im nächsten Moment stürzten die Worte wie ein Wasserfall aus ihm heraus. »Und ich denke, dass ich ein beschissener Vogel Strauß gewesen bin. Warum hab ich nicht viel früher gefragt? Ich hab Nando bewundert, auf eine Weise war er immer eine Art Held für mich. Er hat mich auf seiner Vespa mitgenommen, er hat mir das Schwimmen und Reiten beigebracht. Nando ist auf Turnieren gestartet, wie Alice auch, und ich weiß noch, dass ich ihn angefeuert habe wie ein Wilder. Vielleicht hab ich als Kind einfach gar nicht richtig begriffen, dass er tot war. Und als ihr …«, Luca warf mir einen Seitenblick zu, »als ihr dann abgereist wart, da bin ich wahrscheinlich einfach davon ausgegangen, ihr kommt wieder. So wie immer, so wie jeden Sommer.«

»Wir waren Kinder, Luca. Und du musst damals doch mindestens so verstört gewesen sein wie ich.« Ich griff nach seinem Arm und wollte Luca an mich ziehen, aber er ging auf Abstand. Er sah mich an und der Ausdruck in seinem Gesicht war verbissen.

»Das ist keine Entschuldigung.« Fast grob klangen seine Worte. »Im Gegensatz zu dir konnte ich mich erinnern. Aber dass Nando bei uns totgeschwiegen wurde, hab ich einfach akzeptiert. Und dass mein Bruder von jetzt auf gleich zum Zombie mutiert ist, das hat mich zwar verstört und fertiggemacht, aber ich bin nie auf die Idee gekommen, ihn mal nach dem Grund zu fragen. Verstehst du? Scheiße, Vita! Ich hatte einen Bruder, er lebte, sogar unter unserem Dach, bevor er zu Alice gezogen ist, und selbst da war er nicht aus der Welt. Warum hab ich ihn nicht gefragt? Vielleicht hätte auch er sich das gewünscht, vielleicht…« Lucas Stimme wurde leise. »Vielleicht hätte mein großer Bruder auch mich gebraucht.«

»Luca, mach dich nicht…« Er brachte mich mit seinem Kopfschütteln zum Schweigen. Dann sah er mich an. «Du hast das alles verändert, Vita. Weil du anders bist. Ich hab's dir neulich schon gesagt, unten am Fluss. Du warst verdammt mutig als kleines Mädchen. Und mutig, das bist du geblieben. Ich glaube, ich kenne keinen Menschen, der so mutig ist wie du.«

Ich schluckte. Es fiel mir schwer, Lucas Blick standzuhalten. Noch nie hat jemand so etwas über mich gesagt.

Ich legte Lucas Hand an meine Lippen und küsste seine Fingerspitzen. Jede einzelne. Und in diesem Moment war ich mir noch sicherer als vorhin im Bett, dass diese Geschichte unsere Liebe nicht zerstören, sondern sie im Gegenteil stärken würde, und dass mein Hiersein für Luca mindestens so viel bedeutete wie seine Anwesenheit für mich.

Wir schwiegen eine lange Weile, bevor Luca den Wagen wieder startete und ins Dorf fuhr. Hinter dem kleinen Lebensmittelladen sah ich die Apotheke, und als ich Luca bat zu halten, reagierte er sofort und parkte den Wagen an der Mauer. Ich hätte viel darum gegeben, nicht in Biancas Apotheke gehen zu müssen, aber ich brauchte das Spray, ich brauchte es jetzt und wollte keine Zeit damit vergeuden, die umliegenden Dörfer abzuklappern.

Als ich mit Luca in die dämmrige Kühle der Apotheke trat, bediente seine Tante gerade eine junge Frau. Als sie uns erblickte, erstarrte sie. Nur ihre Hände zitterten. Das Medikament für ihre Kundin, die sich zu uns umdrehte und einzuordnen versuchte, warum unser Erscheinen eine derartige Reaktion in der Apothekerin ausgelöst hatte, fiel ihr aus den Fingern. Bianca war bleich wie ein Geist und gezeichnet von einer Trauer, die so tief war, dass mir das Blut in den Adern stockte.

Ich brauchte mir Antonios Worte nicht ins Gedächtnis zu rufen, sie waren auch so da. Seine Zwillingsschwester hatte eine Affäre mit meinem Vater gehabt, und wenn man das Ganze zu Ende dachte – Giovannis Eifersucht, seine vermutlich lautstarken Anschuldigungen gegen seine Frau –, hatte Bianca diese mit dem Leben ihres Sohnes bezahlt.

Luca griff nach meiner Hand und zog mich an sich. Eng aneinandergedrückt warteten wir, bis Bianca es fertiggebracht hatte, ihrer Kundin das Medikament über den Tresen zu schieben. Zu einem Abschiedsgruß war sie nicht imstande und die Kundin verließ mit verwirrten Seitenblicken auf uns die Apotheke.

Luca und ich traten einen Schritt vor.

Alles Sanfte wich aus Biancas Gesicht. Selbst die vollen Lippen wirkten blutleer, und die Augen mit den vorgewölbten Lidern waren riesig und starr. Sie sah aus wie eine zu Eis gefrorene Madonna. Stumm stand sie da, nahm Luca nicht einmal wahr, sah nur mich an, und als auch Luca still blieb, sprach ich aus, was ich die ganze Zeit gedacht hatte. »Mein Asthmaspray wurde mir gestohlen. Gestern Nacht. Aus meinem Rucksack. In Lucas Bauwagen.«

Ich spürte den Pulsschlag in Lucas Handgelenk, die Hitze seiner Hand, die Anspannung in seinem Körper, während ich selbst ganz ruhig blieb und versuchte, in den dunklen Teichen von Biancas Augen nach einer Reaktion zu fischen. Aber diese Genugtuung gab sie mir nicht. Ihr Blick wurde abweisend. Auf ihrer Brust schimmerte ein goldenes Kreuz.

»Das hier ist eine Apotheke«, sagte sie knapp und auch in ihrer Stimme klirrte jetzt die Kälte. »Keine Polizeistation.«

Luca setzte zu einer wütenden Antwort an, aber ich drückte seine Hand noch fester. »Ich brauche dieses Spray«, sagte ich. »Und bei der Polizei kann ich es wohl nicht neu kaufen.«

Etwas flackerte in Biancas Augen. »Haben Sie ein Rezept?«

»Nein.«

»Dann kann Ihnen leider nicht helfen. Sie müssen einen Arzt aufsuchen.«

»Hör auf!« Luca ließ meine Hand los und schlug mit der Faust auf den Tresen. »Hör sofort damit auf, und gib meiner Freundin, wonach sie dich gefragt hat.« Bei den Worten *meiner Freundin* war Bianca zusammengefahren, doch dann reckte sie entschlossen das Kinn. »Ich darf es nicht«, sagte sie mit einem schmalen, triumphierenden Lächeln. »Ich brauche ein Rezept vom Arzt – schon allein wegen des Wirkstoffs.«

Luca sah aus, als wollte er über den Tresen springen, um seine Tante zu schütteln, aber er hielt sich zurück.

»Kein Problem«, sagte er knapp. »Das lässt sich leicht besorgen.« Er stützte seine Hände auf den Tresen und beugte sich so weit vor, dass Bianca trotz der Barriere zurückwich.

»Und was die Antworten zu Livias und Nandos Selbstmord betrifft, die besorgen wir uns auch. Wir haben gestern mit meinen Eltern gesprochen. Ich könnte mir vorstellen, dass mein Vater dir davon erzählt hat.«

An Biancas Ausdruck sah ich, dass es stimmte, aber ihre Reaktion auf das, was folgte, machte mich stutzig.

»Ihr wollt sicherstellen, dass wir den Schlüssel für das Kloster nicht bekommen«, sagte Luca – und Bianca runzelte verwirrt die Stirn, als wüsste sie nicht, wovon er sprach. Luca schien es nicht zu bemerken. »Aber wir werden einen Weg finden«, fuhr er fort. »Es sind Jahre vergangen, auf Tage kommt es jetzt nicht mehr an. Wenn es sein muss, dann gehen wir eben zum Konzert in das Kloster. Ihr könnt uns nicht davon abhalten. Alles, was hier passiert, macht nur noch offensichtlicher, dass ihr uns etwas verschweigt. Und wir werden herausfinden, was es ist.«

Er griff wieder nach meiner Hand, dann drehte er sich um und zog mich Richtung Tür.

»Thomas war nicht sein Vater.«

Biancas Stimme, gläsern und schrill, traf mich im Rücken, zwischen den Schulterblättern, und etwas darin klang, als erschräke sie selbst vor dem, was sie uns da gerade hinterhergerufen hatte. Luca und ich drehten uns um. Die symmetrische Gleichzeitigkeit unserer Bewegung hatte etwas von einer unfreiwilligen Choreografie, und tief in mir fühlte ich eine ungeheure Erleichterung. Aber der Ausdruck in Biancas Gesicht war voller Hass, ja, sogar jenseits davon. Sie sah mich an, als wäre ich die Brut des Teufels. »Wenn er nicht zurückgekommen wäre«, zischte sie zwischen ihren zusammengepressten Zähnen hervor. »Wenn Ihr Vater doch nie zurückgekommen wäre, dann wäre mein Sohn Ihrer gottlosen Schwester nie begegnet. Er würde noch leben. Mein Nando würde noch leben.« Damit verschwand sie hinter dem Vorhang und wir hörten, wie sie in Tränen ausbrach.

Diesmal war es Luca, der sich nicht rührte, mit einem leeren Blick ins Nichts starrte. Ich packte ihn am Handgelenk und zog ihn aus der Apotheke. Einen Moment stand er wie gelähmt vor dem Fiat, dann schlug er mit der Faust auf die Kühlerhaube, einmal, zweimal, bis sich die Italiener auf der Mauer verstört zu uns umsahen. Es waren zwei ältere Männer und in ihren Gesichtern meinte ich, jetzt eine Mischung aus Sensationslust und Mitleid aufblitzen zu sehen. Alle, dachte ich. Alle hier im Dorf müssen von dieser Geschichte gewusst haben. Laut sagte ich: »Hör auf, Luca. Komm, jetzt komm schon, steig ein.« Ich öffnete die Fahrertür und schob ihn auf den Sitz, bevor ich selbst einstieg und die Blicke der Männer zu ignorieren versuchte.

»Umsonst«, presste Luca hervor, während sich sein Brustkorb heftig hob und senkte. »Wenn das stimmt, dann haben sich die beiden umsonst umgebracht.«

Ich sah nach drüben zur Apotheke. Es war grauenvoll, was Luca da sagte, und wieder eine neue Information, die alles veränderte, aber seltsamerweise fühlte ich immer noch diese Erleichterung in mir, Erleichterung darüber, dass die Geschwistersache nicht stimmte. Dass mein Vater nur ein Kind, dass ich nur eine Schwester verloren hatte.

Und es erklärte Antonios Wut von gestern. Nando hatte es nur *geglaubt*, so hatte es Lucas Vater formuliert.

Luca drückte seine Fäuste gegen die Schläfen. »Und was heißt das jetzt?«

»Ich weiß es nicht«, sagte ich. »Ich weiß es einfach nicht.«

Er atmete tief ein, ich sah, wie er sich bemühte, die Fassung wiederzuerlangen. Es war das erste Mal, dass ich ihn so verstört erlebte, bisher war nur ich immer in diesem Zustand gewesen.

Aber er hatte sich bald wieder im Griff. »Wir brauchen dein Spray«, sagte er nach ein paar Minuten. Er überlegte. »Pass auf, Asias Tante ist Ärztin. Hals-Nasen-Ohren, sie hat ihre Praxis in Siena. Ich war schon als Kind bei ihr. Ich ruf sie an und frag sie nach dem Rezept. Weißt du, wie der Wirkstoff heißt?«

»Warte.« Ich wühlte in meiner Handtasche und zog das leere Spray heraus, auf dem der Stoff angegeben war.

Luca rief in der Praxis an. Die Ärztin hatte gerade einen Patienten, meldete sich aber gleich darauf zurück, ließ sich den Wirkstoff durchgeben und sagte, es wäre kein Problem, sie könnte ein entsprechendes Rezept ausstellen und Luca sollte es am Nachmittag zwischen 16 und 17 Uhr in ihrer Praxis abholen.

»Okay. Das war einfach.« Luca atmete noch einmal durch. Er sah auf die Uhr. »Ein paar Stunden haben wir noch. Was machen wir bis dahin?«

»Wir fahren zu Alice«, sagte ich, ohne groß nachzudenken.

Luca drehte den Zündschlüssel herum, schaltete das Radio an und drehte die Lautstärke auf, bis zum Anschlag. Die hämmernden Beats eines Basses brachen über uns ein, sie gehörten zu einem uralten Song von Kiss. Er dröhnte aus den Lautsprecherboxen in die Gassen des Dorfes, so laut, dass ein Italiener, der vor der Mauer stand und rauchte, zu Tode erschrocken zusammenfuhr.

Tonight I wanna give it all to you
In the darkness
There's so much I wanna do

Ohne ein Wort zu sagen, fuhr Luca los, die Geschwindigkeit drückte mich tief nach hinten in den Sitz.

DREIUNDZWANZIG

Obwohl ich das Haus von Lucas Grundstück aus hatte sehen können, war es eine gute Viertelstunde Autofahrt vom Dorf entfernt, es lag einsam und abgelegen an einem der grünen Hügel. Das einzige Gebäude in der Nähe war die Ruine eines Häuschens, die in einer Weggabelung lag. Gleich dahinter führte ein kleiner Wald auf die große, von einem Holzzaun umgebene Koppel.

Luca parkte den Wagen bei den angrenzenden Ställen. Der Himmel war wieder klar, und die Luft, die durch das offene Fenster in den kleinen Fiat drang, war jetzt sengend heiß. Mir fiel das Atmen schwer, aber das lag vor allem an meiner Angst um das fehlende Asthmaspray. Ich versuchte, das leichte Krampfen in meinem Brustkorb nicht zu beachten, und öffnete die Beifahrertür, um auszusteigen. Luca hielt mich am Arm fest.

Er lächelte, aber es war nicht mehr das Jokerlächeln, sondern das andere, das scheue, verletzliche, das mir so tief unter die Haut ging und mich an Stellen berührte, die ich nie zuvor wahrgenommen hatte.

»Ich bin froh«, sagte er leise, »ich bin froh, dass dein Vater damals nach Viagello zurückgekommen ist.«

Ich zog Luca zu mir heran. Wir küssten uns, innig und verschworen, und in den Schlägen unserer Herzen fühlte ich diesmal auch noch etwas anderes. Einen mächtigen, im Zweitakt pulsierenden Rhythmus, der entschlossen gegen alles anschlug, das uns verbiegen und kleinhalten wollte. Ich bekam wieder Luft in diesem Kuss, und zum ersten Mal wurde mir bewusst, dass unser Atem auch ein unbewusster Wille ist zu leben und dass ich damals vielleicht eine Entscheidung dagegen getroffen hatte, getrieben von einer namenlosen Angst oder vielleicht sogar Schuld – aber es war eine Entscheidung, die ich widerrufen konnte, wenn ich es mir nur fest genug wünschte.

»Gehen wir«, sagte ich zu Luca.

Auf der Koppel trabte ein hellbraunes Pferd an einer langen Longe. Auf seinem Rücken saß ein junges Mädchen, aber die Frau, die in der Mitte der Reitbahn stand, war nicht Alice. Sie hatte eine athletische, maskuline Figur und einen langen, geflochtenen Zopf, der ihr bis zum Gürtelansatz ging.

»Das ist Sina«, sagte Luca. »Sie hilft bei Alice aus.«

Er winkte der Frau zu, sie hob lächelnd die Hand zum Gruß und wandte sich wieder dem Pferd zu, das jetzt in einen weichen Galopp fiel. Das Mädchen auf seinem Rücken folgte den Bewegungen mit einer geschmeidigen Selbstverständlichkeit.

Als Luca sich zum Gehen wandte, hielt ich ihn am Arm fest. Ich wollte nicht zugeben, dass ich mich plötzlich vor dem Gespräch mit seiner Cousine fürchtete. Alice war die beste Freundin meiner Schwester gewesen. Gitta hatte von ihr gesprochen, und auch Lucas Worte kamen mir wieder in den Sinn. *Schneeweißchen und Rosenrot*, so hatte er die beiden genannt, und ich versuchte, mir vorzustellen, wie sie damals in unserem Alter gewesen waren, die eine blond und zart, angezogen vom Jenseits, die andere ein Wildfang, dunkel und erdig. Alice und Bruno hatten auf uns aufgepasst, als unsere Eltern in Florenz und Livia und Nando im Kloster gewesen waren. Bruno. Auch vor ihm, auch vor der Möglichkeit, Lucas Bruder hier wieder zu begegnen, fürchtete ich mich, aber dennoch war es folgerichtig, ja die einzige Möglichkeit. *Die Unzertrennlichen*, hatte Luca gesagt.

»Kann ich … können wir uns ein bisschen umsehen, bevor wir reingehen?«, fragte ich.

Luca nickte. Ich schaute von der Koppel zu den Ställen, die in einem lang gezogenen weißen Gebäude lagen. Aus einigen lugten Pferdeköpfe hervor und es war vor allem ihr Geruch, der etwas in mir auslöste. Keine konkrete Erinnerung, sondern mehr ein Gefühl, ein Ziehen im Bauch und ein starkes Kribbeln in den Beinen. Vielleicht, weil ich als Kind bei meinen Großeltern geritten war. Wie ferngesteuert ging ich auf die Pferde zu. Es waren wunderschöne Tiere, gesund, kräftig und gepflegt, ganz anders als die Pferde, an die ich mich von dem Reiterhof bei meinen Großeltern erinnerte. Am meisten faszinierte mich ein schwarzes Pferd mit einer sichelförmigen Blesse auf der Stirn.

»Wie heißt er?«

»Er ist eine Sie«, sagte Luca. »Ihr Name ist Luna.«

»Die Mondgöttin.« Ich hielt der Stute meinen Handrücken hin. Sie blähte ihre Nüstern und ihr warmer Atem kitzelte die Haut auf meiner Hand. Vorsichtig streichelte ich die samtige Nase und blickte dem schönen Tier in die Augen. Sie waren pechschwarz und von einer weisen, so kraftvollen Ruhe, dass ich fast automatisch lang und tief Luft holte.

»Bin ich hier auch mal geritten?«, fragte ich leise.

Luca legte seine Hand auf meine Schulter. »Wenn ich mich richtig erinnere, sind wir sogar zusammen geritten. Diesen Hof hier gibt es schon lange. Alice hat ihn von den alten Besitzern übernommen und ausgebaut, aber früher haben sie und Nando hier trainiert. Wir können Alice fragen, wenn du willst.«

Das Haus lag nicht weit von der Koppel entfernt. Es war ein altes, schlichtes, aber ziemlich großes Bauernhaus, mehrstöckig und umgeben von einer großen Wiese, mit einem Sandkasten, einer Schaukel und einem kleinen Planschbecken, in dem ein abgerissener Puppenarm herumdümpelte. Die Fenster des Hauses standen offen, bunte Vorhänge flatterten im Wind, der jetzt aufgekommen war. Ich sog ihn tief in mich ein und mit ihm den schweren, süßen Duft der Akazien. Ihre satten weißen Blüten leuchteten zwischen den grünen Blättern, und die Luft über unseren Köpfen war erfüllt von einem seltsamen, vibrierenden Summen.

»Bienen«, sagte Luca lächelnd, als ich meinen Kopf in den Nacken legte. »Wie gesagt, Alice züchtet sie hier und macht auch den Honig selbst.«

Er ging auf das Haus zu und drückte die Klinke runter.

»Kommst du?«

Wir traten in einen schattendunklen Flur, dessen Boden mit alten Fliesen ausgelegt war. Kinderbilder hingen an den steinernen Wänden, leuchtend und bunt. Neben der Garderobe stand ein Regal aus Holzkisten, überquellend von hineingestopften Sandalen, Turnschuhen, Reitstiefeln und Flip-Flops in Frauen- und Kindergrößen. Eine – einarmige – Puppe mit abgeschnittenem Haar und blauen Klimperaugen lag auf dem Boden und blickte leblos zur hohen Decke hinauf. Als Luca Alices Namen rief, spannte sich jeder Muskel in meinem Körper an.

Drei Türen gingen vom Flur ab, Alice kam aus der mittleren. Ich war ein Stück hinter Luca getreten, und als Alice mich wahrnahm, blieb sie wie angewurzelt stehen. Für einen Moment schloss sie die Augen. Und dann passierte etwas, mit dem ich nicht gerechnet hatte. In wenigen, wilden Sätzen stürzte

Lucas Cousine auf mich zu und nahm mich in ihre Arme, so fest, dass ich ihr Herz schlagen hörte. Es raste noch schneller als meins und sie roch – sie roch so unglaublich vertraut. Es war ein warmer, wilder, erdiger Duft, in den sich Heu und Zitrone mischten und von dem ich plötzlich sicher war, dass ich ihn immer geliebt, mich immer zu ihm hingezogen gefühlt hatte.

»Ich wusste, dass du es bist«, flüsterte Alice auf Italienisch in mein Ohr. »Ich wusste es im ersten Moment, als ich dich mit deinen Freunden auf dem Markt gesehen habe.«

Sie löste sich von mir und trat einen Schritt zurück, ihr Ausdruck, ihr ganzer Körper schien durchflutet von Freude und Schmerz.

»Ich kann sie sehen«, sagte sie. »Livia. Ich sehe sie in deinem Gesicht. Ich weiß nicht, was du von ihr hast, aber etwas von ihr lebt in dir.«

Ich spürte ein ungewohntes Brennen, feucht und heiß hinter meinen Augen. In dieser Sekunde, in der ich vor Alice stand, ihre Umarmung noch auf der Haut, ihren Duft in der Nase, ihre Worte im Ohr und ihre ungezügelte Zuneigung im Herzen, trennte mich nur eine hauchdünne Grenze von den Tränen, die ich mir so sehr wünschte. Ich blinzelte mit den Augen, aber sie flossen nicht, und auch in Alice spannte sich jetzt etwas an. Ihr Kopf schien sich einzuschalten und sie wandte sich mit einem abrupten Ruck an Luca.

»Verdammt noch mal, hättest du mich nicht wenigstens anrufen können?«

»Wo ist Feli?«, fragte Luca anstelle einer Antwort. »Und wo ist Bruno?«

»Feli ist mit mit einem Kindergartenfreund und seinen Eltern am Meer. Wo Bruno ist, weiß ich nicht.« Alice warf Luca einen kurzen Blick zu, so etwas wie *Du kennst ihn ja* schwang darin mit. »Kommt rein«, sagte sie.

Wir gingen hinter Alice ins Wohnzimmer. Das lebendige Chaos erinnerte mich an mein eigenes Zimmer in Hamburg. Stofftücher quollen aus der offenen Schublade einer alten Kommode. Auf einem Schreibtisch türmten sich Wäscheberge. Über den Teppichen, einem wilden Mix aus orientalischen und ethnischen Mustern, lag Spielzeug verstreut, und in einer großen Sitzecke aus Matratzen und Kissenbergen stapelten sich Bilderbücher neben einer aufgerissenen Chipstüte.

»Ist ja heute richtig aufgeräumt«, sagte Luca und grinste schief.

Alice schubste einen riesigen Plastikpluto aus dem Weg und machte eine Handbewegung in Richtung Kissenecke. Ihre schwarzen Haare waren mit einem grünen Tuch zurückgebunden. Sie trug eine ausgebeulte Jogginghose und über ihrem T-Shirt eine weite braune Strickjacke, was der Temperatur hier drinnen angemessen war. Die dicken Steinmauern hielten die Wärme fern, es war kühl, fast kalt, und ich fröstelte in meinem dünnen Kleid. Als ich mir mit den Händen über die Arme rieb, deutete Alice auf einen grünen Kapuzenpulli, der zwischen den Kissen hervorlugte. »Kannst du anziehen. Wollt ihr was trinken? Kaffee? Saft?«

Luca sah mich an, und die seltsam selbstverständliche Atmosphäre war mir plötzlich unbehaglich. »Gern einen Saft«, murmelte ich und zuckte zusammen, als Lucas Handy klingelte.

»Trixie«, formulierte er mit den Lippen, ich schüttelte den Kopf und Luca drückte den Anruf weg.

Die Sitzecke hatte die Form eines Hufeisens. Ich nahm neben

Luca auf der hinteren Matratze Platz und zog den Kapuzenpulli über, in dem ich wieder Alices Geruch wahrnahm. Luca nickte seiner Cousine zu. »Für mich auch einen Saft.«

Rechts und links neben der Sitzecke standen zwei Tabletttische, auf denen sich ein gutes Dutzend großer Kerzen verteilte, und in der Mitte war ein riesiger alter Überseekoffer zu einem Couchtisch umfunktioniert worden. Umgeben von Chipskrümeln und klebrigen Saftflecken lag ein angefangenes Puzzle. Ich bezweifelte nicht, dass Feli ein eigenes Zimmer hatte, aber dass sie sich gerne im Wohnzimmer aufhielt, war offensichtlich, und ein glühender Teil in mir wünschte sich, dass ich eine solche Kindheit gehabt hätte.

Alice verschwand und kam mit einer Flasche Apfelsaft und drei Gläsern zurück. »Schenkt mir auch was ein«, sagte sie und schob sich ein dickes Kissen unter die Beine. Sie zog den Pappkarton zu sich heran und beförderte einen nachtblauen Tüllstoff und einen runden Metallring daraus hervor.

»Was wird das?«, fragte ich.

»Ein Baldachin für Felis Geburtstag«, sagte Alice. Sie bog den Metallring auf und fing an, die Schlaufenseite des Baldachins darüberzuziehen, aber dann hielt sie jäh in der Bewegung inne und presste die Hand vor den Mund.

»Das ist so verrückt«, flüsterte sie hinter ihren Fingern. »Ich kann einfach nicht glauben, dass du hier bist, Pi...« Sie hielt inne. Nahm die Hand vom Mund. »Wie nennst du dich jetzt? Vita?«

Ich nickte stumm.

»Wie ...« Alice schüttelte den Kopf. »Ach verdammt, das klingt so schrecklich banal. Wie geht es dir? Wie geht es deinen Eltern?«

Ich griff nach einem Kissen, legte es mir vor den Bauch und verschränkte meine Arme davor. »Ich weiß nicht, wie es meinen Eltern geht«, sagte ich. »Sie können gut Verstecken spielen.«

Alice biss sich auf die Unterlippe. Dann nickte sie und musterte mich, Unmut und Mitgefühl im Blick. »Mein Onkel, Antonio, hat mir davon erzählt.« Ihre Stimme zitterte leicht. »Ihr wisst jetzt also, was damals passiert ist.«

Ich schwieg und drehte meinen Kopf zum Fenster. Eine Seite stand offen, die andere war geschlossen. Eine Biene kreiselte summend an den Holzstreben entlang, suchte vergeblich nach dem Weg in die Freiheit, den sie auf dieser Seite nicht finden würde.

»Wir kennen die Version meiner Eltern«, sagte Luca. »Aber wir glauben, dass etwas fehlt.« Er fixierte Alice. Sie hielt seinem Blick stand, reckte das Kinn, hob ganz leicht eine Augenbraue, und wieder war ich überwältigt davon, wie schön sie war. Das herzförmige Gesicht und die vollen Lippen hatte sie von ihrer Mutter, aber bei Alice waren die Züge schärfer, die Wangenknochen prägnanter, der Schwung der Lippen lasziver, und die schräg stehenden grünen Raubtieraugen gaben ihrer Sinnlichkeit etwas Kämpferisches, das ihrer Mutter gänzlich fehlte.

»Ihr könnt glauben, was ihr wollt«, sagte sie. »Aber es gibt keine andere Geschichte. Nicht von mir. Und von deinem Bruder ...«, ihr Blick war hart, als sie Luca ansah, »... auch nicht.«

Luca wollte etwas erwidern, doch ich hielt seinen Arm fest. »Erzähl mir einfach von früher«, bat ich Alice. »Ich will wissen, wie Livia war, als sie noch gelebt hat. Wie sah sie aus? Was fällt dir ein, wenn du jetzt an sie denkst?«

Alice wurde sehr still. Sie legte ihre Hand an den Brustkorb und strich mit dem Daumen über etwas, das sich unter ihrem T-Shirt verbarg. Es schien zu dem Lederband zu gehören, das sie um den Hals trug. Ihr Kopf war gesenkt und sie schwieg eine lange Weile. Es war, als liefe ein innerer Film in ihr ab, so übervoll an Eindrücken und Empfindungen, dass sie nicht imstande schien, auch nur einen Bruchteil davon in Worte zu fassen. Sie schüttelte den Kopf, eine kurze, traurige Bewegung, gleich darauf erschien ein Lächeln auf ihren Lippen, erst winzig, dann wurde es breiter, als tauchte endlich ein greifbares Bild an die Oberfläche. Alice hob den Kopf und sah mich an. Sie sagte: »Deine Schwester war verrückt nach Zucker. Der reinste Junkie, ich sag's euch. Sie aß ihn löffelweise und sie konnte Berge von Süßigkeiten verschlingen. Es ist mir ein Rätsel, wo sie das alles gelassen hat. Mein Gott. Wie zart sie war.« Alice blickte aus dem Fenster, die Hand noch immer am Brustkorb. Ihr Daumen strich auf und ab, und in ihre Züge glitt eine so zärtliche Traurigkeit, dass sich meine Kehle zuschnürte. »Livias Gesicht war weich und unglaublich offen, man konnte jedes Gefühl darin lesen. Ihre Haut war immer sehr blass, auch im Sommer. Irgendwie hatte sie etwas Unirdisches … ich kann es nicht richtig erklären.«

Ich spürte Lucas Finger in meinem Nacken, aber die Gänsehaut, die sich über mein gesamtes Rückgrat zog, kam diesmal nicht von seiner Berührung. »Vielleicht habe ich sie deshalb auch Schneeweißchen genannt«, hörte ich ihn sagen. »Aber ich kann mich nur noch an ihre Haare erinnern.«

»Ja. Sie waren unglaublich hell, wie Mondschein.« Alice betrachtete mich, eine seltsame Hitze flimmerte auf ihren Wangen. »Du warst auch blond, aber nicht so wie sie.«

Ich ließ eine Haarsträhne durch meine Finger gleiten. Ich hatte meine natürliche Haarfarbe nie gemocht. Bis jetzt. Zum ersten Mal überlegte ich, ob ich die künstliche Farbe rauswachsen lassen sollte.

»Welche Augenfarbe hatte meine Schwester?«, fragte ich.

»Blau«, sagte Alice. »Ein silbriges blasses Blau. Und ihre Ohren standen ab. Ganz leicht, aber Livia hasste sie. Sie hat sie immer unter ihren Haaren verborgen.«

Ich starrte auf das Puzzle. Auf dem umgekehrten Deckel war ein Einhorn auf einer Brücke abgebildet, dahinter erkannte man die Umrisse einer Burg. Vom Puzzle selbst waren der größte Teil des Einhorns und ein Stück von der Brücke fertig.

Ich fragte: »Und wie *war* Livia?«

»Naiv«, sagte Alice. »Auf eine liebenswerte Art. Deine Schwester war neugierig. Fantasievoll. Und alles Mögliche hat sie zum Lachen gebracht. Der Geschmack einer unreifen Kirsche, die Art, wie Orwell sich am Ohr gekratzt hat, Nandos Flüche, wenn seine Vespa nicht ansprang, oder unsere erschrockenen Gesichter, wenn deine Schwester über ihre eigenen Füße gestolpert ist.« Alice musste lachen. »Wenn Tollpatschigkeit eine olympische Disziplin gewesen wäre, Livia hätte die Goldmedaille gewonnen. Sie hat ständig was fallen lassen, hat sich an Türen oder Möbelstücken gestoßen.« Grinsend sah sie zu Luca. »Einmal ist sie mit einem vollen Tablett eure Treppe runtergeschlittert. Sie blieb auf dem Boden liegen, in einem Schlachtfeld aus Scherben, Grillfleisch und Nudelsalat. Als sie feststellte, dass sie selbst heil geblieben war, ist sie in schallendes Gelächter ausgebrochen.«

»Und ich hab geheult.« Luca musste jetzt auch lachen. »Wahnsinn, das weiß ich noch. Ich war so scharf auf die Würstchen gewesen.«

Alice griff in die Chipstüte und steckte sich eine Handvoll in den Mund. Dann hielt sie uns die Packung hin. Luca nahm ein paar, ich schüttelte den Kopf.

»Sport«, sagte Alice mit vollem Mund. »Damit hatte deine Schwester nichts am Hut. Beim Tischtennisspielen hat sie keinen einzigen Ball getroffen und hatte auch nicht den geringsten Ehrgeiz, es zu lernen. Wenn wir ihr irgendwas erklären wollten, das sie nicht interessierte, hat sie nach ein paar Sekunden die Geduld verloren, hat lachend mit dem Kopf geschüttelt und ist davongeschwirrt. Aber sie konnte sich stundenlang hinter Büchern verschanzen. Jeden Sommer hat sie ganze Stapel mitgebracht, und wenn sie beim Lesen jemand ansprach, hat sie entweder gar nicht erst den Kopf gehoben oder einen mit glasigen Augen angeschaut. Als ob ihr Geist noch in der Geschichte war.«

Alice trank einen Schluck Saft. Wieder drang das leise Summen der Biene am Fenster an mein Ohr, kurze abgehackte Versuche, die gläserne Grenze zu durchbrechen. Ich fragte mich, was sie fühlte. Die Biene.

»Deine Schwester war verträumt«, sagte Alice. »Total verträumt und chronisch unpünktlich. Sich mit ihr zu verabreden, konnte ziemlich nervig sein, weil man ewig auf sie warten musste – oder irgendwann feststellte, dass sie einen vergessen hatte. Aber in den wesentlichen Dingen konnte man sich immer auf sie verlassen.«

Ich strich mit den Fingern über die bunten Quasten des Kissens. Mir war warm geworden, vor allem in der Brust. Es fühlte sich an, als würde eine innere Sonne auf Stellen leuchten, die immer im Schatten gelegen hatten.

»Ich hab sie geliebt, oder?«, fragte ich, ohne Alice anzusehen.

»Ja.« Ihre Stimme war leise und rau. »Du hast wahnsinnig an ihr gehangen. Wenn du ins Bett solltest, durfte nur sie dir eine Gutenachtgeschichte erzählen, dir und Luca, wenn er bei dir geschlafen hat.«

Jetzt hob ich doch den Kopf. Alices Blick traf meinen, sie sah von mir zu Luca und ihr lächelndes Kopfschütteln war eigentlich ein Nicken.

»Du wolltest ständig ihre Haare kämmen, ihr Frisuren machen. Ich hab dir beigebracht, Blumenkränze zu binden, die hast du Livia auf den Kopf gesetzt, und ich habe dir gezeigt, wie man Zöpfe flechtet. Einmal hast du ihre und meine Haare ineinandergeflochten, zu einem dicken schwarz-blonden Zopf. Den hast du am Ende zusammengeknotet und dich kaputtgelacht, als Livia und ich so zusammen losgelaufen sind, ineinander verflochten.«

Alice holte Luft, tief und scharf, dann zog sie den Stoff weiter über den Metallring.

»Weiter«, hörte ich mich flüstern. »Erzähl mir mehr.«

»Deine Schwester hatte Angst vor Pferden.« Alices Handbewegungen wurden langsamer. »Keine Ahnung, warum, sie ist nie geritten, hat die Tiere nicht mal angefasst – im Gegensatz zu dir.« Alice lächelte, ich konnte die feine Lücke zwischen ihren Vorderzähnen sehen, doch ihre Augen blieben traurig. »Ansonsten fürchtete sich Livia vor nichts. Sich beim Versteckenspielen in einem stockdunklen Rattenkeller zu verschanzen, sich riesige Spinnen über die Hand laufen zu lassen, allein durch den finsteren Wald laufen oder bis an den äußersten Rand einer hohen Klippe zu treten und die Arme auszubreiten. Deine Schwester liebte solche Sachen.«

Die Biene flog jetzt durchs Zimmer, schwirrte über unsere Köpfe und sank dann tiefer, über das Tablett. Sie kreiste über die drei Gläser, als schien sie zu überlegen, auf welchem sie sich niederlassen sollte.

»Meine Mutter«, hörte ich Luca sagen. Er beugte sich vor und fuhr sich durch die Haare. »Meine Mutter meinte, dass Livia Sehnsucht nach dem Tod hatte.«

Alice ließ den Metallring sinken. Ein Schnauben entfuhr ihr und sie wollte etwas sagen, aber dann presste sie die Lippen aufeinander. Sie starrte auf die Biene, die sich mein Glas ausgesucht hatte und lautlos auf dem Rand entlangbalancierte. Draußen vor dem Fenster lärmten die Vögel, ein unordentlicher Chor aus Tschilpen, Zirpen, Keckern und Meckern, als hätten sich die Vögel zu einer Krisensitzung zusammengerufen, für die ein geeigneter Anführer fehlte.

»Es war keine Sehnsucht«, sagte Alice, ohne aufzublicken. Ihre Stimme klang trotzig. »Es war pure Neugier. Wie ist das Leben danach? Wo kommen wir hin, wenn wir sterben? Werden wir noch eine menschliche Gestalt haben oder uns in Luft und Licht auflösen?« Alice lachte, ein kurzer, harter Laut. »Begriffe wie Staub und Asche kamen in Livias Vorstellungswelt nicht vor. Das Leben auf anderen Galaxien, Wesen aus anderen Welten, das waren Themen, die sie beschäftigt haben. Vor allem mit Bruno hat sie darüber gesprochen.«

Ich starrte auf die Puzzlestücke im Kasten, ein Gewimmel aus bunten Einzelteilen. Auf einem von ihnen blickte mich ein silberschwarzes Auge an. Ich griff danach und drückte es dem gepuzzelten Einhorn ins Gesicht. Ein seltsames Gefühl der Befriedigung durchflutete mich, als das Auge mit einem leisen Klicken an den richtigen Platz rückte.

»Da war noch was«, murmelte ich. »Gitta hat gesagt, Livia wollte nicht erwachsen werden.«

»Ja.« Alice verzog den Mund. »Das stimmt. Die Erwachsenen waren ihr einfach zu abgeklärt. Sie wollte nicht werden wie sie. Sie wollte keine Sätze hören wie: *Das wirst du schon noch verstehen, wenn du älter bist.* Darüber hat sie sich furchtbar geärgert. *Wenn erwachsen werden bedeutet, dass man abstumpft, verzichte ich darauf.* Das hat sie immer gesagt.«

Ich schloss die Augen. »Dann stimmt es also«, flüsterte ich. »Livia hatte eigene Gründe dafür, sich umzubringen.«

Alices Hände krampften sich um den Stoff des Baldachins. Sie stopfte ihn zurück in den Karton und sah auf die Uhr. »Gleich hat Sina frei.« Ihre Stimme war hart geworden. »Ich muss auf die Koppel, Luna reiten. Was ist mit euch?«

Luca sah auf die Uhr. »Wenn wir noch zum Arzt wollen, sollten wir langsam los«, sagte er.

»Zum Arzt?« Alice runzelte die Stirn. Ich erzählte ihr, was passiert war, auch von unserem Besuch bei ihrer Mutter und meiner Vermutung, dass mir jemand mein Ersatzspray gestohlen hatte. Alice schloss die Augen, massierte sich mit den Fingern die Schläfen, als hätte sie Kopfschmerzen.

»Nein«, sagte sie. »Das würden deine Eltern nicht tun, Luca. Auf keinen Fall.«

»Und ...« Ich schluckte. »... und Bruno?«

Ich nahm wahr, wie Luca neben mir verkrampfte, sah wie Alice die Luft anhielt. Hinter ihrer Stirn schien es zu arbeiten, aber dann schüttelte sie heftig den Kopf. »Nein«, sagte sie. »Nein. Auch nicht Bruno.«

Luca fragte: »Und wer dann?«

Beschwörung lag in Alices Blick, als sie von Luca zu mir sah. »Ich bin sicher, du hast das Spray bei deinen Freunden gelassen. Oder verloren. Ich meine, nach all dem, was dir in den letzten Tagen durch den Kopf gegangen ist, wäre das doch nur verständlich, oder?«

Ich nickte, ohne es zu glauben.

»Okay.« Luca legte mir die Hand aufs Bein. »Fahren wir?«

Ob Alice gemerkt hatte, dass ich zögerte, oder ob sie für sich selbst sprach, wusste ich nicht. Aber sie beantwortete Lucas Aufforderung mit einer Gegenfrage an mich.

»Oder willst du lieber hierbleiben?«

Ich erschrak vor dem Gefühl, das ihr Angebot bei mir auslöste.

Ich fühlte mich wohl hier, gegen meinen Willen, aber ich merkte, dass hier nicht diese Bedrohung auf mir lastete, die ich sogar auf Lucas Grundstück spürte und im Haus seiner Eltern noch viel stärker.

Hier war ich zum ersten Mal Livia nahe. Ich empfand eine echte, eine tiefe Verbindung, die mir etwas zurückgab, nach dem ich mich immer gesehnt hatte, ohne es zu wissen. Und obwohl mir klar war, dass auch Alice uns etwas Entscheidendes verschwieg, konnte sie ihre Zuneigung zu mir nicht verbergen. Alice fühlte sich an wie ein Bindeglied zwischen meiner toten Schwester und mir, und sie wusste mehr, viel mehr als das, woran Luca sich erinnern konnte.

Unsicher blickte ich zu ihm. Er sah, was ich fühlte, ich nickte stumm, und dieses wortlose Verständnis, das er mir entgegenbrachte, war wie ein Geschenk.

Wir verabredeten, dass er in Siena das Rezept holen und so schnell wie möglich zurückkommen würde.

»Ihr könnt gern hier schlafen«, sagte Alice, und zu mir: »Ich kann dir die Pferde zeigen, du kannst auch reiten, wenn du willst.« In ihren Augen funkelte etwas, eine Mischung aus Wehmut und Freude. »Du hast es geliebt als Kind.«

Ich schluckte, verkrampfte meine Finger ineinander und nickte, erst langsam, dann immer heftiger.

»Ja«, sagte ich leise. »Ich glaube, das würde ich gern.«

Die Biene war in mein Glas gefallen. Hilflos zappelte sie in dem goldbraunen Apfelsaft, bis Alice das Glas nahm und die Biene samt Inhalt nach draußen in die Freiheit entließ.

VIERUNDZWANZIG

Fiori. Das war der Name des Ponys gewesen, auf dem ich als kleines Mädchen geritten war. Ohne Sattel und gegen den Willen meiner Mutter, die sich Sorgen gemacht hatte, dass meine Wirbelsäule und die Stabilität meiner Knochen darunter leiden würden. Aber ich hatte gequengelt, getobt und schließlich so flehentlich gebettelt, dass meine Mutter nachgegeben und mir erlaubt hatte, mit Alices Begleitung ein paar Runden auf der Koppel zu reiten, nur im Schritt und höchstens eine Viertelstunde. Ich selbst hatte keine Erinnerung daran, aber Alice lachte, als sie mir davon erzählte. Es war kurz nach drei, Luca war nach Siena aufgebrochen und Alice hatte mir eine Jeans und Reitstiefel von sich geliehen. Die Jeans musste ich mehrfach umkrempeln, aber die Reitstiefel passten wie angegossen. Alice führte Luna und ein hellbraunes Pferd namens Nocciola, das sie für mich gesattelt hatte, auf die Koppel.

»Kannst du allein aufsteigen?«, fragte sie mich. »Oder brauchst du Hilfe?«

Die Reitstunden, an die ich mich erinnerte, waren lange her, aber mein Körper antwortete von ganz allein. Es überraschte mich, wie tief er die Bewegungen gespeichert hatte, und als ich auf Nocciolas Rücken saß, durchflutete mich ein jähes Glücksgefühl. Alice stellte die Steigbügel ein und zeigte mir noch einmal, wie ich die Zügel richtig zwischen den Fingern halten musste. Nocciolas Muskeln zuckten unter meinen Beinen. Fliegen umschwirrten ihre helle Mähne. Sie schnaubte, schüttelte den Kopf und ich legte meine Hände auf ihr warmes Fell. Noch eine Welle, weich und sanft, strömte durch meine Handfläche in den Arm.

Alice, die barfuß war, griff in Lunas Mähne. Die schwarze Stute trug keinen Sattel, aber Alice schwang sich mit einer Leichtigkeit auf ihren Rücken, als wäre ihr diese Bewegung in die Wiege gelegt worden. Sie schnalzte mit der Zunge und drehte sich zu mir um. »Halt die Zügel straff. Nicht so fest, lass die Arme unten. Schön anwinkeln, die Ellenbogen an den Seiten lassen, stell dir vor, du hast zwei Teller unter den Achseln. Fersen nach unten und die Hüfte locker!«

Nocciola setzte sich in Bewegung, und ich versuchte, Alices Anweisungen zu folgen. Eine Runde Schritt. Noch eine Runde. Das weiche Federn auf Nocciolas Rücken, aufwirbelnder Staub von der Koppel. Wind in meinem Haar. Über unseren Köpfen spannte sich ein V von Schwalben, die sich jetzt zu einer Linie formierten und im Himmelsblau verschwanden. Die ganze Welt fühlte sich anders an, die Luft war weich und voll von der späten Sonne, die Licht und Farbe auf alles legte. Die Landschaft war weit, und gleichzeitig hüllte sie mich ein, hielt mich geborgen.

Alice fing an zu traben, Nocciola fiel automatisch in dieselbe Gangart, und in den ersten Minuten hoppelte ich unbeholfen auf ihrem Rücken auf und ab, versuchte, die Balance zu halten und mir die Körperhaltung in Erinnerung zu rufen. Alice drehte sich lachend zu mir um. »Achte auf Nocciolas Rhythmus«, sagte sie. »Lass dich von ihren Bewegungen aus dem Sattel stoßen, und dann setz dich gleich wieder hin. Wenn du hochgehst, musst du Knie und Hüfte strecken, aber nur ganz leicht. Beweg deinen Hintern nach vorn, ja, genau so! Und beim Hinsetzen einfach entspannen.«

Es dauerte ein paar Runden, doch dann klappte es plötzlich so selbstverständlich, als wäre ich das letzte Mal vor ein paar Tagen geritten. Meine Haut prickelte, ich musste laut lachen und stieß ein Glucksen aus, als Nocciola jetzt hinter Luna in den Galopp überglitt. Aber nach den ersten Schrecksekunden folgte ich Alices Anweisungen, schob mich mit der Kraft meines Beckens nach hinten und vor, um mit Nocciola in Einklang zu kommen. Ich staunte selbst, wie schnell es ging, und Alice, die sich jetzt auf Lunas Rücken umgedreht hatte, sodass sie mit dem Gesicht zu mir saß, hob überrascht die Daumen hoch. »Wow. Du bist gut!« Sie lachte. »Aber das warst du schon als kleines Mädchen. Im Gegensatz zu deiner Schwester hattest du überhaupt keine Angst.«

Die hatte ich jetzt auch nicht. Ich wäre am liebsten aus der Koppel und in den Wald hineingaloppiert.

»Deine Mutter hätte mir den Hals umgedreht, wenn sie das gewusst hätte«, sagte Alice, als wir wieder Schritttempo ritten. Sie saß noch immer verkehrt herum auf Luna. »Sie hat sich immer wahnsinnige Sorgen gemacht.«

»Um mich?« Ich schluckte. Der ungläubige Schmerz, den dieser Gedanke in mir auslöste, schockierte mich.

»Ja.« Alice strich sich eine Haarsträhne aus dem Gesicht. Ihr Haar war so schwarz wie Lunas Fell. »Deine Mutter hatte immer Angst um dich. Du warst so wild. Der reinste Kletteraffe und im Gegensatz zu deiner Schwester auch unglaublich sportlich. Du warst noch nicht mal vier, da konntest du schon schwimmen. Am Fluss bist du über die Steine gesprungen, als wäre es nix, du hattest ein extrem gutes Körpergefühl. Und du warst ziemlich abenteuerlustig. Alles, was du gesehen hast, wolltest du selbst auch ausprobieren.«

»Wo wir gerade dabei sind«, sagte ich und fühlte ein Kribbeln zwischen meinen Beinen. »Kann ich auch mal ohne Sattel reiten?« Alices Augen blitzten auf. Ich schämte mich fast, wie sehr ich es genoss, mit ihr allein zu sein, was ich mir heute Morgen mit Luca im Bauwagen nicht hätte träumen lassen. Aber das Gefühl, dass mich hier etwas mit meiner Schwester verband, wurde immer stärker, und das konnte mir Luca im Unterschied zu Alice nicht geben.

Wir ließen Nocciola am Rand der Koppel. Alice hielt mir die Räuberleiter und schob mich nach oben auf den Rücken ihrer schwarzen Stute, wo es sich noch einmal ganz anders anfühlte als auf dem Rücken von Nocciola, erhabener, majestätischer, und durch den fehlenden Sattel hatte ich das Gefühl, mit Lunas glattem, warmem Fell zu verschmelzen. Alice schwang sich hinter mich. Sie umschlang mich mit ihren Armen. Ihr Griff war fest und weich, ich spürte ihre Brust an meinem Rücken, das Schlagen ihres Herzens, und lehnte mich fast automatisch zurück, während mich das Gefühl der Sicherheit warm und stark in Besitz nahm.

Noch einmal ein paar Runden Schritt, dann Trab und schließlich Galopp. Ich spürte Alices heißen Atem an meinem Hals, als ich mich einfach fallen ließ, meinem Körper vertraute, Alice und Luna vertraute. Es war wie fliegen und gleichzeitig getragen werden. Boden und Luft, Erde und Himmel, nie hatte ich diese beiden Elemente so vereint gefühlt wie in diesen Minuten, die viel zu schnell an mir vorbeirauschten.

»Können wir mal ausreiten?«, fragte ich Alice, als wir abstiegen.

»Klar«, sagte sie. »Luca kommt auch oft zum Reiten her – aber den Platz bei ihm auf dem Pferd wird meine Tochter dir streitig machen. Wenn Luca da ist, hat Feli Augen für niemand anderen, und teilen kommt nicht infrage.«

»Das hab ich gemerkt«, sagte ich grinsend.

Wir führten die Pferde zurück in den Stall, sattelten Nocciola ab, Alice kontrollierte die Boxen der anderen Tiere, und als wir zurück ins Haus gingen, war es schon nach fünf. Ich folgte Alice in die Küche. Vor dem Fenster stand ein kleiner Tisch, darauf lag eine bunte Decke mit Wiesenblumen in einer Milchkanne. Zahlreiche Fotos hingen an den Wänden und unwillkürlich suchte ich meine Schwester, sah aber nur Fotos von Feli und einige von Alice auf Luna.

»Wann kommt Feli zurück?«, fragte ich.

»Sie müsste bald da sein«, erwiderte Alice. »Wenn sie nicht noch mit Massimo und seinen Eltern essen geht. Massimo ist ihr bester Freund aus dem Kindergarten.« Alice öffnete den Kühlschrank. »Was ist mit dir? Hast du Hunger? Ich wollte Frikadellen und Kartoffelsalat machen, davon kann Feli sonst auch morgen noch essen, sie liebt dieses Gericht.«

»Frikadellen und Kartoffelsalat?« Ich musste lachen. »Das klingt aber nicht sehr italienisch.«

Alice sah mich unsicher an. »Das Rezept hab ich von deiner Mutter. Sie hat es mir damals beigebracht, es war immer mein Lieblingsessen. In Frikadellen und Kartoffelsalat hat sie meine Tante Gitta um Längen geschlagen.«

Auch diese Worte versetzten mir einen schmerzhaften Stich. »Meine Mutter ...«, begann ich. »Ich habe sie nie so kennengelernt. Dass sie einmal ein normaler, glücklicher Mensch war. Dass sie sich Sorgen gemacht hat, um mich ... um uns?«

Ich setzte mich an den Küchentisch. »Wie war sie mit Livia? Wie haben die beiden sich verstanden?«

Alice goss mir ein Glas Wasser ein. »Schwierige Frage«, sagte sie. »Deine Mutter hatte zwei Seiten. Sie konnte voll einen draufmachen und zu Hause, bei euch in Berlin, galt sie wohl als die coole Mutter. Livias Freundinnen haben sich bei ihr ausgeheult und sich Ratschläge für ihre Liebesprobleme abgeholt. Aber Livia hat das total genervt. *Meine Mutter tut so, als wäre sie eine von uns. Aber das ist sie nicht,* hat Livia immer gesagt. Deine Mutter hatte einen ziemlichen Kontrollzwang, was Livia betraf. Sie hing ihr ständig auf der Pelle, wollte alles wissen. *Was denkst du, was ist mit dir, hast du was, ist alles in Ordnung, bist du traurig, bedrückt dich was?* Es war eine echte Macke und ist Livia dermaßen auf den Geist gegangen, dass sie irgendwann total dichtgemacht hat. Besonders im letzten Sommer, da ging es ihr ähnlich wie mir schon all die Jahre.«

Es fiel mir schwer, Alices Blick standzuhalten. »Warum? Hat deine Mutter dich auch kontrolliert?«

Alice schnaubte, ein kurzer, verächtlicher Laut. »Das nicht. Ich hab aus anderen Gründen dichtgemacht. Meine Mutter ist ein Opfer. Immer gewesen und das hat mich angewidert. Sie hat meinen Vater geheiratet, weil sie deinen nicht kriegen konnte. Die Ehe meiner Eltern ist so was von erbärmlich, das kannst du dir gar nicht vorstellen.«

Ich straffte die Schultern. »Doch«, sagte ich. »Ich kann es mir sehr gut vorstellen.«

»Tut mir leid.« Alice griff über den Tisch und legte ihre Hand auf meinen Arm. »Es ist nur so ... deine Eltern haben sich, glaube ich, wirklich geliebt. Jedenfalls früher. Wenn die sich gestritten haben, dann eben ganz normal, was ja wohl in jeder Ehe vorkommt. Deine Mutter hat rumgezickt, dein Vater war genervt, es flogen die Fetzen. Meine Mutter hat sich geduckt, sie hat ihr Leben weggeschmissen, bevor es überhaupt richtig angefangen hat.« Wieder mischte sich der verächtliche Unterton in Alices Stimme und ihr Blick wurde hart, beinahe gnadenlos. »Nandos Tod hat ihr den Rest gegeben. Aber eine armselige Märtyrerin war meine Mutter schon immer. Da ist nichts – wirklich nichts – an ihr, was ich gerne sein möchte. Manchmal denke ich, ich hätte lieber keine Mutter gehabt als so eine.«

Ich spürte den Kloß in meinem Hals, als ich schluckte. Ich verstand Alice, ich glaube, zum ersten Mal in meinem Leben sprach mir jemand aus der Seele, und ich wünschte mir so sehr, dass dies einfach ein normales Gespräch sein könnte. Dass Alice einfach eine Art ältere Freundin für mich wäre, mit der ich mich austauschen konnte, die mir das Gefühl geben konnte, dass ich mit meinen gruseligen Eltern nicht allein war. Aber etwas zwischen uns blieb im Dunklen, und auch Alice wollte nicht, dass es ans Licht kam. Sie stand auf und griff nach dem Sack Kartoffeln, der auf der Fensterbank lag.

»Deine Mutter ...« Ich rang nach Luft. »Sie hat uns in der Apotheke gesagt, dass Nando nicht der Sohn meines Vaters war.«

»War er auch nicht.« Die Antwort kam wie aus der Pistole geschossen. »Dafür hätten sie nicht mal einen Test gebraucht.«

»Einen Test?« Verstört sah ich Alice an. »Du meinst, sie haben nach Nandos Tod ...?«

»Ja«, unterbrach mich Alice knapp. Sie knallte den Sack Kartoffeln auf den Tisch, als wollte sie ein kleines Tier darunter begraben. »Eine DNA-Probe. Mein Vater hat darauf bestanden. Glaubst du, er wäre sonst noch mit meiner Mutter verheiratet?«

Alice riss den Kartoffelsack auf. »Der hätte sie wahrscheinlich gesteinigt oder deinen Vater zum Duell herausgefordert.«

In meinem Nacken prickelte etwas, kalt und hart wie Nadelspitzen. »So schlimm?«, fragte ich.

Alice zog zwei Messer aus einem Holzpflock. Sie hielt mir eins hin und ich nickte.

»Mein Vater ist ein Arschloch«, sagte sie. »Ein mieser, kleiner Macho mit Ansichten, die selbst im Mittelalter altmodisch gewesen wären.«

Das Prickeln in meinem Nacken. Es war immer noch da.

»Und Nando?«, fragte ich. »Wie war dein Verhältnis zu ihm?«

Alice goss Wasser in einen Topf. Ihre Schultern versteiften sich.

»Mein Bruder und ich, wir waren sehr verschieden«, sagte sie mit dem Rücken zu mir. Ihre Stimme war leise geworden.

»Inwiefern?«

Alice stellte den Topf auf den Tisch, setzte sich mir gegenüber und griff nach einer Kartoffel, die sie ausgiebig in ihren Händen drehte, bevor sie mir antwortete.

Schließlich sagte sie: »Als Kinder waren wir sehr eng. Nando war mein großer Bruder, zu dem ich lange aufgeschaut habe, und wenn unsere Eltern Streit hatten, haben wir immer zusammengehalten. Es tat gut, nicht allein damit zu sein, und er hat mich auch oft vor meinem Vater in Schutz genommen oder sich für mich eingesetzt, wenn es darum ging, die Regeln zu lockern. Aber wenn wir zusammen unterwegs waren, hatte er immer ein Auge auf mich, hat die Großer-Bruder-Rolle raushängen lassen und sein Beschützerinstinkt ist mir irgendwann gegen den Strich gegangen. Ich konnte selbst auf mich aufpassen. Und ich konnte manche Dinge besser als er. Mir ist vieles, um das er gekämpft hat, einfach in den Schoß gefallen. Damit ist er nicht gut klargekommen.«

»Was konntest du besser?«

Alice schnitt ein Auge aus der Kartoffel. Sie hob den Blick nicht, aber ich sah, dass ihre Wangen sich verfärbten.

»Reiten. Nando und ich haben zusammen trainiert, von klein auf. Mein Vater wollte immer, dass Nando Jockey wird und sich für den Palio bewirbt.«

Ich runzelte die Stirn.

»Das Pferderennen in Siena«, sagte Alice. »Auch so eine Mittelalterscheiße, auf die die Italiener hier abfahren. Sie peitschen die Pferde über den Platz, Sieg ist alles, was zählt, ob die Tiere dabei draufgehen, ist denen scheißegal. Und die Zuschauer johlen, was das Zeug hält.«

Alices Stimme war zu einem wütenden Fauchen geworden, und in diesem Moment erinnerte sie mich an Antonio.

»Und da wollte Nando mitmachen?«

Alice schüttelte den Kopf. »Nando wollte kein Jockey werden. Er war Kunstreiter – gegen den Willen meines Vaters, wenn du's genau wissen willst. Sein hübsches Töchterchen, bitte sehr, aber der stolze Sohn, nein danke. Das war meinem Vater zu schwul.« Alice sah angewidert aus. »Nando war ungefähr so schwul wie Don Giovanni. Und er wollte zeigen, was er drauf hatte. Nando war ein Perfektionist und unfassbar ehrgeizig. Wir haben damals an allen möglichen Wettbewerben teilgenommen, sind gegeneinander angetreten, und Nando hat wie ein Verrückter an seinen Choreografien gearbeitet.« Ihr Lächeln war bitter. »Kennst du den Song *Crush*? Von Garbage? Der war im Soundtrack von *Romeo und Julia*.«

»Mit Leonardo di Caprio?« Ich erinnerte mich dunkel.

Alice nickte. Sie ließ die geschälte Kartoffel ins Wasser plumpsen und griff sich die nächste. »Bei einem Wettbewerb hat Nando zu diesem Song den Romeo auf dem Pferd abgezogen. Kniefall, gemimter Duellkampf, Salto vorwärts, rückwärts, die ganze Palette und alles im wilden Galopp. *I would die for you, cry for you* ... die Mädels sind komplett ausgerastet.«

»Und?«

»Er hat Silber gewonnen.«

»Und du?«

Alice zuckte mit den Schultern. »Gold. Die Sache war, mir lag null an dieser ganzen Konkurrenz. Ich hab nicht halb so viel trainiert wie Nando und bin irgendwann aus den Wettkämpfen ausgestiegen. Aber ich hatte das Reiten einfach im Blut. Bei Nando war es mehr vom Willen gesteuert. Das hat ihn rasend geärgert und stand irgendwann zwischen uns.«

Alice warf die nächste Kartoffel ins Wasser.

Ich hielt noch immer das Messer in der Hand, ohne eine einzige Kartoffel angerührt zu haben. »Und was noch?«

Alice hob den Kopf. Ihre Augen blitzten, der Ausdruck darin war schwer zu deuten. Wut. Angst. Trauer. Hass. Es hätte alles sein können.

»Was meinst du?«, fragte sie.

»Was dir noch in den Schoß gefallen ist. Du hast eben *vieles* gesagt.«

Alices Lippen wurden schmal. Sie ließ keinen Zweifel, dass das hier eine Sackgasse war – und jede weitere Frage wahrscheinlich ebendort enden würde, aber ich konnte nicht umdrehen, nicht jetzt, nicht hier.

»Wir waren bei Arturo«, sagte ich. Alice ballte ihre Faust um die Kartoffel. Sie vermied es, mir in die Augen zu sehen, aber ich sprach weiter und musste mich zwingen, ruhig zu bleiben. »Er hat mir erzählt, wo er die beiden gefunden hat. Er meinte, dass du mit Bruno auf Luca und mich aufgepasst hast, während unsere Eltern in Florenz waren. Dass wir geschlafen haben, als er mit der Polizei gekommen ist. Aber das stimmt nicht. Wir haben nicht geschlafen.«

»Woher weißt du das? Woran erinnerst du dich?« Alice hob jetzt den Blick, langsam wie in Zeitlupe, sie starrte auf mein Messer, als wäre es eine auf sie gerichtete Waffe.

»Ich war wach«, sagte ich und ließ aus, dass ich das von Luca wusste. »Luca war auch wach. Mein Vater hat geweint. Wir haben es beide gehört. Und die Angst … warum hatte ich diese Angst? Wenn ich doch nicht wissen konnte, was passiert ist? Wenn wir doch im Bett lagen und alles *verschlafen* haben?«

Ich fixierte Alice. Unter meinem Brustbein war ein stechender Schmerz.

»Wo waren wir? Wie haben wir den Tag verbracht, wo sind wir gewesen, bevor es passiert ist? Bevor meine Schwester und Nando …«

»Wir waren am Fluss«, unterbrach mich Alice. »Es war ein völlig normaler Tag, Vita.«

»Wer?« Das Stechen wurde stärker, mir wurde heiß, hinter meinen Schläfen pochte es und irgendwo an den Rändern meiner Erinnerung regte sich etwas. Ich konnte es fühlen, aber es kam kein Bild, da war nur wieder dieses Hecheln in meinem Ohr und mich erfasste eine so wilde Verzweiflung, dass ich schreien wollte – was ich wohl auch tat. »Wer war am Fluss? Wir alle?«

»Wir Mädchen«, sagte Alice. Sie lehnte sich im Stuhl zurück, versuchte, entspannt auszusehen, aber das Beben in ihrer Stimme konnte sie nicht unterdrücken. »Livia, du und ich.«

»Und Orwell? Lucas Hund?« Meine Hände zitterten und Alices Augen flackerten. Ich sah sie jetzt deutlich, die Angst.

»Ja«, sagte sie. »Orwell war auch dabei. Er war immer dabei, können wir jetzt …«

Ich hob die Hand. »Wo waren die Jungs?«

»Zu Hause, Vita. Keine Ahnung, warum, jedenfalls war Bruno bei ihm und am frühen Abend sind wir zu den beiden gestoßen.«

»Und dann?«

Ich ließ nicht los, ließ Alices Blick nicht los, ich wünschte mir, ich hätte die Macht, sie in Trance zu versetzen, ich gab alles, was mir innerlich zur Verfügung stand, alle Kraft, alle Macht, nur damit sie mir Antworten gab.

»Nichts dann, Vita. Es war ein stinknormaler Tag, verdammt noch mal. Wir haben dich zu Luca ins Bett gelegt, Nando kam vorbei, er ist mit Livia weggefahren und wir … wir haben gewartet.« Ihre Stimme hatte sich verändert, sie klang jetzt so monoton, als spulte sie ein altes Band ab.

»Gewartet, worauf?«

»Auf eure Eltern. Livia, sie wollte später in ihren Geburtstag …« Alice beugte sich vor. Sie starrte auf die Kartoffel, die sie noch immer in der geballten Faust hielt, ihre Fingerknöchel waren weiß und ihre ganze Haltung starr und verkrampft. »Vita, es reicht. Ich kann das nicht. Und ich will es auch nicht.«

Aber ich wollte. Ich musste, ich konnte nicht anders, ich war entschlossener als je zuvor in meinem Leben. »Habt ihr etwas gewusst?«, fragte ich. Meine Stimme war laut geworden. »Habt ihr es geahnt? Du warst ihre beste Freundin, Alice. Nando war dein Bruder. Du musst doch irgendetwas bemerkt haben, als …«

»NEIN!« Alice war von ihrem Stuhl aufgesprungen, die Kartoffel fiel ihr aus der Hand und rollte über den Boden. »Nein, Vita, wir haben nichts gemerkt, da war nichts zu merken – und jetzt hör auf, sonst …«

Wir fuhren beide zusammen, als das Telefon klingelte. Alice stürmte in den Flur, als stünde ein Rettungssanitäter vor der Tür. Im nächsten Moment kehrte sie wieder in der Küche zurück. »Für dich«, sagte sie und hielt mir den Hörer hin.

Es war Luca. Er hatte im Stau gestanden, Asias Tante verpasst und war immer noch in Siena. »Sie hat das Rezept für mich mitgenommen«, sagte er. »Ich muss zu ihr nach Hause und komm danach gleich zu euch. Ist alles okay?« Ich schüttelte den Kopf und sagte leise: »Ja. Danke. Bis später.«

»Warte, da ist noch was.« Lucas Stimme klang zögernd. »Trixie hat noch ein paar Mal angerufen. Mehr als ein paar Mal, um genau zu sein. Beim letzten Anruf bin ich rangegangen. Ich wollte ihr eigentlich nur sagen, dass du dich später meldest, aber sie hat mich gar nicht aussprechen lassen. Sie hat nur gesagt, sie müsste unbedingt mit dir reden.«

Er hielt inne und ich fühlte mein Herz in der Brust, ein hohles, rhythmisches Pochen. »Mein Vater«, sagte ich. »Er versucht, mich zu erreichen. Stimmt's?«

Ich dachte an Antonio. Hatte er ihn angerufen? Hatte er seinen alten Freund angerufen und ihm gesagt, er solle seine durchgeknallte Tochter abholen, die alles durcheinanderbrachte?

»Keine Ahnung. Sie wollte nichts Konkretes verraten«, sagte Luca. »Aber sie klang ziemlich aufgewühlt und wollte wissen, ob sie …« Er seufzte. »… ob sie meine Nummer weitergeben darf.«

»Auf keinen Fall!« Ich schrie es fast und gleichzeitig strömte ein Gefühl in meine Brust. Es war ein warmer, flutender Strom, der mich für einen Moment völlig aus der Bahn warf.

»Schreib Trixie, ich meld mich bei ihr, okay? Sie soll warten, auf jeden Fall warten, bis morgen. Okay?«

»Okay«, sagte Luca. »Bis später. Ich ... ich liebe dich, Vita.«

Er wartete meine Antwort nicht ab, sondern legte auf.

Ich blieb noch lange im Flur, den Hörer an meiner Brust, die Stirn an die Wand gelehnt. Niemand, nicht einmal meine Eltern hatten diesen Satz jemals zu mir gesagt. «Ich liebe dich auch, Luca«, flüsterte ich.

Alice saß wieder am Tisch, diesmal auf meinem Platz, mit dem Rücken zu mir. In hektischen Bewegungen schälte sie die letzte Kartoffel.

»Ich muss hier fertig werden, Vita«, sagte sie und ihre Stimme klang förmlich und fremd. »Kannst du dich eine Weile allein beschäftigen? Oder mir helfen?«

Ich entschied mich für beides. Ich fragte Alice, ob sie Stoffreste hatte, weil ich für Feli etwas nähen wollte. Der Gedanke war mir schon gekommen, als Alice heute Nachmittag den Baldachin auf den Metallring gezogen hatte, aber der eigentliche Grund war, dass das Nähen mich entspannte. Dass aus Alice nichts mehr rauszuholen war, hatte sie mehr als deutlich gemacht, und ich musste eine Weile allein mit meinen Gedanken sein.

Im Wohnzimmer stellte Alice mir einen Schuhkarton hin und brachte unter dem Berg aus Wäsche eine Nähmaschine zum Vorschein. Im Internet hatte ich vor ein paar Jahren eine genial einfache Technik gefunden, wie man aus Stoffresten Origamischmetterlinge herstellen konnte, für die man lediglich rechteckige Stoffvorlagen nähen musste. Mit ein paar Faltkniffen ließen sie sich in die geflügelten Wesen verwandeln, die man dann mit ein paar Stichen in der Mitte zusammennähte. Ich wählte jeweils eine Paillette als glitzernden Mittelpunkt und hatte fünf Schmetterlinge zustande gebracht, als ich Motorengeräusche vor der Tür hörte. Gleich darauf ertönten Türenschlagen, lautes Rufen und Getrappel. Feli stürmte ins Haus, ich konnte gerade noch die Wohnzimmertür hinter mir schließen, als die Kleine vor mir im Flur stand. Rotes Kleid, glühendes Gesicht, funkelnde Augen, die schwarzen Locken wild zerzaust, klebrig vom Salzwasser.

»Ich kenne dich«, sagte sie. »Du bist vom Fluss. Du bist von Luca. Wo ist Luca? Was machst du hier? Ich habe bald Geburtstag. Ich werde so alt.« Fünf ausgestreckte Finger vor meiner Nase. »Warum stehst du vor der Wohnzimmertür? Was hast du versteckt? Ist Luca da drin? Wo ist meine Mama? Und wie heißt du noch mal? Ich war am Meer, riecht man das?«

Ich hatte noch nie in meinem Leben in so kurzer Zeit so viele Fragen auf einmal gehört, aber ohne auch nur den Ansatz einer Antwort abzuwarten, stürmte Feli in die Küche. Ich folgte ihr. Der Geruch von gebratenem Hackfleisch stieg mir verlockend in die Nase, und für eine verstörende Sekunde sah ich das lachende Gesicht meiner Mutter vor meinem inneren Auge.

Im nächsten Augenblick flitzte Feli mit einer Frikadelle in der Hand an mir vorbei durch den Flur.

»Du siehst, was ich meine«, sagte Alice, als die Kleine kurz darauf ins Wohnzimmer stürmte. Mit einem bewundernden Blick hatte Alice meine Schmetterlinge begutachtet, dann alles rasch zurück in den Karton gestopft, den sie in den Tiefen eines Bauernschranks versteckte. »Annähen können wir die später«, flüsterte sie. »Die sind fantastisch schön. Danke, Pi… Vita.«

Feli stemmte die Hände in die Hüften und blickte sich im Zimmer um, als wäre sie ein Drogenhund auf der Suche nach Stoff. »Wo habt ihr meine Geschenke versteckt?«

»Wenn du so weitermachst, dann gibt es keine«, sagte Alice. »Ab nach oben mit dir. Einmal abduschen und dann ins Bett.«

Feli verschränkte die Hände vor der Brust und reckte das Kinn vor. »Ich will nicht duschen. Ich hab Hunger. Und müde bin ich überhaupt kein einziges bisschen.«

»Du hast Hunger?« Alice kniete vor Feli auf den Boden. »Es ist gleich neun, Kätzchen, und Massimos Eltern haben gesagt, ihr wart im Arlecchino essen.«

»Da waren wir!« Feli kletterte auf Alices Beine. »Aber das ist schon hundert Jahre her und auf dem Rückweg musste ich außerdem kotzen.«

»Madre Mia.« Alice stöhnte auf. »Wieder ins Auto?« Feli nickte triumphierend. Sie zog an Alices Zopf und wickelte ihn sich wie einen Schal um den Hals.

»Sie verträgt keine Kurven«, sagte Alice. »Und der Vater von Massimo fährt wie ein Irrer. Na ja. Selbst schuld. Dann komm. Willst du auch was essen, Vita?«

Ich nickte und folgte den beiden in die Küche. Der Kartoffelsalat war absolut köstlich, und die Portion, die Feli in sich reinschaufelte, war mindestens so groß wie meine. Mit vollem Mund erzählte die Kleine von ihrem Tag am Meer, baute einen Unterwasserkampf mit einem Mörderhai und die Begegnung mit einer Meerjungfrau in ihre Schilderungen ein, fragte abwechselnd nach Luca, Onkel Bruno und wie oft Schlafen es noch bis zum Geburtstag war. Sie saß jetzt wieder auf Alices Schoß, spielte an dem Lederband, das ihre Mutter um den Hals trug, und zog das untere Ende aus dem Ausschnitt des T-Shirts hervor.

Ich hielt die Luft an, noch ehe der Anhänger zum Vorschein kam. Es war ein silberner Halbmond mit einem schimmernden Mondstein in der Mitte. Er baumelte in Felis Händen, hin und her, hin und her, bis Alice ihn Feli aus den Fingern nahm und wieder unter ihrem T-Shirt versenkte. Feli rutschte von ihrem Schoß, marschierte zum Kühlschrank, verlangte nach Eiscreme zum Nachtisch und wehrte sich mit Händen und Füßen, als Alice sie schnappte und bäuchlings über ihre Schultern legte, um sie wie ein zappelndes Dynamitbündel aus der Küche zu befördern.

Felis Geschrei hallte jetzt über meinem Kopf, es verwandelte sich in lautes Lachen, in das sich rauschendes Wasser mischte. Ich ging aus der Küche in den Flur. Neben dem Regal mit den Schuhen lag mein Rucksack, Luca hatte ihn aus dem Auto geholt, auch meine Handtasche, die ich mir jetzt umhängte. Den Rucksack riss ich mit zitternden Fingern auf, zerrte Hannibal raus und starrte auf den Anhänger des Lederbandes. Ein silberner Halbmond mit einem schimmernden Mondstein in der Mitte. Spiegelgleich – da war ich mir sicher – zu dem Anhänger an Alices Lederband. Ich schloss die Augen, etwas durchrieselte mich. Traurigkeit, Freude, Sehnsucht, Angst. Wie auch immer diese Kette an Hannibals Hals gekommen war, sie hatte Livia gehört. Ich hatte ein Stück von ihr bei mir getragen, fast mein ganzes Leben lang, ohne es zu wissen.

Ich stopfte Hannibal zurück in den Rucksack, durchquerte den Flur und ging langsam, Stufe für Stufe nach oben. Hinter der Tür zum Bad quietschte Feli, Alice kicherte, als kitzelte sie ihre Tochter durch, und ich sah auf die anderen Türen, die vom oberen Flur abgingen. Es waren zwei, beide standen offen und ich lugte hinein. Hinter der linken lag Felis Kinderzimmer, in das ich nur einen kurzen Blick warf, hinter der rechten ein Schlafzimmer, offensichtlich Alices, mit Tüchern an den Wänden, bunten Seidenkissen und einer orientalischen Decke auf dem Bett. Die Treppe führte weiter nach oben, ich schlich auf Zehenspitzen hoch und sah zwei weitere Zimmer, die zu beiden Seiten unter den Dachschrägen lagen. Das rechte war blau gestrichen und gemütlich ausgestattet. Das linke Zimmer war winzig und so spartanisch eingerichtet wie eine Gefängniszelle. Ein Metallbett, ein verschrammtes Regal mit Klamotten auf der linken und Büchern auf der rechten Seite. Zwischen ihnen klemmte eine Fotokamera, ein altes, ziemlich teuer aussehendes Gerät mit einem aufgeschraubten Objektiv. Unwillkürlich durchzuckte mich der Gedanke an die Fotos, die ich auf Lucas Grundstück gesehen hatte. Die Naturaufnahmen in der Ferienwohnung und das Kinderfoto von Luca auf dem Kaminsims seiner Eltern. Vor dem Fenster stand ein Schreibtisch mit einem zugeklappten Laptop und an der Wand neben der Tür befand sich ein Kleiderhaken, an dem ein speckiger Lederrucksack hing. Etwas Silbernes blitzte daraus hervor. Ich ging darauf zu und erstarrte, als ich Schritte auf der Treppe hörte. Das Blut rauschte mir in den Ohren. Ich war in der Falle. Der einzige Ort, an dem ich mich hätte verstecken können, wäre unter dem Bett gewesen. Starr stand ich in der Mitte des Zimmers. Die Tür hatte ich offen gelassen.

Bruno trat nicht ins Zimmer.

Er blieb in der Tür stehen, ein Bein angewinkelt, die Oberarme an den Rahmen gelehnt, die Hände über dem Kopf erhoben, den er leicht zur Seite neigte, während er mich betrachtete, forschend und nachdenklich, als überlegte er, ob er ein geliefertes Paket annehmen oder zurückgeben sollte. Kälte kroch durch meine Glieder, Hitze wühlte in meiner Brust und vor meinem inneren Auge sah ich den Strick mit dem Knoten, den sich Bruno auf Arturos Grundstück unter den Hals gehalten hatte.

Ich konnte nicht atmen.

»Du warst immer schon neugierig«, sagte Bruno und lächelte ein winziges, trauriges Lächeln. Seine vollen Lippen waren dunkelrot, sein Gesicht schimmerte blass in der Abenddämmerung. »Zu neugierig.« Der Kopf neigte sich noch mehr zur Seite. »Und? Hast du was Interessantes gefunden?«

Ich wusste nicht, wie ich die Kraft finden sollte, um auch nur den Mund zu öffnen, aber dann platzten die Worte aus mir heraus, hastig und panisch. Dass ich dachte, es wäre mein Gästezimmer, dass ich heute vielleicht hier schlief, dass Luca in Siena war, dass ich jetzt noch mal nach unten gehen würde, dass es mir leidtat, wirklich. Bruno sagte nichts, er lächelte nur, und dann trat er ins Zimmer, machte die Tür frei, durch die ich mit rasendem Herzschlag nach unten floh.

Ich saß im Wohnzimmer, als Alice aus Felis Zimmer kam. Sie sah erschöpft aus und sagte, Feli hätte nach mir gefragt, sie wollte wissen, ob ich deutsche Gutenachtlieder kannte und ob ich ihr ein paar davon vorsingen würde.

»Ich wäre dir dankbar«, sagte Alice. »Sie ist nicht immer so aufgedreht, aber sie hat Energie genug, um halb Italien mit Strom zu versorgen, und in den Wochen vor ihrem Geburtstag ist es immer am schlimmsten.«

»Geburtstage«, ich erschrak vor der Schärfe in meiner Stimme, »sind ja auch etwas Besonderes.« Alices Augen flackerten auf, als ich ihren Blick einfing.

Ich ging zu Feli ins Zimmer. Es war vollgestopft mit Spielsachen, Stofftieren und gemalten Bildern, die sich auf den bunten Teppichen verstreuten. Feli lag im Bett. Sie hatte den Daumen im Mund und hob das Laken hoch, als ich eintrat. Warmer, weicher Kindergeruch, durchmischt von Seife und Erdbeershampoo.

»Komm drunter«, sagte Feli, als sei sie die Erwachsene und ich das Kind. »Dann können wir kuscheln. Welche Lieder kannst du?«

Kein einziges, dachte ich, aber als ich in meinem Gedächtnis kramte, fiel mir plötzlich doch eins ein. »Es ist aber Deutsch«, sagte ich. »Die Sprache kennst du vielleicht nicht.«

»Klar kenn ich die.« Feli grinste stolz. »Bruno und Luca sind doch halb Deutsch. Und Tante Gitta ist ganz Deutsch. Die singt immer was über kleine Blumen.«

Ich musste lachen. »Die Blümelein, sie schlafen?« Feli nickte. Sie zog den Daumen aus dem Mund. »Guck mal. Ganz krumm gelutscht. Onkel Bruno sagt, da kann eine Elfe drauf sitzen. Glaubst du an Elfen?«

Ich zuckte mit den Achseln, während ich gleichzeitig wieder ein Brennen hinter meinen Augen spürte. Feli war vier. Kaum älter, als ich es damals war. Und ich war nur wenige Monate jünger als meine große Schwester.

»Welches Lied singst du?«, fragte Feli. Sie wickelte sich eine Locke um den Finger. Ihre Haare waren noch feucht vom Badewasser.

»Ein anderes«, sagte ich. »Aber ich warne dich. Ich kann leider nicht gut singen.«

»Macht nix«, sagte Feli. »Mama singt auch wie eine kaputte Trompete.«

Ich hatte kaum die ersten Zeilen über die Lippen gebracht, als

Feli mir quietschend den Mund zuhielt. »Boah. Du singst aber *richtig* schlecht. *Noch* schlechter als Mama. Was war denn das für ein Lied?«

»Es heißt: *Weißt du, wie viel Sternlein stehen*«, sagte ich.

»Nein, weiß ich nicht. Du?«

Ich überlegte. »Auch nicht. Aber ich glaube, mehr als wir zählen können.«

Feli zog ihren Finger aus der Locke. »Das sagt Onkel Bruno auch. Er mag Sterne. Genau wie ich. Ich hab mir ein Teleskop gewünscht. Ich hoffe, ich kriege es. Weißt du, ob ich es kriege?«

Ich schüttelte den Kopf. »Und wenn ich es wüsste, würde ich es dir bestimmt nicht sagen. Dann wäre es doch keine Überraschung mehr.«

»Ich glaube ganz bestimmt, dass ich es kriege«, sagte Feli. »Und dann zeigt mir Bruno den ersten Stern am Abend. Man kann ihn jetzt schon sehen, guck mal.«

Feli zeigte aus dem Fenster, und wirklich stand ein Stern am Himmel. »Weißt du, wie der heißt?«, fragte sie.

»Abendstern, glaube ich.«

»Und wie noch?«

Ich überlegte. »Venus?«

Feli nickte. »Und weißt du, wer da wohnt?«

Ich zuckte mit den Achseln. »Keine Ahnung. Du?«

Feli nickte. »Ein Mädchen«, sagte sie. »Ein wunderwunderschönes Mädchen mit silbernem Haar. Sie heißt Livia und Onkel Bruno spielt nachts immer Flöte für sie, damit sie von da oben für ihn singt, das kann sie nämlich, schöner als ihr alle. Onkel Bruno spielt aber nur, wenn Mama nicht da ist. Weil sie dann immer so traurig ist. Deshalb soll ich auch nicht drüber reden. Aber du verrätst es nicht, oder?«

Ich schüttelte den Kopf. Sagen konnte ich nichts.

»Dann ist gut.« Feli gähnte. Sie kuschelte sich an meine Seite, ihr Körper war warm und fest und ich blieb stumm neben ihr liegen, bis ich an ihren gleichmäßigen Atemzügen hörte, dass sie eingeschlafen war.

FÜNFUNDZWANZIG

Die Tür zu Felis Zimmer hatte sich geöffnet und wieder geschlossen. Bruno hatte nur seinen Kopf hereingesteckt, dann hörte ich, wie er die Treppe nach unten ging. Ich stieg aus dem Bett, hängte meine Handtasche um, schlich in den Flur und weiter nach oben. Ich drückte die Klinke von Brunos Tür herunter und hielt den Atem an, als sie mit einem leisen Quietschen aufging. Ohne Luft zu holen, tauchte ich ins Dunkle und schloss die Tür hinter mir. Der Raum war voller Schatten, irgendwo draußen schien der Mond, aber das Licht reichte nicht. Ich machte zwei Schritte zum Regal, an einem der Bretter klemmte eine Lampe, die ich zögernd anknipste. Ich blinzelte ins Licht, als würde es das ganze Haus, den ganzen Hof erhellen. Zitternd kniete ich nieder, tastete mich durch die Klamotten, die auf dem Boden verstreut lagen, stand wieder auf und streifte die Bücher im Regal. Es waren italienische Titel, ich kannte keins, interessierte mich für keins, suchte nur nach dem einen, dem einzigen Gegenstand, von dem ich wusste, dass ich ihn hier finden würde – und entdeckte ihn in der Seitentasche des ledernen Rucksacks.

Was silbern herausragte, war die Flöte. Und was in der rechten Seitentasche steckte, war ein schmiedeeiserner Schlüssel. Er war kühl und rostig, aber als meine Hand ihn umkrampfte, brannte er sich in meine Haut wie Feuer.

Ich löschte das Licht, schloss die Tür und hastete die Treppe zurück nach unten. Sie war endlos, jede Stufe erschien mir wie ein Meilenstein. Leise Stimmen drangen aus dem Wohnzimmer, ein goldener Lichtstrahl lugte unter der Tür hervor, und vor meinem inneren Auge erschien das Arbeitszimmer meines Vaters. In einer anderen Zeit, einer anderen Welt war ich zu ihm ins Zimmer getreten, hatte ihn auf dem Sessel gesehen, die Leseprobe in der Hand, den Schock in jeder Faser seines Gesichtes.

Die Namen sind alle geändert, aber dass es die Geschichte aus Viagello ist, scheint mir unmissverständlich.

Die Geschichte aus Viagello – dieser unfassbare Zufall, der mich hierher, an diesen Ort, in diese Vergangenheit geführt hatte. Niemandem hatten Luca und ich davon erzählt – ich glaube, nicht einmal uns selbst hatten wir eingestanden, welches riesige Fass hier noch immer nicht geöffnet war, aber auch jetzt standen alle Fragen nach Sol Shepard, nach der Unmöglichkeit, wie diese Geschichte an seine Ohren gedrungen sein sollte, im Schatten der anderen Frage: Wie war das Ende der Geschichte, an dem laut Olivers Brief sogar der Schriftsteller selbst noch gearbeitet hatte?

Ich tastete mich durch den dunklen Flur, griff nach meinem Rucksack, schlich weiter zur Haustür, öffnete sie, so leise ich konnte, und zog sie hinter mir zu. Ein satter Klack, für den Bruchteil einer Sekunde blieb ich stehen, holte Luft – und dann lief ich los, ich rannte, ich floh, als sei der Teufel hinter mir her, durch den dunklen Garten und weiter, das Mondlicht im Rücken und die schwarzen Schatten der Bäume zu meinen Füßen. Ich roch die Pferde, die leise schnaubten, roch das Heu aus den Ställen und spürte die Erde unter meinen Füßen. Der Boden veränderte sich, wurde zu Schotter, knirschend und staubig, und schließlich zum weicheren Teppich des Waldes, dessen Dunkelheit mich für einen Moment lang innehalten ließ und umschloss wie eine dunkle Kuppel. Ich stand da, hielt mir die Seiten, in denen der Schmerz des Laufens stach, und konnte trotzdem atmen. Tief und gierig sog ich die Nachtluft in mich hinein. Irgendwo in der Ferne bellte ein Hund, in den Büschen raschelte es und zwischen den Bäumen, die schwärzer waren als die Dunkelheit, tauchten Lichtpunkte auf. Es waren Glühwürmchen, Dutzende von ihnen, flirrend und schwirrend tanzten sie um mich herum wie Irrlichter, die auf lautlose Weise kommunizierten, Kontakt aufnahmen und diesen Ort in einen Märchenwald verwandelten. Eine Erinnerung durchzuckte mich, ein fernes Lachen, leise und unterdrückt drang an mein Ohr. Es war das Lachen eines Mädchens oder einer jungen Frau, hell und silbrig, und im Schatten der Bäume war eine wirbelnde Bewegung. Die Wahrnehmung kam von innen, aber ich sah sie vor mir wie im Traum. Zwei Arme streckten sich aus, zwei Füße tanzten im Kreis, herum und herum. Ein Gesicht, weiß wie der Mond, tauchte auf und verschwand, während hinter mir, dunkler und tiefer, eine zweite Mädchenstimme ertönte. Ich wusste nicht, aus welchem Wald diese Erinnerung kam, aus welcher Nacht – aber ich wusste, dass die Stimme in meinem Rücken Alice gehörte und dass das Mädchen vor mir meine Schwester war.

Ich stand nur wenige Schritte von der Ruine des kleinen Häuschens entfernt, hier war die Weggabelung, an der Luca vorbeikommen musste. Ich hockte mich vor die Mauer, die kalt und klamm in meinem Rücken war, und wartete. Ich atmete und wartete, bis endlich die Motorengeräusche an meine Ohren drangen und zwei goldene Lichtkegel zwischen den Bäumen auftauchten. Ich rannte vor den Wagen, der quietschend bremste.

Luca sprang aus der Tür, verstört und fassungslos. »Was machst du hier? Was ist passiert, was ..?«

»Ich muss ins Kloster«, unterbrach ich ihn und vergaß in diesem Zustand alles andere. »Ich muss sofort ins Kloster.«

Luca schüttelte den Kopf. »Vita, beruhige dich«, sagte er beschwörend. Und dann nach einem Zögern: »Es ist schon spät. Ich hab dein Spray nicht bekommen, die Apotheke musste es bestellen, aber wir können es gleich morgen früh abholen.« Er legte beide Arme um mich. »Komm, wir fahren erst mal zu mir, dann erzählst du mir ...«

Ich presste meine Hand auf seinen Mund. Ich wollte nicht zu ihm fahren, ich wollte nichts erzählen, und schon gar nicht wollte ich bis morgen warten, um nur auf weitere Lügen und auf kaltes Schweigen zu stoßen. Ich wollte nur noch an den einzigen Ort, an dem ich endlich die Wahrheit wiederfinden würde. Was wäre, wenn ...?

*　*　*

»Was wäre, wenn …?«

So begann sein letztes Kapitel. Er hatte es gerade zu Ende geschrieben und die Antwort auf die Frage war von ihm gekommen. Er war fertig, im doppelten Sinn. Es ging nicht gut für ihn aus, aber er wusste, dass es das einzig richtige Ende war.

SECHSUNDZWANZIG

Der Mond. Der volle Mond.
Hoch über der Ruine des Klosters hing er am pechschwarzen Himmel, nur ein paar Wolken in seinem Umkreis waren durchzogen von seinem Leuchten, als wären es verwunschene Geisterkinder, die etwas von seinem Schein entwenden und mit sich in die Nacht nehmen wollten. Luca hatte den Wagen an derselben Stelle geparkt, an der ich mit Trixie und Danilo im Bulli gehalten hatte. Auf dem Weg hatte sein Handy wieder geklingelt. Dreimal. Wir waren nicht rangegangen und schließlich blieb es still. Nie war die Nacht so still gewesen.
Kein Geräusch war mehr zu hören, als Luca den Motor ausschaltete. Die Mauern der Ruine lagen vor uns, so schwarz, so mächtig und so schrecklich stumm. Nur das leise Hecheln ertönte jetzt wieder in meinem Ohr.
Ich hielt Hannibal im Arm. Ich atmete ein, ich atmete aus, und als ich meine Hand an den Türgriff legte, fühlte ich mit einer untrüglichen Gewissheit, dass Alice gelogen hatte. Arturo, Gitta, Antonio. Sie alle hatten gelogen. Ich war nicht in Lucas Bett eingeschlafen, sondern hier gewesen. Genau hier an dieser Stelle, nur in einem anderen Wagen. Auf dem Beifahrersitz war meine Schwester gewesen. Ihr Schatten, ihr Geist, meine Erinnerung an sie, hatte sich in Trixie gespiegelt, als wir mit Danilo hier geparkt hatten. Und in jener Nacht hatte Orwell bei mir gelegen und sein Hecheln hatte mich geweckt. Ich sah nach hin-

ten, auf den Rücksitz, als wollte ich mich des kleinen Kindes vergewissern, das ich einmal gewesen war, das vierjährige Mädchen, das in einem letzten großen Sommer vor dreizehn Jahren friedlich eingeschlafen war, als seine große Schwester aus dem Auto stieg, um es für immer allein zu lassen.

Das kleine Mädchen in mir musste aufwachen.

Es musste aufwachen, um mir zu erzählen, was damals geschehen war.

Mit einem letzten, tiefen Atemzug öffnete ich die Beifahrertür und stieg aus. Die Luft war so klar, dass ich meinte, sie mit vollen Händen schöpfen zu können. Luca lief um das Auto herum zu mir, griff nach meiner Hand und wir gingen Schritt für Schritt auf das Kloster zu.

Der Schlüssel passte, die Tür öffnete sich mit einem klagenden, wehmütigen Laut, der einem Seufzen glich.

Die Ruine badete im Mondlicht.

Es sickerte aus dem Himmel und ergoss sich in das mächtige Kirchenschiff, das sich mit seinen Säulen und Arkaden nach allen Seiten vor uns ausbreitete. Fast der gesamte Mittelteil lag in diesem unwirklichen Schein, der sich nach hinten und zu den Seiten in Schatten und Schwärze verlor.

Der schrille Schrei einer Fledermaus ertönte hoch über meinem Kopf, dann war die Stille wieder da, lediglich das pochende Echo meines Herzschlags blieb, tief in meiner Brust.

Wo war das Lied, das ich beim letzten Mal nicht nur im Ohr, sondern auch in mir selbst gehabt hatte? Warum hörte ich nichts? Warum fühlte ich nichts? Warum war ich so ruhig? So ruhig, dass ich schreien und aus mir herausstürmen wollte? Warum hatte ich keine Angst? Warum konnte ich atmen, wenn doch meine Schwester hier gestorben war?

Ich löste mich aus Lucas Griff, der meine Hand nur widerwillig freigab und hinter mir zurückblieb. Schritt für Schritt trat ich tiefer in das Kirchenschiff. Mein Schatten war riesig und schwarz, wie ein geisterhaftes Über-Ich tänzelte er vor mir an einer der Säulen.

Der Boden war aus sandiger Erde, es knirschte und seufzte unter meinen Füßen, und in mir herrschte noch immer diese gnadenlose Ruhe.

Ich sah nach vorn. Zentimeter für Zentimeter ließ ich meinen Blick an der gegenüberliegenden Seite des Klosters emporwandern. Für einen Moment erschien sie mir wie die Front eines gigantischen Kartenhauses, das jeden Moment in sich zusammenfallen konnte, dann wieder unerschütterlich und gegen jeden Angriff erhaben. Mein Blick glitt über die beiden Reihen der Bogenfenster, die die untere Hälfte durchzogen. Jeweils drei Stück, nach oben hin spitz zulaufend, ihre Ränder bleich wie gefrorene Milch, in ihrer Mitte tiefschwarze Nacht.

Darüber befand sich ein schmaler Mauervorsprung, auf dem sich Tauben aneinanderduckten, ihre Umrisse erschienen dunkel und vage, als wären es Geistervögel. Ein Stück höher im dreieckigen Dachgiebel war eine kreisrunde Luke, Unkraut und Efeu wucherten um sie herum. Und noch ein Stück höher, vielleicht zwei Meter unterhalb der Dachspitze, erblickte ich die Überreste des Balkons, nach links verdeckt von der Brüstung, nach rechts offen.

Da.

Dort oben hatten sie gestanden, Livia und Nando, in den letzten Minuten ihres Lebens.

Aber ich dachte es nur, predigte es in mich hinein wie ein Mantra, vom Kopf herab nach unten, in die Brust, in den Bauch, dorthin, wo jetzt nur Leere war, stumme, trotzige Leere.

Ich dachte es nur, ich fühlte es nicht.
Ein Schritt, noch ein Schritt.
Ich stand jetzt in der Mitte der Ruine.
Ein Knacken ertönte hinter mir, ein Rauschen oder Brummen, vielleicht ein Auto, vielleicht eine Täuschung. Plötzlich fühlte ich Finger, heiß und fest, sie umschlangen mein Handgelenk. Luca.
»Hast du das gehört?«
Ich gab keine Antwort, horchte nur in die Stille und wartete, Sekunden, Minuten, aneinandergereihte Ewigkeiten, die immer fahler wurden, ineinander verschwommen, zerfaserten und sich auflösten in dieses riesige Nichts.
Nichts.
Ich fühlte nichts.
Fassungslos schüttelte ich den Kopf, ballte meine Hände zu Fäusten, drückte sie gegen meine Augen, bis Sterne in meiner inneren Finsternis zerbarsten, nur um sich wieder in schwarze Leere aufzulösen.
»Es ist nichts da«, hörte ich mich sagen. Kein Funken, nicht mal der kleinste Schimmer einer Erinnerung. Es war, als hätte ich Zauberkräfte herbeigesehnt, derer ich mir so sicher gewesen war und die sich jetzt als gewaltige Illusion herausstellten, mich in einen Zustand purer Verzweiflung katapultierten.
Meine Finger tasteten nach dem Anhänger um Hannibals Hals. Dann nach dem Knoten des Lederbandes. Ich versuchte, ihn zu lösen, zu hektisch, zu zornig, um irgendetwas zu bewirken, ich zog und zerrte daran, aber der Knoten saß fest.
»Hey ...« Luca packte wieder meinen Arm. »Hey, so wird das nichts. Gib her. Ich mach das.«
Er zog mir Hannibal aus den Händen, keine Ahnung, wie er

es mit seinen abgekauten Fingernägeln schaffte, den Knoten zu lösen.

»Da.«

Er hielt die geöffneten Enden in den Fingerspitzen, ließ den Anhänger in meine geöffnete Hand sinken.

»Alice«, sagte ich. »Sie hat die gleiche Kette. Ich habe sie heute an ihrem Hals gesehen.«

Luca strich über den silbernen Halbmond, der echte am Himmel fiel darauf und ließ ihn schimmern.

»Freundschaftsketten.« Seine Stimme wurde leiser. »Aber wie ist Livias Anhänger zu dir gelangt? Was hat Alice gesagt?«

»Nichts«, murmelte ich. »Ich habe sie nicht darauf angesprochen, ich glaub, sie hat nicht mal bemerkt, dass ich die Kette an ihrem Hals gesehen habe.«

Ich wollte mir Livias Kette um den Hals binden, als mir das Band aus den Fingern glitt. Es landete im Staub zu meinen Füßen, ich bückte mich, um danach zu greifen, als plötzlich vor meinem inneren Auge dasselbe Bild noch einmal aufblitzte. Ein silbriges Schimmern im Staub. Ein hechelndes Schnüffeln, dann hörte ich meine eigene Stimme, klein und streng. *Pfui Orwell, aus! Die gehört meiner Schwester. Komm, wir bringen sie ihr.*

Ich fuhr herum. Ich sah über meine Schulter zum Tor, das noch immer einen Spalt offen stand.

»Livias Kette«, flüsterte ich. »Sie lag draußen. Vor dem Auto. Hier. Hier am Parkplatz. Ich muss ausgestiegen sein und sie gefunden haben. Ich wollte sie ihr bringen.«

Der Geschmack von Blut legte sich auf meine Zunge und deutlicher als je zuvor jagte das Bild von dem Brunnenmädchen durch meinen Kopf. Ich umschloss die Kette fest mit meiner Faust und noch einmal sah ich mich im Kloster um. Mein Blick streifte die Säulen und Arkaden, die sich nach rechts und links in die Schatten verloren, zu anderen Räumen des Kirchenschiffs führten. Ich sah die schwarzen und silbernen Flecken auf dem Boden im Mondlicht, und vor uns, wie am Ende der Welt, noch einmal den Balkon, hoch oben unter dem Himmel wie ein riesiges Vogelnest.

»Ich will hoch«, sagte ich. »Ich will da hoch.«

Die Treppe lag in völliger Dunkelheit, sie wand sich in engen Kreisen nach oben. Teile des Geländers waren weggebrochen und ich hielt mich links an der Mauer fest, während ich vor Luca die Stufen emporstieg. Ich fühlte kalten, klammen Stein auf meiner Haut und feuchte Luft in meinen Lungen, zu feucht zum Atmen, und jetzt krampfte auch die altbekannte Enge in meiner Brust, als ich höher und höher stieg.

Dear lady, can you hear the wind blow.
And did you know your stairway lies on the whispering wind.

Es war nur ein feiner, hauchzarter Ton, als dränge das Lied aus einem anderen Universum zu mir herüber.

Als wir das Ende der Treppe erreichten und ich den Balkon betrat, hatte ich zum ersten Mal die umgekehrte Empfindung. Ich konnte nicht in die Tiefe blicken. Die ganze Welt schien zu wackeln, geriet aus den Fugen, alles schwankte, die Mauern, der Balkon, selbst der Himmel über meinem Kopf.

Ich tastete nach Lucas Hand und drückte mich mit dem Rücken gegen die Mauer. Von hier aus war ich geschützt von der Sicht nach unten, Luca kauerte sich neben mich, legte vorsichtig seinen Arm um meine Schulter. Sein Kinn deutete nach oben zu der kreisrunden Luke über unseren Köpfen, die bis zu den Rändern gefüllt war mit Mondlicht, als sei sie eigens für seine volle Form erschaffen worden.

Ich drehte den Anhänger um, den ich noch immer in meiner linken Hand hielt. Die winzige Gravur auf der Innenseite war nicht zu lesen, doch ich kannte die Worte, ich hatte sie tausendmal betrachtet, ohne mir etwas dabei zu denken.

Wild nights should be our luxury.

Millimeter für Millimeter schob ich mich an der Mauer empor, bat Luca, mich zu halten, fest, fest an den Schultern, er presste sich hinter mich, sodass ich seine Wärme, seine Ruhe, seine Kraft spüren konnte. Es war, als tanzten wir zusammen auf einem Seil über das Dach der Welt, ohne Sicherheitsgurt, ohne Netz, um uns aufzufangen.

Es waren kaum drei Meter, die mich vom Abgrund trennten, aber sie schienen mir wie die weiteste Strecke, die ich je zurücklegen sollte.

Meine Knie fingen an zu zittern, meine Hände, alles in mir bebte, und der schwere Druck auf meiner Brust nahm immer weiter zu. Es lag ein absurder Widerspruch in diesen Empfindungen, als würde ich innerlich in tausend Stücke zerspringen und gleichzeitig zusammengepresst werden.

Ich sah nach unten. Luca war dicht hinter mir, aber seine Nähe schützte mich nicht mehr, sondern jagte mir Angst ein. Eine plötzliche, eiskalte Todesangst ergriff Besitz von mir. Meine Haut war zum Zerreißen gespannt und fühlte sich an, als würde mich jemand mit klirrendem Eis verbrennen wollen. Ich fror und ich brannte wie eine Fiebernde und ich war nicht mehr ich, sondern eine körperlose Instanz, die jetzt ihre Hülle verließ und sich in etwas anderes verwandelte.

Und irgendwo, in einer anderen Zeit, einer fernen Vergangenheit, erwachte auf dem Rücksitz eines Autos ein kleines Mädchen.

Ich sah es kommen, tief unter mir, ich sah, wie das Mädchen durch die offene Tür ins Innere des Klosters trat, lautlos auf nackten Füßen. In seinem Arm hielt es einen Kuschelhasen, den es fest an seine Brust drückte. Den Daumen der anderen Hand hatte es im Mund.

And a new day will dawn
for those who stand long
And the forests will echo with laughter.

Das kleine Mädchen hob den Kopf und blickte zu mir empor, und obwohl mich so viele Meter, so viele Jahre von ihm trennten, traf sein Blick mich tief in der Seele. In diesem Augenblick der panischen Liebe, die diese Vision in mir auslöste, wusste ich, dass ich aus den Augen meiner Schwester zu meinem kleinen Mädchen-Ich nach unten schaute, und ich wusste, wusste so klar wie nichts anderes in meinem Leben, dass Livia niemals gesprungen war.

Sie hätte mich nicht allein gelassen. Nicht aus freiem Willen.

Meine Lungen schlossen sich, als würde sich eine dunkle, mächtige Hand darum krampfen und drücken, drücken, drücken. Ich sackte zusammen an Lucas Brust, der seine Arme um mich legte und an den Schultern hielt, mich mit seinem Gewicht stützte, aber die tödliche Angst in meinen Adern, in meiner Lunge, in jeder Faser meines Körpers, war jetzt real.

»Wo ist dein Spray? Wo ist dein Spray, Vita? Da ist doch noch ein Rest drin, oder?« Lucas Stimme war so panisch, dass die Worte ganz flach klangen.

Ich zeigte mit dem Kinn auf meine Handtasche, mehr brachte ich nicht fertig. Luca öffnete sie, zog das Spray heraus, drückte es mir in die Hand, ich hielt es an meinen Mund, zitterte, presste mit dem Daumen und saugte, tief und verzweifelt, aber es kam nur ein winziger Schub heraus, nicht mal im Ansatz das, was ich brauchte, um diesen Anfall besiegen zu können.

Luca hielt mich, streichelte meine Schultern, meinen Rücken, flüsterte mir beruhigend ins Ohr, aber ich konnte das Schlagen seines Herzens fühlen, seine Angst – Todesangst, die er jetzt um mich hatte, weil es schlimmer wurde, weil meine Lunge schmal wie ein Strohhalm wurde, den unsichtbare Finger Millimeter für Millimeter zusammenpressten, bis das Ausatmen in mir nur noch ein hohes Pfeifen war.

Und dann hörten wir die Schritte.

Sie kamen von unten. Es waren knirschende Schritte, die lauter wurden, langsamer, auch in ihnen steckte ein verzweifelter Rhythmus, ein Zögern und Innehalten, da waren qualvolle Pausen zwischen jedem Schritt, als kämpfte auch der unsichtbar Näherkommende mit seinem Weg nach oben, aber die Schritte kamen näher, immer höher, zu uns. Das Pfeifen in meinen Lungen wurde zur Flöte, die Flöte wurde zum Lied und das Lied zur Treppe, der Treppe zu meiner Schwester, die ich jetzt vor meinem inneren Auge sah. Ihre silbernen Haare flogen im Wind, ihre Arme waren ausgebreitet.

Engelchen flieg, Engelchen flieg.

Luca sagte nichts, er bewegte sich nicht, er konnte sich nicht rühren, aber ich spürte das Rasen seines Herzens an meinem Rücken. Nach oben schauen war unmöglich, ich hielt den Kopf gesenkt, während meine Brust sich zusammenkrampfte und ich keine Kraft mehr für Widerstand hatte. Ich sah nur den Schatten der Hand vor mir auf dem Boden und hörte Luca, seinen entsetzten Schrei.

Zwei Füße tauchten zwischen meinen Beinen auf.

Bruno beugte sich herab, herab zu mir, bis meine Augen auf der Höhe seines Gesichtes waren, das bleich und starr im Mondlicht schimmerte. Sein Arm streckte sich aus, und die zur Faust geballte Hand öffnete sich langsam wie eine Blüte. Auf seiner hellen Handfläche lag etwas Weißes, Kleines. Es war nach vorn gebogen, fast wie eine winzige Waffe. Eine Waffe gegen den Tod.

Auf Brunos Handfläche lag mein Asthmaspray.

Leben strömte durch meine Lungen, aber mein Körper wehrte sich noch, krampfte sich zusammen, wollte die Luft nicht aufnehmen, als hätte er sich anders entschieden. Ich röchelte, hustete, versuchte, weiterzuatmen und das Bild meiner Schwester in den Hintergrund zu drängen. Noch ein Schub. Meine Faust krampfte sich um das Spray, ich fühlte Lucas Mund an meinem Hinterkopf, seine Tränen in meinem Nacken und langsam, ganz langsam löste das Bild meiner Schwester sich auf, verschmolz mit der Nacht und dem Mond und ich hörte die Rufe, panische Rufe, von irgendwo weiter unten.

»Bruno? Bist du da?«

Ich erkannte die Stimme erst, als sie noch lauter wurde. »Luca? VITA? Antwortet mir. Seid ihr okay? Bitte! Antwortet mir!«

Es war Alice, die irgendwo da unten war.

Eine Hand legte sich auf mein Knie.

»Es ist vorbei«, sagte Bruno so leise, dass ich ihn kaum verstand. »Es ist vorbei, ich kann nicht mehr. Es tut mir so leid, Piccola. Es tut mir so leid, was damals passiert ist.«

Ich sah zu ihm hoch, mein Blick traf seinen und etwas in mir stieg auf. Etwas Neues, etwas Altes, etwas Kraftvolles. Ich löste mich von Luca, der immer noch hinter mir saß, und kroch ein Stück nach vorne, in die Arme seines großen Bruders. Ich verbarg mein Gesicht an seiner Schulter, die so zart und so zerbrechlich war und dennoch der einzige Halt, den ich in diesem Moment haben wollte.

SIEBENUNDZWANZIG

Wir waren zu viert und wir saßen dicht beieinander, aber zwischen uns lagen dreizehn Jahre und die Ereignisse einer ganzen Nacht.

Luca und ich, Bruno und Alice.

Waren es Minuten, Stunden später? Ich wusste es nicht, ich hatte jedes Gefühl für Zeit verloren. Ich wusste nur, dass ich mich aus Brunos Umarmung gelöst hatte, als Alice zu uns auf den Balkon gestiegen war. Jetzt saß sie mit dem Rücken gegen die Mauer gelehnt. Ihre Augen waren offen, weit offen, sie saß gegenüber von Luca und mir, aber sie sah niemanden von uns an. Ihr Gesicht, ihr ganzer Körper schien zu bersten.

Sie war hier, dachte ich. Alice war hier gewesen in jener Nacht, auf diesem Balkon.

Bruno legte seine Hand auf ihr Bein. Er saß neben ihr, seine eigenen Beine angewinkelt, die Arme über den Knien verschränkt. Im Licht des Mondes sah er jünger aus, als er war, und wieder haftete ihm dieses Altmodische an. Er war ruhig, umhüllt von einem dunklen Frieden, den jetzt auch ich selbst in mir fühlte.

Ich war die Erste, die das Schweigen brach. »Hast du das Spray aus dem Bauwagen genommen?«

Bruno nickte. Seine dunklen Augen waren auf mich gerichtet.

»Die Geräusche«, sagte Luca. »Wir haben dich gehört, gestern Abend, als wir zurück auf mein Grundstück gekommen sind.«

Brunos Blick glitt zu Luca. »Nein«, sagte er langsam. »Nicht gestern. Ich war vorgestern dort. Ich hab durchs Fenster geschaut, und als ich sicher war, dass ihr schlieft, bin ich rein.«

Ich dachte an das blasse Gesicht, das ich vorgestern Nacht vor Lucas Bauwagen gesehen hatte. Ich hatte mich also doch nicht geirrt.

Luca runzelte verwirrt die Stirn. »Aber wer war dann gestern auf meinem Grundstück, als ...«

»Warum?«, unterbrach ich ihn und fixierte seinen Bruder. »Warum hast du es genommen?« Das war alles, was mich jetzt interessierte.

Ein trauriges Lächeln erschien auf Brunos Lippen. Nicht einmal eine Bitte um Vergebung lag darin. Nur Ehrlichkeit.

»Weil ich wollte, dass du verschwindest«, sagte er schlicht. »Ich hab gedacht, wenn du dein Asthmaspray nicht hast, siehst du es vielleicht als ein Zeichen und haust ab.«

»Und warum hast du es mir dann jetzt gebracht?«

»Weil ich Angst um dich hatte. Weil ich wollte, dass du bleibst.«

Ich schüttelte den Kopf. »Aber das ergibt keinen Sinn.«

»Doch«, sagte Bruno. »Es ergibt einen Sinn, einen viel größeren, als du vielleicht denkst. Du bist eine große Bedrohung für viele hier. Für mich hauptsächlich – das denken zumindest die anderen.«

»Und du?«, fragte ich leise. »Was denkst du?«

Wieder das Lächeln. Diesmal lag mehr Licht darin. »Ich denke, dass du meine Erlösung bist«, sagte Bruno. »Und vielleicht hat etwas in mir all die Jahre auf dich gewartet.«

Luca legte seinen Arm um mich, das Gesicht zu seinem Bruder gewandt. Ich drückte mich an ihn. Seine Haut war warm wie im

Fieber. Wir kamen näher. Näher an das, was passiert war, hier direkt an diesem Ort, vor dreizehn Jahren.

Ich drehte meinen Kopf zum Rand des Abgrunds. Ich dachte an die Angst in meiner Brust – eine Angst, die auch Luca in mir ausgelöst hatte, als er vorhin hinter meinem Rücken gestanden hatte. Ich sah wieder zu Bruno und sagte: »Es war kein Selbstmord. Sie sind nicht gesprungen.«

Lucas großer Bruder senkte den Kopf und dann hob er ihn ganz langsam und fing an zu nicken. Er nickte und nickte, wobei seine Gesichtszüge immer weicher wurden. Durch Luca fuhr ein Ruck, heftig wie ein Stromschlag. Ich fühlte, wie er sich verkrampfte, aber in mir war Ruhe. In mir war Dunkelheit. Aber etwas darin bewegte sich und dieses Etwas war ich selbst. Schritt für Schritt und mit traumwandlerischer Sicherheit tastete ich mich in diesem inneren Raum voran, während mein Blick auf Lucas Bruder gerichtet blieb.

»Meine Schwester wurde gestoßen«, sagte ich. »Aber nicht von dir.«

»Nein«, sagte Bruno und ein leises Beben ergriff Besitz von seiner Stimme. »Nicht von mir. Das hätte ich nie getan.«

»Wer?« Luca konnte kaum sprechen. »Wer war noch hier in dieser Nacht? Wer hat Livia umgebracht?«

Alice schloss die Augen. Ihre Hand wanderte nach oben zu ihrer Brust. Ich wusste, worauf sich ihre Finger legten, wo sie Halt und Schutz suchten, und ich dachte an das, was sie mir heute von ihrem Bruder erzählt hatte. Dass er gekämpft hatte, um alles Mögliche.

»Es war Nando«, hörte ich mich sagen. »Er hat meine Schwester gestoßen.« In meiner Stimme fühlte ich Gewissheit – nein, mehr noch: Wissen.

Ein wimmerndes Geräusch kam von Alice. Ich spürte, wie sich Lucas Brust hektisch hob und senkte. Nur Bruno und ich, wir blieben ruhig.

Bruno nickte. »Ja. Es war Nando.«

Noch ein Moment flackerte auf vor meinem inneren Auge. »Neulich morgen«, sagte ich. »Auf dem Friedhof, als ich sein Grab entdeckt habe. Bist du auch dort gewesen?«

Bruno nickte. »Wir alle suchen diesen Ort auf. Immer wieder. Auch wenn jeder einen anderen Grund dafür hat.«

»NEIN!« Luca ballte seine Hand zu einer Faust und starrte sie hilflos an, als wüsste er nicht, worauf er damit einschlagen sollte. »Warum?«, presste er hervor. »Mit ihr zusammen zu springen, das ist unfassbar genug, selbst wenn Nando geglaubt hat, dass Livia seine Halbschwester war. Aber sie zu stoßen – und dann … dann hinterherzuspringen, das hätte er nicht getan. Das hätte Nando doch niemals getan! Schon gar nicht aus diesem Grund!«

»Nando ist auch nicht gesprungen, Luca.« Die Antwort war von Alice gekommen. Ihre Finger krallten sich um den Anhänger, den sie jetzt aus ihrem Ausschnitt herausgezogen hatte. »Auch er wurde gestoßen. Und der Grund, warum das alles passiert ist – der war ebenfalls ein anderer.«

»Nein. Nein!« Luca hatte sich vorgebeugt, er war auf den Knien, sein Blick war auf Bruno gerichtet. »Bitte, sag mir, dass das alles nicht wahr ist.« Er klang so jung, so schrecklich jung und so schutzlos.

»Es ist die Wahrheit, Luca«, sagte Bruno. »Alles, was Alice sagt, ist wahr.«

Luca ließ die Fäuste sinken. Er drehte sich zu Alice. »Aber warum? Nando hat Livia geliebt, über alles. Das weiß ich noch.

Er … Scheiße! Nando war doch kein Mörder. Er … er war dein *Bruder,* Alice!«

Alice blieb stumm. Sie nickte und nickte und ihr schönes Gesicht war so voller Trauer, so voller Schmerz. Aber ich sah jetzt noch etwas anderes in ihren Zügen: Schuld.

Ich dachte an ihren Ausdruck, als ich sie heute Nachmittag zum ersten Mal nach Livia gefragt hatte, an die traurige Zärtlichkeit in ihrem Blick, als sie nach Worten suchte, um mir meine Schwester zu beschreiben, und an all die anderen Emotionen, mit denen sie die ganze Zeit über gekämpft hatte.

Am Himmel über uns war der Mond ein Stück weitergewandert. Sterne sprenkelten sich auf der schwarzen Kuppel über unseren Köpfen. *Ich will so gerne zu den Sternen. Mit Schneeweißchen und Rosenrot. Aber es ist so weit weg. So, so, so weit weg.*

Ich dachte an meine Vision von vorhin, meine tanzende Schwester im Wald, die Stimme von Alice in meinem Rücken.

Mein Blick wanderte an ihrem Hals herab, auf die Kette zwischen ihren Fingern – dieselbe Kette, die auch Livia getragen und hier vor dem Kloster verloren hatte.

Und ich wusste, dass Luca und ich die ganze Zeit im Irrtum gewesen waren, als wir an die vier gedacht hatten. An Nando und Livia, das perfekte Liebespaar, das zusammen in den Tod gesprungen war, und an ihre besten Freunde Bruno und Alice. Die Reihenfolge hätte eine ganz andere sein müssen.

Ich hielt den Anhänger vor meine Brust, er schimmerte hell im milchigen Mondschein, und als Alices Blick darauf fiel, fingen ihre Lippen an zu zittern. Sie drückte den Handrücken vor ihren Mund.

»Meine Schwester war nicht mit Nando hier oben«, sagte ich leise. »Sondern mit dir. Ihr wart am Fluss, zusammen mit mir und Orwell. Und danach sind wir hierhergefahren. Ich bin im Auto eingeschlafen, Orwells Hecheln hat mich geweckt. Und draußen im Staub lag diese Kette.«

Ein Nicken, kaum merklich. Alice nahm die Hand von ihren Lippen. Ich rieb meinen Daumen über die Rückseite des Anhängers, fühlte die feinen Vertiefungen der Inschrift. Einer verborgenen Inschrift.

»*Wild nights*«, sagte ich. »Die Gravur auf der Rückseite. Meine Schwester und du ... ihr seid mehr als nur Freundinnen gewesen.«

Es schien Alice Kraft zu kosten, ihre Augen offen zu halten. Ihre Lider wurden schwer und für einen Moment erinnerte sie mich an ihre Mutter Bianca.

»*Wild nights*«, wiederholte sie anstelle einer Antwort und drehte ihr Gesicht zum Mond. »*Wild nights, wild nights, where I with thee, wild nights should be our luxury*. Das ist aus einem Gedicht von Emily Dickinson. Einem ...« Jetzt sah Alice mir direkt in die Augen. »... einem Liebesgedicht.«

»Oh Gott«, flüsterte Luca. Er war von mir, von uns allen abgerückt und drückte sich in den hintersten Winkel des Balkons.

Die Mauer wurde heiß in meinem Rücken, aber vielleicht war es auch mein eigenes Blut. Ich fühlte mich, als würde ich mit den Steinen verschmelzen. Wir alle zuckten jäh zusammen, als Lucas Handy anfing zu klingeln.

»Stell es ab«, sagte ich und dann, zu Alice und Bruno gewandt: »Erzählt es uns. Erzählt es von Anfang an. Was ist passiert in dieser Nacht? Was ist wirklich passiert?«

Alice und Bruno wechselten einen langen Blick. Und endlich wich auch die Angst aus Alices Zügen und machte einem Ausdruck Platz, in dem ich Hoffnung, Erleichterung las.

Sie sah erlöst aus.

Bruno nickte ihr zu. »Fang du an.«

Sie straffte ihre Schultern, verknotete die Finger ineinander und holte tief Luft. »Es war der Abend vor Livias achtzehntem Geburtstag«, sagte sie und sah schräg an mir vorbei, als säße neben mir noch jemand. »Deine Schwester hatte Streit mit Nando, wie so oft in diesem letzten Sommer. Nando und sie waren noch immer ein Paar, aber Livia hatte sich entzogen. Körperlich – und innerlich eigentlich auch. Aber Nando wollte es nicht wahrhaben, und Livia brachte es nicht fertig, ihm die Wahrheit zu sagen. Sie blieb bei ihm, obwohl es längst eine Lüge war. Das Verrückte ist, sie hing so sehr an ihm – aber ...« Alice zog die Beine an und schlang ihre Arme um die Knie, als würde sie frieren. »... verliebt war sie in mich und ich in sie. Gespürt hatten wir es schon eine Weile, aber wir hielten uns beide zurück, bis es irgendwann nicht mehr ging. Im Sommer davor hatte es richtig angefangen zwischen uns beiden, kurz vor Livias siebzehntem Geburtstag. Auch damals waren wir hier oben gewesen, es war unser Ort. Ich hatte Livia die Kette geschenkt und im Jahr darauf ...«

Alice sah zum Abgrund. »In jener Nacht wollten wir noch einmal hierher. Es war eine Nacht wie diese, der Mond war voll, wir haben ... wir haben uns hier oben geliebt. Und dazu lief Livias Lieblingslied.«

And if you listen very hard
The tune will come to you at last

»*Stairway to Heaven*«, sagte ich, und auf Alices Nicken zu Bruno: »Ich habe dich gehört. Du warst hier oben, neulich Nacht. Du hast das Lied auf der Flöte gespielt.«

Bruno antwortete nicht, aber das brauchte er auch nicht.

»Wir hatten den tragbaren CD-Player dabei«, fuhr Alice fort.

»Das Lied lief auf Endlosschleife. Livia hat es immer und überall gehört, besonders in diesem Sommer, und dieser Ort hier war wie geschaffen dafür. Wir kamen vom Fluss, dort hatten wir den Tag verbracht, zusammen mit dir. Auf dem Rückweg bist du eingeschlafen, Livia wollte herkommen, wir haben dich im Auto gelassen. Dich und Orwell, wir haben die Autotür offen gelassen und sind hier hoch.«

»Und Nando? Wo war er?« Luca rieb sich die Augen, mit einer heftigen, von Schmerz erfüllten Geste, als hätte er eine brennende Flüssigkeit darin. »Und wo warst du?« Er drehte sich zu seinem Bruder, nahm die Finger von den Augen, aber sein Blick brannte noch immer. Es schien ihn tiefer zu treffen als mich. Bruno schwieg. Er streckte seine Hand nach Luca aus, aber auf halbem Weg hielt er inne, als wüsste er, dass er ihn jetzt nicht erreichen konnte.

»Bruno war mit dir zu Hause«, sagte Alice zu Luca. »Und Nando wollte auch dorthin kommen, wir wollten zusammen in Livias Geburtstag reinfeiern, jedenfalls war das der Plan. Aber ich ...« Alice rang nach Luft. »Ich wollte, dass Livia meinem Bruder die Wahrheit sagt«, presste sie hervor. »Endlich, endlich die Wahrheit.«

Alice löste ihre Arme von den Knien. Sie legte den Kopf in den Nacken. »Das war etwas, was mich an Livia rasend gemacht hat. Sie wollte Nando nicht verletzen, sie hatte panische Angst davor und konnte nicht einsehen, dass sie mit ihrem Verhalten genau das tat. Sie nannte ihm keinen Grund, zog sich einfach zurück, und Nando flippte langsam, aber sicher aus.« Alices Stimme war heiser vor Wut. »Alles in mir hat darauf gebrannt, meinem Bruder zu sagen, was zwischen Livia und mir lief. Für mich war es schon schlimm genug, meine Eltern belügen zu müssen, weil mein Vater niemals billigen würde, dass ich ...« Alice lachte bitter, »... dass *seine* Tochter eine Lesbe war. Aber meinen Vater zu hassen, war einfach. Meinen Bruder zu hassen ... das war schwer.«

Aus Lucas Mund kam ein krächzender Laut. Er sah Bruno an, der seinen Blick erwiderte, ruhig und zärtlich.

»Es gibt so viele Formen von Liebe«, sagte er. »Das ist das Kranke daran. Unser Verstand, der uns glauben machen will, dass Liebe sich in ein Raster sperren lässt. Aber Liebe ist frei, und Liebe bleibt immer Liebe, ganz egal, wem sie gilt.« Bruno lächelte traurig. »Ich liebe dich, Luca. Ich liebe dich als meinen kleinen Bruder und ich weiß, dass du mich damals verloren hast, so wie Vita Livia verloren hat. Und Nando ...«, Bruno sah zu Alice, »... hinter allem, was war und nicht sein durfte, hast auch du einen großen Bruder verloren, den ein Teil in dir geliebt hat.«

Alice schloss die Augen.

»Weiter!« Lucas Stimme war schneidend. »Ich halt das nicht aus. Ich will wissen, was weiter passiert ist. Du und Livia.« Er hob das Kinn. »Ihr seid hier oben gewesen. Und dann?«

»Wir hörten Nandos Vespa, bevor wir sie sahen.« Alice blickte zur Treppe. »Und im selben Moment fiel mir auf, dass Livia ihre Kette nicht mehr trug. Am Fluss war sie noch an ihrem Hals gewesen. Ich war nie abergläubisch, aber in diesem Moment hatte ich plötzlich schreckliche Angst, dass es ein böses Zeichen war. Und gleich darauf standen die beiden Jungs schon vor uns. Nando schrie mich an, ich sollte abhauen, er wollte mit Livia alleine sein. Ich stand auf – ich sah Nando an, ich sah Bruno an und ich dachte: Nando weiß es. Bruno hat ihm von Livia und mir erzählt.«

Bruno schüttelte den Kopf. Es lag so viel Müdigkeit in dieser Bewegung, so viel Erschöpfung und Resignation, als hätte er seit jener Nacht nichts anderes mehr getan, als innerlich den Kopf zu schütteln.

»Ich weigerte mich zu gehen«, sagte Alice. »Ich wollte die beiden nicht alleine lassen, nicht in diesem Zustand. Auch Livia war aufgestanden, aber es kam mir vor, als ob sie sich auflösen wollte. Ich wusste, dass es jetzt bei mir lag. Ich sagte Nando, dass es aus war. Dass ich die Lügerei satthatte, und wenn Livia nicht die Wahrheit sagen könnte, dann würde ich es übernehmen. Livia schüttelte den Kopf, sie beschwor mich, ich sollte aufhören. Sie sagte, ich sollte es nicht kaputt machen.«

Alice drehte sich wieder zu uns. Ihre Augen wurden schmal wie die einer Katze und ihre Stimme war ein heiseres Fauchen. »Es *war* kaputt. Es war längst kaputt. Ich fuhr Livia an, dass sie uns nicht beide haben könnte. Dass sie sich entscheiden müsste, für mich oder für meinen Bruder.«

Alice hielt inne. Ihr Ausdruck veränderte sich, sie presste die Finger an den Nasenrücken und schüttelte den Kopf. »Ich werde nie sein Gesicht vergessen. Nando hat es begriffen, und gleichzeitig wollte er nicht begreifen, was er gerade gehört hatte. Er schrie, dass wir ihn verarschen wollten. Dass wir ihm einen Scheiß einreden wollten, um davon abzulenken, was er gerade über unsere Eltern erfahren hatte. Er machte einen Schritt auf uns zu, ich wollte mich vor Livia stellen, aber sie drückte mich zur Seite. Sie fragte Nando, was er meinte, und er spuckte ihr die Worte ins Gesicht. Dass ihr Vater unsere Mutter gefickt hatte. Dass Livia es die ganze Zeit gewusst hatte. Das schrie Nando immer wieder: *Er hat sie gefickt, du hast es gewusst, und deshalb hast du mich nicht mehr an dich rangelassen. Weil wir Halbgeschwister sind!*«

Die Worte hallten durch das Kloster, hallten durch mein Inneres, hohl und leer.

»Und dann?«, fragte ich.

Alice und Bruno sahen sich an.

»Deine Schwester fing an zu lachen«, sagte Bruno tonlos. »Sie hat immer an den falschen Stellen gelacht, immer die falschen Dinge komisch gefunden und diesmal …« Er zuckte mit den Achseln. »Es war wie eine Fehlsteuerung. Livia konnte einfach nicht aufhören zu lachen.«

»Ich hab sie angefahren, dass sie sich verdammt noch mal zusammenreißen sollte«, sagte Alice. »Zu Nando hab ich gesagt, dass ich nicht an diese Geschichte glaubte. Mir waren unsere Eltern scheißegal. Es ging um uns.« Stolz und Trotz schwangen in ihrer Stimme mit. »Livia hatte sich von Nando zurückgezogen, weil sie mich liebte. Das schrie ich meinem Bruder ins Gesicht, immer und immer wieder, während Livia lachte. Und dann …«

Alice brach ab. Sie beugte sich vor, verkrümmte sich, als zerrte ein Tier an ihren Eingeweiden.

»Nando fing an, sie zu schlagen«, sagte Bruno. »Er schlug Alice ins Gesicht, immer wieder, ich habe versucht, die beiden auseinanderzubringen, Nando hat mir die Faust in den Magen gerammt. Ich bin die Knie gegangen, und dann hat sich Alice auf Nando gestürzt, hat mit den Fäusten auf ihn eingetrommelt, bis er sie am Nacken gepackt hat und …« Bruno sah zum Abgrund. »Dahin. Da hat er sie hingedrängt. Ich kam nicht vom Boden hoch, aber Livia … sie hat sich neben Nando gestellt. Sie hat ihn am Arm gezerrt, hat nicht mehr gelacht, sondern geweint und ihn angefleht, dass er Alice loslassen soll. Nando hat sich zu ihr umgedreht, seine Hand war immer noch in

Alices Nacken. *Sag mir, dass es nicht stimmt,* hat er gezischt. Ja, gezischt. Es klang, als würde er Feuer spucken: *Sag mir, dass es eine Lüge ist.*«

Ich schwieg. Wir alle schwiegen.

Alice sprach es aus: »*Ich liebe dich, Nando* – das waren Livias Worte. Als Nächstes sagte sie: *Aber deine Schwester liebe ich mehr.* Und dann ...«

Bruno drückte Alices Hand. »Und dann hat Nando Alice losgelassen. Er hat einen Schritt zurückgemacht. Er hat beide Hände in die Luft gehoben, als ob er sich ergeben wollte. Und dann ... dann ...«

Bruno hielt inne. Alice sprach weiter. Es war wie ein Dialog, wie eine vor ewigen Zeiten einstudierte Choreografie, die jetzt zum ersten Mal aufgeführt wurde. »Dann packte er Livia bei den Schultern, drehte sie um und stieß sie nach unten.«

Luca erhob sich von seinem Platz an der Mauer. Wie ein Geist ging er auf den Abgrund zu. Senkte den Kopf, sah nach unten und für den Bruchteil einer Sekunde hatte ich Angst, er würde springen.

Doch dann strafften sich seine Schultern. Er drehte seinen Kopf wieder um und sah zu Bruno, klare, kalte Ruhe im Blick. »Und dann kamst du«, sagte er.

»Ja.« Bruno sah seinen kleinen Bruder an. Es klang so schlicht, so folgerichtig, dass mir übel wurde. »Nando stand schon am Abgrund, ich musste nicht mehr viel tun. Nur ein einziger Stoß und Nando stürzte herab. Ich habe Nando getötet. Und du ...« Bruno sah zu mir. »Du hast es gesehen. Du standest unten und hast alles gesehen.«

Ich rührte mich nicht, ich hatte das Gefühl, mich nie wieder rühren zu können.

In all den Nächten, die mich mit Albträumen gequält hatten, in all den Momenten, in denen der Anblick von etwas Fallendem mir die Kehle zugeschnürt hatte, in all diesen Jahren des Schweigens und des Tabus hatte die Wahrheit immer in mir gelegen.

Es ist vorbei, dachte ich. Aber ich fühlte es nicht. Noch nicht.

»Wie konntet ihr?« Die Worte waren von Luca gekommen. »Wie konntet ihr die beiden dort liegen lassen? Zusammen gestorben, weil ihre Liebe zu groß war.« Luca spuckte auf den Boden. »Wie konntet ihr den beiden über all die Jahre diese kranke Lüge andichten?«

Bruno erhob sich, langsam, wie in Zeitlupe, den Blick nach unten gerichtet.

»Wir haben es nicht gekonnt«, sagte er. »Wir hätten es niemals gekonnt.«

Ich sah zu ihm hoch, während zeitgleich ein Bild vor meinem inneren Auge erschien, verschwommen, halluzinogen, aber ich hatte das Gefühl, aus einer anderen Zeit, aus einem anderen Ich heraus ebenfalls in die Höhe zu blicken.

»Wer war es dann?«, hörte ich mich fragen.

Alice erhob sich ebenfalls.

»Kommt mit«, sagte sie.

* * *

Die Schläge des Türklopfers hallten durch das leere Haus.

Drei kurz aufeinanderfolgende, dann eine Pause, dann zwei und dann noch einmal drei. Das war Brunos Zeichen. Er hatte es lange nicht mehr gehört, aber wenn er ehrlich war – erwartet hatte er es längst.

Damals hatte Bruno auch an seine Tür geklopft, in den frühen Morgenstunden jener Nacht. Es hatte panisch geklungen – mehr wie ein Trommeln, dessen Echo in seinen Ohren widerhallte.

Bruno und ihn verband eine besondere Beziehung. Schon als der Junge klein gewesen und er noch öfter drüben bei den Eltern der Brüder gewesen war, hatte er Bruno mehr als die anderen gemocht. Nie war er einem derart hochsensiblen Menschen begegnet. Die Wahrnehmung des Jungen umfasste ein unsagbar breites Spektrum, Sinneseindrücke und Emotionen drangen ihm um ein Vielfaches stärker unter die Haut als anderen Menschen. Livia war vielleicht die Einzige gewesen, die Brunos Welt mit ihm hatte teilen können, auch seine Welt der Bücher und der Musik. Wenn Livia abreiste, hatte Bruno noch stärker gelitten als Nando, war in tiefe Abgründe gestürzt, wenn auch aus einer anderen Liebe heraus.

Und jedes Mal hatte Bruno ihm sein Herz ausgeschüttet – seine Ängste, seine Wünsche, seine Geheimnisse und später auch die der anderen. So vieles hatte der Junge ihm anvertraut, dem älteren Freund, dem Vertrauten.

Er hatte zugehört, und der Schriftsteller in ihm hatte gar nicht anders gekonnt, als alles im Geist zu notieren. Wofür, das hatte er damals nicht gewusst – und eingemischt hatte er sich nie.

Bis zu jener Nacht.

Abermals hämmerte es an die Tür, diesmal fünf Schläge, laut und wütend. Das war Luca. Wer sonst? Brunos kleiner Bruder hatte mehr vom Vater geerbt, als ihm lieb war, vor allem die rebellische Seite, die Livias Schwester in ihm geweckt hatte. Und natürlich: Auch Luca hatte ein Recht darauf zu erfahren, was mit seinem Bruder geschehen war.

Er griff nach dem Manuskript, das fertig ausgedruckt neben ihm auf dem Schreibtisch lag. Auf das Titelblatt hatte er ein weiteres Zitat aus Romeo und Julia *gesetzt.*

»Und Liebe wagt, was irgend Liebe kann.«

Niemals würde er das Bild vergessen, das ihn damals am Fuß der alten Abtei erwartet hatte. Die beiden Liebenden, so jung, so schön, selbst im Tod. Es hatte ausgesehen, als hielten sie sich an den Händen, nachdem sie von der hohen Brüstung in den Tod gesprungen – gemeinsam aus dem Leben geschieden waren. Wie bei Shakespeare.

Genau dieser Gedanke hatte sich damals in ihm festgesetzt, als Bruno ihn zum Kloster gebracht hatte, und je verzweifelter der Junge sich an ihn geklammert, je selbstzerstörerischer er wiederholt hatte, er wäre ein Mörder, desto stärker hatte dieser Gedanke das Gegengewicht gebildet und den dunklen Moment in ein neues Licht getaucht.

Romeo und Julia.

Es war so naheliegend, so einfach gewesen, aus der Wahrheit um die beiden vermeintlichen Halbgeschwister die Lüge zu stricken – und ihm war sofort klar gewesen, dass niemand sonst in diesem Fall zu einer Entscheidung fähig war, außer ihm.

Die beiden Jugendlichen hatten völlig unter Schock gestanden – Bruno in seiner mittlerweile hysterischen Litanei, die Polizei zu rufen, und Alice in vollkommener Starre. Sie hatte die Kleine im Arm gehabt, die so leblos gewesen war wie eine Puppe. Noch heute sah er den Blick, mit dem sie zu ihm hochgeschaut hatte. Die Augen riesig, der Mund eine schmale, farblose Linie, als gäbe es ihn nicht mehr in diesem Gesicht.

Er hatte es in die Hand genommen. Er hatte die beiden mit der Kleinen nach Hause geschickt. Er hatte ihnen eingebläut, was sie zu tun hatten, hatte sie beschworen, seine Anweisungen bis ins kleinste Detail zu befolgen. »Legt die Kleine ins Bett. Tut einfach so, als ob ihr nie hier gewesen seid. Die Kleine wird nichts sagen, sie weiß es schon jetzt nicht mehr. Es wird aussehen wie der Selbstmord, der es ebenso gut hätte sein können.«

Sie hatten ihm gehorcht und es hatte funktioniert, genau wie er es prophezeit hatte. Kein einziger Ton war der Kleinen über die Lippen gekommen, nicht in der Nacht, als er mit der Polizei im Haus von Brunos Eltern erschienen war, und auch nicht die Tage danach. Als schließlich Thomas und Katja aus Viagello abreisten, hatten Gitta und Antonio bereits Bescheid gewusst, das war der einzige Punkt, in dem Bruno ihm nicht gefolgt war. In einem Anflug aus Verzweiflung hatte sich der Junge seinen Eltern anvertraut, war mit allem herausgeplatzt – aber sie waren ebenso überfordert und geschockt wie Bruno und Alice gewesen und hatten schnell gewusst, auf wen sie hören sollten. Gemeinsam hatten sie die Lüge aufrechterhalten, die dafür sorgte, dass Bruno nicht als Mörder verurteilt wurde, und die jeder, aber auch wirklich jeder ihnen, ohne mit der Wimper zu zucken, abgekauft hatte, selbst Bianca und Giovanni.

Der Türklopfer. Ein drittes Mal, diesmal eine schnelle, energische Folge, vermutlich Alice.

Er nahm das Manuskript in beide Hände und bemerkte mit leichter Verstörung, dass sie zitterten. Ich habe es doch nur für Bruno getan. Das war die Stimme, die ihm damals zugeredet hatte, Nacht für Nacht, wenn er nach anderen Geschichten suchte, obwohl doch nur diese eine in ihm erzählt werden wollte.

Doch dann war die Kleine zurückgekommen und hatte ihn in ihrer Hartnäckigkeit zu Fall gebracht. Sie war es gewesen, die ihm das Ende in die Feder diktiert hatte. Und damit seine Rolle, die er in der ganzen Geschichte gespielt hatte.

Es war keine Heldenrolle, nicht die des unparteiischen Schriftstellers oder die des gütigen älteren Beobachters.

Sondern die des Verräters.

Des Bösewichts.

Ein viertes Mal klopfte es an die Tür, nur ein einziges Mal, und er wusste genau, dass sie es war, die jetzt den schweren glatten Griff betätigt hatte. Vielleicht betrachtete sie die Zacken der Sonne, die das schmiedeeiserne Gesicht umgaben, vielleicht erinnerte sie sich auch an die Schafe und seine Ausführungen auf dem Weinberg.

Es war Zeit.

Arturo Verdane, von dem nur eine Handvoll Menschen wusste, wessen Pseudonym sich hinter seinem Namen verbarg und mit welchem Handwerk er seine Millionen wirklich verdient hatte, klemmte sich das Manuskript unter den Arm, zog den Kasten mit den Fotos heraus und stieg die Treppen hinunter, um den vieren die Tür zu öffnen.

Das Licht blendete ihn, als wäre es heller Tag und nicht die frühe Morgendämmerung, die ihre Umrisse zu Silhouetten verschwimmen ließ.

Er bat sie nicht herein. Das war nicht nötig, denn das, was er vorhatte, konnte er ebenso gut hier draußen erledigen.

»Hier ist etwas, das euch gehört«, sagte er und seine Stimme klang jetzt fester, als er befürchtet hatte. »Euch allein.«

Er legte das Manuskript in die Hände des Mädchens und überreichte Bruno den Kasten.

Das Mädchen starrte auf das Manuskript. Sie las den Titel, das

Zitat, den Namen des Autors. Dann hob sie ihren Kopf und zum ersten Mal erinnerte sie ihn an Livia. Es war, als ob die große Schwester ihn durch die Augen der kleinen anschaute.

Bruno wendete sich von ihm ab. Über den Brunnen blickte er zum Himmel, an dem die Sonne nur noch knapp unter dem Horizont stand.

»Diese Nacht«, sagte er tonlos, als spräche er zu jemandem, der hier nicht anwesend war. »Diese Nacht vor dreizehn Jahren hat nie aufgehört. Bis jetzt. Ich habe das Gefühl, jetzt kann es endlich Morgen werden.«

ACHTUNDZWANZIG

Winzige Tautropfen hatten sich wie durchsichtige Perlen aus Glas an das riesige Spinnennetz geheftet. Es war ein filigranes Kunstwerk der Natur, wie es keine Menschenhand besser hätte erschaffen können. Und doch hatte *er,* der Verfasser dieses Manuskriptes, im Grunde nichts anderes getan, als sein feines Netz zu weben, die Fäden der Figuren zusammenzufügen, um sie zu seiner Geschichte zu verbinden.

Nein.

Nicht zu seiner.

Es war *unsere* Geschichte.

Vor Lucas Bauwagen hatten wir uns ins Gras gesetzt. Keiner von uns wollte den Anfang machen, aber dann griff Luca als Erster nach den Blättern. Er las nur das Schlusskapitel vor, und während im immer helleren Licht des Morgens unsere letzten Fragen beantwortet wurden und wir von einem Schriftsteller erfuhren, der Gott hatte spielen wollen und damit noch weitere Leben zerstört hatte als das von meiner Schwester und Lucas Cousin, verlor sich mein Blick zwischen den Bäumen im Netz der Spinne. Dass die Sonne aufgegangen war, hatte ich gar nicht bemerkt, aber als wir das Manuskript zur Seite gelegt hatten, stand sie hoch am Himmel, der jetzt in einem klaren, sauber gewaschenen Blau strahlte. Siddharta, die Schildkröte, hockte reglos zwischen Luca und mir im Gras. Ihr Kopf lugte aus dem Panzer hervor und ihre wimpernlosen schwarzen Augen blickten ins Nichts.

Bruno war als Erster aufgestanden. Er hatte mir den Karton mit den Fotos in den Schoß gestellt und mir mit einer unendlich zärtlichen Bewegung über die Wange gestrichelt. Danach hatte er seine Hand auf Lucas Schulter gelegt und ich spürte, wie ein Ruck durch Lucas Körper fuhr, bevor er langsam seine eigene Hand hob und sie auf den Handrücken seines Bruders legte. Eine Weile lang verharrten die beiden Brüder in dieser stummen Geste, dann hatte Bruno seine Hand langsam weggezogen und war gegangen, ohne sich umzudrehen.

Wenig später war Alice ihm mit einem kurzen Abschiedsgruß gefolgt. Letzte Nacht hatte sie ihre Freundin Sina gebeten, bei Feli zu bleiben, jetzt musste sie zurück nach Hause. Das Manuskript hatten Bruno und Alice bei uns gelassen, ihr Schweigen machte mehr als deutlich, dass sie keine weiteren Worte mehr lesen wollten.

Luca und ich waren in seinen Bauwagen gegangen, hatten uns ausgezogen und gemeinsam ins Bett gelegt. Ich wusste jetzt, dass ich hier sein durfte, mehr noch: hierhergehörte, dass dieser Ort nicht fremd war in all seiner Anziehung, die ich vom ersten Augenblick an gefühlt hatte, ohne sie deuten zu können. Ich lag eingeigelt auf der Seite, Luca hatte sich dicht an meinen Rücken geschmiegt und hielt mich mit seinen Armen umschlungen. Ich fühlte die Wärme seiner Haut, seinen Atem in meinem Nacken und sah auf den dicken Stapel Papier, der jetzt auf Lucas Tisch lag. Ich dachte an die ersten Sätze, die ich aus diesem Manuskript gelesen hatte, die Szene vom Fluss, die mich damals so berührt, mir so am Herzen gezogen hatte. Vor meinem inneren Auge erschien noch einmal das Bild meines Vaters, wie er im Sessel in seinem Arbeitszimmer saß, die Manuskriptseiten auf dem Schoß, den Blick vor Entsetzen weit geöffnet. Ich hörte wieder das scharfe Wort, das in jener Nacht die Stille des Zimmers durchschnitten hatte wie ein Rasiermesser. *Raus.*

Mein Vater hatte mich, ohne es zu wissen, hinausgeschickt, fort von ihm – und hin zu dem Ort, an dem die Geschichte von Sol Shepard ihren Anfang und ihr Ende genommen hatte.

Aber was ich hier in Viagello erlebt, empfunden und mir an Bildern aus meiner Kindheit zurückerobert hatte, das hatte mit dieser Geschichte nichts zu tun. Es mochte sein, dass sie brillant geschrieben war, aber was ich wirklich fühlte, gefühlt hatte, das ließ sich nicht in fremde Worte fassen.

Ich fand ja nicht mal eigene dafür.

Dieser Mann – und jetzt drang die Ungeheuerlichkeit langsam in mich ein – hatte meine Geschichte, unsere Geschichte gestohlen und sie zu seiner eigenen gemacht. Und ich – ich wollte sie mehr als alles andere in meinem Leben *zurück*. Nicht nur für mich, sondern auch für meine große Schwester.

Dreizehn Jahre lang waren meine Eltern im Glauben gelassen worden, ihre Tochter hätte sich umgebracht, genau wie Bianca und Giovanni, die Eltern von Nando. Dreizehn Jahre lang hatten meine Eltern gedacht, sie würden mir die Wahrheit vorenthalten, aber so war es nicht gewesen. Sie hatten eine Lüge gehütet, und es lag jetzt an mir, ihnen die wahre Geschichte zu erzählen oder es zu lassen.

Zu einer Entscheidung war ich in diesem Augenblick noch nicht fähig, aber ich spürte, dass sich etwas in mir bewegte, tief in meiner Brust. Etwas bröckelte, schwach und unbeholfen, als fände es zum ersten Mal Raum und wüsste nicht, wohin, und ich hielt es instinktiv fest. Mir kam das Bild von dem kleinen Mädchen im Brunnen, das ich in so vielen Albträumen gesehen hatte, in den Sinn. Ich fühlte die Angst; meine eigene und die des kleinen Mädchens, ich fühlte seine Verzweiflung und meine Hilflosigkeit, und wieder schnürte sich meine Kehle zu, wieder wurde meine Brust zu einer eisernen Klammer und nahm mir die Luft. Das Asthmaspray lag neben dem Bett, aber ich wollte es nicht nehmen, ich wollte atmen, aus eigenem Willen. Ich drückte mich noch tiefer in Lucas Umarmung, hielt mich fest an seinem Atem und seinen geflüsterten Worten, dass es vorbei war, dass es jetzt endlich, endlich vorbei war, und obwohl für mich noch immer etwas Entscheidendes fehlte, fühlte ich, wie ich langsam in den Schlaf glitt, der schwer und traumlos war.

Den orangefarbenen Bulli auf Lucas Grundstück hielt ich im ersten Augenblick für ein Trugbild und die Dämmerung für den frühen Abend. Aber als ich aus Lucas Bauwagen trat, sah ich, dass gerade wieder die Sonne aufgegangen war. Luca lag noch im Bett. Wir mussten weit über zwanzig Stunden geschlafen haben – und der orangefarbene Bulli war keine Einbildung, sondern stand wirklich da.

Die Tür war offen und auf den Treppenstufen saß Danilo mit Trixie, die schlafend an seiner Schulter lehnte. Aber ihr Gesicht hatte einen gequälten Ausdruck und die Finger ihrer im Schoß liegenden Hände zuckten nervös.

Das Gras war feucht unter meinen nackten Füßen, als ich langsam auf die beiden zuging, mich vor Danilo hockte und vorsichtig meine Finger in die von Trixie flocht.

Sie fuhr zusammen, krampfartig schlossen sich ihre Hände um meine, als hätte sie gefunden, wonach sie verzweifelt gesucht hatte, und wollte es nicht wieder loslassen.

Erst dann öffnete meine Freundin die Augen, sah mich an, blinzelte, wie um sich zu überzeugen, dass auch ich kein Trugbild war, dann sprang sie auf und fiel mir in die Arme. Sie weinte, weinte so furchtbar, dass sie kein einziges Wort über die Lippen brachte und ich diejenige war, die sie tröstete und ihr immer wieder sagte, alles sei gut.

Sie waren gestern Abend angekommen, erzählte mir Danilo. Luca war mittlerweile zu uns gestoßen und Trixie hatte sich halbwegs wieder beruhigt. Sie hatten abends an Lucas Bauwagen geklopft, und als niemand öffnete, durchs Fenster geschaut, hinter dem wir tief schlafend im Bett lagen. Auch Lucas Eltern waren zum Grundstück gekommen, auf der Suche nach uns, vor allem aber auf der Suche nach Bruno, der seit gestern Mittag verschwunden war. Niemand, auch nicht Alice, hatte eine Ahnung, wohin.

Dafür war noch jemand da, jemand, der meinetwegen gekommen war, jemand – an dieser Stelle brach Danilo ab, weil jetzt auch ihm die Tränen kamen und Trixie den Satz zu Ende bringen musste –, jemand, den sie in Rom vom Flughafen abgeholt hatten und der jetzt drüben in der großen Ferienwohnung auf mich wartete.

Ich wusste sofort, wen sie meinten. Mein Vater war gekommen. Trixies Anrufe fielen mir ein, ihre Frage, ob sie Lucas Handynummer weitergeben durfte, was sie offensichtlich nicht getan, dafür aber selbst Antworten gefunden und gehandelt hatte.

Ich schüttelte den Kopf, als Luca mit mir nach drüben gehen wollte.

»Nein«, sagte ich. »Diesen Weg muss ich allein machen.«

Als ich über die Wiese in Richtung des Bauernhauses ging, kam es mir plötzlich kleiner vor, gedrungener im rötlichen Schimmer des Morgens. Oben im zweiten Stock stand ein Fenster offen, dahinter hörte ich leises Schluchzen und eine dunkle Männerstimme. Antonio und Gitta. War ihnen klar, was wir erfahren hatten? War Alice bei ihnen gewesen oder – Bruno? Wussten Lucas Eltern, dass mein Vater hier war, hatten sie womöglich auch ihm erzählt, wie das wirkliche Ende der Geschichte lautete? Vor der Türschwelle lag Orwell. Er hob den Kopf, als ich näher trat, und für einen Moment verharrte ich, Auge in Auge mit dem Hund, der damals an meiner Seite gewesen war. Dann gähnte er, mit einem lang gezogenen, seufzenden Laut und senkte träge den Kopf.

Ich wandte mich ab, ging weiter, sah nach rechts zu der von Akazien geschützten Ferienwohnung mit der Pergola, auf deren Terrasse ich vor wenigen Tagen Lucas und Alices Eltern belauscht hatte. Es kam mir vor, als wären Jahre seit diesem Augenblick vergangen und doch sah ich die vier wieder so deutlich vor mir, als wäre es erst gestern gewesen. Sie alle hatten um einen Tisch gesessen, Lucas Vater mit dem Rücken zu mir und ihm gegenüber Bianca. Auch sie waren Geschwister, mehr noch: Zwillinge, aufgewachsen im selben Mutterleib – aber im Leben und ihrer Trauer um die Toten getrennt durch eine unfassbare Lüge. Wie hatte Antonio das seiner Schwester antun können? Wie hatte er es ausgehalten, ihr all die Jahre ins Gesicht zu sehen und sie glauben zu lassen, dass ihr Sohn noch leben würde, wenn sie damals nicht mit meinem Vater geschlafen hätte? Denn letztendlich musste Bianca Nandos Tod darauf zurückführen und die Schuld bei sich selbst suchen.

Wie würde sie jetzt die Wahrheit aufnehmen – und wie würde Giovanni reagieren, wenn er erfuhr, dass sein Sohn ein Mörder, seine Tochter eine Lesbe war? Denn dass Luca nicht länger schweigen würde, das war mir klar. Mit seinem Geständnis hatte Bruno ihm den Freifahrtschein gegeben – und vielleicht waren Bruno oder Alice sogar selbst zu ihren Eltern gegangen und hatten gestanden.

Für einen Moment schoss mir sogar die schreckliche Möglichkeit in den Sinn, dass Giovanni Bruno etwas angetan hatte, denn schließlich war auch Bruno ein Mörder und hatte Nando getötet.

Als ich mich zu unserer alten Ferienwohnung umdrehte, klopfte mir das Herz bis zum Hals. Ich stieg die Treppen hinauf, aber gleichzeitig hatte ich das Gefühl rückwärtszugehen, mit jeder Stufe, kleiner und jünger werden. Sechzehn, fünfzehn, vierzehn, dreizehn, zwölf, elf, zehn, neun, acht, sieben, sechs, fünf, vier …

Ich drückte die Türklinke herunter und der Schmerz in meiner Brust war wieder da, als ob sich noch einmal alles in mir festkrallte, all das Alte, über Jahre Gefangene, die ganze große Lüge.

Das linke Zimmer, in dem meine Schwester damals gewohnt hatte, schien benutzt worden zu sein. Ein schmaler Abdruck war auf der Rosenüberdecke des Bettes zu erkennen – aber er sah nicht aus, als hätte jemand lange hier gesessen oder gelegen, sondern eher, als hätte jemand versucht, Platz zu nehmen, um im nächsten Moment fluchtartig den Raum wieder zu verlassen.

Ich ging durch die Küche, den Flur, vorbei am damaligen Zimmer meiner Eltern zu meinem eigenen, meinem alten Kinderzimmer. Auch diese Tür stand offen. Das Zimmer war gefegt und gesäubert worden und auf dem Korbstuhl vor dem offenen Fenster saß jemand. Jemand, der zu mir gekommen war und hier auf mich gewartet hatte. Aber dieser Jemand war nicht mein Vater.

Es war meine Mutter.

Sie hatte mir den Rücken zugewandt, wie bei meiner Abreise,

unbeweglich, starr, mit hoch erhobenem Kopf. Nur ihre Schulterblätter zitterten, und als ich den ersten Schritt ins Zimmer setzte, drehte sie sich zu mir um.

Meine Mutter sah zu mir hoch und ich sah zu ihr herunter und sie sah so klein aus, so schrecklich klein und gleichzeitig so schrecklich in sich selbst gefangen. Ihre Gesichtszüge schienen zu bröckeln, die Haare waren länger als sonst, krauser, vielleicht sogar ein bisschen unordentlicher. Aber ich konnte es nicht ertragen, sie anzusehen, der Schmerz in meiner Brust war zu groß, und das Mädchen im Brunnen war wieder da, mit seinen großen, verzweifelten Augen und dem fehlenden Mund. Ich wusste jetzt, dass nur ich es aus seinem Gefängnis befreien konnte. Die Steine des Brunnens waren jetzt körperlich spürbar, als speicherten sie die Gefühle, die ich zum ersten Mal in allen Facetten wahrnehmen konnte. Da waren Wut und Zorn und Fassungslosigkeit. Da waren Ekel und Hass, Stolz und Trotz, aber dahinter, hinter den schützenden Steinen des Brunnens, trat noch etwas anderes an die Oberfläche.
Wer kommt in meine Arme?
Ich schloss die Augen.
»Als deine Schwester zur Welt kam«, hörte ich meine Mutter sagen, »hier auf diesem Grundstück in unserer alten Ferienwohnung, da war es früher Morgen, so wie heute. In der Nacht hatte es gestürmt und ein paar Mal war es ziemlich kritisch gewesen, weil die Wehen so stark waren und wir keinen Arzt rufen konnten. Dein Vater war noch mehr mit den Nerven runter als ich, er hatte panische Angst, aber Gitta war die Ruhe in Person und die beste Hebamme, die ich mir hätte wünschen können. Als sie Livia in meine Arme legte, fing dein Vater an zu weinen.

Ich liebe dich, sagte er, immer wieder und wieder, und es dauerte eine Weile, bis ich begriff, dass er diese Worte nicht an mich, sondern an deine Schwester richtete. Er kniete vor unserem Bett und konnte seinen Blick nicht lösen von ihr. Und ich ...« Meine Mutter hielt inne und ich öffnete die Augen. Sie hatte ihren Kopf gesenkt und starrte auf etwas in ihren Händen, etwas Weißes, Kleines, an dem sie mit ihren Fingern herumzupfte.

»... und ich«, fuhr sie tonlos fort, »habe mich so schrecklich geschämt. Auch ich habe dieses zarte Wesen in meinem Arm geliebt. Aber ich hatte es nicht gewollt, nicht zu Anfang zumindest und nie von ganzem Herzen. Deine Schwester war nicht geplant und ich war noch so jung. Ich wollte studieren, reisen, mein Leben bauen, ich war mir damals noch nicht mal sicher gewesen, ob ich für immer mit deinem Vater zusammenbleiben wollte. Wir haben uns geliebt, aber ich war noch nicht bereit für eine durchgeplante Zukunft. Ich war so bürgerlich aufgewachsen, Schule, Abitur, Studium ... ich habe Gitta beneidet, die durch die Welt gereist war, die in fremden Ländern gelebt hatte, bevor sie Antonio kennenlernte.«

Von draußen drang das träge Gurren einer Taube herein, gefolgt von dem zwitschernden Tink-Tink-Tink eines anderen Vogels. Meine Mutter zuckte mit den Achseln, zwei, drei schwache Bewegungen, als hätte ich ihr eine Frage gestellt.

»Als ich erfuhr, dass ich schwanger war, gab es keinen Zweifel, dass wir das Kind bekommen würden. Aber ein Teil von mir hat sich dagegen gewehrt, und als deine Schwester auf der Welt war, ist auch ein Teil von ihr mir fremd geblieben. Livia ließ sich nicht stillen ...«, meine Mutter stockte, »ganz im Gegensatz zu dir. Und der Einzige, von dem sich deine Schwester, ohne zu weinen, die Flasche geben ließ, war dein Vater.

Sie hing an ihm, aber mehr noch hing dein Vater an ihr. Ich glaube, er liebte sie mehr als alles auf der Welt. Wenn Livia nachts aufwachte oder weinte, war immer er derjenige, der zu ihr ging oder sie gleich mit zu uns ins Bett holte, während ich im Gästezimmer die Nächte durchschlief. Er las ihr vor, jeden Abend, stundenlang. Livias Lieblingsgeschichte hieß *Das Mädchen, das vom Himmel fiel*. Es war ein Mädchen von einem fremden Stern, das durch einen Zufall auf der Erde landete. Dort fand es Menschen, die es aufnahmen und großzogen, bis es irgendwann zurück in seine Heimat konnte. Deine große Schwester kannte dieses Buch in- und auswendig. Und zu deinem Vater hat sie mal gesagt: *Einmal, da hast du wohl nachts zum Himmel geguckt und dir ein kleines Mädchen gewünscht und vielleicht habe ich das gemerkt und bin zu dir und deiner Frau gekommen. Aber weißt du, in Wirklichkeit gehöre ich dort oben hin.*«

Meine Mutter sah noch immer nicht zu mir. Ihre Hände nestelten ununterbrochen an dem Gegenstand auf ihrem Schoß und jetzt erkannte ich, dass es ein Stern war, ein Stern aus Stoff, weich und flauschig mit einer Schnur, wahrscheinlich eine Spieluhr. Die Finger meiner Mutter zogen daran, aber es kam keine Musik.

»Mama, ich ...«, setzte ich an und das Wort *Mama* fühlte sich so fremd an auf meinen Lippen. Sie hatte keine Ahnung, was mit Livia passiert war, und ich musste es ihr sagen, aber ich wusste nicht, wie. Ich starrte auf den flauschigen Stern in ihren Händen und dachte, dass er Livia gehörte. Meine Mutter drückte ihn an ihre Brust, dann hob sie langsam den Kopf. »Ich hab ihn aufbewahrt. Zu Hause. Er ist das Einzige, was ich behalten habe, außer ... außer der Asche. Diesen Stern«, meine Mutter sah mich noch immer nicht an, sondern fixierte einen Punkt hinter meinem Rücken, »hat Gitta mir geschenkt, als ich in den ersten Monaten schwanger war.« Ihre Augen flackerten. »Mit dir. Und diesmal wollte ich es, von ganzem Herzen. Ich habe mit dir gesprochen, für dich gesungen, den Stern auf meinen Bauch gelegt, wenn ich deine Bewegungen in mir spürte, und ich habe ihn aufgezogen, damit du das Lied hören konntest, was auch später dein Lieblingslied geworden ist. Du hattest kein Interesse an Büchern, aber wenn ich dir vorgesungen habe, das hast du immer geliebt.«

Ich krampfte meine Finger ineinander, ich stand ganz starr und ich musste nicht fragen, ich wusste, welches Lied meine Mutter meinte. Mir kam es vor, als hörte ich ihre leise Stimme in meinem inneren Ohr.

Weißt du, wie viel Sternlein stehen
an dem blauen Himmelszelt …

»Ich habe dich so sehr geliebt, dass es wehtat«, sagte meine Mutter. »Ich bin einmal gefragt worden, was für mich die schlimmste Vorstellung der Welt wäre, und meine Antwort war: ›Dass meiner Tochter etwas zustößt.‹ Erst danach bin ich zusammengezuckt, weil mir klar wurde, was ich da gerade gesagt hatte. Ich hatte zu diesem Zeitpunkt bereits zwei Töchter, dich und Livia. Aber bei dieser Frage, da habe ich …« Meine Mutter schluckte und drückte den Stern noch fester an ihre Brust. »Da habe ich nur an dich gedacht. Und nach dem Tod deiner Schwester, da … konnte ich nicht …« Meine Mutter hob die Hände, der Stern fiel von ihrem Schoß und landete mit einem dumpfen Geräusch auf der Erde. »Der Schmerz war zu groß. Ich wusste, irgendwie würde ich es verkraften, dass Livia tot war – aber dich zu verlieren, diese Angst wurde so unermesslich groß, dass ich sie nur aushalten würde, wenn ich mir verbot, dich weiter zu lieben. Und die Vorstellung, dass deine Schwester sich selbst das Leben ...«

»Nein!«

Der Ausruf war aus meinem Mund gekommen, kälter und schärfer, als es meine Absicht war.

Meine Mutter zuckte zusammen und eine Weile war es still.

»Livia hat sich nicht das Leben genommen«, sagte ich, noch immer mit dieser kalten Stimme. »Nando hat sie von der Brüstung gestoßen, weil Livia in Alice verliebt war. Und Bruno hat Nando gestoßen. Gleich danach. Sie sind nicht freiwillig gestorben. Sie wurden getötet.«

Es war so seltsam, diese Worte aus meinem Mund zu hören, mit dieser fremden, kalten Stimme, auf die ich keinen Einfluss hatte.

»Woher ... woher weißt du das ...?«

Zum ersten Mal sah meine Mutter mir in die Augen.

»Ich war dort«, sagte ich. »Ich war dabei. Ich habe alles mit angesehen. Zu Luca ins Bett gesteckt wurde ich erst später. Es war Arturos Idee. Der Winzer, der sie gefunden hat – angeblich. Bruno hat ihn damals geholt. Die Idee mit dem Selbstmord, die Idee zu lügen, kam von ihm.«

Meine Mutter zitterte. Aber sie zitterte nicht, wie man sich das normalerweise vorstellt, sondern sie zitterte überall, an jeder Faser ihres Körpers, ich sah, dass es ein inneres Zittern war, das langsam und sehr mächtig zu einem Beben wurde, als würde sie von innen zersprengt. Noch immer sah sie mich dabei an – und ich sah sie an. Ich sah in ihre Augen und fühlte alles noch einmal, den Hass, den Ekel, die Fassungslosigkeit, die Wut, den Zorn, die Verzweiflung, den Trotz, dass ich es alleine schaffen würde, dass ich niemanden brauchte, der mich liebte, dass ich mich selber lieben konnte, und während ich all das fühlte, sah ich wieder das kleine Mädchen in mir. Es baute einen Brunnen, Stein für Stein für Stein, immer rundherum um sich selbst, bis es hinter den Mauern verschwand.

Aber mit dem Beben meiner Mutter begann auch das Beben in mir, es sprengte die Steine des Brunnens, und alles, was ich danach fühlte, war Sehnsucht. Nicht nach meiner Schwester. Nicht nach meinem Vater. Ich hatte Sehnsucht nach meiner Mutter, die jetzt von ihrem Korbstuhl aufstand.

Wer kommt in meine Arme?

Noch immer trennte uns der ganze Raum. Noch immer stand ich mit dem Rücken zur Tür und meine Mutter mit dem Rücken zum Fenster.

Sie hatte aufgehört zu zittern. Sie weinte. Tränen liefen ihre Wangen herunter, verwischten ihre Wimperntusche, die sich in schwarzen Tropfen dazumischte. Zu ihren Füßen lag der Stern, zu dem sie noch einmal hinabsah, während sich ihre Finger ineinander verkrampften. Ich wollte laufen, aber ich konnte nicht, ich konnte nicht mal mehr sprechen. Aber das musste ich auch nicht.

Meine Mutter kam. Schritt für Schritt durchquerte sie den Raum, bis sie vor mir stand und mich in den Arm nahm.

Ich weiß nicht mehr, wie lange wir dort standen, bevor meine Mutter mir erzählte, was sie von Trixie erfahren hatte und dass sie noch vor ihrer Abreise meinen Vater angerufen hatte, der morgen aus New York hierherfliegen würde. Ich nahm diese Sätze nicht wirklich auf, sie waren nicht wichtig, nicht mal die

Information, dass mein Vater kam, bedeutete mir etwas in diesem Moment.

Das Einzige, was zählte, war, dass meine Mutter mich im Arm hielt und ich endlich, endlich weinen konnte.

EPILOG

Das Feuer schaffte es nicht gleich.

Im ersten Moment dachte ich sogar, die Flammen würden ersticken, ersticken an der Fülle von Worten und Seiten, die ein fremder Mensch über uns geschrieben hatte. Aber dann griffen die Flammen nach dem Papier, erst zögernd und dann immer gieriger verschlangen ihre heißen Zungen die Geschichte, verleibten sie sich ein und ließen sie in Form winziger Aschefunken zum schwarzen Himmel hinaufsteigen.

Luca und ich waren zum Fluss gefahren, zur geheimen Badestelle. Das Manuskript zu verbrennen, war Lucas Idee gewesen, und der Wunsch, es bei Nacht zu tun, meine.

Feuer, so erzählte mir Luca, galt als das Element mit den höchsten Schwingungen. Die anderen Elemente reinigten, während das Feuer transformierte, indem es Materie verbrannte, die Bestandteile – in diesem Fall Buchstaben, Worte und Sätze – in flüchtige Stoffe umwandelte, sodass nur die mineralischen Reste als Asche zurückblieben.

Auch die anderen Elemente umhüllten uns. Der schwarze Himmel, dessen Sterne vor dem Licht der Flammen verblassten, der rauschende Fluss und der warme, von der Sonne des Tages aufgeheizte Sand unter unseren Körpern.

Zwei Tage waren seit der Ankunft meiner Mutter vergangen, zwei Tage, in denen vieles geschehen war, wir vieles erfahren hatten. Bruno hatte sich der Polizei gestellt, noch vor Arturo, und für Lucas Bruder sah es gut aus. Sein Anwalt hatte dafür gesorgt, dass er vorerst auf freiem Fuß bleiben konnte, wir hatten ihn sogar kurz bei Alice besucht. Er war ruhig und gelöst, während Alice viel weinte und ständig meine Nähe suchte, vielleicht wegen meiner Schwester, vielleicht aber auch, um Abbitte zu leisten für das, was damals geschehen war und an dem natürlich auch sie die Verantwortung trug.

Meinen Vater wiederzusehen, war erstaunlich unemotional gewesen im Vergleich, ja fast im Gegensatz zu dem Wiedersehen mit meiner Mutter, die ihn gestern Abend vom Flughafen in Pisa abgeholt hatte. Aber der Schock saß tief in ihm, als er erfuhr, wie meine Schwester ums Leben gekommen war, und ich fragte mich, wann wir als Familie so weit sein würden, über all das zu sprechen. Vielleicht niemals? Vielleicht aber auch früher, als ich es mir jetzt vorstellen konnte.

Das, was die Erwachsenen hinter geschlossenen Türen miteinander ausmachten, ihre Trauer und ihren Zorn, ihre Vorwürfe und ihre Auseinandersetzungen, das hielten wir erst einmal bewusst von uns fern, zu etwas anderem wären wir gar nicht in der Lage gewesen. Es war etwas zwischen ihnen – zwischen zwei ehemals besten Freunden, zwischen einem Bruder und seiner Zwillingsschwester, zwischen Elternpaaren, die um ihre Kinder trauerten, zwischen Lügnern und Betrogenen.

Ich will dann strafen oder Gnad erteilen.

Die Nachricht, dass Sol Shepard sein Manuskript zurückgezogen hatte, erreichte meinen Vater über seinen Freund Oliver. Wir vier sprachen nicht darüber, klar war nur, dass wir außer dem Schlusskapitel nichts aus dem Manuskript lesen wollten und dass auch niemand sonst davon erfahren sollte. Ich wollte nicht, dass es sich zwischen uns und unsere Geschichte schob, dass es unsere Wahrheit beeinflusste und in den Hintergrund drängte, und ich wusste, dass es den anderen genau so erging.

Ich tastete nach Lucas Hand, fühlte die Wärme, die von ihr ausging und die Verbindung, die jetzt zwischen uns war.

Wir hatten uns nicht einfach so kennengelernt.

Wir kannten uns ein Leben lang, hatten uns verloren und wiedergefunden, und wenn es hieß, dass Liebe blind machte, dann traf dieser Spruch nicht auf uns zu. Wir hatten die Augen nicht verschlossen, wir hatten uns gegenseitig geholfen zu sehen, und das hatte unsere Verbindung noch tiefer gemacht.

Ich fühlte mich mit allem verbunden in diesem Augenblick. Mit Himmel und Erde, Wasser und Feuer, das jetzt langsam vor unseren Augen zu weißer Asche wurde, die lautlos in der Luft tanzte, bevor sie sich auflöste. Auflöste in was?

Vor diesem Sommer hätte ich wahrscheinlich *in nichts* gesagt, denn das war meine Schwester in meiner Vorstellung gewesen. Eine Abwesenheit, eine Leere, ein Loch in unserer Familie. Aber hier an diesem Ort, da fühlte ich sie, ich fühlte sie in allem, was uns umgab, und auf ihre Weise hatte sie mir ein großes Geschenk gemacht. Nicht nur meine Vergangenheit hatte sie mir zurückgegeben, sondern mich auch zu dem Jungen geführt, den ich schon als kleines Mädchen geliebt hatte.

Ich schaute in Lucas Gesicht, das er zum Fluss gewandt hatte, und wusste, dass auch er in der Vergangenheit hing, an Bruno dachte, seinen großen Bruder, und ich wünschte ihm so sehr, dass auch er jetzt mit einem anderen Gefühl bei ihm sein konnte.

Die Slackline spannte sich über dem Wasser, so dicht über der Oberfläche, dass sie kaum zu sehen war. Bevor die Sonne untergegangen war und wir das Feuer gemacht hatten, war Luca einige Male darüber balanciert, jetzt griff er nach meiner Hand und zog mich langsam mit sich hoch. »Das Wasser ist flach genug, dass ich neben dir gehen kann«, sagte er. »Du brauchst dich nur an meiner Hand festzuhalten, dann kannst du allein über das Wasser laufen.«

Vorsichtig setzte ich den Fuß auf das schmale Band, das sogleich anfing zu schwingen. Ich taumelte, dachte nicht, dass ich es schaffen würde, aber Luca gab mir Halt und es gehörte seltsamerweise kaum etwas dazu, nur das Wissen, dass eine Hand da war, direkt neben mir, dass ich nicht alleine war mit etwas, das ich nicht kannte, dass ich Hilfe bekommen und mich an jemandem festhalten konnte.

Schritt für Schritt für Schritt tastete ich mich vor und griff dabei immer wieder nach Lucas Hand, um das Gleichgewicht zurückzuerobern.

»Und jetzt«, flüsterte er, als ich auf der Mitte des Seils angekommen war. »Schau nach unten.«

Ganz langsam neigte ich meinen Kopf und sah den Mond. Ruhig und leuchtend lag er zu meinen Füßen auf der schwarzen Oberfläche des Wassers. Ich hielt den Atem an, dann holte ich tief Luft und fing an zu schwingen, ganz leicht, aus den Kniekehlen heraus, während Luca mir die geöffnete Hand hinhielt, die ich beim Landen berührte und beim Aufschwingen losließ. Durch die Schwingungen bewegte sich auch das Wasser, bewegte sich auch der Mond und mit meinem Blick auf ihn wuchs mein Wunsch, die Geschichte aus meiner Perspektive, meinem Blickwinkel zu erzählen und sie für Livia aufzuschreiben.

Ich schwang höher, meine Füße federten auf dem Seil, lösten sich und dann sprang ich ins Wasser zu Luca.

Ich sah sein Gesicht im silbrigen Schein des Mondes, der jetzt über uns war, spürte seine lebendige Nähe, seinen Brustkorb, der sich hob und senkte, seinen Atem, der durch ihn hindurchströmte, sein Lächeln.

Er ließ meine Hand los, zog sich das rote T-Shirt, das er auch bei unserer ersten Begegnung getragen hatte, über den Kopf, warf es zum Ufer und tauchte kopfüber ins Flusswasser.

Auch ich zog mein Kleid aus, sah ihm nach und rief: *Warte! Ich will mit zum Wasserfall!*

Noch einmal zog mich Luca in den Strudel der Gischt, schob mich an den Schultern zwischen die Felswände, bis ich rücklings im Spalt saß und das ohrenbetäubende Wasser über meinem Kopf zusammenbrach. Diesmal wusste ich um die Vergangenheit, die mir beim ersten Mal wie ein Trugbild erschienen war, aber als ich die Felswände losließ und in Lucas Arme glitt, fühlte ich vor allem das Glück, *hier,* am Leben zu sein, in dieser Gegenwart, der einzigen, mit der ich rechnen konnte.

Ich schlang meine Beine um Lucas Körper, drückte meine Brust an seine und griff mit beiden Händen sein Gesicht. Während er sich langsam im Kreis drehte und ich mich mit ihm, küssten wir uns, es war ein atemloser, endloser Kuss, der alle anderen Gedanken ausschaltete.

Irgendwann schwammen wir zurück zum Ufer und legten uns oben auf den Felsen. Der Mond war verschwunden, aber dafür waren die Sterne da. Unendlich viele funkelten über unseren Köpfen in der nachtschwarzen Finsternis. Ich dachte an Livias Lieblingsgeschichte, von der meine Mutter mir erzählt hatte, dem Mädchen, das vom Himmel fiel. Ich dachte an den Stern, den meine Mutter in den Händen gehalten hatte, ich dachte an das Lied, *Stairway to Heaven,* das Bruno für Livia gespielt und das sie so geliebt hatte, ich dachte an den fremden Planeten, den Luca und ich uns als Kinder als unser Zuhause geträumt hatten. Aber was ich fühlte, war etwas anderes. Nicht die Sehnsucht, dort oben zu sein, nicht die Anziehung zu den Sternen oder einer anderen Welt. Es war wunderschön, sie anzusehen – aber all das konnte ich nur von hier, von der Erde. Das war das Einzige, was ich wusste, dass ich hier auf der Erde lebendig war und dass ich leben wollte. Ich spürte diesen Wunsch stärker und tiefer als jemals zuvor.

Ich drehte mich zu Luca, der neben mir lag. Die Nacht war warm, das Wasser auf unserer Haut war bereits getrocknet, nur Lucas Haare waren noch feucht und ich roch den Fluss darin und die Nachtluft.

Den Kasten mit den Fotos – irgendwann würde ich ihn öffnen, aber auch so war mir Livia nah, alles war mir nah, auch Trixie und Danilo, die auf Lucas Grundstück auf uns warteten, die mich begleitet hatten auf dieser Reise und mit denen wir vielleicht weiterziehen würden, vielleicht aber auch nicht.

Alles war offen, und genau das war das Schöne daran. Denn im Grunde war das Leben genau so, es war offen, lag vor uns wie ein langes Band, auf dem zu laufen, manchmal ein Balanceakt war und uns ins Schleudern brachte.

Aber genau wie Luca hing ich daran, ich hing am Leben und mich zog nichts fort davon, schon gar nicht jetzt, nicht hier, mit Luca in dieser stillen, sternklaren Nacht, nach deren Ende ein neuer Tag beginnen würde.

Ich danke

Maria Regina Heinitz. May Aurin. Martina Nommel.
Sofia Abedi. Inaíe Marcondes Macedo.
Katrin Weller. Julia Röhlig. Antonia Thiel. Susanne Baumann.
Albrecht Oldenbourg.
Miriam Willer.
Ruth Studer. Michael, Lia und Miro Fichtner.
Ulrich, Eugenie, Samuel und Miriam Meyer-Horsch.
Martin, Birgit, Leila, Paul und Stella Permantier.
Phoebe Derakhshani.
Andrea Menghini.
Michael Meiffert. Jochen Nordheim.
Vera Langer. Dunja Batarilo.
Lambert Schneider.
Elisabeth Gilbert.
Angela Stader. Christine Biermann.
Sarah Schüddekopf.
Kerry Eielson, John Fanning und meinen MitMusern aus La-Muse.
Sylvia Englert.

Und am allermeisten danke ich:
Christiane Düring und Eduardo Macedo.
Ohne eure Ideen, eure Unterstützung und Begleitung bis zum Ende dieser längsten Nacht hätte ich das Buch nicht schreiben können.

Der Roman enthält Zitate aus folgenden Quellen:

Kapitel 3, 10, 13, 15, 26 und 27: Led Zeppelin, *Stairway to Heaven*

Kapitel 9, 27 und Epilog: William Shakespeare, *Romeo und Julia* (Deutsche Übersetzung: A. W. Schlegel)

Kapitel 16, 26 und 27: Emily Dickinson, *Wild Nights – Wild Nights!*

Kapitel 22: KISS, *I Was Made for Loving You*

Kapitel 24: Garbage, *Crush*

Kapitel 28: Wilhelm Hey, *Weißt du, wie viel Sternlein stehen*

Wir danken für die freundliche Genehmigung zum Abdruck der zitierten Texte. Sollten trotz intensiver Nachforschungen des Verlags Rechteinhaber nicht ermittelt worden sein, so bitten wir diese, sich mit dem Verlag in Verbindung zu setzen.

Isabel Abedi

Isola

Zwölf Jugendliche, drei Wochen allein auf einer einsamen Insel vor Rio de Janeiro – als Darsteller eines Films, bei dem nur sie allein die Handlung bestimmen. Doch bald schon wird das paradiesische Idyll für jeden von ihnen zu einer ganz persönlichen Hölle. Und am Ende müssen die Jugendlichen erkennen, dass die Lösung tief in ihnen selbst liegt.

328 Seiten • Arena-Taschenbuch
ISBN 978-3-401-50386-8
Beide Bände auch als E-Book erhältlich

Whisper

Eine unwirkliche Stille liegt über Whisper, dem alten Haus, in dem Noa ihre Ferien verbringen soll. Das alte Gebäude birgt ein Geheimnis, über das niemand im Dorf spricht. Furcht und neugierige Erwartung führen Noa immer tiefer auf die Spur eines rätselhaften Verbrechens. Gemeinsam mit David nähert sich Noa der Wahrheit eines nie geklärten Mordes ... Meisterhaft und unwiderstehlich versetzt Isabel Abedi den Leser in eine psychologisch dichte, knisternd spannende Stimmung.

280 Seiten • Arena-Taschenbuch
ISBN 978-3-401-02999-3
www.arena-verlag.de

Isabel Abedi

Lucian

Imago

Immer wieder taucht er in Rebeccas Umgebung auf, der geheimnisvolle Lucian, der keine Vergangenheit hat und keine Erinnerungen. Sein einziger Halt ist Rebecca, von der er jede Nacht träumt. Und auch Rebecca spürt vom ersten Moment an eine Anziehung, die sie sich nicht erklären kann. Aber noch bevor sie erfahren können, welches Geheimnis sie teilen, werden sie getrennt. Mit Folgen, die für beide grausam sind. Denn das, was sie verbindet, ist weit mehr als Liebe.

Wanja liebt sie – diese Minuten vor Mitternacht, kurz bevor auf ihrem Radiowecker alle vier Ziffern auf einmal wegkippen und eine ganz neue Zeit erscheint. Doch heute um Mitternacht verändert sich nicht nur das Datum für Wanja. Sie bekommt eine geheimnisvolle Einladung zu der Ausstellung Vaterbilder. Und damit einen Schlüssel, der die Tür zu einer anderen Welt öffnet: in das Land Imago.

560 Seiten • Arena-Taschenbuch
ISBN 978-3-401-50655-5
Beide Bände auch als E-Books und
als Hörbücher bei JUMBO erhältlich

408 Seiten • Arena-Taschenbuch
ISBN 978-3-401-02908-5
www.arena-verlag.de

Antje Babendererde

Der Kuss des Raben

Mila ist schön und rätselhaft. Ihre Vergangenheit will sie um jeden Preis geheim halten. In Moorstein sucht die Sechzehnjährige einen Neuanfang und findet ihre große Liebe: Tristan, eigentlich unerreichbar, erwählt ausgerechnet sie! Mila kann ihr Glück kaum fassen. Doch auch Tristan hat ein Geheimnis. Als in der Kleinstadt ein junger Mann namens Lucas auftaucht und das Haus der Rabenfrau in Besitz nimmt, erwachen die Schatten der Vergangenheit zum Leben. Denn Lucas und Tristan scheinen sich zu kennen – und zu hassen. Im undurchsichtigen Spiel der beiden gerät Mila zwischen die Fronten und findet sich plötzlich vor einem finsteren Abgrund wieder ...

Arena

Auch als E-Book erhältlich und als Hörbuch bei Goya Libre

496 Seiten • Gebunden
ISBN 978-3-401-60009-3
www.arena-verlag.de